词学文献东传与日藏词籍

Ci-poetry Literature's Eastward-spreading and Ci-poetry Books in Japan

刘宏辉　著

中国社会科学出版社

图书在版编目(CIP)数据

词学文献东传与日藏词籍/刘宏辉著. —北京：中国社会科学出版社，2020.8

ISBN 978-7-5203-6501-7

Ⅰ.①词… Ⅱ.①刘… Ⅲ.①词学—文化交流—研究—中国、日本 Ⅳ.①I207.23

中国版本图书馆CIP数据核字(2020)第083458号

出 版 人	赵剑英
责任编辑	杨 康
责任校对	李 莉
责任印制	戴 宽

出 版	中国社会科学出版社
社 址	北京鼓楼西大街甲158号
邮 编	100720
网 址	http://www.csspw.cn
发 行 部	010-84083685
门 市 部	010-84029450
经 销	新华书店及其他书店

印刷装订	北京君升印刷有限公司
版 次	2020年8月第1版
印 次	2020年8月第1次印刷

开 本	710×1000 1/16
印 张	19.75
字 数	266千字
定 价	116.00元

凡购买中国社会科学出版社图书，如有质量问题请与本社营销中心联系调换

电话：010-84083683

版权所有　侵权必究

出 版 说 明

　　为进一步加大对哲学社会科学领域青年人才扶持力度,促进优秀青年学者更快更好成长,国家社科基金设立博士论文出版项目,重点资助学术基础扎实、具有创新意识和发展潜力的青年学者。2019年经组织申报、专家评审、社会公示,评选出首批博士论文项目。按照"统一标识、统一封面、统一版式、统一标准"的总体要求,现予出版,以飨读者。

全国哲学社会科学工作办公室
2020年7月

摘　　要

　　本书以词学文献东传与日藏词籍为研究对象，概述词学文献东传日本的途径与历程、价值与影响，择取具有代表性的日藏词籍作为个案，对其东传历程、文献价值、对日本词学的影响等展开更为细致、全面的考索。

　　中国词学文献东传日本的历史十分悠久，早在平安朝初期，张志和《渔歌子》就由遣唐使以口耳相传的方式东传，引起包括嵯峨天皇在内的宫廷文人的唱和。此后，词学文献以采购、输入、翻刻、馈赠等多种途径传入日本。按照东传规模及主要传播途径的不同，可以将东传历程划分为三个阶段。平安朝至五山时代为第一阶段，零星的词学材料依附于其他典籍而东传，从事词学交流的主体为遣唐使、僧人等。由于中日词学交流长期受到冷落，日本词坛沉寂近千年。江户时代为第二阶段，词籍作为贸易书籍流播至日本。词籍的东传推动了词的传播与普及，带动了日本词学的飞跃。明治维新以后为第三阶段，词籍的东传主要依赖于藏书家、汉学家、词学家，并逐步向专业学人、藏书机构聚集，中国大部分词籍在这一时期完成了东传。词学文献东传对日本填词、日本词学产生重要影响，通过梳理二者之间的关系可以发现，每一次日本填词高潮的到来和词学观念的进步，都与东传的词学文献密切相关。

　　在东传的词学文献中，词籍的重要价值尤其值得关注。以书籍贸易方式东传的《词律》对日本词学产生了重要影响，标志着日本词律学独立的田能村竹田《填词图谱》以及代表日本词律学最高成就的森川竹磎《词律大成》都与《词律》紧密相关。晚清以来，随着中日国力与国际地位的变化，若干藏书家的藏书辗转至日本，其中含有珍稀词籍丛编的有陆心源、董康的藏书。皕宋楼旧藏《典雅词》已得到学界的充分研究，而诵芬室旧藏《南词》《汲古阁未刻词》无论是文献价值还是学术史意义都还值得深入探究。王国维在东渡前潜心词曲研究，他曾携带大量词曲书东渡，部分词籍几经辗转，终归日本。东洋文库所藏王国维旧藏词籍对词学及王国维研究都有重要的参照意义。在词籍的翻译方面，胡适《词选》是具有独特价值的个案。《词选》先经英语选译在欧美世界广为传播，再被转译成日语，实现了从西传再到东传的海外传播路线。这些作为个案的日藏词籍，或对日本词坛有深远影响，或本身有重要的文献价值，或对典藏者研究有参照意义，或在词的外译史上有特殊地位，从不同侧面反映了东传词学文献的研究价值。

关键词：词学文献；东传；日藏词籍；日本词学

Abstract

The book focuses on the Ci-poetry literature's eastward-spread and Ci-poetry books collected in Japan, summarizing the ways, process, value, and the influence of the Ci-poetry literature's eastward-spread to Japan. On this basis, the author selects representative Ci-poetry books as individual cases, and carries out a more detailed and comprehensive research.

There is a long history of the eastward-spread of Chinese Ci-poetry literature to Japan. As early as the early period of the Heian Dynasty （平安时代）, Zhang zhihe （张志和）'s *Yugezi* （渔歌子） had been transmitted orally to Japan by the Japanese ambassadors to the Tang Dynasty （唐代）, arousing the "responsory" of Japanese court literati including Emperor Saga （嵯峨天皇）. From then on, Chinese Ci-poetry literature spread to Japan continually. It can be divided into four ways: purchase, input, woodblock-reprint and presentation. According to its scale and differences of the main way, the processes of eastward-spread can be divided into three periods. The period from Heian Dynasty to Five-mountain Period （五山时代） was the first period, sporadic Ci-poetry literature was mainly attached to other books and spread to Japan. Most of the scholars engaged in Ci-poetry communication were ambassadors and monks, who were not famous as Ci-poetry scholar. The decline of Japanese Ci-poetry writing and criticism is closely related to the long neglected Ci-poetry communication between China and Japan. Edo period （江户时代） is the second period,

The books spread to Japan as a trade commodity. The eastward-spread of Ci-poetry books expanded the spread of Ci-poetry in Japan and promoted the leap of Japanese Ci-poetry study. After Meiji Restoration（明治维新）, it was the third period. The Ci-poetry literature's eastward-spread mainly depended on bibliographers, sinologists and Ci-poetry scholars. Most Chinese Ci-poetry books completed the eastward-spread in this period. It is worth noting that there was also Ci-poetry books' westward-spread to China in this period. Through combing the history of the spread of Ci-poetry literature to Japan and analyzing the influence of the communication between China and Japan, it can be found that the arrival of the high tide of Japanese Ci-poetry writing and the progress of the concept of Ci-poetry were closely related to the eastward-spread Ci-poetry literature.

Among the Ci-poetry literature, the great value of Ci-poetry books especially deserves to be focused. Wanshu（万树）'s *Cilü*（词律）spread to Japan by the book trade, and it had a far-reaching influence on Japanese Ci-poetry. *Tiancitupu*（填词图谱）by Chikuden Tanomura（田能村竹田）was an independent symbol, it was not until the eastward-spread of *Cilü* that the Japanese Ci-poetry study became independent from the poetics. Japanese Ci-poetry scholar Chikukei Morikawa（森川竹磎）finished *Cilüdacheng*（词律大成）which was more complete than *Cilü*. It fully showed the highest achievement of Japanese Ci-poetry study. Since the late Qing Dynasty（晚清）, with the changes in the international status of China and Japan, many book collectors sold their collections to Japan, such as Lu Xinyuan（陆心源）and DongKang（董康）. *Dianya Ci*（典雅词）was collected in BI SONG LOU（皕宋楼）, which had been fully researched. However, *Nanci*（南词）and *Jigugeweikeci*（汲古阁未刻词）which was collected by SONG FEN SHI（诵芬室）were well worth researching. Before he went to Japan, Wang Guowei（王国维）devoted himself to the study of Ci-poetry and Qu（曲）. He once carried a large number of Ci-poetry books to Japan. Part of these books were finally collected in Japan. The collection of Wang Guowei's Ci-poetry books in Toyo Bunko (东洋文库) was a great help to the study of Ci-poetry and Wang guowei. *CiXuan* (词选) had been translated into English which was widely disseminated in Europe and the United States, and then translated into Japanese from English. These Ci-poetry books, either have a profound impact on Japanese Ci-poetry, or have important literature value, or assist the study of the collectors, or have a special position in the history of the foreign translation of Ci-poetry. It reflects the research value of the eastward-spread Ci-poetry literature from different aspects.

Key words: Ci-poetry literature; Eastward-spread; Japanese Ci-poetry study; Ci-poetry books collected in Japan

目　　录

绪　论……………………………………………………………（1）

上　编

第一章　日本词学文献概论……………………………………（27）
　　第一节　日本词学文献的构成……………………………（28）
　　第二节　"汉字文化圈"视野下的日本填词与词论 …………（31）

第二章　词学文献东传的途径与价值…………………………（38）
　　第一节　词学文献东传日本的途径………………………（38）
　　第二节　东传日本词学文献的价值………………………（51）

第三章　词学文献东传的历程及其特征………………………（60）
　　第一节　文献典籍东传的附属品（平安时代至五山时期）……（61）
　　第二节　作为贸易商品的词学文献（江户时代）…………（72）
　　第三节　以专家为主体的词学文献东传阶段（明治以降）……（88）

第四章　东传词学文献的接受与影响…………………………（100）
　　第一节　词学文献东传与日本填词、词学观念发展
　　　　　　之关系…………………………………………（100）
　　第二节　中国词学影响之个案：神田喜一郎词学研究………（117）

下 编

第五章　万树《词律》的东传与影响 （129）
第一节　《词律》东传时代的日本词坛 （130）
第二节　《词律》与田能村竹田《填词图谱》 （134）
第三节　森川竹磎的《词律大成》 （139）

第六章　"大仓文库"《南词》详考 （145）
第一节　《南词》的东传与基本情况 （146）
第二节　吴昌绶与《南词》的关系 （155）
第三节　董康与《南词》的校勘 （161）
第四节　《南词》的校勘价值 （165）
第五节　《南词》与两种词集丛编之关系 （175）
第六节　《南词》本《元草堂诗余》考述 （177）
第七节　《南词》本《乐府补题》考论 （199）

第七章　"大仓文库"《汲古阁未刻词》考论 （213）
第一节　《汲古阁未刻词》东传日本前的传抄情况 （213）
第二节　"大仓文库"《汲古阁未刻词》的基本情况 （222）
第三节　"大仓文库"《汲古阁未刻词》的校勘及其价值 （225）

第八章　日本所藏王国维旧藏词学文献考论 （230）
第一节　王国维旧藏词学文献东传日本始末 （230）
第二节　东洋文库本刘履芬《鸥梦词》考论 （236）

第九章　胡适《词选》的日译与回响 （257）
第一节　白话词运动的提出 （258）
第二节　从日译看白话词的特质 （260）

第三节 对《词选》英语选译本《风信:宋代的诗词歌谣选译》的
　　　　日语转译:小林健志的《宋代的抒情诗词》……… (265)
第四节 白话词运动在日本的回响 …………………………… (274)

参考文献 ………………………………………………… (277)
索　引 ………………………………………………… (289)
后　记 ………………………………………………… (297)

Contents

Introduction ·· (1)

Part 1

Chapter 1　Introduction to Japanese Ci-poetry Literature ······ (27)
　Section 1　The Composition of Japanese Ci-poetry Literature ······ (28)
　Section 2　Japanese Ci-poetry and Ci-poetry Study from the
　　　　　　Perspective of Chinese Character Cultural Circle ······ (31)

**Chapter 2　The ways and the Value of Ci-poetry Literature's
　　　　　　Eastward-spread** ··· (38)
　Section 1　The Ways of Ci-poetry Literature's Eastward-spread ······ (38)
　Section 2　The Value of Ci-poetry Literature's Eastward-
　　　　　　spread ··· (51)

**Chapter 3　The Process and Feature of Ci-poetry Literature's
　　　　　　Eastward-spread** ··· (60)
　Section 1　Sporadic Ci-poetry Literature's Eastward-spread through
　　　　　　Other Books(From Heian Dynasty to Five-mountain
　　　　　　Period) ·· (61)
　Section 2　Ci-poetry Literature as Trade Commodity
　　　　　　(Edo Period) ··· (72)

Section 3	Ci-poetry Literature's Eastward-spread by Experts (After Meiji Restoration)	(88)
Chapter 4	**The Acceptance and Influence of Ci-poetry Literature's Eastward-spread**	**(100)**
Section 1	The Relationship between Ci-poetry Literature's Eastward-spread and the Development of Japanese Ci-poetry and Japanese Ci-poetry study	(100)
Section 2	The Influence of Chinese Ci-poetry Study: Kanda Kiichiro's Ci-poetry Study	(117)

Part 2

Chapter 5	**The Eastward-spread and Influence of Wanshu's *Cilü***	**(129)**
Section 1	Japanese Ci-poetry Circles in Edo Period	(130)
Section 2	*Cilü* and Chikuden Tanomura's *Tiancitupu*	(134)
Section 3	Chikukei Morikawa's *Cilüdacheng*	(139)
Chapter 6	**Research on *Nanci* Collected in Okura Bunko**	**(145)**
Section 1	The Eastward-spread and Introduction of *Nanci*	(146)
Section 2	The Relationship between Wuchangshou and *Nanci*	(155)
Section 3	Dongkang and the Collation of *Nanci*	(161)
Section 4	The Collation Value of *Nanci*	(165)
Section 5	The Relationship between *Nanci* and Other Two Ci-poetry Series	(175)
Section 6	Research on *Yüancaotangshiyü* in *Nanci*	(177)
Section 7	Research on *Yüefubuti* in *Nanci*	(199)

Chapter 7 Research on *Jigugeweikeci* Collected in Okura Bunko ......(213)

Section 1 The Spread Situation before Eastward-spread to Japan ......(213)

Section 2 Introduction to *Jigugeweikeci* ......(222)

Section 3 The Collation and Value of *Jigugeweikeci* ......(225)

Chapter 8 Research on Ci-poetry Books Collected in ToyoBunko ......(230)

Section 1 The Eastward-spread Situation of Wangguowei's Ci-poetry Books ......(230)

Section 2 Research on Liulüfen's *Oumengci* in ToyoBunko ......(236)

Chapter 9 Japanese Translation and Influence of Hushi's Cixuan ......(257)

Section 1 Proposal of Vernacular Ci-poetry Movement ......(258)

Section 2 Vernacular Ci-poetry's feature from the Perspective of Japanese Translation ......(260)

Section 3 English Translation: *The Herald Wind: Translations of Sung Dynasty Poems, Lyrics and Songs* and Japanese Translation: Kobayashi Kenji's *Lyric poems of the Song Dynasty* ......(265)

Section 4 Influence of Vernacular Ci-poetry Movement in Japan ......(274)

References ......(277)
Index ......(289)
Postscript ......(297)

绪　　论

中日词学交流源远流长，早在平安朝早期，张志和《渔歌子》就东传至日本，引起包括嵯峨天皇在内的日本宫廷文人的唱和。这五阕《渔歌子》是由谁、以怎样的方式东传至日本的呢？神田喜一郎认为："大概是入唐的朝廷使者中有某一风流文人，他将当时在中国最新流行的作品带回到日本，天皇立即得知，政务余暇时便仿照创作。可以想象的是，当时可能连其唱腔也同时传来了；如果那样的唱腔也流传到现在，那才是十分珍贵的无形文化遗产。"① 据神田氏所论，则最早的词学文献东传是由遣唐使以抄录或口耳相传的方式完成的。在千余年的中日词学交流史中，词学文献东传还有哪些途径？其历程是否有一定的规律可循？东传的词学文献对日本词坛产生怎样的影响？有哪些词籍可作为中日词学交流的典型个案？本书尝试还原中国词学文献东传日本的图景，以书籍交流史、词学史的研究思路与方法，梳理词学文献东传的历程，考索具有典范意义的词籍个案。

一　选题缘起与研究意义

近年来，域外汉籍与海外汉学研究如火如荼，域外各地珍藏之汉籍渐次进入研究者视野，海外汉学的方法与视角亦为国内学者所

---

① ［日］神田喜一郎：《日本填词史话》，程郁缀、高野雪译，北京大学出版社2000年版，第8页。

借鉴。域外汉籍与中国文学研究的关系十分密切,张伯伟曾从五个方面简要说明了二者之间的关系,即文学典籍的流传、文学人士的交往、文学读本的演变、文学观念的渗透、文学典范的确立。① 文学典籍的流传是促成"汉字文化圈"形成的基础之一,流传至域外的中国文学典籍一方面保存了文献——其中不乏国内失传的文献;另一方面文学典籍在域外读者之间传播,形成了特有的域外传播接受史。海外汉学依赖于典籍的域外传播与接受,其观念也已经融入了当地的审美文化与文学理念。

　　日本是域外汉籍藏弆的一个重镇,其收藏汉籍种类繁多、数量丰富、范围广泛,这些新材料是值得深入挖掘的一座宝藏。对东传日本汉籍的关注与研究由来已久,仅目录类著作,可举的就有藤原佐世《日本国见在书目录》,向荣堂主人编纂的《唐本类书考》,涩江全善、森立之等编撰的《经籍访古志》等,黎庶昌、杨守敬在日本访得当时国内已失传的秘本并刻成《古逸丛书》,更是日存汉籍研究的一段佳话。汉籍流传至日本,引起了日本学人的重视,他们或仿作,或节录,或评点,或研究,提供了新的研究视角,其方法也值得借鉴。陈寅恪对这种新材料和新观念的价值曾有著名的概括:"取异族之故书与吾国之旧籍互相补正","取外来之观念与固有之材料互相参证"。② 日本所藏之汉籍可以归为"异族之故书",日本的汉学研究即可视为"外来之观念":两者均为域外汉籍研究的重要方面,日本汉籍是古典学研究的对象,日本汉学为古典学研究的重要参证。

　　流传至日本的中国词学典籍,总体而言并不多见,历来也未得到足够的重视。在中国,"词为小道"一说由来已久,即使在词盛极一时的宋代,很多文人仍有轻视词作之举,如陆游《〈长短句〉序》云:

---

① 张伯伟:《域外汉籍与中国文学研究》,《文学遗产》2003 年第 3 期。
② 陈寅恪:《王静安先生遗书序》,载陈寅恪《金明馆丛稿二编》,生活·读书·新知三联书店 2001 年版,第 247 页。

雅正之乐微，乃有郑卫之音。郑卫虽变，然琴瑟笙磬犹在也。及变而为燕之筑、秦之缶、胡部之琵琶箜篌，则又郑卫之变矣。风雅颂之后为骚、为赋、为曲、为引、为行、为谣、为歌，千余年后，乃有倚声制辞，起于唐之季世。则其变愈薄，可胜叹哉。予少时汨于世俗，颇有所为，晚而悔之。然渔歌菱唱，犹不能止，今绝笔已数年，念旧作终不可掩，因书其首以识吾过。①

郑卫之音已为孔子所轻，陆游认为其后文体愈变愈薄，千余年之后的词体地位之低可想而知。陆游悔少时之作，可见他对词的鄙薄。词学研究到清代始可称大盛，但清人也有"少年绮语之悔"②的说法。日本人的填词历史虽然很久远，但是一直未能盛行，"在我国搞填词的人除了平安朝的嵯峨天皇和兼明亲王以外，从江户时代直到近代的明治、大正时代只有寥寥不到一百人，而且也不过是少数的一些寂寞的好事之徒；而且这些人也大多数只不过是由于一时的好奇，游戏般地尝试一下"③。翻刻词籍在日本也十分罕见，以沈津、卞东波所编《日本汉籍图录》为例，此书"汇集了日本各个时代翻刻的中国典籍的书影"④，收录日本翻刻的汉籍达1810种，却无一词曲类。毋庸讳言，中国词籍的东传并不像诗文那样有着庞大的规模，其在日本的影响也远远不及诗文。

　　但是东传至日本的中国词学文献仍然有其不可忽视的价值。具体而言，有以下两个方面：一是具有一定的文献价值。这些词学文

---

① （宋）陆游：《陆游全集校注9》，涂小马校注，浙江教育出版社2011年版，第364页。

② 如（清）俞樾《太素斋词序》云："而少仲以斫轮老手，密尔自娱，不出一字，殆有少年绮语之悔乎。"参见冯乾编校《清词序跋汇编》，凤凰出版社2013年版，第1449页。

③ ［日］神田喜一郎：《日本填词史话》，第3页。

④ 沈津：《日本汉籍图录序》，沈津、卞东波编著《日本汉籍图录》，广西师范大学出版社2014年版，第3页。

献中，有些国内已经失传或仅保存部分，如大仓文库所藏《南词》《汲古阁未刻词》等，这类文献无疑具有重要的文献价值，有些甚至能够解决若干词籍悬而未决的版本源流问题；有些国内也存有，但日本所存为特殊版本，其中部分有名家批校，如静嘉堂文库所藏《典雅词》，乃劳权精校本；东洋文库所藏王国维旧藏刘履芬《鸥梦词》保留有勒方锜、杜文澜、潘锺瑞等人批校之语。这些批语如能够加以辑佚整理，不仅对词集有更深刻的探究，对于评校之人的学术思想亦能有更深刻的认识。二是具有一定的文学与文化价值。每一部域外汉籍的流播，都反映了中外交流的一个侧面，而这些书在异域的传播接受情况，反映了不同民族在审美接受、文化观念上的差异。因此探究中国词学文献在日本的传播接受情况，有助于加深对中日文化的理解。

日本各藏书机构保存有不少词籍，如东洋文库、静嘉堂文库、京都大学人文研究所等，已有不少学者就这些词籍展开研究。笔者深深敬佩学者们在这一领域的开拓，也想在前贤研究基础上更进一步，于是决定以东传至日本的中国词学文献为中心，对日本所藏词籍作一系统的梳理。《词学文献东传与日藏词籍》以东传日本的中国词学文献为研究对象，梳理中国词学文献东传的途径与历程、价值与影响等，对若干具有重要价值的日藏词籍作全面、细致的考索。

总之，这一课题研究具有一定的学术价值，以往对日藏汉籍的关注，多集中在经、史、子三部，如杨守敬《日本访书志缘起》云："日本古钞本以经部为最"，"医籍尤收罗靡遗"，"高山寺、法隆寺二藏所储唐经生书佛经不下万卷，即经史古本亦多出其中"。[1] 这固然是由于收藏于日本的集部文献相对较少，也与传统的经史为正统的观念密切相关。集部词曲类文献中的词籍则更是寥寥无几，论文以此为切入点，可以进一步挖掘这些域外词籍的价值，对探索东亚

---

[1] 参见（清）杨守敬《日本访书志》，收录于贾贵荣辑《汉籍善本书志书目集成》第9册，北京图书馆出版社2003年版，第9—13页。

古典文学的交流亦有着参照意义。

二 相关概念界说

论文的关键词是词学文献、东传、日藏词籍、日本词学。日本乃政治上、地域上的限定，"日藏词籍"指出了词籍所存之地为日本。但书籍常处于流动的状态，尤其是近几十年公私藏书机构、藏书家等常常带来"当下"的书籍流动。如本文所涉及的"大仓文库"所藏《南词》《汲古阁未刻词》等，就于 2013 年回归中国，入藏北京大学图书馆。两种词籍丛编实际是"日本曾经收藏之词籍"，但本文仍以日藏词籍视之。日本词学文献则采用《日本国内词学文献目录》的界定，其《凡例》云："本稿收录明治元年（1868）以来在日本刊行的词学相关的文献目录，包括一部分在中国刊行的日本人的著作。"① 由此可见，日本词学文献既包括在日本产生的相关文献，也包括日本人在世界各地（主要指中国）的词学著作。本文下编作为个案考察的词籍，尤其注重东传词学文献与日本国内词学文献的区别，但也关注二者之间的对应关系。此外，还有必要对两个概念进行界说，这也是确定研究范围的前提。

（一）词学文献与词籍

词学文献（Ci-poetry Literature）采用广义的概念，即指一切与词学相关的材料，包含词作、词论、词乐、词谱、词人纪事等词学诸方面资料的文献，也包括各总集、别集、类书、韵书等典籍中录存的词作与词论，这些均在本论文的考察范围之内。"词学"概念的界定，有自己的历史。徐珂在《清代词学概论》中将词学分为派别、选本、评语、词谱、词韵、词话六个方面②，此后词学大师龙榆生《研究词学之商榷》一文将词学研究分为词乐之学、词韵之学、图谱

---

① [日] 松尾肇子：《日本国内词学文献目录·凡例》，松尾肇子编、宋词研究会补编《日本国内词学文献目录》，http://www.ritsumei.ac.jp/~hagiwara/scyjh.html。

② （清）徐珂：《清代词学概论》，大东书局 1926 年版。

之学、声调之学、校勘之学、目录之学、词史之学、批评之学八个方面①，指出词学研究的基本范围。1981年，唐圭璋、金启华在《词学》第一辑上联合发表《历代词学研究述略》②，将词学研究范围界定为：词的起源、词乐、词律、词韵、词人传记、词集版本、词集校勘、词集笺注、词学辑佚、词学评论等十个方面。王兆鹏在《词学史料学》一书绪论《词学研究的对象和范围》③中，将词学研究范围分为词体、词人、词集、词论、词史和词学史六个方面。可以说，前辈学人界定的词学每一个方面所存有的文献都属于词学文献的范畴。词产生早期，词体并未独立，词作多依附于总集、别集等，词论多附录于诗话、类书等著作中。这一类材料庞大却又零散，钩稽不易。因此，本书对一些只见东传而受容不广的词学文献略而不论，只能尽量勾勒对日本词作和词论产生影响的词学文献，挂一漏万也势所难免，最终目的是梳理词学文献东传及受容与日本历代词作和词论产生、发展的密切关系。

相较于词学文献，词籍（Ci-poetry Books）的概念要小得多。"籍"，释义为"书，书册"，因此词籍指关于词的独立成册的典籍。日藏词籍的主体部分，可以划分为两类：一是词集。由于受到词体发展的限制，唐代文人词作大多未独立成书，五代时期赵崇祚所编《花间集》长期以来被视为最早的词集④；宋代词体兴盛，单行本词集逐渐增多；明清时期传抄、刻印的宋人词集更多，甚至出现了词集丛编，日藏《典雅词》《南词》《汲古阁未刻词》是较为稀见的词集丛编。二是词话。词话在唐代已经产生，但独立的词话著作诞生于北宋，南宋迎来了词话著作的繁荣，至清代、近代达到

---

① 龙榆生：《研究词学之商榷》，《词学季刊》1934年第1卷第4号。
② 唐圭璋、金启华：《历代词学研究述略》，《词学》第1辑，华东师范大学出版社1981年版，第1—20页。
③ 王兆鹏：《词学史料学》，中华书局2004年版，第1—9页。
④ 敦煌文献中有《云谣集杂曲子》的唐词钞本，时间上早于《花间集》。但由于长期湮没，在词学史上的影响远不及《花间集》。

高峰。① 为避免分类的繁杂，本书将词调、词律、词谱类著作归入词话。村上哲见《日本收藏词籍善本解题》中所列词籍，都可以归入这两类。需要指出的是，日本国内词学文献中的专著部分，不纳入日藏词籍的范围，其主要包括词学译介、词学研究著作，前者如中田勇次郎译注的张惠言《词选》、花崎采琰译注的《新译漱玉词》等，后者如神田喜一郎《日本填词史话》、村上哲见《宋词》等。这些译介、研究著作都收录于松尾肇子编、宋词研究会补编的《日本国内词学文献目录》中。因考虑到与"东传"的关系，本文择取的作为个案研究的词籍源头都来自中国，日本学者以日语撰写的词学著作仅作为研究的参照。

总的来说，词学文献包含了词籍，词籍是词学文献的一部分。之所以用两个不同的概念，是因为早期中日词学交流中只有零星的词作、词论东传，词籍的东传要晚得多，目前可以确考的传入日本的词籍到南宋时才出现。而日本填词、词学的萌芽并不依赖于词籍的东传，而是依赖于零星的词作、词论的东传与接受。在梳理中国词学对日本词学的影响、日本词学自身的发展历程时，就不得不采用广义的词学文献概念。另一方面，词籍是词学文献中最集中、最重要的部分。日本江户时代开始有大量的东传词籍，这些词籍对日本词学的影响是巨大的，带来了日本词学的飞跃。因此自东传的第二阶段开始，重点关注词籍。但这并不意味着散落于其他书籍的词作、词论就没有东传，而是这些零星的词学资料的影响远远小于词籍。词籍对日本词学的影响显著，因此作为个案研究也是最为合适的。

（二）东传

虽说文化典籍的交流是双向传播、互为影响的，但在中日文化交流史中，中国始终处于主导地位，中日的典籍交流也同样以中国的输出为主。东传指书籍传入日本的路径，主要包括从中国直接传

---

① 参见朱崇才《词话学》（文津出版社1995年版）、《词话史》（中华书局2006年版）等。

入日本，以及经由朝鲜半岛传入日本，当然也包括极少数以西方为中介传入日本的情况。当然，日本汉籍西传中国也已有千余年历史，同样不能忽视，正如有学者指出的那样："明治维新以前的千余年间，中国文化的滔滔东泻固然是其主体趋向，但也不能忽略涓涓西流的日本文化；反之，明治维新以降，日本文化（包括以日本为中介的西方文化）逆转传统的流向而大量西渐，但中国文化对日本的影响并未猝然而止。"[1] 也有学者指出"东传"或"西传"不能完整呈现东亚汉籍流动的图景，进而提出了东亚汉籍"环流"的概念。"无论曰'东传'或'回流'，其考察的路径往往是单向的，而'环流'的视角所见者，则是曲折的、错综的、多元的流动，而且这种流动还是无休止的。前者所获往往是书籍传播的'表象'，而'环流'着重探索的是书籍传播、阅读之后的'心象'。"[2] 就东亚汉籍流动的实态而言，"环流"当然能更充分地展现书籍传播接受的真实图景。但就本书所限定的词学文献而言，"东传"这种单向的输出还是占据了绝对的主导地位，因此仍然以"东传"为题。这并非忽略日本向中国的西传，也不是忽略词籍的阅读与接受，而是在近代中日词学的现代转型以前，日本词籍回传的现象寥寥无几。总之，在中日词学交流史中，"东传"能更直观地反映中日词学文献流动的方向和实态。

需要进一步说明的是，当代中日之间典籍的东传与回流更为复杂多样。随着科技的进步，中日文人之间的往来极为频繁，这其中带来的词学典籍流动无法详尽描述。仅日本词学大家中田勇次郎、村上哲见收藏的当代中国的词学研究著作就已包罗万象、汗牛充栋。因此，本书所研究的时间下限设定为日本结束战争混乱状态的 1955 年，这也是日本史学界划分近现代与当代的分界线。

---

[1] 王勇、[日] 大庭修主编：《中日文化交流史大系·典籍卷》，浙江人民出版社 1996 年版，第 178 页。

[2] 张伯伟：《明清时期女性诗文集在东亚的环流》，《复旦学报》2014 年第 3 期。

三 研究综述

长期以来，中日关系研究一直备受学界关注。关于日本的中日关系史研究成果，日本学者大庭修、松浦章曾加以梳理。① 中国方面，20世纪80年代有叶昌纲《建国以来我国中日文化交流史研究述评》，从综合性研究、科技交流史、文学艺术交流史、语言文字交流史、佛教交流史、儒学交流史、革命运动与维新思想的研究、留学生问题的研究、有关书籍的研究等九个方面加以概括。② 21世纪伊始，《中国的中日关系史研究》③ 出版，该书梳理了中国历代对日本、对中日关系的研究，为中日关系史研究的梳理提供了重要参照。刘岳兵的《中日文化交流史研究的回顾与展望——一种粗线条的学术史漫谈》④ 十分详细地梳理了民国时期、20世纪八九十年代、21世纪的中日文化交流史研究的情况，在期刊出版、研究丛书汇集、文化交流通史、史料整理、文献学研究、各种比较研究与专题研究等诸方面对研究现状和课题作了翔实梳理与细致归纳，对于我们深入认识这一课题提供了重要的参考。

以上著述梳理了中日文化交流研究的各个方面，可以看出中日关系、中日文化交流研究成果之丰富，让人眼花缭乱，难以作出面面俱到的论述。本研究属于文化交流中的文学典籍交流，是一个专题性质的研究，涉及中日文学交流、日藏汉籍研究、日本词学等领

---

① ［日］大庭修、松浦章：《在日本研究日中关系史的现状——以明治前为中心》，叶昌纲译，《山西大学学报》1982年第2期。该文分期、分类详细梳理了中日关系史研究的有关论著论文，在断代的中日关系、中日交通、史料出版等多个方面进行了概括。
② 叶昌纲：《建国以来我国中日文化交流史研究述评》，《山西大学学报》1989年第3期。
③ 李玉、夏应元、汤重南主编：《中国的中日关系史研究》，世界知识出版社2000年版。
④ 刘岳兵：《中日文化交流史研究的回顾与展望——一种粗线条的学术史漫谈》，《日本学刊》2015年第2期。

域，因此这里仅就这三个方面的研究现状作出梳理与归纳。因学识所限，遗漏也在所难免。

(一) 中日文学交流

中日之间的文学交流主要通过"人的接触"[①] 和文献典籍的流动才得以进行。早期的文学交流主要依赖于"人的接触"，8世纪日本开始有了书面文学，因为初期的日本文学需要借助汉字表现，"注定了它与中国文学之间割不断的千丝万缕的联系"[②]。千余年的中日文学交流既是一段确定的历史事实，也是后人研究的对象。今依时间先后，就民国以来中日文学交流的研究历程加以概述。

民国时期的中日文学交流研究处于起步阶段，加上这一时期中日关系对抗凸显，对两国文学交流的研究多少有些不合时宜，因此成果并不多见。但也产生了极少数优秀之作，如梁盛志《汉学东渐丛考》[③]。该书对若干中日文化交流中的文化名人作了考述，如晁衡、空海、圆仁、李竹隐、邵元、朱舜水、戴笠、陈元赟、隐元隆琦、山井鼎、梁启超等，发掘、考证了围绕这些名人的相关文献。[④] 当然这一著作不仅仅局限于文学交流的范围，其中包含了文物、思想、文化等研究话题。

1949年后国内的中日文学交流研究进入低谷期，随着20世纪70年代中日建交，以及改革开放政策的实行，到20世纪八九十年代出现了研究的繁荣局面。20世纪70年代末，已经出现了不少论述中日文学交流、中日文学比较研究的单篇论文。20世纪70年代末曹汾《唐代中日文学艺术交流》［《西北大学学报》（哲学社会科学版）

---

① 严绍璗：《序论：中日文学交流的历程与我们的研究》，严绍璗、［日］中西进主编《中日文化交流史大系·文学卷》，第2页。
② 严绍璗：《序论：中日文学交流的历程与我们的研究》，严绍璗、［日］中西进主编《中日文化交流史大系·文学卷》，第3页。
③ 梁盛志：《汉学东渐丛考》，中国留日同学会1944年版。
④ 刘岳兵《中日文化交流史研究的回顾与展望——一种粗线条的学术史漫谈》（《日本学刊》2015年第2期）对梁盛志《汉学东渐丛考》的价值和影响有详细论述。

1979年第1期]、张步云《试论唐代中日来往诗》（《学术月刊》1979年第11期）等文章发表。曹汾文章介绍了遣唐使入唐购书、中国汉籍在日本传播接受、日本汉文学的发展与唐朝关系、佛教交流、艺术交流等内容。张步云文章则以诗学交流为主题，完全属于文学交流层面。改革开放初期的这些文章预示着中日文化交流研究热潮的到来。20世纪八九十年代是中日关系友好期，这一时期有关中日文化交流的研究成果呈井喷式发展，进入21世纪，中日文化交流仍然是一个热门的话题。① 文学交流属于文化交流的一部分，文化交流热潮也必然带动文学交流的繁荣。正如叶渭渠指出的那样："纵观中日文学交流的发展，似乎可以预料，继古代和近代两次中日文学交流高潮之后，即将迎来第三次高潮。"② 这里虽然是针对文学创作的交流而言，但文学交流的频繁也必带动文学交流研究的兴盛。20世纪80年代，严绍璗先后发表《日本古代小说的产生与中国文学的关联》（《国外文学》1982年第2期）、《日本古代短歌诗型中的汉文学形态》[《北京大学学报》（哲学社会科学版）1982年第5期]、《白居易文学在日本中古韵文史上的地位和意义》[《北京大学学报》（哲学社会科学版）1984年第2期]、《日本"记纪神话"变异体模式和形态及其与中国文学的关联》（《中国比较文学》1985年第1期）等系列文章，在此基础上，出版了《中日古代文学关系史稿》（湖南文艺出版社1987年版）。该书大致依照时间先后，选取个案贯穿全书。该书八章分别研究了日本"记纪神话"、古代短歌、上古中国人的日本认识和日本文学的西渐、日本古代小说、白居易文

---

① 较早梳理这一研究历程的论文有严绍璗《序论：中日文学交流的历程与我们的研究》（严绍璗、[日]中西进主编《中日文化交流史大系·文学卷》，第1—15页）。21世纪以来，以梳理中日文化交流研究史为课题的研究生学位论文已有若干篇，如王清《1978—2013年中国大陆中日文化交流研究发展述论》（硕士学位论文，扬州大学，2014年）；张颖《1999—2015年中国大陆中日关系史研究发展述论——以研究著作为中心》（硕士学位论文，扬州大学，2016年），等等。

② 叶渭渠：《面向友谊、面向文学——中日文学交流工作谈》，《日本问题》1986年第1期。

学在日本的影响、日本女性文学、中近世日本文学在中国文坛的地位、明清俗文学的东渐和日本江户时代小说关系等，既有史料的挖掘整理，又有日本汉文学是"复合形态的变异体文学"的核心观念贯穿其中。严绍璗是较早的中日比较文学领域的大家，其成果多能高屋建瓴，引领了一个时代的研究风气。

王晓平《近代中日文学交流史稿》是系统考察近代中日文学关系演变历程的一部力作。该书虽然题为近代，实际上起始比一般意义的鸦片战争或明治维新的年代更早，"日本学者写日本近代史都不抛开相当于中国鸦片战争前后的那一时期日本文学的状况，总要追溯江户末期流行的'戏作'和维新志士的汉诗文，因为唯有如此，才能弄清近代文学的源流和变迁。本书根据两国近两百年文学交流的特点和叙述的方便，大体和通常认为的中国近代文学的断限相近，而起始要较 1840 年略早。"[①] 该书共有二十章之多，内容涉及日本诗学批评、小说批评等文学批评与中国文学批评的关系，也包括日本汉诗、日本政治小说、明治翻译文学、日本新派剧、日本汉学与中国文学之关系。这部书脉络清晰、自成体系，"对研究和了解中日近代文学交流，乃至对了解日本近代文学具有极大意义"[②]。

值得注意的是，20 世纪 80 年代起，有关中日文学关系的学会陆续成立，1985 年成立"中国中日关系史学会"，中日文学关系是这个学会的重要议题之一；1988 年成立了"中国中日比较文学研究会"。这些学会的成立，大大推动了中日文学交流研究的进程。同一时期，还出现了以"中日文学关系"为主题的学术研讨会。1987 年 8 月，吉林大学中文系主办全国首届中日文学关系学术研讨会，以研讨会形式带动中日文学关系之研究。从这次研讨会参会人员来看，

---

① 王晓平：《近代中日文学交流史稿引言》，载王晓平《近代中日文学交流史稿》，湖南文艺出版社 1987 年版，第 4 页。

② 克冰：《中日比较文学的新开拓——读王晓平〈近代中日文学交流史稿〉》，《文学遗产》1989 年第 6 期。

这次会议侧重近现代文学与日本之关系。① 可以说,20 世纪 80 年代的中日文学交流研究方兴未艾。

20 世纪 90 年代,严绍璗、王晓平又推出《中国文学在日本》(花城出版社 1990 年版),以时间为序,勾勒了中国文学东渐日本的轨迹,就日本早期汉诗集、"翻案"文学、"物语""和歌"与中国文学之关系,以及鲁迅作品东传与日本诸学派评论、人民文艺在战后日本的传播、当代的两国文学交流等作了概括和归纳,材料翔实,观点新颖,为中日比较文学的展开提供了良好范例。此后,关于中日文学交流的研究成果不断,如严绍璗《日本中国学史》(江西人民出版社 1991 年版)、马兴国《中国古典小说与日本文学》(辽宁教育出版社 1994 年版)。一些以日本汉文学、中日关系、中日文化交流等为名的研究著作,也同样有大量篇幅论述中日文学交流,如肖瑞峰《日本汉诗发展史》(吉林大学出版社 1991 年版)、王勇《中日关系史考》(中央编译出版社 1995 年版)等。

代表了 20 世纪 90 年代中日文学交流研究最高水平的是 10 卷本"中日文化交流史大系"中的"文学卷"与"典籍卷"。《中日文化交流史大系·文学卷》(浙江人民出版社 1996 年版)由严绍璗、中西进主编。严绍璗在《序论:中日文学交流的历程与我们的研究》中梳理了这一课题的研究现状,指出"中国与日本之间的文学,虽然两千余年来绵亘不断,但是,中国学者长期以来却并未对这一辉煌的文学现象进行过具有一定规模的研究,更没有进行学术性的定位"②,该序文还指出 20 世纪 80 年代后中日文学关系研究进入迅速发展的时代,在研究论著发表、研究队伍结成、学科建设方面都取得了令人瞩目的成就。该书依时间先后,分别就中日神话的文化融合,日本诗歌、物语、戏剧、小说等不同文体与中国文化的关联、

---

① 秋实:《中日文学关系学术研讨会在长召开》,《吉林大学社会科学学报》1987 年第 6 期。

② 严绍璗:《序论:中日文学交流的历程与我们的研究》,严绍璗、[日] 中西进主编《中日文化交流史大系·文学卷》,第 6 页。

中国作家的留日体验等展开论述，较为全面地就中日文学交流的各个领域展开了论述。《中日文化交流史大系·典籍卷》（浙江人民出版社1996年版）由王勇、大庭修主编。该书的《序论：汉籍与汉字文化圈》已经就汉字文化圈的形成与萎缩、汉籍定义、中国汉籍在域外传播等议题展开讨论，正文共分四章，第一章"中国典籍在日本的传播与影响"、第二章"江户时代的中日典籍交流"、第三章"日本汉籍西传中国的历程"与第四章"佚存书与'华刻本'"，大致按时间先后梳理了汉籍东传日本的历程与日本汉籍西传中国的历程。大庭修在此之前，已有《江户时代唐船持渡书研究》（关西大学东西学术研究所1967年版）、《江户时代中国文学受容研究》（同朋舍1984年版）等著作。陆坚、王勇编有《中国典籍在日本的流传与影响》（杭州大学出版社1990年版）、王勇编有《中日汉籍交流史论》等。

20世纪末，高文汉《中日古代文学比较研究》（山东教育出版社1999年版）出版，该书导论部分就"中日文学交流的历史轨迹""日本古代文学的主要特征"进行了论述，表明作者从历史角度、用比较研究的方法进行探究。全书分大和时代、平安时代、镰仓·室町时代、江户时代等四个时期，就神话、汉文学、物语等文学类型以及圣德太子、空海、菅原道真、中岩圆月、朱舜水、陈元赟等文学家展开论述，全方位、系统地对中日古代文学比较研究这一课题进行拓展，"是一部国内首家系统评述中国古代文学对日本古代文学影响的优秀学术著作，亦不失为可资借鉴、参考的理想工具书"[①]。

进入21世纪，中日文学交流研究依然是中日关系研究的热点之一。试以"中日文学""中日—文学"为词条在中国知网进行检索，自2000年1月1日到2016年12月31日，其结果如下表。

---

① 叶琳：《中日比较文学研究的新成果——评〈中日古代文学比较研究〉》，《日语知识》2000年第10期。

检索项目	主题		篇名		关键词	
检索词条	中日—文学	中日文学	中日—文学	中日文学	中日—文学	中日文学
文献检索结果	988	316	178	60	5	59

以上检索结果，大部分都以中日文学交流或中日文学比较作为论题，此外还有很多不以"中日文学"为题但涉及中日文学交流的论著论文。从这些论文的研究时段来看，自上古以至当代，涵盖中日文学交流的各个时期；而从这些论文的内容来看，有的对文学创作者的交游展开论述，有的对具体文学作品的传播影响进行分析，也有的从文体角度就某一文体的关联进行探讨，覆盖了中日文学交流的方方面面。

尤其值得一提的是2006年杭州召开了"书籍之路与文化交流"国际研讨会，会议正式代表达百余人。王勇将部分会议论文编成《书籍之路与文化交流》（上海辞书出版社2009年版）。该书收录的论文涉及古代、近代中日书籍交流，也有图书版本的文献考证等，契合了"'书籍之路'跨学科的特点"[①]。

总之，文学交流与典籍流动是相互关联的，文学交流包含文学典籍的流动，而典籍流动中的一部分是文学典籍。因此在梳理文学交流研究现状时，也将典籍流动研究现状作了简略的梳理。

（二）日藏汉籍研究

与文学交流、典籍流动密切相关的另一个侧面是域外汉籍研究。汉籍广义上可以理解为汉文典籍，除了包括中国典籍外，其"外延应当涵盖朝鲜、日本、越南诸国的汉文载籍，甚至包括近代来华西人的汉文著述"[②]。一般而言，先有文学交流、典籍流动，才有中国典籍的域外传播和接受，才有汉文典籍的产生。文学交流与典籍流动是一个动态的过程，而域外汉籍研究则侧重典籍本身的文献学研

[①] 王勇：《序言》，载王勇编《书籍之路与文化交流》，上海辞书出版社2009年版，第2页。

[②] 王勇、［日］大庭修主编：《中日文化交流史大系·典籍卷》，第7页。

究，属于静态研究。从地域上说，日藏汉籍研究属于域外汉籍研究的一部分。

早在唐宋时期，中国已经注意到日本典籍的价值，唐代已经出现了日本汉籍的西渐。① 宋代更积极主动地求取域外典籍，在宋代文献中有不少记载，如邵博《邵氏闻见后录》载神宗求《东观汉记》而不得，死后方从高丽获得此本，到元祐年间向高丽大规模征求汉籍。② 元明时期汉籍西渐也未中断，而清代成为日本典籍西传的全盛期，"清代传入中国的日本典籍，无论数量还是质量，均遥遥超越以往的任何时代"③。如鲍廷博父子所编《知不足斋丛书》就收录有多种日本典籍，如日本学者市河世宁所辑《全唐诗逸》，从淡海竺常所作序言可以看出，日本学者对"亡乎彼而存乎我"④ 的典籍是颇为自信的。至晚清时期，日藏汉籍得到重视，杨守敬、黎庶昌到日本访书、购书，刻成《古逸丛书》，所收多为日本所得国内佚失的珍稀典籍。其后方功惠、傅云龙、董康、孙楷第等人都到日本访书。以上十分粗略地梳理了自唐以迄民国的日本汉籍西渐历程。可以看出，对日本汉籍的研究是以书籍回传为主，侧重寻访、输入、刊刻等，这为进一步展开研究提供了丰富的新材料。

1949 年后，域外汉籍研究一时冷落。自 20 世纪 80 年代以来，特别是 21 世纪以来，域外汉籍研究成为一门"显学"。关于 21 世纪以来中国域外汉籍研究的综述，以下三篇文章已作了较翔实的归纳。金程宇《近十年中国域外汉籍研究述评》[《南京大学学报》（哲学·人文科学·社会科学）2010 年第 3 期]一文对 2000—2009 年中国的域外汉籍研究现状进行了总结归纳，在域外汉籍的影印、整理

---

① 参见王勇《唐宋时代日本汉籍西渐史考》，王勇主编《中日汉籍交流史论》，杭州大学出版社 1992 年版。

② 参见杨焄《域外汉籍传播与中韩词学交流》，上海古籍出版社 2017 年版，第 8—49 页。

③ 王勇、[日]大庭修主编：《中日文化交流史大系·典籍卷》，第 184 页。

④ [日]淡海竺常：《全唐诗逸序》，市河世宁《全唐诗逸》，《知不足斋丛书》本。

与回流，域外汉籍的相关论著等方面进行了翔实的梳理，足资参考。巢彦婷《近十年域外汉籍与唐代文学研究综述》[《唐代文学研究年鉴（2015）》，广西师范大学出版社2015年版]就近十年域外汉籍研究中的唐代文学部分作了梳理。刘泰延《中国近五年域外汉籍研究述评》（《图书馆理论与实践》2017年第1期）以金程宇文为体例标准，梳理了2010—2014年的研究成果。这里也略作总结，对三篇文章已经提及的部分则从简从略，总体上从学术会议、研究机构建设、论文论著等几个方面梳理20世纪80年代以来的域外汉籍研究动态。

1. 学术会议。早在1986年，第一届中国域外汉籍学术研讨会就在日本明治大学召开，此后约每年一次在不同地区连续召开，截至1993年，已举办了七届。[①] 前五届会议发表论文的情况，可参见陈捷《中国域外汉籍国际学术会议述略》。正如陈捷总结的那样："域外汉籍的发掘研究是中国典籍与文化研究应予重视、甚有前途的一个方面。"[②] 大陆的域外汉籍起步稍晚，但进入21世纪已有超越之势。大陆的域外汉籍学术研讨会以高频度召开，如2007年举办"域外汉籍研究国际学术研讨会"，2008年再次举办。此外，以"域外汉籍整理、研究与出版""日藏汉籍""东亚汉籍""域外汉学汉籍研究""南京大学域外汉籍研究"等为名的学术会议不断，几乎每年都有规模大小不一的域外汉籍研讨会，呈现出一片繁荣、热闹的研究动态。

2. 研究机构建设。1989年杭州大学成立日本文化研究中心，研究重点定位于"以书籍为纽带的中日文化交流"，这是大陆地区较早的以中日书籍交流为研究重心的研究机构。南京大学在域外汉籍研究领域也走在前列，于2000年成立"域外汉籍研究所"。随着这一

---

① 王瑞来：《缘为书同文，异口论汉籍——东京第七届中国域外汉籍国际学术会议追记》，《中国典籍与文化》1993年第2期。

② 陈捷：《中国域外汉籍国际学术会议述略》，《中国典籍与文化》1992年第1期。

研究领域得到越来越多的重视，各地区、各学校也成立了研究机构。台湾大学在2002年成立"东亚文明研究中心"，其中一个重要的研究领域就是东亚文献。上海师范大学2005年成立了"域外汉文古文献研究中心"，目前在小说、汉诗研究领域成就突出。复旦大学于2007年成立"文史研究院"，研究包括"域外所藏有关中国的文字资料和图像资料"。2011年，浙江工商大学在"日本文化研究所"基础上组建浙江工商大学"东亚文化研究院"，并成立院级"书籍之路研究所"，日藏典籍研究是一个重要的研究方向。2014年北京大学国际汉学家研修基地建立"东亚汉籍研究工作坊"，将东亚汉籍的整理与研究列为重要的研究课题。武汉大学于2016年成立"域外汉学与汉籍研究中心"，荟萃文学院、外语学院、国学院一批中青年教师，致力于倡导、推进域外汉学与汉籍研究。随着近几年有关域外汉籍研究课题获得立项，一定还会有更多的域外汉籍研究机构随之建立。

3. 论文论著。自20世纪80年代以来，域外汉籍研究取得了丰富的成果，产生了一大批论文论著。"上世纪的域外汉籍研究，其成就主要体现在域外汉文小说的整理与研究方面，从地域来说，也主要集中在台湾地区，发展颇为不平衡。"① 其实国内学界20世纪八九十年代在日本汉籍目录、中国典籍在日本的流布与影响等方面也已经取得了不小的成就，严绍璗在八九十年代的相关成果即是代表。进入21世纪，域外汉籍研究的论文论著显著增加，专业的刊物《域外汉籍研究集刊》也于2005年创刊，并持续出版至今；而文献研究的重要刊物《文献》也开辟有"域外汉籍研究"专栏。在论著方面，特别值得关注的是中华书局出版的《域外汉籍研究丛书》，目前该丛书已出至第三辑。试看已出版著作之目。

第一辑：张伯伟《清代诗话东传略论稿》，金程宇《域外汉籍

---

① 金程宇：《近十年中国域外汉籍研究述评》，《南京大学学报》（哲学·人文科学·社会科学）2010年第3期。

丛考》，蔡毅《日本汉诗论稿》，左江《李植杜诗批解研究》，刘玉珺《越南汉喃古籍的文献学研究》。

第二辑：张伯伟《作为方法的汉文化圈》，李庆《海外典籍与日本汉学论丛》，陈益源《越南汉籍文献述论》，静永健、陈翀《汉籍东渐及日藏古文献论考稿》，王晓平《日本诗经学文献考释》，陈捷《人物往来与书籍流转》。

第三辑：张伯伟《东亚汉文学研究的方法与实践》，俞士玲《性别、身份和文本：朝鲜女性文学文献研究》，郑墡谟《北宋文学东传之研究》，金程宇《东亚汉籍新探》，左江《此子生中国——朝鲜文人许筠研究》，卞东波《域外汉籍与宋代文学研究》，童岭《六朝隋唐旧钞本研究》，耿慧玲《越南史论丛——历史文献与碑铭资料之综合研究》，崔溶澈《〈红楼梦〉在韩国的传播与翻译》。

以上书籍，有的从理论上提出构建汉文化圈的设想和方法，有的梳理汉籍的环流，有的勾勒人物的往来，有的考察专门文献的传播与接受，有的专注文献学研究。可以说已经涉及域外汉籍研究的方方面面。从总体而言，日藏汉籍的研究占了很大的比重，反映出日藏汉籍在域外汉籍中的重要位置。虽然以上都是以著作形式呈现的成果，但绝大多数实际上是论文集。以单篇论文而言，论题已具有相当的广度。由论文结集而成的著作还有刘玉才、潘建国主编的《日本古钞本与五山版汉籍研究论丛》、查屏球主编的《梯航集》。《日本古钞本与五山版汉籍研究论丛》收录论文多围绕中国典籍的日藏古钞本展开，涉及典籍有《尚书》《春秋经传集解》《文镜秘府论》《玉海》《群书治要》《弘决外典钞》等，可见日藏汉籍研究所涉及的时间跨度和领域广度是非常惊人的；《梯航集》收录有中日学者研究日藏汉籍的多篇论文，例如傅刚《日本五山版〈春秋经传集解〉考论》、甲斐雄一《关于日本所藏〈名公妙选陆放翁诗集〉》、杜晓勤《日本京都大学图书馆藏明黄用中注〈骆丞集〉十卷本考》、查屏球《日传〈白氏文集〉古抄卷六十五卷考异》、汪超《日藏朝鲜刊五卷本〈欧苏手简〉考》、奥野新太郎《日藏吴正子笺注刘辰翁评点〈李长吉诗歌〉简论》、顾永新《京都大学附属图书馆藏写本〈七经孟子考文〉发微》、黄冬柏《日本内阁文库藏〈重刻元本题评音释西厢记〉考》等。这些论文选题多种多样，再次证实日藏汉籍是一座巨大的宝藏。值得注意的是，日本很多重要的汉籍典藏机构既是藏书机构，也是研究机构，且往往有定期出版的期刊，如《东洋文库书报》《斯道文库论集》等。研究汉籍的日本学者大多有自己的专攻领域，对自己研究领域内的日藏汉籍都有着细致而深入的研究。如收录在蒋寅主编的《日本唐代文学研究十家》中的芳村弘道对蓬左文库《选诗演义》有深入研究，收录在王水照主编的《日本宋学研究六人集》中的东英寿对天理图书馆藏《欧阳文忠公集》有详细考辨等。

从学界的研究述评及以上的简略梳理可以看出，域外汉籍研究在各个方面都取得了令人瞩目的成就。随着出版印刷技术的进步以及书籍电子化时代的到来，研究者得到域外汉籍更为便捷，因此近年来屡屡有新的域外汉籍研究成果见诸期刊，这里就不再一一罗列了。

（三）日本词学研究

日本词学研究包括对日本填词与词论的研究、日本学者的词学研究、日藏词籍的研究等几个方面。这些领域的研究成果总体来说十分有限，且又与本课题关系最为紧密，因此这里分别述评。

日本填词与词论的研究起步较晚，这一领域开山的研究者是日本学者神田喜一郎。他在20世纪20年代就关注了日本人填词这一课题，在《日本填词史话》后记中，他写道："我开始注意到日本人的填词是在大正、昭和之际，因某一意外发现开始详细调查，并把其中的一部分以《本邦人的诗余》为题分两回发表在《艺文》杂志上。"[1] 他的论文还被翻译刊载于《同声月刊》，这也是国内期刊揭载的最早的关于日本人填词的论文。神田喜一郎对此感到惊喜，

---

[1] ［日］神田喜一郎：《日本における中国文学 I——日本填词史话上》，二玄社1965年版，第368页。

他说:"现在看来是极为粗糙的研究,却意外地得到国内外的注目。最让我吃惊的是,这其中的一部分由李圭海翻译,登载在杂志《同声月刊》上。这杂志是中国知名的词学专家龙榆生教授主宰刊行的,在他的眼光看来日本人的填词还算可以的话,多么地坚定我的信心,这比什么都值得高兴。"① 登载在《同声月刊》里的是《高野竹隐与森槐南之词学》及《槐南竹隐二家之角逐》②,翻译的来源是由"台北帝大短歌会"办的《台大文学》第7卷第3号、第5号,原题为《本邦填词史话八》《日本填词史话九》。此后神田喜一郎又进一步钻研,在1965年出版了《日本填词史话上》。而中国方面,密切关注日本人填词的是夏承焘。③ 他在1965年就收到神田喜一郎寄赠的《日本填词史话上》,此后细心阅读。在20世纪70年代写了域外论词绝句,如论日本填词开山鼻祖嵯峨天皇的"樱边觱篥迸风雷,一脉嵯峨孕霸才。并世温尨应色喜,桃花泛鳜上蓬莱"写于1973年2月。④ 20世纪80年代,国内的日本填词研究渐成风气,先后产生了两部日本词选:夏承焘选校,张珍怀、胡树淼注释《域外词选》(书目文献出版社1981年版);彭黎明、罗姗选注《日本词选》(岳麓书社1985年版)。2009年,张珍怀笺注《日本三家词笺注》出版,从该书附录可知它的完成时间在1981年。⑤ 以上日本词选的范围大抵未出神田喜一郎《日本填词史话》的范围。夏承焘、彭黎明、张珍怀等学者对日本词人作了中肯的评价,成为日本填词在中国传播

---

① [日]神田喜一郎:《日本における中国文学Ⅰ——日本填词史话上》,二玄社1965年版,第368页。

② [日]神田喜一郎:《高野竹隐与森槐南之词学》,李圭海译,《同声月刊》1943年第3卷第1号。[日]神田喜一郎:《日本填词史话九》,李圭海译,《同声月刊》1943年第3卷第8号。

③ 参见萩原正树《论中国的"日本词"研究》,郭帅译,《徐州工程学院学报》(社会科学版)2010年第4期。

④ 李剑亮:《夏承焘年谱》,光明日报出版社2012年版,第237页。

⑤ 张珍怀:《夜夜神游周九寨,天心月胁行无碍——怀念夏承焘先生》,张珍怀笺注《日本三家词笺注》,黄山书社2009年版,第269页。

接受的例证。2010年，萩原正树发表《关于芜城秋雪的〈香草墨缘〉》，对《日本填词史话》已经论及的"香草社"作了翔实的补充，考订了芜城秋雪的生平、词作，揭载了《香草墨缘》的全部88首词作。① 关于日本词论的研究，除了《日本填词史话》已提及的高野竹隐《论词绝句》、森槐南词话之外，萩原正树关注到森川竹磎的《词律大成》《词法小笺》等②，除此之外，关注日本词论的研究成果并不多见。

关于日本学者的词学研究成果，1986年松尾肇子发表《日本国内词学文献目录初稿》，较完整地呈现了日本学者词学研究成果。该目录分单行的专著、论文两大类，门类下再细分类别，详细罗列相关文献。20世纪90年代初王水照、保苅佳昭编选《日本学者中国词学论文集》也关注日本学界的词学研究状态。该书选录村上哲见、铃木虎雄、青木正儿、目加田诚、青山宏、田森襄、中原健二、宇野直人、清水茂、保苅佳昭、小川环树、萩原正树、松尾肇子、伊藤虎丸、宫内保、吉川幸次郎等日本学者的词学论文，其中的一些学者如萩原正树、松尾肇子、保苅佳昭等在今天仍然是日本词学界的中坚人物。王水照的《前言》指出日本学者在词学选题方面具有全面性和多样性，形成了日本学者独特的研究视角并由此展开研究视野，在研究方法上则讲究实证方法上的多元；附录的《日本词学文献目录索引（1868—1988）》较详细地梳理了日本词学的研究成果。此后，林玫仪编《词学论著总目》（台湾地区中国文哲研究所筹备处1995年版）中的"域外词学"部分以及松尾肇子编、宋词研究会补编的《日本国内词学文献目录》③ 分门别类地进行了梳理，

---

① ［日］萩原正树：《关于芜城秋雪的〈香草墨缘〉》，《学林》2010年第51号。译文发表在《词学》第二十六辑，华东师范大学出版社2011年版，第225—250页。

② ［日］萩原正树编有《森川竹磎〈词律大成〉文本与解题》（风间书房2016年版），出版有专著《词谱与森川竹磎研究》（朋友书店2017年版）等。

③ ［日］松尾肇子编《日本国内词学文献目录》先于1986年1月发于《东方》第58号，此后由宋词研究会补编，于2005年发表于《风絮》创刊号。

从这些研究成果的目录索引，可以看出日本学者在词学研究的各领域成果斐然。

日藏词籍也很早就引起了学界的关注，20世纪30年代，唐圭璋编《全宋词》时已经注重利用日藏词籍，如利用赵万里从静嘉堂文库影照的《梅苑》。1949年后，国内学者较难利用庋藏于日本的词籍，反而是日本学者在这一领域积极研究，取得了较大的成果。1976年，日本学者榎一雄发表《王国维手钞手校词曲书二十五种》（《东洋文库书报》1976年第8号），考订了东洋文库所藏王国维旧藏词曲书流传至日本的经过。1983年，日本同朋舍出版了《京都大学汉籍善本丛书》，其中有《增修笺注妙选群英草堂诗余》《钦定词谱》两种词籍，清水茂为作解说，考订出《钦定词谱》乃为奕绘旧藏之物。较早对日本所存词籍进行全面清理的是村上哲见。日本立命馆大学藏有村上哲见所捐赠词学书及相关研究的手稿本，其中《日本收藏词籍善本解题》是研究日本所存词籍善本的重要篇章，该手稿罗列日本所存词籍善本，详述卷次、作者、序跋情况、版本、藏馆等，其中《日本收藏词籍善本解题丛编类》已发表在台湾地区《第一届词学国际研讨会论文集》（台湾地区"中研院"中国文哲研究所筹备处1994年版），介绍了收藏于日本的三种词籍丛编：《典雅词》《南词》《汲古阁未刻词》。

21世纪以来，日藏词籍越来越得到学界的关注，考订成果频出。萩原正树《国内所藏稀见〈诗余图谱〉三种考》（《风絮》2013年第9号）介绍了日本所存的《诗余图谱》"朝鲜本"、即川子抄本、伊藤东涯抄本等三种，探索了张綖《诗余图谱》传入日本之后的抄阅流传情况；《〈词律〉康熙刊本考辨》（《2016年词学国际研讨会论文集》）则考察了日本所存几种康熙年间的《词律》刻本。江合友《关于张綖〈诗余图谱〉的日藏抄本》（《文献》2014年第5期）介绍了日本所存的即川子、伊藤东涯两种抄本。姚道生《钞本〈南词〉考述》（《词学》第二十七辑，2012年）考订了"大仓文库"本《南词》的递藏等基本情况。邓子勉《静嘉堂藏毛扆等手批〈宋名家词〉》(《常熟理工学院学报》2014年第3期)介绍了毛扆、陆贻典等人批校的汲古阁刻《宋名家词》。松尾肇子《词论的成立与发展——以张炎为中心》(东方书店2008年版)将《词源》的各种版本汇集一处,其中藏于日本静嘉堂的乾隆影元钞本为珍稀之本,价值极大。立命馆大学靳春雨博士近年来也致力于日藏词籍的研究,已发表《〈典雅词〉及び〈燕喜词〉诸本》(《立命馆文学》2019年第664号),并以《典雅词》的相关研究获得博士学位。

以上所述为东传至日本的中国词籍,此外还有和刻本,如田能村竹田《填词图谱》,詹杭伦《论日本田能村竹田的〈填词图谱〉及其词作》[《中山大学学报》(社会科学版)2015年第2期]对此书以及田能村竹田的词创作有详细的考述;张宏生《田能村孝宪〈填词图谱〉及其时代特征》[《中山大学学报》(社会科学版)2018年第4期]从该书产生的时代背景入手,分析它对明代词学之弊的批判,以及对日本词学建构起到的关键作用。又如森川竹磎的《词律大成》,萩原正树的《森川竹磎〈词律大成〉文本与解题》(风间书房2016年版)对该书的成书过程、残存情况等均有详细的论述。

从以上三个方面的述评可以看出,虽然中日文学交流、域外汉籍、日本词学等领域都已取得众多研究成果,且仍然是今天学界研究的热点,但以词学为切入点从总体上就中日书籍交流及日藏词籍作出探讨的成果尚付阙如。本书与以上三个方面有交叉关系,尝试以词学为切入点将三者结合起来,从根本上说是对前贤研究成果的一次细化、深入和扩展。

上 编

第 一 章

日本词学文献概论

自古以来，汉字文化在域外传播，"大略自秦汉之际，中华文明渐次广被四邻，从而在东亚构筑起一个在时间上绵延千余年，在空间上跨越朝鲜、日本、越南诸国的文化圈"[①]。大量以汉字书写的典籍在"汉字文化圈"各国产生、流通、传播和接受。日本作为"汉字文化圈"的重要组成国家，一方面他积极与中国、朝鲜半岛互通汉籍，另一方面又用汉字进行创作，形成自己的汉文学史。日本词学是日本汉文学的一个分支，其产生、发展与"汉字文化圈"密切相关。然而汉文学仅仅是日本文学的一部分，而且在近代以后越来越萎缩、越来越衰落。神田喜一郎感慨道："想起现在基本上已经灭亡了的日本汉文学，我与元遗山、钱牧斋不能说没有一脉相通之处。……我也只是在日本汉文学中不知不觉地充当了遗民的一个人。"[②] 尤其是汉文学中的填词，在当代日本几成衰亡之势。但是我们要注意到，日本汉文学虽然衰落，但汉学研究并未消亡，日本的词学研究还在延续，其文献与日俱增。两者构成了日本国内词学文献的总体。与此同时，大量词学文献通过种种途径东传至日本，成为庋藏于日本的域外词学文献。日本国内词学文献与东传词学文献

[①] 王勇、[日]大庭修主编：《中日文化交流史大系·典籍卷》，浙江人民出版社1996年版，第5页。

[②] [日]神田喜一郎：《日本填词史话》，程郁缀、高野雪译，北京大学出版社2000年版，第4页。

累积成一个庞大的"词学资料库",构成日本词学文献总体。唯有对日本词学文献的总体有全面的认识,才能对其中的日藏词籍部分作出更深入的探究。

第一节 日本词学文献的构成

日本词学文献种类多样、体量庞大,但从大的方面来讲,可以划分为日本国内词学文献与东传词学文献两大类。要全面了解它的面貌,必须对这一庞大的"词学资料库"进行分解,从不同侧面分析其构成、了解其规模。

一 日本国内词学文献的构成

松尾肇子编《日本国内词学文献目录初稿》收录了日本明治元年(1868)以来在日本刊行的词学相关文献,将日本国内词学文献分为专著和论文两个部分,专著部分又细分为总记、译注、索引、词籍复刊、日本填词等类别;论文部分又划分为总论和各论。[①] 这一分类方法是结合日本国内词学文献的实际而进行的大致分类,并非按照统一的标准。例如,译注、日本填词、论文中的各论等是依照内容进行的划分,而词籍复刊却是根据文本形态。同时这份目录仅涉及明治维新以后的情况,明治维新以前则付诸阙如。我们对日本国内词学文献进行分解,必须在时间上延伸至日本填词的开端之时,在分类方法上,也应该结合不同的分类标准进行分析。

(一) 按文献来源

日本国内词学文献按文献来源划分,概括而言,可以分为两类:一是日本国内产生的,即词学文献的产生之地是在日本,其中一大部分是日本人在日本的词学创作,《日本国内词学文献目录》中所

---

① 参见 [日] 松尾肇子《日本国内词学文献目录初稿》,《东方》1986 年第 58 号。

载，除了日本人在海外的词学创作，都可以归入这一类。此外，还应该包括明治维新以前在日本产生的由日本人创作的词学文献，如田能村竹田的《填词图谱》、日下部梦香的《梦香词》等。另一类是日本人在海外进行的填词或者在日本以外出版的词学著作。前者如竹添井井在中国的填词、金井秋苹在德国的填词，后者如北京今关研究室出版的今关天彭《清代及现代的诗余骈文界》等。这两类词学文献的创作主体是日本人，因此可以说，日本国内词学文献是由日本人创作的词学相关文献。

（二）按语言形式

按语言形式将日本词学文献进行划分是一种便捷的分类方式。以汉字进行的填词与日语书写的词论可以说构成了日本国内词学文献的大部分。传统日本文人的汉学素养很高，他们往往都能以汉字进行创作。日本历代的填词，都是以汉字书写的。词是中国文学的一种特殊文体，它的唯一表现形式就是汉文字，因此全日本词都是以汉字进行的填词，从嵯峨天皇及宫廷文人的《渔歌子》唱和直至当代日本的填词，汉字形式是不变的。另一方面，以日语书写的词论也是重要的词学文献。尤其要注意，日语也有古代日语与现代日语之分，但这是日语书写系统的内部变化，古代日语的词论与现代日语学术论文都属于这一类型。田能村竹田的《填词图谱》是汉字与日语结合的典型，序言、凡例、词例是加有训读符号的汉语原文，但填词总论却是日语。[①]

二 东传词学文献的构成

现存于日本的词学文献中，有极大部分是来自中国的东传词学文献。与日本国内词学文献相比，这一类文献有两个主要特征。一方面，文献都是以汉字书写的。无论是古代的填词、词论还是现当

---

① 参见［日］田能村竹田《填词图谱》，日本文化三年（1806）刊，日本国立国会图书馆藏本。

代的词学研究著作，都是以汉语形式呈现给日本受众的，因此精通汉语的文人是第一批读者。为向日本民众普及，再将此类汉语文献译注成日语，扩大词学在日本的传播接受。另一方面，文献的源头是中国。不能否认有部分词学文献是朝鲜刊本，之后流传至日本。如朝鲜刊本《须溪先生评点简斋诗集》附有词作，但这一刊本源头仍是中国刻本。除了要区分日本国内词学文献与东传词学文献，还要注意东传词学文献与日本产生的非日本人创作的词学文献，二者的区别是文献是否有东传之途径与过程。一个典型的例证就是赴日文人在日本的填词或撰写的相关词学文献，如孙点在日本所作词、孙伯醇为花崎采琰《新译漱玉词》所撰序言等，这既不属于日本国内词学文献，也不能称之为东传词学文献。这类文献存量不多，也与日本国内词学文献、东传词学文献疏离。

东传词学文献属于中国词学文献，因此它的分类与国内词学文献的划分方法一致，可以按照词学门类进行划分，如词集、词谱、词韵、词乐、词话等。除了按照内容划分外，日本文人还常常按照词学文献形式进行分类，这里以日本立命馆大学的中田勇次郎"词学文库"为例，就其中的东传词学文献的分类作一说明。

中田勇次郎（1905—1998）是日本词学大家，也是藏书家。晚年他将自己搜集到的词学文献以及自己的词学研究手稿存于立命馆大学，成为立命馆大学"词学文库"的来源。1996年，芳村弘道、萩原正树、嘉濑达男三人将这批书编目成《词学文库分类目录》①。该书首先按照古籍（含和刻本）与印刷本（附期刊）分类。古籍按传统的四库分类法，在集部"词曲类"下按词集、词选、词话、词谱·词韵·词学编排。可以看出，与《四库全书总目提要》相比，在"词谱词韵"上增加了"词学"。② 再翻阅《词学文库分类目

---

① ［日］芳村弘道、萩原正树、嘉濑达男编：《词学文库分类目录》，编者刊印本1996年版。

② （清）永瑢等撰：《四库全书总目提要》，中华书局1965年版，第7—8页。

录》，可知增加的词学类书目有两种，即近人童斐的《中乐寻源》与近人梁启勋的《词学》。① 在印刷本类，分为"词集·词人研究""词选·词选研究""词话·词话研究""词谱·词韵·词学"。其中"词学"类有梁启勋《词学铨衡》、胡云翼《宋词研究》、任中敏《词曲通义》、刘毓盘《词史》、俞平伯《读词偶得》，等等。梁启勋《词学》列入古籍，而其《词学铨衡》却列入印刷本，可知书籍的版本形式成为分类的参考。

按照文本形式，东传词学文献还可分为单独刊行的词籍与附录于他书或与他书合刊的词学文献两类。仍以立命馆大学"词学文库"为例，词籍的古籍部分主要集中于集部"词曲类"，印刷本主要是词学研究著作。合刊的词学文献主要是诗词合刊、词曲合刊，如清许增编《榆园丛刻》本《白石道人诗词合刻》、近人王易的《词曲史》等。附录有词学文献的典籍则纷繁复杂，覆盖总集、别集、杂书等，如清陆昶编《历朝名媛诗词》《姜白石集》、明吴瑁校本《教坊记》等。

需要指出的是，附录有词学资料的各类文献纷繁复杂，难以一一考录。仅《全宋词》"引用书目"就覆盖史部、子部、话本小说、杂书、释道、别集、总集、曲类等②，附录明词、清词以及词评的文献也颇为丰富。其中的任何文献若东传至日本，就应当纳入东传词学文献的范畴。但本书关注的仅仅是对日本词坛产生重大影响的相关词学资料，管中窥豹也势所难免。

第二节 "汉字文化圈"视野下的
日本填词与词论

中国古代各种文学样式在"汉字文化圈"内传播、接受，继而

---

① ［日］芳村弘道、萩原正树、嘉濑达男编：《词学文库分类目录》，编者刊印本1996年版，第41页。

② 唐圭璋编：《全宋词》，中华书局1965年版，第26—52页。

吸引文人创作，形成了"汉字文化圈"独特的文学景观。词这一文学样式也同样如此，中国自不必说，"宋之词"有"一代文学"之称①，词在朝鲜、越南、日本等地也开花结果，构成色彩斑斓的域外词。在日本填词方面，神田喜一郎《日本填词史话》是集大成之作，其搜罗日本词之丰富、评价之精到，至今仍然是难以超越的。因此本文所讨论的日本词，多取自该书。另一方面，随着词在日本的普及，词论也产生、发展起来。在"汉字文化圈"视野下，日本的填词与词论都有鲜明的特征。

一　日本词的总特征

嵯峨天皇御制《渔歌子》被视为日本填词的开端，日本填词至今已有千余年历史。千余年中，不断有词作者涌现，因此日本词的总量并不少。但目前尚无《全日本词》可供参考，只能通过《日本填词史话》列举的日本词来探究日本词的总体特征。概括而言，日本词具有两个明显的特征。

第一，酬赠唱和之作极多。首先，日本填词的开端即是追和之作。包括嵯峨天皇在内的日本宫廷文人追和张志和《渔歌子》是日本填词的开端，这种追和意味着日本词的诞生是一种文字的模仿。其后兼明亲王的《忆龟山》也是追和白居易的《忆江南》。可以说，早期日本词是在追和模仿中国词的基础上产生发展起来的。其次，不少日本词人以唱和方式开始尝试填词，既有文人之间的唱和，也有追和中国词的尝试。如《日本填词史话》提及的加藤明友、林罗山一家都是通过唱和的方式尝试填词的，林罗山有《郁金香·和加藤敬义斋题柳下双游骑画》《更漏子·和加藤敬义斋秋思》《江城子·和敬义斋江城子》；林春斋、林梅洞也有同调同题的次韵之作。神田喜一郎论道："罗山、春斋、读耕斋的父子三人，都有和加藤明友之作的次韵之作……也可以想象出词之唱和，在当时文坛上是极一时

---

① 王国维：《宋元戏曲史》，商务印书馆1915年版，第1页。

之盛。"① 除了日本文人之间的唱和，追和中国词也是非常盛行的。如读耕斋的《点绛唇·冬景》"次韵苏叔党"、《忆秦娥·咏雪》"次张安国韵"、《满庭芳·警世》"次东坡韵"等②。不少中国著名词作，往往出现追和的日本词。连极难次韵的姜夔的《暗香》《疏影》，也有森槐南、森川竹磎等日本人的次韵之作。再次，日本填词的兴盛与文人之间酬赠唱和密切相关。词作为文人交游的"羔雁之具"，其大量产生也是自然而然的。大致而言，日本填词史上有三次填词的高峰，三次高峰都以文人的酬赠唱和为标志。第一次是"填词的复兴"，以加藤明友与林家一门的唱和酬赠为代表。第二次是幕府末期至明治中期，代表是长三洲领导的"香草社"。该社以指导填词为宗旨，社员们依韵填词、互相唱和，芜城秋雪评论道："竹田翁忧于我朝无词余遂有《填词图谱》之著。菅茶山、赖山阳等诸先辈亦未得填词之格。先生故设'香草社'以督填词。"③ 神田喜一郎认为："三洲创设香草社，极力鼓吹填词，从明治十年（1877）前后开始，到三洲逝世的明治二十五年（1892）这大约二十年间，虽极其短暂，但却是日本填词史上的黄金时代。"④ 从香草社的活动及其词作可以看出，酬赠唱和是日本填词黄金时代到来的重要因素。第三次高峰以明治词学三大家森槐南、高野竹隐、森川竹磎为代表。填词酬唱为三人交往的重要方式，如森槐南作《金缕曲》二首寄高野竹隐，"此二词为槐南、竹隐酬唱之开端"⑤；二人不断以填词角逐，词艺亦得到飞速提升。高野竹隐与森川竹磎未谋面时已经有诗词酬唱，如竹磎寄赠《洞仙歌》，小序云："高野竹隐见寄五

---

① ［日］神田喜一郎：《日本填词史话》，程郁缀、高野雪译，北京大学出版社2000年版，第54—55页。

② ［日］神田喜一郎：《日本填词史话》，第60—61页。

③ 转引自［日］荻原正树《芜城秋雪及其〈香草墨缘〉》，《词学》第26辑，华东师范大学出版社2011年版，第235页。

④ ［日］神田喜一郎：《日本填词史话》，第243页。

⑤ ［日］森槐南、高野竹隐、森川竹磎：《日本三家词笺注》，张珍怀笺注，黄山书社2009年版，第14页。

绝句，赋长短句一阕以却寄，竹隐又号铁生。"① 此后二人不断书信往还，寄词唱和。而槐南与竹磎有师生之谊，又是姻亲，二人填词酬答也极为频繁。可以说，明治词学三大家是在酬赠唱和中主宰词坛的。

第二，游戏试笔之作颇多。这一点与酬赠唱和有关联，词成为"羔雁之具"，因此其地位自然也低。日本文人虽然也有不少努力尝试填词，但更多将填词作为一种文字游戏，因此常常出现一个词人只尝试写过一二首词作的情况，像明治填词三大家这样努力从事填词的文人是极少的。就词作的题材而言，除了酬赠唱和，往往只是抒发个人情感，重大的题材仍喜爱用诗体表达。究其深层次的原因，主要有两个方面。一方面，词之格律较诗复杂，填词的难度也更大。如果以游戏心态填词，又不顾韵律，则填词仅成长短句之文字游戏。如大学问家林罗山的填词，神田喜一郎论道："这阕《更漏子》，措辞之巧拙姑且不论，也不知罗山是以什么体式为准而作的，全然不入填词之格，简直是乱七八糟的东西。……我读了这些以后，对当时他们虽作填词，但是否掌握了有关填词的知识，则抱有很大的疑问。"② 连林罗山这样的大家，填词都如此草率，其所处时代的填词水平也就可想而知了。文人愿尝试新的文学样式，但限于水平，在试作一二阕之后，搁笔不复填词。如日本汉诗人竹添井井写有唯一的词作《满庭芳·燕京重阳》，对其作词的原因，"或者回想起曲园所赠的《采绿吟》而进行的试作"。另一方面，日本人对词的态度也比较冷淡，或视词为游戏之作，或视词为畏途。江户时代田能村竹田《填词图谱》的另一名字是"花月关情笔"，而且题名"戏纂"③，其对词体的态度也就不言而喻了。而另外一些词论家则对词

---

① [日] 神田喜一郎：《日本填词史话》，程郁缀、高野雪译，北京大学出版社2000年版，第417页。
② [日] 神田喜一郎：《日本填词史话》，第59—60页。
③ [日] 田能村竹田：《填词图谱》，日本文化三年（1806）刊，日本国立国会图书馆藏本。

"敬而远之"，江户时代的山本北山在《作诗志彀》的"诗余"条中，强调词的格律复杂，建议日本人不可作词。① 这代表了一部分日本人的态度。

总之，日本词总体上的这两个特征与词在日本的传播接受密切相关。由于词在日本受到冷落，词体在文人心中的位置并没有诗文高，所以以游戏文字之心对待填词也就不难理解了。而文人的好奇心、竞争心又使得他们努力尝试填词，在交游酬唱场合一决词艺之高低，因此酬赠唱和之词盛行。又由于长时间无词谱词律作为参照，而填词必须有所依凭，模拟追和中国词又是可行的方法，所以追和之作亦复不少。

二 日本词论的分期与主要特征

在"汉字文化圈"中，朝鲜半岛、越南的填词都不算发达，②日本填词也不兴盛，尤其是与丰富多彩的日本汉诗相比，无论是词人还是词作数量都略显单薄。填词的不发达必然导致词论的滞后，长期以来，日本论词资料既零散又贫乏。日本词学史上，仅有两三部词话；即使加上词律、词谱之作，其总量也极为有限。然而作为"外来之观念"，我们也必须充分考察并加以借鉴。

综合日本词论发展历程，我们可以将日本词论分为三个发展阶段。第一阶段从平安朝至江户中晚期田能村竹田《填词图谱》的诞生，为词论萌芽、发展的早期阶段。这一阶段论词资料极少。在五山僧人抄物、文集、诗话随笔中，偶尔会有一些涉及词的资料，但都比较零散。如禅僧惟高妙安在《诗学大成抄》中说："'雨过池塘，十里芰荷香'非诗，为词。词者，歌之类。字数不定，与

---

① ［日］山本北山：《作诗志彀》，《日本诗话丛书》文会堂书店1920年版，第7页。

② 参见王进明《论朝鲜词文学不发达的成因》[《北华大学学报》（社会科学版）2017年第4期]、蒋国学《词在越南未能兴盛的原因探析》(《解放军外国语学院学报》2004年第5期）等论文。

诗不同。"①《罗山文集》也有关于《草堂诗余》的评论②,《读耕斋文集》有《书花间集后》等论词文字。③ 第二阶段从江户中晚期到明治年间,为词论的丰富繁盛阶段。这一阶段,除了产生了《填词图谱》《词律大成》等词学专著外,词话、论词绝句、词作评点等批评方式也逐步成熟。这些词论成就的取得,与填词黄金时代的到来是密切相关的,词在日本得到普及,则读者众多,评论者也就自然而然增多了,如《日本填词史话》中有"槐南的词话""竹隐的论词绝句"等章节。第三阶段是 20 世纪。这一阶段词论的表现形式主要是论文,代表人物有青木正儿、中田勇次郎、青山宏等学者。④ 不得不承认,这一阶段的日本词论并没有太多创举,这与汉学在日本的逐步衰落也是紧密相关的。

纵观日本词论的发展历程,可以发现日本词论呈现论题狭窄、观点滞后的特征。日本词论主要围绕词之格律展开,无论是词的常识、诗词之辨,还是填词指导,都围绕韵律展开,甚至可以说,日本词学史的大部分是日本词律学史。如山本北山《作诗志彀》中的"诗余"、三浦晋《诗辙》中的"诗余"等诗话中的词论都是围绕词的音律来说的。用于指导填词的《填词图谱》、订补《词律》的《词律大成》的中心是词之格律,森川竹磎《词法小论》、中田勇次郎《唐五代词韵考》、萩原正树的词谱研究也都是属于词律的范畴;而日本填词不发达的原因之一也是词之格律复杂,必须先讨论词之格律问题,才能带动填词的繁荣,从而进一步促进词学批评的繁荣。观点滞后当然是相对于中国词学史而言,中国的很多词学论

---

① 转引自［日］松尾肇子《五山禅林における词の受容》,《风絮》第 13 号,日本词曲学会 2016 年版。
② ［日］神田喜一郎:《日本填词史话》,程郁缀、高野雪译,北京大学出版社 2000 年版,第 60 页。
③ ［日］神田喜一郎:《日本填词史话》,第 63—64 页。
④ 参见［日］萩原正树《20 世纪における日本の词论研究》,《小樽商科大学言语センター广报》2001 年第 9 期。

题，如诗词之辨、南北宋之争、词之婉约豪放风格、词之流派、清词中兴等，在日本引起的讨论都极为滞后，甚至连明治词学三大家尚且未闻常州词派之词论，难怪神田氏也对日本词学之滞后而感到遗憾。①

---

① 参见［日］神田喜一郎《日本填词史话》，程郁缀、高野雪译，北京大学出版社2000年版，第671—680页。

第 二 章

词学文献东传的途径与价值

中国文献典籍东传日本的历史十分悠久,日本最早的书面文献《古事记》就已经有中国文献典籍传入日本的记录[①]。此后的几个世纪,中国文献典籍仍源源不断地传入日本,促进了日本汉文学的发展。属于中国文献典籍一部分的中国词学文献也有其东传日本的历史:从可以确考的张志和《渔歌子》的东传,到20世纪40年代在长沙出版的《全宋词》初版的东传,这其中有千余年的词学文献东传的历程。词学文献的东传有各种各样的途径,也有不同时段的高潮与低谷,同时日本所藏的一些词学文献也有其独特的价值。本章拟在这几个方面作些探讨。

第一节 词学文献东传日本的途径

张伯伟在《清代诗话东传略论稿》中,将清代诗话东传之途径概括为采购、输入、翻刻和馈赠四途。[②] 可以说,这四种途径不仅是清代诗话,也是中国典籍东传日本的主要途径。中国词学文献的东传,既依赖这四种主要途径,也存在其他的方式。

[①] 严绍璗:《汉籍在日本的流布研究》,江苏古籍出版社1992年版,第4页。
[②] 参见张伯伟《清代诗话东传略论稿》,中华书局2007年版,第84—120页。

一 采购

日本的奈良、平安时代，入唐、入宋的僧侣就已经留下采购书籍的先例，特别是"以国费入唐的留学僧们，负有携回书籍等文物的义务"①。如随第八次遣唐使入唐留学的吉备真备，在回日本时，携带了不少书籍。他们在入唐之前，可能就已经负有采购书籍的使命。但是长期以来，佛典、医典以及儒学书籍才是采购的重点。在中国，词为小道之说由来已久，在中国尚且难以得到重视的词，留学僧侣要奉命采购词集的可能性也不大。即使京都普门院的开祖圣一国师在1240年从南宋带回了《注坡词》《东坡长短句》两种词集，也只能说是出于偶然，很难说是一种有预见的采购。

由于日本江户幕府时期实行锁国政策，日本人不允许走出国门，在外日本人归国也受到限制，能到中国采购书籍的日本人几乎没有。但是锁国令之下的日本，仍然以儒学为中心，有中国典籍的需求，这就使得当时准许唐船停靠的长崎成为书籍贸易的聚散地。作为当时书籍贸易的记录资料而留存下来的诸多书目中，能够看出江户时代无论是幕府官员，还是私人书店，都有向到长崎从事贸易的商人订购书籍的记录。如以《唐本目录》为例，"该目录由唐本屋田中清兵卫所作，其目的无以得知，或用于接受水户德川家的图书订购，或是因水户藩方面的需要而作"②。从此书可以得知在江户时代享有盛誉的书店唐本屋清兵卫就是御用书籍供应商，其从事书籍采购的历史十分悠久，③ 而其书籍的主要来源，就是通过来长崎从事贸易活动的商人订购的，这可以从当时留存下来的贸易书籍目录中看到唐

---

① 王勇、[日] 大庭修主编：《中日文化交流史大系·典籍卷》，浙江人民出版社1996年版，第22页。

② [日] 大庭修：《江户时代中国典籍流播日本之研究》，戚印平、王勇、王宝平译，杭州大学出版社1998年版，第175页。

③ [日] 大庭修：《江户时代中国典籍流播日本之研究》，第174—177页。

本屋的订购记录。①

但是，仍然很难从江户时期的书籍贸易书目中找到采购词学文献的记录，在各类采购书籍当中，也只查到享和三年（1803）御用书籍采购中有《读画斋丛书》，以及书店采购中有《知不足斋丛书》：此两种丛书中收录有词集。因此可以说，在江户时代以前，中国词学文献东传的采购一途是聊胜于无的。

日本明治维新以来，一方面由于西学在日本得到前所未有的重视、中国旧籍的价格大跌，传入日本的汉籍并没有出现像江户时期需要竞价购买的热潮。不仅如此，到日本访书购书的中国人也日渐增多。另一方面，许多专门的汉学家陆续到中国访书、采购，这一时期个人（包括受公私藏书机构委托的个人）采购成为汉籍东传的重要途径。

明治维新以来，来华日本人数量庞大，已难以确考其数，而其中有不少汉学家、书商到中国采购书籍，如内藤湖南、田中庆太郎、武内义雄、神田喜一郎、长泽规矩也、吉川幸次郎等。② 这里以仓石武四郎《述学斋日记》为例，一窥其在中国留学时采购之词学文献：

  1.19 潘曾莹《鹦鹉帘栊词钞》；

  2.1 谭献《复堂诗词》，庄棫《蒿庵诗词》，夏宝晋《笛椽词》，深莲生《香草溪词》；

  2.7 朱古微校《草窗词》，曹楙坚《昙云阁词钞》；

  2.22 陈廷焯《白雨斋词话》；

  3.17 查为仁、厉鹗《绝妙好词笺》；

  3.24 周邦彦《清真词》；

---

① 参见［日］大庭修《江户时代における唐船持渡書の研究》的"资料编"，关西大学东西学术研究所昭和四十二年（1967）。

② 以上诸人的访书活动，可以参见钱婉约《日本学人中国访书记》，宋炎辑译，中华书局2006年版。

3.27 郑文焯《苕雅馀集》、《绝妙好词校录》、《瘦碧词》；

4.6 纳兰容若《饮水词》；

4.13 黄景仁《悔存词钞》，王鹏运《半塘未定稿》，姜夔《白石道人歌曲》，王沂孙《花外集》；

4.18 顾贞观《弹指词》，杨夔生《真松阁词》，徐本立《词律拾遗》；

4.19 项廷纪《忆云词》；

5.5 清吟堂本《绝妙好词》；

5.10 黄大舆《梅苑》，汪景龙《碧云词》；

5.24 柯劭慧《楚水词》；

5.25 凌廷堪《燕乐考原》，戈载《宋七家词选》；

5.31《草堂诗余》；

6.20 沈振鹭《红树山房词集》，蒋敦复《芬陀利室词话》，罗振常《徵声集》，罗庄《初日楼稿》，陈亮《龙洲词》；

8.1《花间集》。①

以上仅为仓石武四郎所采购之词学书籍，此外还有不少获赠之书，如从孙人和处得到王敬之《三十六陂渔唱》、在俞家获赠俞陛云《诗词集》等。一个日本国费留学生，在半年左右采购如此之富，难怪连周一良也要感慨"他一个留学生在中国，怎么会有那么多的钱买那么多的书"② 了。这份采购的词学书单，有两点值得注意：一是这仅仅是一个留学生半年之内的采购，词学书籍已十分可观；若加上其余来华采购书籍的学人，其总数一定让人惊叹。二是存在同种书籍的不同版本，如《绝妙好词》，有宛平查氏原刊本《绝妙好

---

① 以上为笔者从仓石武四郎《述学斋日记》中摘录、整理而成，参照［日］仓石武四郎著，荣新江、朱玉麒辑注《仓石武四郎中国留学记》，中华书局2002年版。

② 周一良：《仓石武四郎中国留学记序》，［日］仓石武四郎著，荣新江、朱玉麒辑注《仓石武四郎中国留学记》，中华书局2002年版，第1页。

词笺》、吴兴朱氏无著庵合刻《绝妙好词校录》①、清吟堂本《绝妙好词》等。只有词学学识非常广博的学人才有兴趣、有辨识力收藏同一种书籍的不同版本。

可以说，明治维新以后，特别是大正、昭和以来，采购成为中国词学文献东传日本的主要途径。

二　输入

输入是相对采购而言的，"采购是东人来中国购买书籍，输入则是中国人将书籍带进"。② 这里的输入主要分两种：一种是中国人因政治等因素移居日本，文人所携带物品中往往有书籍，这是非商业性质的输入；另一种是指在日中贸易中，商人将中国书籍带往日本售卖的现象。考虑到晚清以来，赴日中国人增多，随身将书籍带往日本的情况十分普遍，倘若回国时又将书籍带回，则不能视之为输入。如王国维在辛亥革命期间，曾带有大量的词曲书籍东渡，但其中大部分都被带回国，部分赠送给罗振玉的词曲书也被带回国内，因此不能称之为输入。虽然部分王氏词曲书最终也确实东传至日本（详见第四章），但那是后来日本人从罗振常蝉隐庐、书肆等处采购而得，如吉川幸次郎就购得王国维旧藏《国朝词雅》，因此王氏词曲书的东传途径，应当归入采购。

遣唐使废止以后，日本与唐、宋、元、明的贸易一直还在延续，但主要依靠民间的商船。但是很不幸，"在这种商业活动中，非常难以把握中国书籍的舶载输入情况。这时与江户时代不同，不仅对外的港口有多处，而且也没有留下什么文书记录"③。也许出于

---

① 郑文焯所著《苕雅馀集》不分卷、《绝妙好词校录》一卷、《瘦碧词》二卷，《仓石文库临时目录》著录有民国四年（1915）吴兴朱氏无著庵合刊本，当即此本。参见《仓石武四郎中国留学记》，中华书局2002年版，第105页。
② 张伯伟：《清代诗话东传略论稿》，中华书局2007年版，第97页。
③ 王勇、[日]大庭修主编：《中日文化交流史大系·典籍卷》，浙江人民出版社1996年版，第60页。

上述原因，考察江户时代以前中国典籍传入日本的学者多依据具体的人员交流来探索书籍的东传情况，如严绍璗就将江户以前的书籍东传轨迹分为"以人种交流为自然通道的传播方式""以贵族知识分子为主体的传播方式""以禅宗僧侣为主体的传播方式"等三种方式①。这三种方式，概括地说，都是以人员往来为主体的，其中若有中国人东渡而带至日本的典籍，这种典籍东传的途径即可视为输入。

日本学人将东渡至日本的中国人称为"渡来人"，学界对"渡来人"已经作了较充分的研究②。"渡来人"中的"被虏人""漂流民"携带典籍的情况想必是非常少的，只有自愿东渡的僧侣或文化人，才可能携带典籍。若细究以这种人员携带方式输入的词学文献，可以举江户早期东渡的心越禅师、魏双侯等人。

心越禅师，俗姓蒋，名兴俦，字心越。其传记可参考斧山迁衲所撰《东皋心越禅师传》③、高罗佩《东皋心越禅师传》④等。关于心越禅师东渡及所带之物品，岸边成雄云：

> 至延宝四年（1676）东皋禅师一行终于漂流至萨摩而于正月十三日入港长崎，在当天傍晚心越终得在邀请他赴日的兴福寺住持澄一的寺院解装而安。令人深感不可思议之事为：在多灾多难的乘船东渡之行中，东皋所携来的五张古琴以及多部琴

---

① 参见严绍璗《汉籍在日本的流布研究》，江苏古籍出版社1992年版，第3—48页。

② 日本中世前期"渡来人"情况，可以参见森克己《增補日宋文化交流の諸問題》（国書刊行会1975年版）；中世中期"渡来人"情况，可参见榎本涉《東アジア海域と日中交流》（吉川弘文館2007年版）；中世后期"渡来人"情况，可参见关周一《前近代の日本と東アジア》（吉川弘文館1995年版）等。

③ ［日］斧山迁衲：《东皋心越禅师传》，载［日］浅野斧山编《东皋全集》，禅书刊行会明治四十四年（1911）。

④ ［荷兰］高罗佩：《东皋心越禅师传》，《明末义僧东皋禅师集刊》，商务印书馆1934年版。

谱竟然完整无缺。①

日本江户时代出版有名为《东皋琴谱》《琴谱》的两种琴谱，两书均称从心越传来，②可能即源于东皋所携来的"多部琴谱"。琴谱当中收录有不少五代、宋人以及清人邹祇谟的填词。

晚明仕人魏双侯在明清易代之际避居日本，其子孙皆习明乐，筒井郁所作《君山先生传》云："明乐所传，凡八调，其器管四、弦三、考击四，其词曲凡二百余。"③其后出版的《魏氏乐谱》中，收录填词约有二十阕。

日本幕府在宽永年间（1624—1643）实行锁国令，中日之间的人员往来受到了极大限制，因此这种"渡来人"携带典籍而来的输入方式逐渐变得罕见，而另一种依靠贸易输入典籍的方式却兴盛起来。

江户时代的日清贸易中，书籍并不占有很大的比例。这里以松浦章《清代海外贸易史的研究》第一部第五编《清代对日贸易的贸易品》所载的长崎贸易船四艘贸易品统计，仅有天明八年申三番船积荷货物里有"西湖中景图书，二匣""图书，九方"的记录④，书籍在贸易货物中的比重可谓九牛一毛。但是江户时期到长崎贸易的中国唐船非常频繁，加上锁国中的日本仍然有大量的汉籍需求，这就吸引了商人以书籍作为贸易品而牟利，到明治维新为止，以贸易方式输入的汉籍总量非常大。中国词学文献在东传的汉籍中比重也非常小，但是在清朝盛行的词学典籍也大部分通过此种方式东传至日本。

---

① ［日］岸边成雄：《江户琴士探源》，杨桂香译，《中央音乐学院学报》2003年第4期。

② 参见［日］神田喜一郎《日本填词史话》，程郁缀、高野雪译，北京大学出版社2000年版，第71—72页。

③ 参见［日］神田喜一郎《日本填词史话》，第83页。

④ 参见［日］松浦章《清代海外貿易史の研究》，朋友書店2002年版，第364—381页。

三 翻刻

日本翻刻中国书籍的历史悠久，翻刻书籍的种类以及数量也庞大。长泽规矩也、长泽孝三编纂有《和刻本汉籍分类目录》①，其中收录的和刻汉籍总量让人惊叹；沈津、卞东波编著的《日本汉籍图录》著录有 1810 种日本翻刻的汉籍，数量相当可观②。就词学书籍而言，日本翻刻的数量却十分稀少，可查见的仅有"日本翻刻宋本《白石道人歌曲》六卷、《歌词》一卷、《附录》一卷"③ 等少数几种。但是在各种翻刻的典籍中，不乏零散的词学资料存在。如《诗人玉屑》，日本有"正中元年（1324）版"④ "宽永十六年（1639）田原仁左卫门印本" "正德二年（1712）川胜五郎右卫门、濑尾源兵卫印本"⑤ 等多种翻刻本，与中国的普通传本相比，日本翻刻本多出卷二十一《中兴词话》，这也许可以视为日本最早的翻刻有词学资料的书籍。

也许是为了作诗或广博知识的需要，日本翻刻有不少东传的韵书、类书，其中暗含的词学资料也是不容忽视的，如《乐府群玉》《韵镜》《事林广记》等。这里以清朱琰编《词林合璧》为例，此书日本有"花本鸿（栀园）校、天保九年（1838）序越后花本氏刊本。小四册"。⑥ 在此书当中，随处可见词句的引入，如"鸭炉"词

---

① 参见长泽规矩也、长泽孝三编《和刻本汉籍分类目录》，汲古书院 2006 年版。
② 参见沈津、卞东波编著《日本汉籍图录》，广西师范大学出版社 2014 年版。
③ 参见王宝平主编《中国馆藏和刻本汉籍书目》，杭州大学出版社 1995 年版，第 555 页。
④ 张伯伟考证云："此书有正中元年（1324）版，吉泽义则《日本古刊书目》于'第三镰仓时代'下著录，藏'京都帝国大学'（今京都大学）。"参见张伯伟《清代诗话东传略论稿》，中华书局 2007 年版，第 104 页。
⑤ 王宝平主编：《中国馆藏和刻本汉籍书目》，杭州大学出版社 1995 年版，第 551 页。
⑥ （清）朱琰编：《词林合璧》，收录于长泽规矩也编《和刻本类书集成》第六辑，上海古籍出版社 1990 年版，第 1 页。

条，举例句为"毛滂词'凤绣犹重，鸭炉长暖'。"① 载有填词、词林纪事的其他翻刻本典籍还有不少。

值得一提的是，日本翻刻中国典籍的方法有多种，有些是覆刻本，而有些则是新刻节选本等。以明代吴讷编《文章辨体》及徐师曾《文体明辨》为例，关于此二书的东传，神田喜一郎在论述林家一门的填词时云：

> 前面举有《郁金香》，这里又有《更漏子》，我读了这些以后，对当时他们虽作填词、但是否掌握了有关填词的知识，则抱有很大的疑问。根据罗山年谱，知道他曾于庆长九年（1604）读过明代吴讷编纂的《文章辨体》，此书的外集中，有以《近代词曲》为题的填词的平仄图谱②。我想罗山是不应该看不见的。另外，以《文章辨体》为基础，徐师曾编纂的《文体明辨》等，在罗山的时代也从海上传到日本，于宽文十三年（1673）曾翻刻出版；此书的附录中有《诗余》部，载有详细的词牌平仄图谱。但博洽的林家一门的人们，谁也没有看到这方面的知识，实在令人难以想象。③

吴讷《文章辨体》有天顺八年（1464）刊本，此本内集有50卷，外集5卷。神田喜一郎所言《文章辨体》"外集"，当为外集第

---

① （清）朱琰编：《词林合璧》，收录于长泽规矩也编《和刻本类书集成》第六辑，上海古籍出版社1990年版，第181页。

② 神田喜一郎所言"《文章辨体》，此书外集中，有以《近代词曲》为题的填词的平仄图谱"，今查阅北京图书馆藏《文章辨体》外集，只有词作的选录，未见有平仄图谱，神田先生或一时误记，抑或所据尚有别的版本？参见《续修四库全书》第1602册，上海古籍出版社2002年版。

③ ［日］神田喜一郎：《日本填词史话》，程郁缀、高野雪译，北京大学出版社2000年版，第60页。

五卷的《近代词曲》部分①。《文体明辨》日本有宽文十三年（1673）翻刻本，但林罗山（1583—1657）显然不可能依据翻刻本填词，那林罗山是否依据了东传的《文体明辨》填词，可能性也非常小，其原因有两个方面：一是《文体明辨》附录部分"诗余一"至"诗余二十五"，词牌的分类或按音乐，或按天文地理，或按词牌字数，排列非常混乱，不便于参考；二是这一时期日本人的词体观念还不成熟，对词也多停留在欣赏阶段，用于填词的平仄图谱还未得到应有的重视。另外值得注意的是，日本元禄七年（1694）还有《文体明辨粹抄》的刻本问世②，书中虽保留有"诗余"的序论部分，但是"词牌平仄图谱"均被略去。这可以看出两点，一是《文体明辨》在日本较受欢迎，因此一再被翻刻；同时也说明，其中的填词平仄图谱并没有引起日本人的重视。

还可提及的是，中国刻工的东渡，大大促进了日本刻书业的发展。而其中尤以元明易代之际东渡日本的刻工影响最大。《日工集》应安三年（1370）九月二十三日载："唐人刮字工陈孟才、陈伯寿二人来。福州南台桥人也。丁未年（1367）七月到岸，大元失国，今皇帝改国为'大明'。"③此外福建莆田刻工俞良甫的到来，也促进了日本刻书业的兴盛，可以说日本五山版的发达，与东渡而来的刻工不无关系。

---

① 吴讷《文章辨体》的版本问题，可以参见吴承学《明代文章总集与文体学——以〈文章辨体〉等三部总集为中心》（《文学遗产》2008年第6期）一文小注部分："《文章辨体》的版本，常见的有《四库全书存目丛书》集部第291册，据吉林省图书馆藏明天顺八年刻本。另《续修四库全书》第1602册，内集据北京大学图书馆、外集据北京图书馆藏明天顺八年刻本影印。'存目'与'续集'两种虽皆标'天顺八年刻本'，但实不同。两书各有漫漶处，可以互校。"

② 日本早稻田大学图书馆藏有《文体明辨粹抄》上、下两册，元禄七年（1694）丸屋市兵卫刊行，书中添加有日文训点符号，可以判断为新刻。

③ 转引自［日］榎本涉《東アジアの海域と日中交流》，吉川弘文馆2007年版，第222页。

四 馈赠

中日文人间的图书馈赠由来已久，但是词学文献的赠送却要到晚清才出现。原因大概是明治维新以后，日本才出现专门的词学家，热衷于词学的学人才逐渐增多。而中国方面，从常州词派的"尊体"开始，到晚清词学大盛，特别是到 20 世纪，词学成为显学，词学学科也在二三十年代正式确立。传统的"词为小道"的观念逐步改变，晚清、民国文人有词集专集的现象已十分普遍。在这样的背景下，中日的词学交流得以展开，赠送词学文献的现象才时有发生。

前文已略及仓石武四郎在中国留学期间获赠词集的情况。这里再以徐珂赠送日本友人词学文献为例，考察词学文献东传的馈赠一途。

徐珂（1869—1928），字仲可，浙江杭县（今杭州市）人。因父恩绶与谭献为故交，故得师事谭献。戊戌政变后归里，辑录整理谭献词论为《复堂词话》。徐珂与日本文人久保天随的交流，神田喜一郎已略论及，提及徐珂为久保天随《秋碧吟庐诗钞》作序。[①] 徐珂、久保天随自民国九年（1920）起以书信往来，十四年（1925）会晤于上海，徐珂赠以大量书籍，至十七年（1928）徐珂过世，二人以诗会友，前后论交八年。[②]

1928 年徐珂逝世，久保天随在《随鸥集》刊载《天苏阁主长逝》的悼念文章，其中提及徐珂赠书之事：

> 十四年八月，我游毕山东，从青岛航行至上海，投宿于东和洋行。徐君最先来拜访，更在一酒楼招待我。次日，我参观

[①] 参见［日］神田喜一郎《日本填词史话》，程郁缀、高野雪译，北京大学出版社 2000 年版，第 707、710 页。

[②] 参见佘筠珺《论久保天随与清末民初文人徐珂的诗词交流》，《第一届明清歌谣与民国旧体文学会议论文集》，2016 年。

东亚同文书院，车过宝兴西里，就顺路拜访了先生家。（先生）不仅热情招待我，还向我展示了他收藏的图籍书画，又赠送我《樊谏议集七家注》、《茶坪诗钞》等十数部书。①

这十数部书，虽然只列举了两种，其余书目难确定，但我们可以从久保天随的藏书目录中看到徐珂赠送的书籍达到二十余种。可见这次拜访徐珂家所获赠的还只是徐珂赠书的一部分，想必徐珂之前或者之后还通过友人携带或邮寄方式赠送过书籍，因为二人在见面之前，久保天随就曾请徐珂为其诗集作序，徐珂也曾寄赠诗集《天苏阁诗稿》请久保天随点评。久保天随自编图书目录《虚白轩所藏书目》中，列入的徐珂赠送书籍如下：

《缶庐集》一帙二册，《樊谏议集七家注》一帙二册，《越缦堂诗话》一帙二册，《茶坪诗钞》一帙二册，《心园丛刻一集》一帙二册，《天苏阁丛刊二集》一帙六册，《浔溪诗征》二帙二〇册，《琴书、琴史补》一帙八册，《中国小说史略》一册，《谭评词辨》一册，《钱牧斋读杜小笺》一册，《知北游草》一册，《灵峰志》二册，《甲乙消寒集》二册，《东华尘梦》一册，《三子游草》一册，《涛园集》二册，《梦窗甲乙丙丁稿》一册，《双辛夷楼词》一册，《敝帚集》一册，《晚崧斋遗著》一册，《晨风庐唱和续集》一册，《其荇集》一册，《华蕊楼遗稿》一册，《百和香集》一册，《三江涛声》一册。②

共计单集二十四种，丛书两种。据《中国丛书综录》，《心园丛刻一集》收录有《樊绍述遗文》一卷、《李文诚公遗诗》一卷、谭仲修《复堂词话》一卷、《先公徐印香（恩绥）先生先妣陆太淑人传志》

---

① 《随鸥集》第283号，随鸥吟社1928年版，第60—62页。
② [日]久保天随：《虚白轩所藏书目》，早稻田大学图书馆藏手写本。

一卷、《大受堂札记》五卷；《天苏阁丛刊二集》收录有《五藩梼乘》《可言》十四卷、《五刑考略》一卷、《秀水董氏五世诗钞》一卷、《高云乡遗稿》一卷、《复庵觅句图题咏》一卷、《小自立斋文》一卷、《真如室诗》一卷、《纯飞馆词续》一卷。全部书籍统计，徐珂赠送给久保天随的词学典籍除了自己的词集《纯飞馆词续》以外，还有《谭评词辨》《复堂词话》《梦窗甲乙丙丁稿》《双辛夷楼词》等数种。

中日文人交往、赠送书籍的情况还有不少，晚清民国以来的词学大家赠送的词学文献不在少数。立命馆大学中田勇次郎旧藏词学文库中，也有唐圭璋、夏承焘诸词学家赠送的论著、论文，反映出赠送书物既是中日文人交往的方式，也是词学文献东传的途径。

五 其他途径

除以上四种主要的东传途径外，抢夺、抄录等也是中国典籍东传的方式。就词学文献来说，这几种方式并不多见，但仍然存在。

日本《蓬左文库骏河御让本目录》"汉籍"中，有不少为"朝鲜古活字本""朝鲜刊本"等，毋庸讳言，其中有不少是在万历朝鲜之役（1592—1598）中抢夺的。大庭修云："伴随着丰臣秀吉对朝鲜的侵略，朝鲜活字也传入了日本。其结果使印刷业除了切支丹版（天主教）之外，还出现了古活字版。"[①] 不少中国典籍的朝鲜刊本也是这时期东传至日本的。"骏河御让本"中虽未见词集的著录，但存在别集中附录有词、著作中有词话的情况，例如《须溪先生评点简斋诗集》，卷十五为《无住词》；《文章辨体》"外集"卷五为"近代词曲"，录存有不少词作。

晚清民国时期，日本还发动数次侵华战争，掠夺的财物难以计

---

① 王勇、[日]大庭修主编：《中日文化交流史大系·典籍卷》，浙江人民出版社1996年版，第89—90页。

数，包括大量汉籍①，其中的词学文献也不在少数。

抄录而东传的词学资料亦可举一例，即敦煌文献中的曲子词。这方面不得不提及神田喜一郎。神田喜一郎一直关注敦煌学，曾在1934—1936年间留学英、法，留学的主要目的就是抄阅敦煌文书，敦煌文献里的诗词自然也引起了神田的注意，他很早就关注到王重民辑录的《敦煌曲子词集》，同时也发表有《关于〈敦煌二十咏〉》②等相关研究论文。

第二节　东传日本词学文献的价值

东传日本词学文献的价值，从大的方面来说可以概括为两个方面，一是具有文本的文献价值；二是有助于考察词在日本的传播接受情况。

从文献角度来说，黄仁生指出："从理论上说，日本历代输入的汉籍在中国都应有同版书保存传世，但由于历次战乱以及其他种种原因，使中国大量的书籍焚毁失传，而其中却有相当数量的书目在日本保存有原刻本或翻刻本。"③ 这当然是就刻本而言，此外如名家批注本，即使国内存有相同版本的书籍，因为名人批注之存在，使得东传之书籍也有了重要的参考价值，更不用说其他写本、孤本。东传日本的词学文献的价值也是如此，我们以词学大师唐圭璋编纂《全宋词》为例，一窥日本所存词学文献的价值。

---

① 这方面的研究成果众多，各地图书馆在战争时损失之书籍都有相关报告。可参见孟国祥《日军对中国图书的掠夺与利用》（《团结报》2015年11月19日），庄虹、张冬林《我国抗战时期古籍、图书损失略述》（《科学经济社会》2013年第4期），等等。

② ［日］神田喜一郎：《敦煌二十詠について》，《史林》第二十四卷第四号昭和十四年（1939）。

③ 黄仁生：《中国文学古今演变刍议》，东方出版中心2014年版，第478页。

唐圭璋从《词学季刊》创刊号开始，陆续发表宋词辑佚之作；而自《词学季刊》第 1 卷第 3 号发表《全宋词编辑凡例》起，开始系统地清理宋词文献、编纂《全宋词》。"仅以一人之手完成如此巨著，定需要极大的辛劳，想来其他支持者提供的协助也一定不少。实际上，唐圭璋在编纂旧版《全宋词》时，确曾在国外寻求协助者，广泛调查日本所存的文献。"①

立命馆大学词学文库藏有日本词学大师中田勇次郎旧藏书物，其中有多封唐圭璋、夏承焘、吉川幸次郎诸先生往还的信函、文稿，颇为珍贵。唐圭璋致中田氏书信二封写于其编纂《全宋词》的过程中，内容主要涉及词人考订、词作辑录以及日本词学文献的查阅，这对我们了解《全宋词》的成书过程及域外词学文献的利用情况颇具参考价值。现在先将第一封书信转载如下：

中田勇次郎先生大鉴：

拜读大示、欣慰之至，所指陆敦信、莫少虚、陆永仲、李长庚四则，尤感　高谊。陆敦信见《花庵词选》、莫少虚见《梅苑》，向皆不知其名，今得先生发明，亦大快事也。惟据《洞霄图志》云："陆凝之，字永仲，号石室，余杭人。"似可与《咸淳临安志》互订也。又李长庚，字子西，但据陶梁《词综补遗》云："李子西，号冰壶。"尚不知孰误。弟辑《全宋词草目》，罅漏颇多，尚望先生不吝赐教，兹有询者数事：

①贵国贞享初（当我国清康熙初）所刻《事林广记》（宋陈元靓编）内有宋人佚词，吾国无此书，便乞先生代查一过赐寄可乎？吾国《蕙风簃随笔》中录得五首，度其他必仍有也。

---

① 参见［日］芳村弘道、萩原正树《唐圭璋氏〈全宋詞〉編纂の一過程——中田勇次郎先生宛二通の唐氏書函を通して》，《学林》2002 年第 35 号，第 97—116 页。中文译本《从唐圭璋先生的两封信看〈全宋词〉的编纂过程》发表在《南京师范大学文学院学报》2002 年第 4 期，本文主要参照日语本。

②吾国明人之《喻世明言》，惟贵国有之，其间或仍有宋人佚词，亦仰望先生见示。

③吾国曹元忠云：汲古阁所景《梅苑》，归诸贵国岩崎氏，不知视今李祖年刻本《梅苑》为何如？先生亦得见此书否？

琐费清神，感荷无极，天涯比邻，幸希不弃。

此请

箸安　　　　　　　　　　　　弟唐圭璋上　七月十九①

信函收件人中田勇次郎（1905—1998），号有庐，书斋名心花室。因遵从汉人名多为三字习惯，藏书印为"中田勇"。中田勇次郎是日本知名的书法研究者、词学家，书法研究著作有《中国书法理论史》《日本篆刻》等；其词学研究成果也颇丰富，他最早将张惠言《词选》译介至日本，编选有《历代名词选》，词学研究著作有《读词丛考》等。

这封书信落款只写有月日，但信封中有邮戳，时间为廿四年七月二十一，即此信写于民国二十四年（1935）。其时中田勇次郎正在京都大学求学，在铃木虎雄、青木正儿等教授指导下研究宋词，他的毕业论文即以《两宋词人姓氏考》为题。

唐圭璋谓"大示，欣慰之至"，应该是得见中田氏书信或文稿，从而留意陆敦信、莫少虚、陆永仲、李长庚四位词人的信息。到写作这封信为止，我们可以看出唐圭璋对以上四人尚未细究，《词学季刊》刊载的《全宋词初编目录》《两宋词人时代先后考》中未见陆敦信、莫少虚、李长庚三人姓名②。中田氏的《两宋词人姓氏考》中附录的《〈历代诗余〉两宋词人姓氏补遗》中已著录有"陆蕴 字敦信 见宋史"

---

① 唐先生手写书信存于日本立命馆大学图书馆中田勇次郎先生"词学文库"，其图版可参见前注两篇论文；第二封书信也一样，不另注。

② 参见唐圭璋《全宋词初编目录》(《词学季刊》1933 年第 1 卷第 3 号)、《两宋词人时代先后考》(《词学季刊》1934 年第 2 卷第 1 号、1935 年第 2 卷第 2 号)。

"莫将^{字少虚见江西}_{通志六十七}""陆永仲^{字维之一名凝之字子才见}_{咸淳临安志六十九号石室}""李长庚^{字子西}_{号冰壶}"。① 《花庵词选》卷八收录有陆敦信《感皇恩·旅思》一首，《梅苑》卷七收录有莫少虚《木兰花·十梅未开》十首、卷八收录有《独脚令》一首，然而二人均以字行，未见名讳及籍贯。《宋史》卷三百五十四："陆蕴，字敦信，福州侯官人。"② 《江西通志》卷六十七："莫将，字少虚，分宁人。"③ 在中田氏的提示下，唐圭璋重加考订，其后的《两宋词人占籍考》福建省下录有："陆蕴，侯官"；而修订后的《两宋词人时代先后考》已经补充了莫将的信息："莫将字少虚，宋宁州人……有词见《梅苑》。"④

中田氏所据《咸淳临安志》卷六十九云："陆维之，字永仲，一名凝之，字子才，号石室，余杭人。"⑤ 唐圭璋在这封书信前，已著录有："陆凝之，字永仲，号石室，余杭人。高宗朝，以布衣召见，辞不赴。有词见《洞霄图志》。"⑥《洞霄图志》卷五"陆石室先生"条载："陆维之，字永仲，一名凝，字子才，余杭人。"⑦ 可以看出唐圭璋从《洞霄图志》引录时已校改过。两书所载名讳不同，故先生言可以互订也。

中田氏毕业论文《两宋词人姓氏考》载："李长庚，字子西，宁远人，绍兴二十四年进士，号冰壶，见《宋诗纪事补遗》四十

---

① ［日］中田勇次郎：《两宋词人姓氏考》，此为中田氏博士论文题，论文手写本存于立命馆大学"词学文库"，后收录于中田勇次郎《读词丛考》、创文社1998年版，第118—119页。
② （元）脱脱等编撰：《宋史》卷三百五十四，中华书局1977年版，第11160页。
③ 赵之谦等撰，刘坤一等修：《江西通志》卷六十七，光绪七年（1881）重修本。
④ 可参见唐圭璋《两宋词人占籍考》（最早发表于《中国文学》1943年第2期）、《两宋词人时代先后考》（最早发表于《词学季刊》第2卷第1、2号），两文均收录于《词学论丛》，上海古籍出版社1986年版。
⑤ （宋）潜说友：《咸淳临安志》卷六十九，《文渊阁四库全书》本，台湾商务印书馆1986年版，第490—712页。
⑥ 唐圭璋：《两宋词人时代先后考》，《词学季刊》1935年第2卷第2号。
⑦ （宋）邓牧：《洞霄图志》卷五，《知不足斋丛书》本。

四。"① 而陶樑《词综补遗》卷十五录有李子西《玉楼春》一首，姓名条下载"号冰壶"②。"西"与"酉"形近，两书所载不同，故唐圭璋称"不知孰误"。

以下三条乃是唐圭璋编辑《全宋词草目》过程中，请托中田氏查阅日本相关的词学文献。《全宋词草目》是《全宋词》成书前最为重要的一份目录，有按时代先后和笔画顺序排列的两种排印本，由国立编译馆印行。今结合此书信及刊行后的《全宋词草目》来笺释唐圭璋所询三事。

唐圭璋所云日本贞亨初所刻《事林广记》，乃受况周颐的影响。况氏《餐樱庑词话》"宋代曲谱"条云："日本贞亨初，当中国康熙初。所刻《增类群书类要事林广记》。吾国西颖陈元靓辑。"③ 但据长泽规矩也《和刻本汉籍分类目录》知此书原刊时间为元禄十二年（1699），况氏或据书前贞亨元年序言定为贞亨初所刻。唐圭璋引录时，或许尚未留意况氏另一则笔记，《餐樱庑词话》"《事林广记》多雅故珍闻"条云："《群书类要事林广记》，西颖陈元靓编。康熙三十九年版行于日本。（彼国元禄十二年。）"④ 这条笔记录有《满庭芳》三首、《鹧鸪天》《水调歌头》共五首词，而《蕙风簃随笔》中未见辑自《事林广记》之词，或者这里的"蕙风簃随笔"乃泛指况氏著作。唐圭璋下一封书信已明言《餐樱庑词话》所引诸词，说明两份书信之间，唐圭璋曾细阅况氏《餐樱庑词话》。

至于《喻世明言》一书，唐圭璋所指乃是明天许斋刻本，国内不存，但日本内阁文库有收藏。《全宋词》的参考书目中的"话本、小说类"未载，可知其中并未有新的宋词发现。《梅苑》一书之具体情况，唐圭璋致中田勇次郎的第二封书信有详细说明，亦将唐圭

---

① ［日］中田勇次郎：《两宋词人姓氏考》，《支那学》1936 年第 8 卷第 2 号。
② （清）陶樑：《词综补遗》卷十五，道光刻本。
③ 况周颐：《蕙风词话续编》卷一，唐圭璋编《词话丛编》，中华书局 1986 年版，第 4532 页。
④ 况周颐：《蕙风词话续编》卷一，唐圭璋编《词话丛编》，第 4552 页。

璋手写信件转载如下：

中田勇次郎先生雅鉴：

读八月五日手示，快慰无似。多累代钞《事林广记》中之词，亦至感歉。陈元靓为宋末元初人，可信也。惟《十万卷楼丛书》所刊《岁时广记》为四十卷，作四卷，盖误也。所钞九词，东坡《判词》，《西湖志余》曾见之。张魁《判词》，《中吴纪闻》谓是仲殊词，究未知孰是也，吾友赵万里辑仲殊《宝月词》引之，惟谓《事林广记》不注撰人，则非是也。判僧奸情《江南竹》一首，《留青日札》载之，惟作方国珍词。其僧名竺月华，亦非法聪也。先生所举九词见癸集卷十二、卷十三，但吾华况蕙风《餐樱庑词话》引其戊集亦有《满庭芳》《鹧鸪天》等词，先生可勿须钞也。又谓卷八_{未注明干支}有《音乐举要》，论谱字颇详。又谓卷二《文艺类》有言宫拍，与白石词颇可印证，则此书信可宝矣。李祖年《梅苑》系自印分送者。现渠已死，无从问得。坊间如有发见，当购奉台端。《静嘉堂书影》已见过，惟无《梅苑》耳。赵万里以二百金，自贵国写真，可以假弟。则此本可以见到，至快意也。又《皕宋楼藏书志》卷一百二十载陈经国《龟峰词》一卷_{有注云：案，陈经国，字伯大，小定父，潮州海阳县人。宝祐四年进士。见《登科录》。其书《四库》未收，各家书目罕见著录}，又载陈人杰《龟峰词》一卷_{有陈容跋语及陈合一绝。陆氏谓陈人杰，仕履无考，与经国显系二人}，后者《四印斋所刻词》已印出。惟前者则无从得见也。令师有一知己在静嘉堂，务恳托之钞得。钞值若干，当寄奉也。闻诸桥辙次为静嘉堂文库代表者，或径托渠可乎？贵国专究词学者（或文艺者），尚乞见示地址。此次分笔画《词目》印成，将再乞贵国学人指教也。弟仅知盐谷温在帝大，他不知也。匆此敬上，并请著安。

弟唐圭璋上　八月廿日

两封书信经芳村弘道、萩原正树注释，文献所指已十分明晰。

若将唐圭璋两封书信中提及之日藏词学文献作一梳理，则有：日本元禄十二年（1699）刊本《事林广记》，明天许斋刻本《喻世明言》，静嘉堂文库《梅苑》《龟峰词》等。值得注意的是，从两封书信也可以看出，况周颐、赵万里诸词学大家也十分重视存于日本的词学文献，况氏收藏有和刻本《事林广记》，也可看作是日刻汉籍的回流；赵万里则斥二百金影照静嘉堂文库《梅苑》，唐圭璋编纂《全宋词》参照书目里有《梅苑》，注有"汲古阁影宋抄本，赵万里先生照片，又楝亭十二种本，又武进李氏圣译楼排印本"①，"赵万里先生照片"可以与书信所指相互印证。另外，唐圭璋赠送日本学人之《全宋词草目》，也是中国词学文献东传的方式，即前一节所述之赠送一途也。

　　以上仅为唐圭璋编纂《全宋词》中利用之东传日本的词学文献，已可略窥日本所存词学文献的价值。此外，日藏各种稀见的书籍中散见的词学资料价值也颇大，如王兆鹏、萩原正树就曾依据黄仁生所著《日本现藏稀见元明文集考证与提要》提供的线索，寻检出日本所藏若干稀见明人诗文别集所载词 183 首②，其后周明初又续有补录③，从中也可概见日本所藏文献中散存词学资料的价值。本文第六、第七两章所考述的日本所存词籍丛编两种，其文献价值也值得重视。

　　另一方面，梳理词学文献东传日本之过程，也可考察日本读者对词的接受情况。正如一本书的刊印次数能反映该书的受欢迎程度一样，和刻本汉籍也能够反映一部东传日本之汉籍在日本受欢迎的

---

① 唐圭璋：《全宋词·引用书目》，唐圭璋编《全宋词》，中华书局 1965 年版，第 20 页。

② 参见王兆鹏、[日] 萩原正树《〈全明词〉补遗——日本藏稀见明人别集所载词辑录之一》《〈全明词〉补遗——日本藏稀见明人别集所载词辑录之二》等，《古籍整理研究学刊》2007 年第 1、2 期。

③ 参见周明初、彭志《日本所藏稀见明词辑补（一）》（《阅江学刊》2013 年第 6 期）、《日本所藏稀见明词续补》（《南京师范大学文学院学报》2014 年第 2 期）等。

程度。这里以明徐师曾《文体明辨》为例，此书在日本有宽文六年（1666）京都伊东氏刻本；同时又有《文体明辨粹钞》二卷的刊刻，且分别有宽永年间（1624—1644）刻本、宽政六年（1794）补刻本；此外还有《文体明辨纂要》三卷，葵华书屋刻于明治十一年（1878）①，虽然此为日本人著作，但仅从题名即可知受到《文体明辨》之影响。因此可以说《文体明辨》一书在日本是很受欢迎的。又因为此书传入日本的时间颇早，难怪神田喜一郎要对号称博学的林门一家未关注此书感到失望："以《文章辨体》为基础，徐师曾编纂的《文体明辨》等，在罗山的时代也从海上传到日本，于宽文十三年（1673）曾翻刻出版；此书的附录中有《诗余》部，载有详细的词牌平仄图谱。但博洽的林家一门的人们，谁也没有看到这方面的知识，实在令人难以想象。"②

毋庸讳言，在江户时代以前，日本学人对词的认识水平十分有限。东传至日本的词学文献，除了零散于各类书、地理书、韵书之类的词作之外，极少有词集东传，陈振孙《直斋书录解题》里所录"歌词类"及所言"百家词"③均不见有东传至日本的记载，现在能查阅到在江户时代以前东传至日本的，恐怕只有苏轼的词集。五山僧侣爱读的收录有词话的典籍中，多载有词人纪事。可以说，从东传词学资料来看，词话里的"纪事"一种，在日本较受欢迎。

江户时代早期，随着《花间集》《草堂诗余》等词集的传入以

---

① 以上所列，可参照王宝平主编《中国馆藏和刻本汉籍目录》，杭州大学出版社1995年版，第524—525页。

② ［日］神田喜一郎：《日本填词史话》，程郁缀、高野雪译，北京大学出版社2000年版，第60页。

③ 陈振孙《直斋书录解题》卷二十一为"歌词"类，于《笑笑词集》一卷下注云："临江郭应祥承禧撰。嘉定间人。自《南唐二主词》而下，皆长沙书坊所刻，号'百家词'。其前数十家皆名公之作，其末亦多有滥吹者。市人射利，欲富其部帙，不暇择也。"参见陈振孙撰，徐小蛮、顾美华点校《直斋书录解题》卷二十一，上海古籍出版社1987年版，第614—633页。

及《文章辨体》《文体明辨》等包含填词知识的典籍的传入，日本迎来了填词的复兴时代①。而江户时代以贸易输入为主的大量词学典籍的输入，也为明治填词高峰的到来作了充足的文献准备。②

东传至日本的词学文献，要走进日本一般读者的世界，离不开翻译。我们也可以从日本学人翻译的中国词学典籍中，窥探一般读者的喜好。以翻译中国词作成果最为突出的花崎采琰、中田勇次郎为例，他们所译大部分词作，以婉约抒情一派为主。这反映出，神田喜一郎所担忧的明治以前词坛只知浙西词派的状况，大正、昭和以来出现了转变，被常州词派斥为浙派末流的无寄托的咏物词在日本的受众越来越少。

---

① 参见［日］神田喜一郎《日本における中国文学 I——日本填詞史話上》（《神田喜一郎全集》第六卷，同朋舍1985年版）、［日］中尾健一郎《近世前期の詞作をとりまく江戸文壇——林門と加藤勿斎を中心に》（《風絮》2015年第12号）。

② 参见蔡毅《明治填词与中国词学》，《日本汉诗论稿》，中华书局2007年版。

第 三 章
词学文献东传的历程及其特征

东传日本的中国文献典籍，遍及经史子集四部，但客观地说，词学文献并不多见。关于词学文献较少传入日本的原因，村上哲见指出："其所以然者，历代日本人，虽然爱中国古典诗，尤其唐诗，但一直冷淡于词。"[1] 虽然如此，在千余年的中日书籍交流中，仍然有部分词学文献以不同渠道东传至日本。

词的起源颇早[2]，中国词传入日本的最早时间约在日本嵯峨天皇在位时期[3]。从词的产生、发展史来看，词的东传速度可谓迅捷。但此后词在日本并未得到重视，词学文献的东传也经历了漫长的低潮期。江户时代以来，传入日本的词学文献才逐步引起日本学人的重视，他们或效仿填词，或评论词风，或节录刊行，促进了日本填词的复兴及词学观念的进步。明治维新以来，日本文人的词学观念日渐成熟，在填词方面出现了明治填词三大家，日本人的填词与词学著作甚至引起了国内学者的关注。

---

[1]［日］村上哲见：《关于日本传存两种〈漱玉词〉》，《河北大学学报》1990年第1期。

[2] 关于词的起源时代问题，至今学界尚无定论，有源于六朝、源于隋朝、源于初盛唐、源于中晚唐等众多说法，可参见王伟勇、薛乃文合著《词学面面观》中《词的起源》部分，里仁书局2012年版，第34—48页。

[3]［日］神田喜一郎：《日本填词史话》，程郁缀、高野雪译，北京大学出版社2000年版，第6—8页。

本章依照时间次序，考察中国词学文献东传日本的轨迹，将其划分为三个时段，探讨每一时段的特征，并阐述其成因。

第一节　文献典籍东传的附属品 （平安时代至五山时期）

由于缺乏确实的文献记载和可靠的实物资料，中国文献典籍东传日本的最早年代已难确考。但由于词产生的年代较晚，加上词学文献东传日本的年代在日本已有可信的书面记录，所以，词学文献的东传有迹可循。

一　较早传入日本的词

"樱边觱篥进风雷，一脉嵯峨孕霸才。并世温馗应色喜，桃花泛鳜上蓬莱。"这是夏承焘写于 1973 年 2 月的《题域外词》七绝七首之一①，后收入《瞿髯论词绝句》之中。稍后吴无闻为这首绝句所作的解题云："日本词学，开始于嵯峨天皇弘仁十四年（823）《和张志和渔歌子》五首，一时宫廷贵族和者甚多，是为日本词学开山。上距张志和原作，仅后四十九年。"②嵯峨天皇的五首词作既为和张志和《渔歌子》而作，则《渔歌子》在弘仁十四年（823）之前传入日本当无疑问。夏承焘另一首论词绝句《张志和》亦云："谁唱箫韶横海去，扶桑千载一竿丝。"这两句诗"高度赞扬张志和的词篇'横海'东播，传至日本，为彼邦词学开山"③。

据神田喜一郎考证，张志和《渔歌子》作于大历九年（774）秋天，约经半个世纪即传入日本，其东传速度之快，让人惊叹。神

---

① 参见李剑亮《夏承焘年谱》，光明日报出版社 2012 年版，第 237 页。
② 夏承焘著，吴无闻注：《瞿髯论词绝句》，中华书局 1983 年版，第 80 页。
③ 陆坚：《张志和〈渔父〉的流播与日本填词的滥觞》，陆坚、王勇主编《中国典籍在日本的流播与影响》，杭州大学出版社 1990 年版，第 103 页。

田喜一郎进一步推测云："大概是入唐的朝廷使者中有某一风流文人，他将当时在中国最新流行的作品带回到日本。"① 因此可以说，遣唐使在中国词传入日本的过程中扮演了"急先锋"的角色。

在嵯峨天皇仿作《渔歌子》、有智子公主和滋野贞主奉命唱和之后，兼明亲王又有效仿白居易《忆江南》之作。田能村竹田写于文化纪元（1804）清明前一日的《填词图谱序》曾误把兼明亲王当成日本的填词鼻祖，他在序中说：

> 宋人以为词者诗之余也，诗既为文章中之一途，又以余称之，最戋戋者也哉。况于本邦，固为无用物耶。士人不敢专攻其业，殆束阁焉。然于古人中要之，有前中书亲王《忆龟山》之词。盖王夙好文学，才藻典丽，罹时不淑，退隐西山，掩关却扫，因制此词，寄调《忆江南》也。读之辞致凄婉，世与《菟裘》诸赋并传，当推以为我邦开山祖也。有祖无传，尔后绝响一千年于兹。②

兼明亲王的《忆龟山》十分有名。神田喜一郎指出："这个《忆龟山》的题下有'效江南曲体'，这显然是指白乐天的《忆江南》。白乐天《忆江南》词一共有三首，我想其中特别是以下两首乃是亲王填词的蓝本。"③ 既然是效仿白居易的《忆江南》，说明白居易的词作当时也已经传入日本。今查《忆江南》三首位于《白氏文集》卷三十四，而《白氏文集》在白居易生前就已经流传至日本。

兼明亲王为醍醐天皇的皇子，而在醍醐天皇之前的宇多天皇时

---

① ［日］神田喜一郎：《日本填词史话》，程郁缀、高野雪译，北京大学出版社2000年版，第8页。
② ［日］田能村竹田：《填词图谱序》，《填词图谱》，日本文化三年（1806）刊本。
③ ［日］神田喜一郎：《日本填词史话》，第12页。

期成书的《日本国见在书目录》有"《白氏文集》七十""《白氏长庆集》廿九卷"的著录①。《白氏文集》七十卷本成书于唐会昌二年（842），白居易《白氏集后记》云："白氏前著《长庆集》五十卷，元微之为序。《后集》二十卷，自为序。"②《日本国见在书目录》成书于宇多天皇宽平三年（891），可见白居易词作随其别集流传至日本也非常迅速。孙猛在考察《白氏文集》在日本的流布及影响时提及"昌平三年（900），菅原道真献菅原家三代诗文集于醍醐天皇，天皇撰《见右丞相献家集》诗，注曰：'平生所爱《白氏文集》七十卷'云云"③，可见当时《白氏文集》在宫廷中影响甚大，兼明亲王《忆龟山》之作，也是《白氏文集》在日本影响巨大的一个例证。

除了《忆江南》之外，白居易其他词作，也自然而然地随着《白氏文集》的东传而进入日本，如卷十八的《竹枝词》四首、卷六十四的《杨柳枝词》八首等。

二 五山时期传入的词学文献

日本五山时期，填词可以说基本中断了，前文所引田能村竹田"有祖无传，尔后绝响一千年于兹"可以说是五山时期填词衰微的诠释。关于五山时期日本填词衰微的原因，神田喜一郎云："在我国五山僧侣里面没有出现此类高僧，或许应该归功于生活在岛国里的人们度量狭小吧。"④ 关于这一点，中本大评论道："但是填写竹枝词、相互交换艳诗的本国禅僧，不太可能因为词的卑俗、堕落而排斥填词"，"不能认为填词本身在禅林会受到不当评价，词的受容应当还

---

① 参见［日］藤原佐世撰《日本国见在书目录》，收录于贾贵荣辑《日本藏汉籍善本书目集成》第十册，北京图书馆出版社2003年版，第530页。
② 白居易：《白氏集后记》，《白氏文集》，东京大学东洋文化研究所藏本。
③ 孙猛：《日本国见在书目录详考》，上海古籍出版社2015年版，第1988页。
④ ［日］神田喜一郎：《日本填词史话》，程郁缀、高野雪译，北京大学出版社2000年版，第13页。

有别的因素存在。"① 这里所说的因素,当然包括禅僧们能够读到的东传日本的词学文献。松尾肇子《五山禅林中词的受容》② 一文曾从诗话、类书、词籍等方面探讨五山僧能够阅读到的词学资料。在前贤研究成果基础上,可以进一步对五山时期传入日本的词学文献作一梳理。

(一)东传日本诗话中所见词话,如《苕溪渔隐丛话》《诗人玉屑》等

《苕溪渔隐丛话》前集、后集日本都有藏本③,且均曾为神田香岩的容安轩所藏,神田香岩之孙神田喜一郎自幼即熟读此书,并在《五山文学与填词》中广泛称引。此书传至日本的时间难以确考,但是日本五山时期抄物中常有引用,如惟高妙安(1480—1568)的《诗学大成抄》就多处引用,另外月舟寿桂(1470—1533)注释的《锦绣段抄》中也引用过《苕溪渔隐丛话》。《苕溪渔隐丛话》中有许多词话,唐圭璋曾将其辑录出来,题为《苕溪渔隐词话》,收录在《词话丛编》中,④ 这些词话随着《苕溪渔隐丛话》的东传,在五山僧人中广泛传阅。

《诗人玉屑》一书,日本有五山版,"五山版同中国的传本相比较,卷二十一《中兴词话》的门目颇多,同时在'禅林'、'诗余'等门目中可见到各种各样的填词。"⑤ 王仲闻亦评论云:"宽永本独完整无缺,除'中兴词话'一门为他本所无以外,卷二十、卷二十一中'禅林'、'闺秀'、'诗余'门亦有多则为他本所无,洵佳

---

① [日] 中本大:「本邦禅林の「韓王堂雪」詩における李煜詞の受容をめぐって——「五山文学と填詞」続貂」,《国語国文》1994 年第 63 卷第 10 期。

② 参见 [日] 松尾肇子《五山禅林における詞の受容》,收录于《風絮》2016 年第 13 号。

③ 《苕溪渔隐丛话》的版本问题,可以参考沈乃文《胡仔及〈苕溪渔隐丛话〉历代版本》,是文提及日本藏有《苕溪渔隐丛话·后集》南宋或稍晚的刻本、《苕溪渔隐丛话·前集》的元刻本。

④ 参见唐圭璋编《词话丛编》,中华书局 1986 年版,第 157—183 页。

⑤ [日] 神田喜一郎:《日本填词史话》,程郁缀、高野雪译,北京大学出版社 2000 年版,第 44 页。

本也。"① 前文所引《诗学大成抄》中也有引录《诗人玉屑》的内容。和刻本中所多出的"诗余"部分，包括柳永、王安石、苏轼、秦观、贺铸等人的词话，李清照的《词论》亦在其中。李清照《词论》中有对南唐李氏君臣以及北宋主要词人的评论。

此外，五山时期的抄物中尚能举出《诗话总龟》《西清诗话》等诗话名目，但因为这些诗话被《苕溪渔隐丛话》《诗人玉屑》以及其他类书如《诗学大成》等转引，这些诗话本身是否已东传至日本难以确考。阅读这些诗话的日本禅僧，对中国的词人以及词林纪事应该能有大致的了解。

（二）东传日本笔记、小说中所见词学资料，如《冷斋夜话》《剪灯新话》等

《冷斋夜话》日本有五山版、江户初刊古活字本、正保本等②，此书在日本禅林中颇为盛行。然而此书主要以论诗为主，但间有词作，如卷八录有"刘野夫长短句"。反而是《苕溪渔隐丛话》中所引录《冷斋夜话》的内容多涉及词，如前集卷五十六收录有多首苏易简、黄庭坚、秦观等人及惠洪自己的词作。③《冷斋夜话》既有五山版，则其时已东传至日本。

《剪灯新话》是元末明初瞿佑所编，这本书在朝鲜李朝之初以及日本五山时期都有流传，在朝鲜有金时习依据《剪灯新话》的翻案小说《金鳌新话》④，而日本五山僧亦曾读《剪灯新话》⑤。此书中

---

① 王仲闻：《校勘记前言》，载（宋）魏庆之《诗人玉屑》，王仲闻点校，中华书局2007年版。

② 关于惠洪《冷斋夜话》的版本，可以参考张伯伟《稀见本宋人诗话四种》（江苏古籍出版社2002年版）、查雪巾《〈冷斋夜话〉版本考》（《古典文献研究》第十五辑，2012年）等。

③ （宋）惠洪：《冷斋夜话》，陈新点校，中华书局1988年版，第89—94页。

④ 参见全弘哲《简说朝鲜传奇小说集〈金鳌新话〉》，《明清小说研究》1995年第4期。

⑤ 参见宋健《〈剪灯新话〉在海外的流传及影响》（《明清小说研究》1995年第3期）、乔光辉《〈剪灯新话〉在日本的流传与接受》（《东方丛刊》2006年第4期）等。

不少言辞艳丽的填词都随着此书的东传而至日本。

（三）东传日本韵书、类书、地理类书籍中所见词，如《韵府群玉》《全芳备祖》《方舆胜览》等

《四库全书总目》称："元代押韵之书，今皆不传。传者以此书为最古""世所通行之韵，亦即从此书录出。"① 可见《韵府群玉》之价值。也许是因为学习汉文音韵以及创作诗词的需要，日本人对中国这一类韵书十分看重，不仅大量输入，且时有翻刻。《韵府群玉》于五山时期传入，《经籍访古志》载："'《韵府群玉》二十卷，元椠本，求古楼藏。''又旧版本，宝素堂藏，体式行款一与前本同，即覆刻元本者，考板式，当是应永前后所刻者矣'。"② 可见元本《韵府群玉》从中国传入以后大受欢迎，应永（1394—1427）时代前后，日本继有覆刻之本，可见此书在日本流传较广。《韵府群玉》中引录不少词学资料，如苏轼《西江月》中的词句"不与梨花同梦"，《烛影摇红》《感秋庭》等词牌，"张三影"等词林纪事。③

《全芳备祖》是南宋陈景沂所编的一部关于"花果草木蔬"的大型类书，文献价值极高。《文渊阁四库全书》本《全芳备祖》书前提要云："北宋以后特为赅备，而南宋尤详，多有他书不载及，其本集已佚者，皆可以资考证。"④ 此书较早传入日本，并保存较完好。⑤ 杨守敬、董康等人日本访书时曾注意到此书的价值。《全芳备祖》录存有大量填词资料，关于其体例，《静嘉堂秘籍志》云："其例每一物，

---

① （清）永瑢等撰：《四库全书总目》，中华书局1965年版，第1152页。

② ［日］澁江全善、森立之编：《经籍访古志》，收录于贾贵荣辑《日本藏汉籍善本书目集成》第一册，北京图书馆出版社2003年版，第305—306页。

③ 参见前揭［日］中本大《本邦禅林の「韓王堂雪」詩における李煜詞の受容をめぐって——「五山文学と填詞」續貂》、松尾肇子《五山禅林における詞の受容》。

④ 陈景沂编：《全芳备祖》，《文渊阁四库全书》第935册，台湾商务印书馆1986年版，第2页。

⑤ 关于日本所藏《全芳备祖》刻本的版本问题，可以参考程杰《日藏〈全芳备祖〉刻本时代考》，《江苏社会科学》2014年第5期。

第三章　词学文献东传的历程及其特征　　67

分'事实祖'、'赋咏祖'二类，盖仿《艺文类聚》之体。"① 实际上乃有三类："事实祖""赋咏祖""乐府祖"，其中"乐府祖"收录有词，如"蓼花"的"乐府祖"收录有《行香子》词一首。②

《新编四六必用方舆胜览》为南宋祝穆所编的地志书，《四库全书总目》称其"惟于名胜古迹，多所胪列，而诗赋序记，所载独备。盖为登临题咏而设，不为考证而设。名为地记，实则类书也"③。此书主要有祝穆原刻本及其子祝洙增补重订本。"国内图书馆现藏宋元本《方舆胜览》，均属于祝洙重订之本，而且明代之后，再未见刊刻"④，而祝穆原刻本则保存在日本宫内厅书陵部。此书传入日本亦在五山时期，在五山时期的抄物中常见称引，如前文所引惟高妙安的《诗学大成抄》已见此书名；另外在室町时代（1392—1491）的日记中也有此书的记录，如相国寺鹿苑院荫凉轩历代轩主的公用日记《荫凉轩日录》中有"元，《方舆胜览》"的记载⑤。《新编四六必用方舆胜览》东传日本之原刻本书后附有《今具引用文集于后》，其中有"乐府"类，共收有五首词：朱文公《水调歌》词_{严州}，苏文忠《定风波》词_{宾州}，秦少游《海棠桥》词_{鄠林}，《步蟾宫》词_{扬州}，苏文忠赠晁倅《点绛唇》词_{扬州}。⑥

韵书和类书之所以在日本大受欢迎，其中的一个原因是诗僧作诗的参考需要，"在目前文库和图书馆收藏的善本书中，元刊本和五

---

① ［日］河田羆编：《静嘉堂秘籍志》，收录于贾贵荣辑《日本藏汉籍善本书志书目集成》第6册，北京图书馆2003年版，第640页。
② 陈景沂编：《花果卉木全芳备祖》，《国外所藏汉籍善本丛刊》第101册，上海古籍出版社2012年版，第11页。
③ （清）永瑢等撰：《四库全书总目》，中华书局1965年版，第596页。
④ 参见刘玉才《〈新编四六必用方舆胜览〉影印说明》，祝穆编《新编四六必用方舆胜览》，《日本宫内厅书陵部藏宋元版汉籍选刊》第60册，上海古籍出版社2013年版。
⑤ 参见王勇、［日］大庭修主编《中日文化交流史大系·典籍卷》，浙江人民出版社1996年版，第77页。
⑥ 祝穆编：《新编四六必用方舆胜览》，《日本宫内厅书陵部藏宋元版汉籍选刊》第62册，上海古籍出版社2013年版，第588页。

山版中最为常见的便是《韵府群玉》《古今韵会举要》《韵镜》等韵书和《古今事文类聚》《翰墨全书》等类书。结合上述翻刻本多为集部的事实，可以认为这些书籍曾作为当时的知识分子——僧侣吟诗时的参考书。"① 这些韵书与类书中经常收录有词，即如这里所举《翰墨全书》，收录有不少元人词作，厉鹗曾据此补录《元草堂诗余》中收录的元代词人作品②。值得注意的是，《翰墨全书》传入日本的具体时间亦可考得，室町时代相国寺瑞溪周凤撰有日记《卧云日件录》，里面有不少关于书籍的记事，其中长禄二年（1458）正月八日的日记载瑞䜣咲云以一把折扇换得一部《翰墨全书》。③

（四）东传日本总集、别集中所附词，如《中州集》《藏叟摘稿》等

《中州集》是金元间著名学者、诗人元好问编辑的一部金代诗词的总集。此书也在五山时期传至日本，日本有五山版。《蓬左文库骏河御让本目录》载："《中州集》，金元好问，室町时代覆元刊（五山版），有红笔批点。"④ 由此可知元刊本至迟在室町时代已传至日本。《中州集》的元刊本附录有《中州乐府》一卷，《古诗文要籍叙录》云："据张金吾《爱日精庐藏书志》、陆心源《皕宋楼藏书志》及瞿氏《铁琴铜剑楼藏书目录》等记载，《中州集》现存的最早元刊本，大概是元武宗至大三年庚戌（1310）的平水进德堂本，这个本子十卷，附有《中州乐府》一卷，首题《翰苑英华中州集》，卷末有'至大庚戌平水进德堂刊'牌记。"⑤《中州乐府》集金代填词之大成，其东传也必然促进日本学人对词的认识。

---

① ［日］大庭修：《江户时代中国典籍流播日本之研究》，戚印平、王勇、王宝平译，杭州大学出版社1998年版，第14页。
② 参见后文关于《南词》本《元草堂诗余》的考订部分。
③ 参见王勇、［日］大庭修主编《中日文化交流史大系·典籍卷》，浙江人民出版社1996年版，第79页。
④ 《蓬左文库骏河御让本目录》，新兴印刷社1962年版，第16页。
⑤ 金开诚、葛兆光：《古诗文要籍叙录》，中华书局2012年版，第88页。

《藏叟摘稿》为善珍的别集，其中也收录有词。神田喜一郎指出："收集善珍这些填词的《藏叟摘稿》，在中国是遗佚之书，因此在《全宋词》中也没有收录，所以对于善珍填词这一事实，便谁也不知晓。当然，作为这种程度的填词，不管是谁，稍有一点风雅嗜好的人，大抵都会作几阕。所以善珍的作品不过是偶尔传下来的也说不定。《藏叟摘稿》在我们日本有古老的五山版，在江户时代初期又出版复刻本，这些都是值得注意的。"①《藏叟摘稿》在日本有五山版，并且有复刻本，说明其有一定的影响力。

总集、别集中附录有词是比较普遍的现象，王兆鹏《宋代文学传播探原》一书对两宋词集版本有详尽考述，其中对诗文别集中所附词亦有详细的探究。② 因此，可以说，只要这些总集、别集传至日本，则其中所附的词学资料也随之东传。在五山时期传入日本的别集中所附词，可以例举的还有司马光《增广司马温公全集》里的"乐章"，如《西江月·并序》《踏莎行·寄致政潞公》等；黄庭坚《类编增广黄先生大全文集》，此书的第五十卷"乐章"收录有黄庭坚的词；③ 陈与义著，刘辰翁评《简斋诗集》，其中收录有《无住词》一卷；④ 等等。这几种别集在日本五山时期传入，在五山僧人中传阅较广，特别是苏轼、黄庭坚，被喻为日本餐饮中的"味噌、酱油"，两人之词作，也应被广泛阅读。

（五）东传日本之词集，如《注坡词》《花间集》等

《注坡词》据传在南宋时已传至日本，大道一以《普门院经论章疏语录儒书目录》"露字号"中著录有"《注坡词》二册；《东坡

---

① ［日］神田喜一郎：《日本填词史话》，程郁缀、高野雪译，北京大学出版社2000年版，第28页。

② 参见王兆鹏《宋代文学传播探原》，武汉大学出版社2013年版。

③ 参见王水照编《宋刊孤本三苏温公山谷集六种》，国家图书馆出版社2012年版，第四册第250页、第六册第475—496页。

④ 陈与义诗集，有刘辰翁评本《简斋诗集》朝鲜刊本传入日本，参考《蓬左文库骏河御让本目录》，新兴印刷社1962年版。

长短句》一册。"① 此目录"都是大道一以亲手笔录的传本，此目录所著录的书的大半，据说是普门院的开祖圣一国师于四条天皇的仁治元年（1240）从宋朝带回来的"②。《直斋书录解题》著录有："《注坡词》二卷，仙溪傅干撰。"③ 此书的刊刻在绍兴初，洪迈《容斋续笔》卷十五"注书难"条云："绍兴初，又有傅洪秀才《注坡词》，镂板钱塘。"④ 至于《东坡长短句》一册，不知是否为刻于宋高宗绍兴二十一年（1151）的曾慥辑刻本《东坡先生长短句》。⑤此两种都在刊刻后的百年内东传至日本，一方面可见苏轼词在宋代颇为流行，甚至引起禅僧的注意；另一方面也说明在五山时期僧侣成为书籍东传的重要媒介。

《花间集》是五代时期后蜀赵崇祚所编纂的词选集，此书传至日本时间颇早，且先后有不同版本传至日本。五山僧人横川景三编有《花上集》一书，收录二十位五山诗僧的各十首七绝诗。半陶子为该书作序云："小补（按：横川景三之号）师标题曰《花上集》，盖拟昔人《花间集》。花而分字言之：花上，从草；人近于廿，作者廿人，取义在此。"⑥ 这一段序文可以看出五山僧人曾读到过《花间集》。《花间集》收录的艳丽词作，促进了日本填词之风的盛行。另一种《花间集》的汤显祖评本在江户时代传入日本，说详后。

此外值得注意的是，部分词论亦凭借总集东传而至日本，如明

---

① ［日］大道一以：《普门院经论章疏语录儒书等目录》，［日］上村观光《禅林文艺史谭》，大镫阁公司1919年版，第351页。

② ［日］神田喜一郎：《日本填词史话》，程郁缀、高野雪译，北京大学出版社2000年版，第47页。

③ （宋）陈振孙：《直斋书录解题》，徐小蛮、顾美华点校，上海古籍出版社1987年版，第632页。

④ （宋）洪迈：《容斋随笔》，孔凡礼点校，中华书局2005年版，第402页。

⑤ 参见王兆鹏《宋代文学传播探原》第九章十四"苏轼《东坡词》《东坡乐府》"，武汉大学出版社2013年版，第210—216页。

⑥ ［日］半陶子：《花上集序》，［日］横川景三编《花上集》，京都大学附属图书馆藏本。

吴讷编纂的《文章辨体》。作为明代文体学代表的总集之一，《文章辨体》外集卷五有《近代词曲》，收录有不少词作。需要指出的是，东传至日本的为明嘉靖三十四年（1555）刊本，《蓬左文库骏河御让本目录》著录有："《文章辨体》，明吴讷，朝鲜古活字版（嘉靖三四宣赐本，有补写），50卷（外集5），二二册。"① "骏河御让本"为德川义直藏书，源于其父德川家康旧藏，据此可推知《文章辨体》嘉靖刊本当在五山末期传入日本。另外神田喜一郎亦考证云："根据罗山年谱，知道他曾于庆长九年（1604）读过明代吴讷编纂的《文章辨体》，此书的外集中，有以《近代词曲》为题的填词的平仄图谱。"② 这里所指的，应当是《文章辨体》的嘉靖刊本。

三 第一时段东传日本词学文献的特征

这一时期传入日本的词学文献整体而言具有附属性、偶然性的特点，而在词学文献的内容上则表现出单一性的特征。

所谓附属性，指的是词学文献随着类书、总集、别集等形式传入，本身并非是书籍传播的重点所在。以上类别中，大部分书籍中的词所占比重不高、重要性也不大。如《新编四六必用方舆胜览》如此大规模的一部书，竟只录有五首词。因此我们可以说，这一时期传入日本的词学文献，大多数都是书籍传入的附属品，日本的读者有条件读到词，但是对词认知的程度十分有限。惟高妙安《诗学大成抄》中有一段对词的认识："'雨过池塘，十里芰荷香'非诗，为词。词者，歌之类。与诗不同，词的字数不定。"③ 可以看出，即使有较高汉学素养的诗僧，其对词的了解仍十分有限，仅从字数上

---

① 《蓬左文库骏河御让本目录》，新兴印刷社1962年版。
② ［日］神田喜一郎：《日本填词史话》，程郁缀、高野雪译，北京大学出版社2000年版，第60页。按《文章辨体》外集卷五《近代词曲》部分只录存词作，未见填词的平仄图谱。
③ 转引自［日］松尾肇子《日本五山僧眼中的词》，收录于《2016词学国际学术研讨会会议论文集》。

对词有粗浅的认识。

虽然苏轼词集在这一时期传入日本，但这有较大的偶然性。南宋陈振孙《直斋书录解题》所载有"百家词"，据王兆鹏《宋代文学传播探原》第九章、第十章、第十一章的词集版本考，南宋词集版本众多，《注坡词》以及《东坡词》传入日本，得益于苏轼的知名度以及与禅林的亲密关系，这与白居易别集传入日本有相似：一方面白居易诗在中晚唐时期有巨大的影响力，另一方面也得益于白氏与日本遣唐使之间的交往。

这一时期传入日本的词学文献的内容大多数是词人逸事，特别是诗话、笔记中的词学资料多围绕苏轼、黄庭坚、惠洪等名人展开。这些纪事对词人在日本禅林的影响力是有巨大帮助的，但对于日本人对词的理解却无多少实际的助益。但是我们仍可以从五山时期的抄物中感受到诗僧对词虽未有深入的了解，却充满兴趣与憧憬。

第二节　作为贸易商品的词学文献（江户时代）

一　词学文献东传概观

日本江户时期（1603—1867），德川幕府在政治外交上推行闭关锁国政策，五次颁行锁国令，禁止日本人出国，海外日本人也被禁止回国，外国人更难以进入日本，致使长时间中日之间无官方往来；但在文化教育方面，德川幕府采取了禁止基督教的宗教政策，大力倡导汉学，儒教成为政教中心。虽然推行锁国政策，但日本与国外的贸易并非完全隔绝，长崎设立有通商口岸，准许荷兰船和唐船停靠贸易。元禄元年（1688），幕府政府还在长崎郊外建立"唐人屋敷"，在长崎的中国人与居于出岛、受到监视的荷兰人相比，拥有更大的人身自由，中日之间的商品贸易也藉长崎得以展开。

江户幕府仰慕并提倡中国文化，但作为文化交流媒介的人员交流却因两国的政治因素而大大减少,因此作为中国文化载体的汉籍需求日益增加。藩学与私塾的文库原本都存有为数不少的汉籍,到江户时期汉籍储存日益丰富,汉籍的翻刻本、和刻本也繁荣起来。在长崎的中日贸易之中,书籍成为其中的商品。对江户时期唐船舶来书籍有深入研究的日本学者大庭修指出:"思考至此,一个全新的想法突然闪现于我的脑际:迄今为止,书籍一直是文献学和思想史的研究对象。但在这里,它分明是作为一种商品形式出现的。"① 江户时期作为商品输入的书籍种类繁多、数量巨大。仅据大庭修《江户时代中国文化受容之研究》与《江户时代唐船持渡书研究》二书之书名索引统计,传入典籍数量已近万种。在日本的"漂流民资料汇编"中收录有不少中日文人的交谈,其中文政九年(1826)漂流至日本的"得泰号"谈话记录《得泰船笔语》中,有清客朱柳桥与日本文人野田笛浦关于汉籍传入日本的对谈:

笛浦:贵邦载籍之多,使人有望洋之叹,是以余可读者读之,不可读者不敢读。故不免夏虫之见多矣。
朱柳桥:我邦典籍虽富,迩年以来装至长崎已十之七八。贵邦人以国字译之,不患不能尽通也,况兄之聪慧勤学者乎。②

这段话指出了当时中国典籍东传日本的盛况,而在东传的书目中,有不少词学资料。这里先据大庭修《江户时代唐船舶来书籍研究》③的"资料编",将江户时期传入日本的有关词学资料梳理

---

① [日]大庭修:《江户时代日中秘话》,徐世虹译,中华书局1997年版,第7页。
② [日]田中谦二、松浦章编著:《文政九年远州漂着得泰船资料:江户时代漂着唐船资料集二》,关西大学出版部1986年版,第243页。《得泰船笔语》卷上的这段话颇知名,[日]大庭修《江户时代における中国文化受容の研究》、张伯伟《清代诗话东传略论稿》、蔡毅《明治填词与中国词学》等均有引录。
③ [日]大庭修:《江户时代における唐船持渡書の研究》,关西大学东西学术研究所1967年版。

出来：

1. 查继超《词学全书》

据《商舶载来书目》，元禄七年（1694）输入此书，共"一部八本"；又据《赍来书目》，此书又由享保二十年（1735）第二十番宁波船输入。对于此书的情况，宝历四年（1754）《舶来书籍大意书戌番外船》有详细说明："一部一套六本，但无脱纸，多有朱点。此书由清查随庵鳌正。"后文即根据《词学全书序》及书之内容录此书大意："填词之家，染毫抒翰，争一字之奇，竞一韵之巧，几于江皋拾翠、洛浦探珠矣。然昧厥源流，或乖声韵，识者病之。毛先舒所著《填词名解》四卷，广搜群籍、得稽端绪，无可稽者则仍置阙如，辨解词名，可以论世。王静斋校钞诸家之说成《古今词论》一卷。赖损庵所著《填词图谱》六卷、《续集》一卷，每调先列图、次列谱，按图谐音，按谱命意，以成规矩。仲雪亭所著用以填词参考的《词韵》一卷。共五种合编，刊于康熙十八年。"这一段话先汲取查继超序言之意指出编者之用心，随后介绍书籍的构成，摘录毛先舒《填词名解·凡例》、说明书名缘由，概述了王又华《古今词话》内容来源，指出赖以邠《填词图谱》体例，说明《词韵》用于填词参考的作用。两种书目所载册书有出入，或出于商家之重订。《词学全书》刊于康熙十八年（1679），仅过十余年即传入日本，并且对日本填词产生了较大影响。

2.《词苑英华》

据《商舶载来书目》，天明三年（1783）输入此书，共"一部二套"。又据《赍来书目》，此书又由宽政十二年（1800）申一番船、申三番船输入。此书具体情况，《寅拾番船持渡书改目录写》记载甚简略："《词苑英华》，汲古阁编集，同二套十本，无脱纸。"

《词苑英华》为明毛晋汲古阁编集，共收录七种：《花庵绝妙词选》十卷；《中兴绝妙词选》十卷；《草堂诗余》四卷；《花间集》十卷；《尊前集》二卷；《词林万选》四卷；《诗余图谱》三卷。分成二函十本装订，这与《持渡书改目录写》所记相同。此书虽由明末毛晋编集,但传至日本的并非原版,而是乾隆间刊本。洪振珂写于乾隆壬申(1752)的《词苑英华序》云:"去年冬,购得毛氏汲古阁《词苑英华》原版,喜其字画尚无漫漶,略有讹谬,悉取他本校正之。而又有《诗余图谱》一卷,尽协音律。"① 此书原来共有十二本,后被重新装订成十本,即将原来黄昇所编两种词选五本合订为四本,将《诗余图谱》两本合订为一本。

3.《草堂诗余四集》

据《商舶载来书目》,此书于享保十八年(1733)输入,"一部一套"。宝历四年(1755)《舶来书籍大意书戌番外船》也有此书输入的记载:"二部,一套八本,一部脱纸四张,一部无脱纸。"《草堂诗余》版本纷繁复杂,仅流传至今的明代版本就有三十余种②。据《舶来书籍大意书戌番外船》所载:"此为明代沈天羽评定。诗亡而后有乐府,乐府阙而后有诗余,诗余废而后有歌曲,然则诗余,乐府之流别、歌曲之滥觞。……宋人既辑唐宋诸名家小词,名《草堂诗余》,旧本由明顾从敬所传,并重校类选,收小令四十九辞百七十六调、中调四十五辞九十调、长调百四辞二百四调,编为六卷……加有批点、页眉有小字评语;又长湖外史类辑唐宋诸名家小词,录小令三十九辞百六十五调、中调十三辞三十五调、长调十七辞三十三调,编为《续集》二卷,加有笺解、批点,页眉有小字评语;又自己从唐五代宋金元诸名家之小词,博采《花间》《尊前》《花庵》诸集及稗官逸史等,选辑小令六十四辞二百四十四调、中调四十辞七十七调、长调五十八辞百四十二调,编为《别集》四卷,加有笺解、批点,页眉有小字评语;又钱允治类辑明代诸名家小词……加有附注、批点,页眉有小字评语,仍其旧名,编为《新集》五卷。共合刻为四集。"可知江户时代传入日本的为《草堂诗余四集》:分别为

---

① (清)洪振珂:《词苑英华序》,(明)毛晋编《词苑英华》,乾隆十七年(1752)序刻本。

② 参见刘军政《明代〈草堂诗余〉版本述略》,《南阳师范学院学报》(社会科学版)2004年第2期。

顾从敬编、沈际飞评《正集》六卷；长湖外史编、沈际飞评《续集》二卷；沈际飞编、秦士奇校《别集》四卷；钱允治、沈际飞等编《新集》五卷。

4. 万树《词律》

据《商舶载来书目》，此书分别于宝历四年（1754）、天明二年（1782）输入，均记为"一部一套"。宝历四年（1754）《舶来书籍大意书戌番外船》记录此书为"一部一套八本，脱纸一张，古本，有朱点"。就宝历四年传入的《词律》具体版本情况，大意书云"清万红友论次"、辑录"唐宋诸家词六百六十调、千百八十余首，各词后附有辨论，共二十卷，康熙二十六年刊"。据"康熙二十六年（1687）刊"及"二十卷""一套八本"的记载，传入日本的应为康熙保滋堂刊刻版。

5. 徐釚《词苑丛谈》

据《商舶载来书目》，此书于宝历四年（1754）输入，"一部一套"。宝历四年（1754）《舶来书籍大意书戌番外船》记录此书为"一部一套四本，无脱纸，多有朱点"，并对其内容作进一步记录："此为清徐电发编辑。曰体制，填词原本乐府，自《菩萨蛮》以前，追而溯之。梁武帝《江南弄》、沈约《六忆诗》，皆词之祖，前人言之详矣。荟萃其说，以考其离合正变焉。至气体互殊，代有升降。作者为申论此而编辑是书。曰音韵，诗宗唐韵，人人奉为金科玉律。若词韵向无定准，故其出入宽严，即宋人犹未免疵类。依沈去矜《词韵略》为则，而间采诸家之说，以备参考。曰品藻，残月晓风、大江东去，铁板红牙，不免褒讥，余为搜讨名人绪论，以己见参之。曰纪事，金荃、兰畹，虽异纹纂组，都属子虚乌有。搜采逸事可传佳话者，庶足供麈尾闲谈。曰辨证，传疑传信，良史固然。词虽小道，偶有寄托，然说分彼此，亦足贻误后人。予细加详考，归于画一。曰谐谑，淳于、曼倩，为千古滑稽之雄。里巷小词，未必无关风化。间采打油、蒜酪诸体，以示警省。曰外编，凡齐谐志怪之书，虽事属荒唐，亦小说家所不废。因取仙鬼神怪，以及奇缘异偶，载在野史传奇者，遍为捃摭，以资谈柄。一共合为七种，通十二卷。康熙二十七年刊。"此段大意，完全是抄录徐釚《词苑丛谈·凡例》而成。徐釚《词苑丛谈》自序云："是书之辑，始于癸丑，迄于戊午……康熙二十七年，岁次戊辰，六月朔日，虹亭徐釚又识于吴江城西之松风书屋。"是知此书成于康熙十七年（1678），而刊于康熙二十七年（1688）。

6. 沈时栋《古今词选》

据《商舶载来书目》，此书于天明三年（1783）输入，"一部一套"。又据《寅拾番船持渡书改目录写》著录，此书"一部一套四本，古本，无脱纸。清沈时栋选"。沈时栋所辑《古今词选》，刻于康熙五十五年（1716）。

7. 沈雄《古今词话》

据《商舶载来书目》，此书于天明三年（1783）输入，"一部一套"。又据《寅拾番船持渡书改目录写》著录："清沈雄编纂，一部一套四本，有污渍、虫蛀，古本，脱纸一张。"据《古今词话·凡例》，此书成于康熙戊辰（1688）。此书与《古今词选》同时输入日本。

8. 朱彝尊《词综》

据《寅拾番船持渡书改目录写》著录有"《词综》，清朱彝尊抄撮，四本。补写目录全，古本，有损，有污渍"。则此书于天明二年（1782）输入。

9.《词洁》

据《商舶载来书目》，此书于安永元年（1772）输入，"一部一套"。又据《寅拾番船持渡书改目录写》著录："先著、程洪同辑，四本，古本，破损严重，脱纸三丁。"《词洁》共六卷，附前集，序刊于康熙十七年（1678）。

10.《绝妙好词》

据嘉永二年（1849）《书籍元帐》，申三番船有"新渡《绝妙好词》，二部各一套"，并且同船还有另外"二部各一套"的记录，可见此书同时有多部输入。

11. 尤侗《百末词》

据《商舶载来书目》，此书"一部一套"于宽政十一年（1799）输入。《百末词》为清尤侗所著词集，序刊于康熙乙巳年（1665）。

12. 佟世南编《东白堂词选》

据《商舶载来书目》，此书"一部一套"于元禄七年（1694）输入。佟世南所编《东白堂词选》序刊于康熙十七年（1678），从刊刻至东传经过十六年。

13. 《宋名家词》

据《商舶载来书目》，此书"一部六本"于明和二年（1765）输入。此书未有更多详细记录，或为明毛晋汲古阁编《宋名家词》。

14. 《清朝词雅》

据《商舶载来书目》，此书"一部一套"于享和二年（1802）输入。但中国古籍中似未有《清朝词雅》之名，或为清姚阶所编《国朝词雅》，日本书籍检查官将"国朝"改为"清朝"。姚阶《国朝词雅》于嘉庆三年（1798）序刊。若《清朝词雅》即为《国朝词雅》，则刊刻五年之内即传至日本。

15. 《御选历代诗余》

据《商舶载来书目》，此书于享保九年（1724）输入，共"一部二套"。又据《安政二年（1855）卯一番船书籍元帐》："《御选历代诗余》，一部八套。"此外，《寅拾番船持渡书改目录写》对此书有稍详细的记录："《御选历代诗余》，清沈辰垣等编纂，自唐迄明共诗人九百五十七人，诗话七百六十三则。四套二十二本，古本，有虫蛀。"这里的"诗话"当为"词话"，唐圭璋曾将此独立出来，收录《词话丛编》中。由此可见，《御选历代诗余》曾多次传入日本，而所传又有完整与不完整之别。

16. 秦恩复编《词学丛书》

据《书籍元帐》，此书于嘉永元年（1848）传入，"一部一套"。又同船另载有一部，记录为"一部十二本"。《词学丛书》为清秦恩复所编，共收录有宋曾慥编《乐府雅词》三卷及《乐府雅词拾遗》二卷，宋赵闻礼《阳春白雪》八卷、《外集》一卷，宋张炎《词源》二卷，宋陈允平《日湖渔唱》《补遗》《续补遗》各一卷，《精选名儒草堂诗余》三卷，佚名《词林韵释》一卷。《词学丛书》刊于道光九年（1829）。

17. 张鸿卓《绿雪馆词集》

据《书籍元帐》，此书于弘化三年（1846）输入，"一部四本"。张鸿卓撰《绿雪馆词》分别有道光、咸丰、同治刻本，且有一卷、二卷、五卷、八卷、十卷等多种版本。[①] 据东传时间可知东传本定为道光刻本，此或为道光二十六年（1846）书三味楼刻十卷本，若此则一经刊刻便传至日本；另外，即使东传至日本的《绿雪馆词》为道光刻八卷本，以张鸿卓生于嘉庆九年（1804）推算，其词集刊刻也应该刻于19世纪三四十年代，从刊刻到传至日本的时间也较短。

以上所列为词学书籍，此外还有诗词合帙者数种，亦胪列如下：

1. 陆昶编《历朝名媛诗词》

据《书籍元帐》，此书于嘉永二年（1849）输入，"一部一包"，并且同船共有两部输入。陆昶编，程琰、宋思敬订正的《历朝名媛诗词》序刊于乾隆癸巳（1773）。

2. 《冬巢诗词》

据《落札帐》，此书于弘化二年（1845）输入，"一部，一包四本"。冬巢之名较为罕见，清代汪潮生晚年自号"冬巢"，擅诗词，有《冬巢集》八卷。此《冬巢诗词》或为汪氏《冬巢集》之名。《冬巢集》有乾隆十八年（1753）慎言堂刻本。

3. 《诗词杂俎》

据《商舶载来书目》，此书"一部一套"，于宝历九年（1759）

[①] 参见吴熊和、严迪昌、林玫仪等编《清词别集知见目录汇编》，"中央"研究院中国文哲研究所筹备处1997年版，第196页。

输入。宝历四年（1754）的《舶来书籍大意书戌番外船》有此书内容的详细记录："《诗词杂俎》，一部一套六本，脱河汾诗后序之结尾。此为宋赵紫芝辑唐诗二百二十余首成《众妙集》一卷；李和父集唐诗佳句成百十余首绝句，《剪绡集》二卷；宋范文穆所著田园杂兴诗六十首，辑为《石湖集》一卷；元杜伯原所辑宋亡元兴之际、节士悲愤幽人清詠之诗二十余家无名氏四人，共百首，《谷音》二卷；宋末吴清翁辑与社友所共作田园杂兴诗六十首，次为摘句三十余联，次为《送诗赏小札》二十余篇附《回送诗赏札》二十余篇，《月泉吟社》一卷；元房祺辑金元混扰之际词宗风标诸老八人的诗二百余首成《河汾诗》八卷；明毛子晋辑唐王建、蜀花蕊夫人、宋王珪之宫词共三百首成《三家宫词》一卷；明毛子晋辑宋徽宗与杨太后所作宫词共四百首成《二家宫词》一卷；毛子晋辑朱晦庵之姪女淑真所著《断肠诗》二十余调成《断肠词》一卷；才女龙辅女红中聩之暇则阅载籍，抄录当意者六十余条，次为所作诗，《女红志》二卷。共十种合刻。汲古阁正本。"据此段大意，知东传日本的《诗词杂俎》为毛晋汲古阁刻本。只是此处之"大意"，略有疏漏，在朱淑真《断肠词》之前，当有李清照《漱玉词》一种，或许由于《漱玉词》极少，且与《断肠词》等同列一册，书籍检察官一时大意而漏载。

4.《古诗词选》

据《商舶载来书目》，此书于享保十七年（1732）输入，"一部"。不知具体为何人所选。

此外，江户时代亦有不少丛书传至日本。这些丛书搜罗甚富，不少收录有词学资料。而丛书的东传时间，亦为这些词学资料的东传时间。在东传的各种丛书中，收录有词学资料的可列举以下几种。

1.《知不足斋丛书》

据《商舶载来书目》，此书于安永八年（1779）输入，共"一部六套"，此时《知不足斋丛书》并未刻全，"一套"应指"一集"，"六套"应指前六集。前六集中收录有《乐府补题》《蜕岩词》两种词集以及词话《碧鸡漫志》。另外《文化二年丑二番船三番船四番船书籍目录》又有此书"一部"的输入记载。此后，此丛书又数次传入日本：据《书籍元帐》，《知不足斋丛书》"一部三十套"于弘化元年（1844）输入，天保十五年（按，此年即弘化元年，1844）的《落札帐》有"三十堂各八册"的多个商家的投标记录。此后的弘化三年（1846）、弘化四年（1847）、安政六年（1859）都有《知不足斋丛书》三十集输入的记载，可见《知不足斋丛书》在日本亦广受欢迎。三十集中除前六集收录词学资料外，还收录有周密《苹洲渔笛谱》《草窗词》，范成大《石湖词》，王沂孙《花外集》，张先《张子野词》，张雨《贞居词》，汪元量辑《宋旧宫人诗词》等。

2. 《读画斋丛书》

据《商舶载来书目》，此丛书于享和三年（1803）输入，共"一部六套"，文化元年（1804）《改济书籍目录》也有记录，两种记录应为同一次输入的记载。《读画斋丛书》为清顾修所辑，刊刻于嘉庆四年（1799），其中乙集收录有方成培《香研居词麈》、丙集收录有《精选名儒草堂诗余》。

需要指出的是，《读画斋丛书》之所以能如此迅速地传入日本，也与日本御用书籍订购密切相关。大庭修《江户时代中国文化接受之研究》转录有《圣堂文书》中的书单：

（3）享和三年亥十一月十一日被渡来 （370—97）
戌七番同八番亥壹番唐船
持渡特别贩卖书籍之内：
一《读画斋丛书》袖珍一部（享和三）
一《尚书考辨》一部（享和三）
……

以上为御用书籍，松伊豆守大人吩咐渡来，当领会其意，依例而行。特别是上述书籍中的《读画斋丛书》壹部急速上呈，其余各书籍亦可上呈。

亥十一月

以上书籍为御用书籍，请领会其旨。

十一月①

从这份御用书单可以看出，《读画斋丛书》为官僚松伊豆守订购之书，且所需较急切，因此简略了各种审查程序，可以直接上呈。顾修的《读画斋丛书》有续《知不足斋丛书》之美誉，里面收录有鲍廷博校勘之书籍。或许因知不足斋之名，《读画斋丛书》在日本也得到了关注。

3.《函海》

据《书籍元帐》，此书为天保十一年（1840）子一番船输入，"《函海》，二种不足，一部十八套"。又据《落札帐》，安政六年（1859）、安政七年（1860）也有此书的交易记录，均为"一部二十套"，可见此丛书也不止一次传入日本。《函海》由清李调元所辑，有乾隆中李氏万卷楼刊本，嘉庆十四年（1809）李鼎元重校刻本，道光五年（1825）李朝夔补刊本，其中收录有李调元所撰《词话》四卷，即《雨村词话》，唐圭璋据以收入《词话丛编》。

4.《赐研堂丛书》

据《书籍元帐》，嘉永元年（1848）申一番船、申二番船都有此书的输入。申一番船记录为："二十八两，新渡《赐研堂丛书》，二部各二包。"申二番船记录为："二十八两，《赐研堂丛书》，二部各二包。一部，御用；一部，伊势守样（朱）。"可见此书也出于官方的订购。《赐研堂丛书》为顾沅所辑，有道光十年（1830）刊本，其中乙集收录有刘体仁《七颂堂词绎》一卷、王士禛《花草蒙拾》一卷、邹祗谟《远志斋词衷》一卷、彭孙遹《金粟词话》一卷、毛

---

① ［日］大庭修：《江戸時代における中国文化受容の研究》，同朋舍1986年版，第321—322页。

奇龄《西河词话》一卷。

需要指出的是，大庭修《江户时代唐船舶来书籍研究》所著录的商舶载来词学书籍，有部分可以在江户时代的日本学人著作中得到印证，如文化二年（1805）田能村竹田撰写了《填词图谱》（一名《花月关情笔》），其《凡例》即云：

> 比来清舶所赍，虽有《草堂》诸集、《图谱》数种，多置不顾，加之挂漏、讹谬相袭，笥中徒逞蠹鱼之欲耳。余有恨焉。壬戌春，过赌春书堂，得《词律》廿册，红友万氏所著也。①

此段序言亦可见清朝贸易商船所载之词学典籍已非常丰富，甚至有不同种类之《草堂诗余》以及填词类图谱等。

除了江户时代相关记录贸易书籍相关的文书、目录外，刊行的目录类书籍也是考察江户时代输入日本的中国典籍的重要参考，如《二酉洞》《唐本类书考》等。一色时栋纂集的《二酉洞》刊行于元禄十二年（1699），向荣堂主人辑《唐本类书考》刊行于宽延四年（1751），此二种目录所载书目，也为江户时代传入日本之书籍，可惜记录的词学文献颇少。《唐本类书考》卷上载有《词学全书》一种，神田喜一郎已经提及，且指出市河宽斋即购买了这部书。② 这可以与《商舶载来书目》《赍来书目》等印证。另外，《唐本类书考》卷中还载有《淮海集》，不知是否即为内阁文库藏本。内阁文库所藏《淮海集》，其中有《淮海居士长短句》三卷，录词七十七首。③ 此书后有《寄藏文庙宋元刻书跋》一篇云：

> 然而物聚必散，是理数也，其能保无散、委于百年之后乎？

---

① ［日］田能村竹田：《填词图谱·发凡》，《填词图谱》，文化三年（1806）刊本。
② 参见［日］神田喜一郎《日本填词史话》，程郁缀、高野雪译，北京大学出版社2000年版，第82、94页。
③ 参见王兆鹏《宋代文学传播探原》，武汉大学出版社2013年版，第230页。

孰若举而献之于庙学，获籍圣德以永其传，则长昭之素愿也。虔以宋元椠三十种为献，是其一也。文化五季二月。①

文化五年（1808）市桥长昭献此书于文庙，不管此书是否为《唐本类书考》所载之书，至少说明《淮海集》在江户时代已东传至日本。

另外值得注意的是，汤显祖评本《花间集》《诗余图谱》亦传至日本。

前节已述《花间集》在五山时期已经传至日本，并在五山诗僧间传阅，产生了较大的影响。江户时期，《花间集》也随着《词苑英华》的东传而至日本，而在此之前，另外还有一部《花间集》已东传至日本。神田喜一郎在《日本填词史话》中曾提及日本汉学大家林罗山第四子读耕斋曾经借阅加藤明友的《花间集》时写道：

> 据记载读耕斋的传闻所知，在明友的书桌上曾放置一本平生爱读之书，即《花间集》。《读耕斋文集》卷十四载的以《书花间集后》为题一文中，写到读耕斋曾于万治三年（1660）从明友那里借读过《花间集》一书。万治三年，如果从庆安二年算起，即是十一年以后。由此推想，明友获得《花间集》一书，显然更早一些。据所记，读耕斋借阅明友所藏《花间集》，曾羡慕不已；自己以前总想获得一本，曾四处搜索，然而终未得到手，所以得遂心愿借到实是万幸之事。这本《花间集》，据读耕斋传闻所记，就是明代汤显祖所评的四卷本，那便应该是朱墨灿烂的套色印刷的闵刻本是不会错的。②

---

① ［日］市桥长昭：《寄藏文庙宋元刻书跋》，收录于秦观《淮海集》，日本内阁文库藏本。
② ［日］神田喜一郎：《日本填词史话》，程郁缀、高野雪译，北京大学出版社2000年版，第55页。

读耕斋的《书花间集后》指出了此本"五百首之词曲，亦不相增减，实是《花间》之正本，而大明之人约十卷为四卷也耶。每卷下署曰：'唐赵崇祚集，明汤显祖评。'"① 因此神田喜一郎推测其为闵刻本是无疑问的。闵映璧双色套印本《花间集》刊刻于明万历四十八年（1620），而加藤明友获得此书在庆安二年（1649）前，由此可知此书出版后较快就流传至日本。

另据《商舶载来书目》，享保十年（1725），《花间集》"一部四本"输入。虽然没有更多详细的记录，从"四本"的记载来看：毛扆《汲古阁珍藏秘本书目》有"北宋版《花间集》四本"②的记载，但此本在明末清初已难觅得，且日本亦未见北宋版的书志记录，因此享保年间传至日本的应非北宋版。《花间集》诸本之中，汤显祖评本亦装订为四册，享保年间输入日本的或仍为汤评本。

关于《诗余图谱》一书，神田喜一郎在《日本填词史话》中谈及，为便于考察此书输入日本的情况，先将神田氏考述摘录如下：

> 所谓出版于宝历四年之书，即于这一年新刊行的《宝历书籍目录》，在其第二册"诗集"部中，著录有"《诗余图谱》，关中金銮"，三册。这本《宝历书籍目录》，原来是我国所刊行出版的书籍，也就是和刻本的总目录。由此可知，此《诗余图谱》当然也是我国刊行出版的书，这是必须承认的。然而我却从未见过此书，大概是当时预定翻刻出版的书目中虽有，但因某种原因而中止了吧。总之，作为填词专著的《诗余图谱》，能被收录于《宝历书籍目录》中，当时的风尚如何，由此足可证明。

可那本《诗余图谱》究竟是什么样的书呢？以普通的看法，

---

① ［日］神田喜一郎：《日本填词史话》，程郁缀、高野雪译，北京大学出版社2000年版，第63—64页。

② 毛扆：《汲古阁珍藏秘本书目》，嘉庆庚申（1800）十月，吴门黄氏士礼居藏版。

一提起《诗余图谱》，谁都会马上想到那是明代张綖的书，这是没错的。张綖的《诗余图谱》传入我国的事实，是得到确认的。那是有名的博览群书的伊藤东涯于宝永五年（1708）以自己手抄本而保存下来的，很长时间保存在京都堀川的古义堂，现在归天理图书馆的藏书库保存。因此，在《宝历书籍目录》中有张綖的书的载录，是不足为怪的。①

经张仲谋的考索，《宝历书籍目录》中著录的《诗余图谱》，应该是"关中金銮校订"本，并且校订本曾依据万历二十七年（1599）刊行的谢天瑞"补遗本"《诗余图谱》。② 据此可知《诗余图谱》当在江户早期传入日本。除了神田氏提及的伊藤东涯宝永五年（1708）抄本外，日本文教大学越谷图书馆还存有天和二年（1682）即川子抄本③，此本每卷卷首题"关中金銮校订"，亦可证东传日本的《诗余图谱》与张仲谋考订的国家图书馆藏本为同一版本。据此也可知《诗余图谱》传入日本的时间在天和二年（1682）以前。

以上所列为词学资料独立编纂之本，此外诗文集、个人全集中附录有词的所在多有。这里略举若干知名文人之别集为例，苏轼《东坡集》、陆游《陆游全集》、杨慎《杨升庵全集》、李渔《笠翁全集》、朱彝尊《曝书亭全集》、尤侗《西堂全集》、厉鹗《樊榭山房集》、吴锡麒《有正味斋集》等均有在江户时代输入日本的记载，而这些文人的别集中，词作所占比重以及词作的艺术成就都非常之高。其余散见的词学资料还有不少，如张载华辑《初白庵诗评》，《寅拾番船持渡书改目录写》有此书"一套三本"传入的记载，而

---

① ［日］神田喜一郎：《日本填词史话》，程郁缀、高野雪译，北京大学出版社2000年版，第81页。
② 张仲谋：《关中金銮校订本〈诗余图谱〉考索》，《风絮》2012年第8号，第53—57页。
③ 参见［日］萩原正树《国内所藏稀见〈诗余图谱〉三种考》，《风絮》2013年第9号，第1—45页。

许昂霄的《词综偶评》就附录于此书之中。

二 词学文献东传之特征

严绍璗《汉籍在日本的流布研究》一书中概括"江户时代汉籍东传的基本特点"有三点："中国文献典籍东传日本的规模，前所未有"，"中国文献典籍东传日本的速度，前所未有"，"主要是作为商品在中日两国商人之间进行贸易买卖"。[①] 作为汉籍中的一类，词学文献也有相同的特征。具体而言，还可称之为快捷性、选择性。

快捷性指从中国的典籍刊刻到东传至日本的时间大大缩短，这与第一时段形成了鲜明的对照。前节所述张志和《渔歌子》在大约半个世纪内就从中国传至日本，其速度之快，已经很让人感叹了。但江户时代，随着造船技术、航海科技的进步，中日交流颇为便捷，书籍传播速度也得到了极大提高。如《读画斋丛书》，在刊刻五年之内即东传至日本。其他几种丛书，甚至是词学专业性丛书《词学丛书》也在二三十年之内东传。

选择性是从市场角度而言，可以看出，这一时期东传日本的典籍中，有不少在不同时间分别传入，或者在同一时间有多部传入的情况，这可以说是由市场导向作用造成的。如《知不足斋丛书》因其多收珍本秘籍、内容广博、精校精刻等优点，在当时评价颇高；加上里面收录有日本所存或所刊典籍，反映了中日文化交流，颇受日本学人重视。又因此书三十集刊刻跨度时间长，还出现了分集东传的情况。另外如《绝妙好词》则同时有数部传入。选择性也表现在日本文人的书籍订购、价格竞争上，在江户时代的书籍交易记录中，不少书籍标示为订购书，同时也有不少书籍有不同的竞标者，而书籍本身也标示出是否为古本、虫蛀、脱页等情况，由此可见，词学文献也仅仅是作为贸易商品的书籍中的一类而已。

[①] 参见严绍璗《汉籍在日本的流布研究》，江苏古籍出版社1992年版，第58—65页。

第三节　以专家为主体的词学文献
　　　　东传阶段（明治以降）

一　词学文献东传轨迹

到江户末期为止，以贸易输入等方式东传日本的汉籍已蔚为可观，其中在中国影响较大的词学文献大部分已传至日本，这为明治填词的兴盛奠定了基础①。需要指出的是，宋代以来，许多保存在日本的珍贵典籍有西传回中国的现象。正如大庭修指出的："在日本保存有大量的输入典籍，因为其中许多书在中国早已亡佚，故而日本保存的汉籍，遂格外被人珍视，以至于出现了由日本向中国'逆输出'这样一种特殊的文化现象。"② 江户后期以来，日本典籍回流中国的现象也越来越普及，黄仁生指出："至江户后期，有些船头或商人已经认识到保存于日本的中国佚书的价值，因而开始有意将它们（后来称为'佚存书'）带回中国以获取利润。"③ 明治维新以后，日本将眼光转向西学，汉籍渐受轻视，价格大跌。李希圣云："光绪初元，日本方一意变法，视旧籍如土苴。观察（按：指方柳桥）则遣人走海外，辄以贱价购之。所谓佐伯文库之书，大都归观察，故所得秘笈尤多。"④ 李希圣所言指出了明治时期汉籍回流的热潮。这一时期，到日本访书的中国学者日渐增多，最为知名的就是黎庶昌，其辑刊的《古逸丛书》在中国引起轰动。由此可以看出，中日之间

---

① 参见蔡毅《明治填词与中国词学》，收录于蔡毅《日本汉诗论稿》，中华书局2007年版，第117—148页。
② 王勇、[日]大庭修主编：《中日文化交流史大系·典籍卷》，浙江人民出版社1996年版，第33页。
③ 黄仁生：《论中日汉籍的古今交流》，收录于黄仁生《中国文学古今演变刍议》，东方出版中心2014年版，第479页。
④ 李希圣：《雁影斋题跋序》，《雁影斋题跋》，湘乡李氏印行本1935年版。

的书籍交流互动性在逐步增强。

晚清在西方船坚炮利之下被迫打开国门，鸦片战争的惨败，给闭关锁国中的日本以巨大刺激，幕府派遣人员到中国考察，如1862年入沪考察的"千岁丸"号，即体现了幕府末期日中的官方往来。明治维新之后，随着日本国门的打开，中日之间的交流更为频繁。无论是来华的日本人还是到日本去的中国人，其规模都达到了前所未有的高度。由于中日两国人员往来繁杂，其中伴随的书籍往来更难以确考。到明治中期，中国词学著作在日本已颇普及。我们以神田喜一郎称为"在我国日本填词史上是声名显赫的惟一专家"[①] 的森川竹磎的词学活动来一窥东传日本词学文献之富。

森川竹磎（1869—1918），名键藏，字云卿，别号鬖丝禅侣。著有《得间集》，编纂有《词法小论》《词律大成》，并主编杂志《鸥梦新志》等。其《词律大成·发凡》云：

> 万氏《词律》所收者六百五十九调、一千一百七十三体。今所删者十二调、一百十二体，所补者一百九十六调、六百三十五体。凡所录者八百四十三调，一千六百九十六体。其注则全改之，间录旧注者，皆以"万氏曰"冠之，名曰《词律大成》，依旧分为二十卷，万氏未录大曲，今编为一卷，名曰《词律补遗》，附其后焉。几阅二十年而成，然独力所致，见闻不广，遗漏讹错，知亦居多。按万氏《词律》成于岭外，所见之书无几，而其高见卓说，超越千古。今余浅学菲才，而漫然补改，得罪于万氏者多矣。但所采列诸词，比万氏所录，稍近于备，亦未必无补于斯道也。[②]

[①] ［日］神田喜一郎：《日本填词史话》，程郁缀、高野雪译，北京大学出版社2000年版，第381页。

[②] ［日］萩原正树编：《森川竹磎〈词律大成〉文本与解题》，风间书房2016年版，第46页。

这段序言显示出竹磎的词学自信，而"采列诸词，比万氏所录，稍近于备"可知竹磎能够阅读到的词学文献多么丰富，竟能够达到删补万树《词律》的程度。这里以竹磎对万树《词律·发凡》所作"附笺"为例，一探竹磎援引的词学文献（以"附笺"出现先后为序）：

> 万树《词律》，张綖《诗余图谱》，程明善《啸余谱》，赖以邠《填词图谱》（按：误以"邠"为"邵"），汲古阁所刻诸本，张炎《山中白云词》，柳永《乐章集》，姜夔《白石道人歌曲》，方成培《香研居词麈》，方千里《和清真词》，杨泽民《续和清真词》，吴文英《梦窗甲乙丙丁稿》，《高丽史·乐志》，《宋史·乐志》，戈载《词林正韵》，杜文澜《词律校勘记》，《钦定词谱》，恩锡、杜文澜《校刊词律》，徐本立《词律拾遗》，谢元淮《碎金词谱》，毛先舒《填词名解》，沈雄《古今词话》，王沂孙《碧山乐府》。①

"汲古阁所刻诸本"当指《宋名家词》。以上所列仅为森川竹磎"附笺"引录的书名，此外单首词以及正文中引用的词学资料更不胜繁举。这些词学资料中，有些明治以前已传至日本，如前节所列的《诗余图谱》、《词学全书》中收录的《填词名解》《填词图谱》等。需要指出的是，这里引用的词学书，有些刊刻时间较晚，如杜文澜《词律校勘记》，最早的是咸丰十一年（1861）刻本；恩锡、杜文澜《校刊词律》更是在光绪二年（1876）吴下刊刻，这些书籍都很快东传至日本。

森川竹磎还编纂有《鸥梦吟社丛书》。据长泽规矩也《和刻本

---

① [日] 萩原正树编：《森川竹磎〈词律大成〉文本与解题》，风间书房2016年版，第11—53页。

汉籍分类目录》"丛书部"记载①，收录有王士禛《花草蒙拾》、彭孙遹《词统源流》、郭麟（按：当作"麐"）《灵芬馆词品》、蒋敦复《芬陀利室词话》等词话。竹磎另外还编有《鸥梦丛书》，收录有《花草蒙拾》《词统源流》《芬陀利室词话》②。其中《芬陀利室词话》刊刻时间颇晚，在光绪十一年（1885），竹磎在《鸥梦新志》第一〇四集（1895）刊登介绍。

此外，我们还可以从与竹磎交往有二十七年之久的久保天随的藏书目录《虚白轩所藏书目》中看到森川竹磎旧藏书，其中录存有词学资料的共计有如下 21 种：

> 《灵芬馆集》、《曝书亭词注》、《吟风阁》、《莲子居词话》、《伏鸾堂诗剩》、《啸古堂集》、《听秋仙馆词话》、《词林正韵》、《三朝词综·并续》、《梅苑》、《山中白云词》、《浙西五家词·外二种》、《槐南集》、《唐宋十家词·外二种》、《草堂诗余》、《国朝词综续录》、《宋六十名家词》、《湖海楼集》、《碧鸡漫志》、《唐宋词摘句》、《文体明辨》。③

这份藏书目录能够看出森川竹磎所藏的词学类书目，不仅包括词总集、词别集，还包括词话、词韵等。特别值得注意的是，里面有森川竹磎自己的汇摘作品《唐宋词摘句》，这一方面展现了竹磎阅读之广，另一方面也证明了东传日本的词学资料已经十分完备。这与竹磎能够进行"集金元明清人词句凡百六十余篇"④的集句活动相互印证。这一点充分说明森川竹磎对中国词学的关注可称前瞻，对中国词学资料的搜集可谓广博。

---

① 参见［日］长泽规矩也《和刻本汉籍分类目录》，汲古书院 1976 年版。
② ［日］萩原正树：《森川竹磎的词论研究》，《南京师范大学文学院学报》2010 年第 3 期。
③ ［日］久保天随：《虚白轩所藏书目》，早稻田大学图书馆藏。
④ 《新诗综》第四集，明治三十二年（1899），东京大学明治新闻杂志文库藏。

晚清词学进入一个繁盛时期，词学大家相继而出，所刻印的大型词集丛编也颇丰富，如王鹏运《四印斋所刻词》、江标《宋元名家词》等。在词学文献方面，各种新的资料不断发掘，陶湘在《景刊宋金元明本词叙录》中云："近代古籍日出益多，往往不经见之书，一时遂有数本，眼福足傲前贤矣。"① 这些词学文献也很快就传至日本。

日本明治维新使日本国力迅速上升，而晚清中国内忧外患，国弱家贫。这从客观上使得日本有财力去购得珍贵的典籍。这里要提及清末陆心源的藏书，因种种原因被其子陆树藩售以日本岩崎氏，成为日本静嘉堂文库藏书的重要来源。仅据大正六年（1917）刻本《静嘉堂秘籍志》② 所载的"词曲类"统计，东传之词学文献已不下百种，其中有不少珍品，如名家手校本《陆校宋词十九种》，为陆敕先、毛斧季校订；劳权校本《典雅词》《漱玉词汇钞》等。光绪八年（1882）十万卷楼刻有《皕宋楼藏书志》，而之后陆氏还续有所得，因此《静嘉堂秘籍志》中尚有不少词学文献未载于《皕宋楼藏书志》中，如张炎《山中白云词》，丘处机《磻溪词》，陈霆《渚山堂词话》，曹贞吉《珂雪词》，查为仁、厉鹗《绝妙好词笺》等。

另外还可提及的是藏书家董康1912年赴日本时，将诵芬室部分旧藏书出售给日本大仓文化财团创始人大仓喜八郎。此事在日本影响甚大，《朝日新闻》发文报道了此事③。因为董康与晚清词学家缪荃孙、吴昌绶等人有密切交往，这部分出售日本的藏书中，也有重要的词学文献，如黄昇所编《唐宋诸贤绝妙词选》《中兴以来绝妙词选》，这两种词选都是明万历二年（1574）舒伯明刊本。④ 另外董

---

① 陶湘：《景刊宋金元明本词叙录》，吴昌绶、陶湘辑《景刊宋金元明本词》，上海古籍出版社1989年版，《叙录》第8页。
② 参见［日］河田罴编《静嘉堂秘籍志》，日本大正六年刻本，收录于《日本藏汉籍善本书志书目集成》，北京图书馆出版社2003年版，第4—8册。
③ ［日］大仓喜八郎：《董氏の藏書を購へる》，《朝日新闻》1912年7月15日。
④ 参见严绍璗《日藏汉籍善本书录》，中华书局2007年版，第2021页。

康诵芬室旧藏《南词》《汲古阁未刻词》两种词集丛编价值较大，后文有详细论述。

明治、大正时期，还有词学家东渡日本，他们也携带不少词学文献东渡，可以列举的有王国维。

王国维（1877—1927）曾在清宣统三年（1911）十月因辛亥革命避难而移居日本京都，至民国四年（1915）回国。王国维携带东渡之书目已难确考，但在京都时期王氏还撰写有词集跋语若干则，可以想见此数年间研读的词曲之书应是带往京都的。赵万里对王国维携带东渡的词学书略有触及，为便于论述，先将赵氏相关论述摘录如下：

> 又先生于词曲各书，亦多有校勘。如《元曲选》，则校以《雍熙乐府》；《乐章集》则校以宋椠。因原书早归上虞罗氏，今多不知流归何氏。未见原书，故未收录，至为憾也。万里又识。①
>
> 先生在京都四载余……罗先生又贻以复本书如干种。先生亦以所藏词曲诸善本书报之。盖兼以答此数年之厚惠也。②

据赵万里所言，可知王国维赴日避难之时，曾带有手钞手校的词学书若干种，归国之际将部分词曲书赠送给了罗振玉。赵万里所记，与王国维日记可互相印证："此次临行购得《太平御览》《戴氏遗书》残本，复从韫公乞得复本书若干部，而以词曲书赠韫公，盖近日不为此学已数年矣。"③ 王国维尚有一部分词曲书归罗振常，昭

---

① 赵万里：《王静安先生手校手批书目》，《国学论丛》1928 年第 1 卷第 3 号（王静安先生纪念号）。

② 赵万里：《王静安先生年谱》，《国学论丛》1928 年第 1 卷第 3 号（王静安先生纪念号）。

③ 转引自袁英光、刘寅生《王国维年谱长编》，天津人民出版社 1996 年版，第 140 页。

和三年（1928）七月，经手文求堂，最终入藏东洋文库。① 这部分词学文献极为珍贵，兹将细目罗列如下：（1）柳永《乐章集》三卷、所增词一卷；（2）王安石《半山老人歌曲》一卷；（3）王一宁《王周士词》一卷；（4）王炎《双溪文集》卷八；（5）谢逸《竹友词》一卷；（6）陈克《赤城词》一卷；（7）杨万里《诚斋乐府》一卷；（8）陈深《宁极斋乐府》一卷；（9）杜安世《寿域词》一卷；（10）张翥《蜕岩词》二卷；（11）刘履芬《鸥梦词》一卷；（12）毛晋汲古阁刻《宋名家词》五集五十册；（13）顾梧芳《尊前集》二卷；（14）李谨辑、刘时济刊《新刊古今明贤草堂诗余》四卷四册；（15）黄大舆辑《梅苑》十卷，两种；（16）杨慎辑《词林万选》四卷；（17）秦恩复《词学丛书》十册；（18）周济《词辨》二卷；（19）陈文述《紫鸾笙谱》二卷。

此外，在中田勇次郎旧藏书之中，也有王国维旧藏词集的著录。《词学文库分类目录》载："《国朝词雅》，二四卷（卷一七以下缺），清姚阶编，吴蔚光等校，清嘉庆三年序刊。（王国维、吉川幸次郎旧藏。）"② 在《静庵藏书目》中，亦有"《国朝词雅》八册"③ 的记载。而以上入藏东洋文库的王国维旧藏词学文献也多数见载于《静庵藏书目》，《国朝词雅》或随王氏而至日本，后辗转流传，为吉川幸次郎所得，并最终东传至日本。

近代以来，到中国访书的日本学者日渐增多。钱婉约在《近代日本学人中国访书述论》中将来华日本学人的访书方式分为学者的研究调查、藏书机构的采购、书店老板的输入三类。④ 这当中属于第

---

① ［日］榎一雄：《王国维手钞手校词曲书二十五种》，《东洋文库书报》1976年第8号，第5页。

② ［日］芳村弘道、萩原正树、嘉濑达男编：《词学文库分类目录》，编者刊印本1996年版。此书目所载为日本词学大家中田勇次郎先生旧藏书物。

③ 参见彭玉平《〈静庵藏书目〉与王国维早期学术》所附《静庵藏书目》，《复旦学报》（社会科学版）2010年第4期。

④ 钱婉约：《近代日本学人中国访书述论》，钱婉约、宋炎辑译《日本学人中国访书记》，中华书局2006年版，第24页。

一类的来华访问、留学的人员最多，而关注词学文献的，往往都是一些对中国古典诗词抱有极大兴趣的学者。这里可以列举神田喜一郎、仓石武四郎、吉川幸次郎三位。这三人都可以说是日本学界的卓然大家，神田喜一郎的《日本填词史话》为日本填词研究的集大成著作，仓石武四郎编有《宋代词集》，吉川幸次郎有《中国文学史》，因此他们对诗词集也就更为关注。如吉川幸次郎旧藏词学书，除了前文提及的《国朝词雅》，还有《浙西六家词》《吴中七家词》《绝妙好词》《类编草堂诗余》《类选笺释草堂诗余》等。①

此外，书店的订购买卖、侵华战争中的掠夺等都使得中国文献典籍大量东传，而其中的词学文献也不在少数。我们以田中庆太郎的《文求堂书目》②为例，1923年日本关东大地震之后，文求堂古籍字画焚毁殆尽，但查阅昭和三年（1928）11月的《文求堂书目》，词学书已达几十种，《宋六十名家词》《四印斋所刻词》《历朝词选》等大型词学书赫然在列。而此仅为一年贩卖之书籍，若以全书统计，其总数定十分惊人。再以《清词别集知见目录汇编》统计，京都大学人文科学研究所所藏清词别集已近400种，其中的大部分，应该都是明治以来东传至日本的。可以说到第二次世界大战结束之时，日本国内所存的词学文献，已经非常丰富了。

二 词学文献东传特征

日本明治维新以来，中国词学文献东传的最大特点是以诗词专家、藏书家为主体的东传。这与江户时代有很大的不同：明治以来贸易输入的方式仍然存在，但是词学类书籍并没有多少利润可图，自然会减少书商的热情；这与西学书籍在日本大受欢迎形成了鲜明对比，如魏源《海国图志》就在日本畅销。这一时期，东传日本之

---

① 参见［日］芳村弘道、萩原正树、嘉濑达男编《词学文库分类目录》，编者刊印本1996年版。
② 参见刘玉才《田中庆太郎与文求堂书店——影印〈文求堂书目〉前言》，《文求堂书目》，国家图书馆出版社2015年版。

词学文献相对集中，同时江户时代以前东传之词学文献也逐步聚拢于少数词学爱好者手里，词学文献的阅读者也主要是这些填词者。前文所举森川竹磎所藏词学书非常丰富，这里再以另外两位明治词学大家为例，试释这一时期词学文献东传的情况。

第一位是森槐南（1862—1911），名大来，字公泰，号秋波禅侣。槐南22岁时曾作《贺新凉·甲申六月中浣，接高野竹隐书，赋此代简》，"槐南乃仿效清初顾贞观寄吴汉槎以词代简"[①]。关于顾贞观这则纪事东传至日本，神田喜一郎惊叹道："顾贞观的词集《弹指集》等书，在槐南所处的当时我国中，大概是十分稀奇罕见的珍籍，这是不会错的，没想到槐南会知道这个。原来这段事实在《随园诗话》卷三中也有记载，或者是据此而知，也不是不可想象的。"[②] 袁枚《随园诗话》中所载顾贞观词只有一首，并且为原词二首的拼合，大概是袁枚一时误记，而槐南能知原作为二首，并且也作了两首寄赠高野竹隐，应当是读到了顾贞观原词。槐南能够知道这样的清词纪事，除了说明他博学之外，也可见他曾热心搜集相关词集。

槐南的填词，也有许多他读中国词的札记，或者词中多寓词句、词人典故，反映槐南读词之广。例如，他有《酹江月·题髯苏〈大江东去〉词后》《酹江月·书柳七"晓风残月"词后》等词作，词中引录东坡、耆卿逸事颇丰富。又如《摸鱼儿》词句"月底独修箫谱"，张珍怀笺注指出此乃《钦定词谱》中语[③]，如此说明槐南极可能曾读过此书。

另外，在明治三十二年（1899）发行的《新诗综》中，森槐南发表了《苣棚闲话》，其中"清国诗人之风气"中写道"近日见到

---

① [日]森槐南、高野竹隐、森川竹磎著，张珍怀笺注：《日本三家词笺注》，黄山书社2009年版，第14页。

② [日]神田喜一郎：《日本填词史话》，程郁缀、高野雪译，北京大学出版社2000年版，第280页。

③ 张珍怀笺注：《日本三家词笺注》，黄山书社2009年版，第26页。

谭复斋日记"。"复斋",当为"复堂",即谭献。谭献(1832—1901)日记中有诸多论词之资料,其弟子徐珂曾将文集、日记、《谭评词辨》等书中的评语辑录为《复堂词话》。谭献日记中的论词资料,其中关于清代词风之变的评论云:

> 阅黄燮清韵珊选《词综续编》。填词至嘉庆,俳谐之病已净。即蔓衍阐缓貌似南宋之习,明者亦渐知其非。常州派兴,虽不无皮傅,而比兴渐盛。故以浙派洗明代淫曼之陋,而流为江湖;以常派挽朱、厉、吴、郭(频伽流寓)佻染饾饤之失,而流为学究。近时颇有人讲南唐北宋,清真、梦窗、中仙之绪既昌,玉田、石帚渐为已陈之刍狗。周介存有"从有寄托入,以无寄托出"之论,然后体益尊、学益大。近世经师惠定宇、江艮庭、段懋堂、焦里堂、宋于庭、张皋文、龚定庵多工小词,其理可悟。①

森槐南也必定读到了这些论词资料,因此对其中提及的词人以及清代浙常词风之变应该是有所了解的。谭献日记最早是以《复堂日记》之名,将前六卷刊载于光绪十一年(1885)出版的《复堂类集》里;两年后又收录到《半厂丛书》里,② 森槐南能够如此迅捷地关注到谭献日记,除了依赖词学文献的东传速度,更需要日本汉学家敏锐的观察力。

另一位是高野竹隐(1861—1921),名清雄,字铁生,号修箫仙侣。他模拟厉鹗的《论词绝句》,以《小病读词,得十六首》为题,创作了论词绝句。这十六首当中,槐南采录五首刊登在《新新文诗》第二十三集中。从这五首看来,高野竹隐所论及之词人有苏轼、陈

---

① (清)谭献著,范旭仑、牟晓朋整理:《谭献日记》,中华书局2013年版,第72页。
② 范旭仑、牟晓朋:《整理后记》,载《谭献日记》,中华书局2013年版,第425页。

维崧、辛弃疾、张炎、朱彝尊、蒋士铨等。其中第二首"幕府一时才调工，英雄血滴满江红。西台却怪无赓和，目极燕云塞草空"，神田喜一郎误为咏岳飞《满江红》之作，经赵山林指出，这首应当是咏文天祥《满江红》二首之作。① 唐圭璋编《全宋词》曾从文天祥《指南后录》中录出，但这在竹隐时代，也是难见之书。所幸文天祥《满江红》之作颇为知名，周密《浩然斋雅谈》较早收录，卓人月《古今词统》以及徐釚《词苑丛谈》都有收录。从文献东传角度来看，竹隐最可能是从《词苑丛谈》中读到文天祥的词作。

夏承焘论高野竹隐填词云："白须词畔看眉弯，樊榭风徽梦寐间。待挽二豪吃尺八，星空照影子陵滩。""题解"注云："竹隐早年诗学厉鹗（樊榭），词境亦相近。其和槐南《贺新凉》《百字令》诸作，乃勉为奔放激烈，实非本色。其《东风第一枝·和槐南》有云：'记美人多爱鬖鬖，系缆白须词畔。'风趣可想。其《声声慢·舟自七里滩至厚田》，有'滩名仿佛，七里空江'句，其地当在日本，而其词风神，正无异于厉氏过泷滩的《百字令》。"② 夏承焘的点评精准贴切。厉鹗被称为浙西词派中期中坚人物，有"浙派之词，竹垞开其端，樊榭振其绪"③ 之说。竹隐能在日本明治时期就学樊榭诗词，其对中国词的体悟确实达到了较深的水平。

以上两大词家的读词涉猎之广，让人钦佩。槐南能读到在当时日本并不多见的珍籍《弹指词》，说明了词学文献东传已经不再受书商价格、是否畅销等因素的影响，以诗词为能事的汉学家更发挥了主体性的作用。而高野竹隐所读之词，以及他点评词人而作的《论词绝句》，说明已经东传至日本的词学文献，也在向词学家聚拢。

这里要提及日本词学大家中田勇次郎，20世纪30年代京都大学

---

① 赵山林：《读〈日本填词史话〉》，《北京大学学报》（哲学社会科学版）2008年第1期。

② 夏承焘著，吴无闻注：《瞿髯论词绝句》，收录于《夏承焘集》第2册，浙江古籍出版社、浙江教育出版社1997年版，第591—592页。

③ 徐珂：《清代词学概论》，大东书局1926年版，第6页。

求学之时，即以宋代词人为研究对象。唐圭璋在编纂《全宋词》时曾请托中田氏查阅日本藏存的词学资料。[①] 中田氏旧藏词学书中，有不少名家旧藏的词集，如有曾习经、徐乃昌、细野燕台、长尾雨山、吉川幸次郎等人旧藏。这也从一个侧面说明，东传的词学文献，有向词学专家聚拢的倾向。毕竟，词学在日本是汉学分支中的一个冷门，无论是日本汉文学史中的填词家，还是专门研究词学的学者，都不过寥寥。再如村上哲见，其搜集的词集古籍也不在少数，《村上哲见先生旧藏词学文献目录》[②] 所载古籍类词学书也不下百册，今俱存于日本立命馆大学。这些热心于词的日本学者，聚存着不少东传日本的词学文献。

[①] 参见［日］芳村弘道、萩原正树《从唐圭璋先生的两封信看〈全宋词〉的编纂过程》，《南京师范大学文学院学报》2002 年第 4 期。

[②] 参见［日］芳村弘道、萩原正树、池田智幸、铃木俊哉编修《村上哲见先生旧藏词学文献目录》，中国艺文研究会发行 2011 年版。

第 四 章

东传词学文献的接受与影响

中国词学文献的东传,直接影响了日本填词的发生与发展。同时,随着词学文献的东传,日本学人对词的认识水平也逐步提高。本章梳理中国词学文献东传与日本填词、词学观念发展之间的关系,并以神田喜一郎的词学研究为例,探讨中国词学文献东传与日本词学研究之关系。

第一节 词学文献东传与日本填词、
  词学观念发展之关系

日本填词,据神田喜一郎《日本填词史话》所述,始于平安朝嵯峨天皇效张志和《渔歌子》而作的杂言《渔歌》五首,有智子公主和滋野贞主也有唱和之作。[1] "如果将嵯峨天皇君臣唱和之作,与张志和的五首《渔父》原作对照比读,便不难发现,它们之间有许多惊人的相同、相近、相似之处。"[2] 因此,日本填词的滥觞是受到张志和《渔歌子》东传的影响。

---

① 参见［日］神田喜一郎《日本填词史话》,程郁缀、高野雪译,北京大学出版社2000年版,第5—12页。
② 陆坚:《张志和〈渔父〉的流播与日本填词的滥觞》,陆坚、王勇主编《中国典籍在日本的流传与影响》,杭州大学出版社1990年版,第103页。

嵯峨天皇君臣创作的《渔歌》与张志和所作运用了同样的手法，甚至字词的使用都十分讲究，孙望指出：

> 嵯峨天皇《渔歌》五首，载《经国集》，题"太上天皇，在祚"，则是弘仁年间（810—820，当唐宪宗元和间）所作也。可知彼时张志和诗已远传东国，故嵯峨得兴到取效，且令有智子及朝臣滋野贞主奉和也（诗亦载《经国集》）。张诗每歌用"不"字，嵯峨每歌用"带"字，公主二首，每歌用"送"字，滋野五首，每歌用"入"字，其步趋研精也如此。①

程千帆称嵯峨天皇之作云：

> 有玄真子之风神，可谓善学者矣。②

夏承焘《论词绝句》称赞嵯峨天皇之作云："樱边觱篥迸风雷，一脉嵯峨孕霸才。并世温韦应色喜，桃花泛鳜上蓬莱。"③ 这既指出了嵯峨天皇的开创之功，也指出了张志和《渔歌子》的影响已远及日本（即"蓬莱"）。

嵯峨君臣之作虽然得到这么多前辈大家的赞赏，在日本填词史上也占据着重要地位，但从另一个角度来说，他们在创作之时，恐怕并没有意识到自己所创作的是"词"，或者说，他们并没有充分认识词的属性。这可以从两个方面看出，一是御制的《渔歌》被归入"杂言"一类，是属于"诗"的，《经国集》也是诗文总集，孙望、程千帆两位前辈也将嵯峨天皇的《渔歌》作为"日本汉诗"而选入；二是唐宋词具有音乐属性。关于这一点，施议对指出：

---

① 程千帆、孙望选评：《日本汉诗选评》，江苏古籍出版社 1988 年版，第 7 页。
② 程千帆、孙望选评：《日本汉诗选评》，第 7 页。
③ 夏承焘：《瞿髯论词绝句》，《夏承焘集》第二册，浙江古籍出版社、浙江教育出版社 1997 年版，第 589 页。

唐宋时代，词是一种与音乐相结合、可以歌唱的新兴抒情诗体。词为"声学"，即"音乐文学"；音乐性是词的突出的艺术特性之一。①

张志和的《渔歌子》也必然是可以歌唱的，虽然神田喜一郎说："大概是入唐的朝廷使者中有某一风流文人，他将当时在中国最新流行的作品带回到日本，天皇立即得知，政务余暇时便仿照创作。可以想象的是，当时可能连其唱腔也同时传来了。"② 但当时嵯峨天皇是否真的"依声填词"，恐怕要打很大的问号。而贞主的唱和之作更是"造语的确很稚拙"③，那么可以说贞主之作只是一种纯粹的文字层面的仿作。

可以说平安朝君臣虽然创作出了日本最早的填词，但是他们对词的认识还十分有限，视词为杂言之诗而已。

日本五山时期的填词基本中断，田能村竹田《填词图谱序》云：

然于古人中要之，有前中书亲王《忆龟山》之词。盖王夙好文学，才藻典丽，罹时不淑，退隐西山，掩关却扫，因制此词，寄调《忆江南》也。读之辞致凄婉，世与《蒐裘》诸赋并传，当推以为我邦开山祖也。有祖无传，尔后绝响一千年于兹。④

但是中国的词学文献还是不断地传入日本，五山僧侣是有足够的条件读到词的。⑤ 这一时期，僧侣虽然没有填词，但日本文人的词

---

① 施议对：《词与音乐关系研究》，中国社会科学出版社1985年版，第1页。
② [日]神田喜一郎：《日本填词史话》，程郁缀、高野雪译，北京大学出版社2000年版，第8页。
③ [日]神田喜一郎：《日本填词史话》，第10页。
④ [日]田能村竹田：《填词图谱序》，《填词图谱》，文化乙丑刊本，立命馆大学词学文库藏本。
⑤ 参见本书第三章第一节"五山时期传入的词学文献"。

学观念有了初步的发展。

五山僧惟高妙安《诗学大成抄》中有一段对词的认识："'雨过池塘，十里芰荷香'非诗，为词。词者，歌之类。与诗不同，词的字数不定。"① 这一段文字可以从三个方面释读：一是惟高妙安已经开始注意词与诗的区别，而不是把词视为"杂言"诗，这可以说是对词认识上的一大进步。诗词之辨在中国词学史上是一个重要论题，孙克强指出：

> 唐、五代、北宋时期，词体的娱乐性质，使它难免"小道"、"卑体"的歧视。此时的诗词之辨建立在对词体否定的基础之上，探讨诗词是为了将词体区别于诗体而加以排斥。②

可以看出，唐、五代、北宋时期，中国的论者就努力将词体与诗体区别开来。而五山僧也开始注意诗词之别，这不能不说是日本词学观念的一次进步。

二是"词者，歌之类"是注意到词与音乐之关系。词在唐宋时期是一种可以歌唱的文学样式，陈振孙《直斋书录解题》卷二十一题为"歌词类"即为明证。姑且不论词的唱腔是否东传至日本或者禅僧是否从诗话、词话中读到演唱词的记载，作为禅僧的惟高妙安竟能认识到词的可"歌"特征，也可谓了解了词的"音乐文学"本质。

三是从字数层面，指出了诗词在字数上的差别。虽然词当中有些齐言之调，如《生查子》《浣溪沙》之类，但从整体而言，字数"不齐"才是词的主流，因此词才获"长短句"之称。惟高妙安的这一点认识，比"杂言诗"亦更进一步。

---

① 日语原文转引自［日］松尾肇子《日本五山僧眼中的词》（收录于《2016 词学国际学术研讨会议论文集》），汉语译文略有不同。

② 孙克强：《唐宋人的诗词之辨》，《中州学刊》2005 年第 5 期。

但是并不能据此而说五山僧对词的认识已经达到了很高的水平，毕竟这里对词的解说还十分简单。再来看五山抄物中引录《苕溪渔隐丛话》的一段话：

《渔隐丛话前集》卷六十一①、苕溪渔隐曰、端伯所编乐府、雅词中、有汉宫春梅词云、是李汉老作非也、乃晁冲之叔用作云云。今载其词曰、潇洒江梅、向竹梢稀处横两三枝。东君也不爱惜、雪压风欺。无情燕子怕春寒、轻失佳期。惟是有南来归雁、年年长见开时、清浅小溪如练、问玉堂何似茅舍疏篱、伤心故人去后、冷落新诗、微云淡月对孤芳分附他谁。空自倚清香未减、风流不在人知。此词中、用玉堂事、乃唐人诗云、白玉堂前一树梅、今朝忽见数枝开、儿家门户重重闭、春色因何得入来、或云、玉堂、乃翰苑之玉堂非也。②

这里将《苕溪渔隐丛话》中的同一段话引录，标点则依据廖德明点校，以与前段作一对比：

端伯所编乐府雅词中，有汉宫春梅词，云是李汉老作，非也；乃晁冲之叔用作，……今载其词曰："潇洒江梅，向竹梢稀处横两三枝，东君也不爱惜，雪压风欺。无情燕子怕春寒，轻失佳期。惟是有南来归雁，年年长见开时。清浅小溪如练，问玉堂何似茅舍疏篱。伤心故人去后，冷落新诗。微云淡月对孤芳，分附他谁。空自倚，清香未减，风流不在人知。"此词中用玉堂事，乃唐人诗云："白玉堂前一树梅，今朝忽见数枝开。儿家门户重重闭，春色因何得入来？"或云、玉堂乃翰苑之玉

---

① 这段话当出自《苕溪渔隐丛话前集》卷五十九，引录者误。
② 原话出自《锦绣段抄》，有朱笔断点，这里转引自［日］松尾肇子《日本五山僧眼中的词》，收录于《2016词学国际学术研讨会会议论文集》。

堂，非也。①

两相比对，可以发现在词作的点断方面，五山僧的点断除了未注意韵脚外，大致可以读通。但是，曾慥所编《乐府雅词》却被点断为"乐府、雅词"，这一点除了说明五山僧未读到此书外，还说明他们对于"乐府"的理解水平有限，更不可能对词的雅俗之辨一类的话题有深入的了解。五山禅僧对词的认识程度，也许可以借用松尾肇子的话来作一总结：

> 填词对中国人来说都比较难，对即便知道词是用来歌唱而没有实际听过的日本人来说，填词，在有选集和词谱的条件下才有可能。在这些词籍未舶来的中世禅林中，诗余尚停留在阅读阶段，但从抄物所留存的语气中，五山僧对未知词的兴趣和憧憬可得一窥。②

江户时代前期，日本迎来了填词的复兴，这与中国词学文献《草堂诗余》《花间集》以及《文体明辨》的东传是密切相关的。神田喜一郎指出填词的复兴者为加藤明友，而林家一门是填词的重要参与人物。③

东传至日本的《花间集》为闵刻本，即有汤显祖批点的朱墨套印本，④ 这一点前文第三章已经论述。这里有必要对江户时代前期东

---

① （宋）胡仔纂：《苕溪渔隐丛话前集》，廖德明校点，人民文学出版社1962年版，第410页。

② 参见［日］松尾肇子《日本五山僧眼中的词》，收录于《2016词学国际学术研讨会会议论文集》。

③ 参见［日］神田喜一郎《日本填词史话》，程郁缀、高野雪译，北京大学出版社2000年版，第50—78页。

④ 汤显祖评本《花间集》真伪问题，学界一直存有争论。李冬红《〈花间集〉接受史论稿》（博士学位论文，华东师范大学，2004年）认为确为汤显祖所评，叶晔《汤显祖评点〈花间集〉辨伪》（《文献》2016年第4期）则认为出于伪托。本文只与《花间集》版本相关，与评语是否出自汤显祖关系不大。

传至日本的《草堂诗余》作一说明,因为《草堂诗余》版本复杂,分类本与分调本有重要差别,这对于填词的参照作用也不相同。先来看神田喜一郎的相关论述:

> 在《罗山文集》卷七十三中,所见的随笔内有这样一段:"李太白居草堂,号其集曰《草堂集》。集中多乐府歌词,故后人呼小词为草堂诗余。"我特别想在这里举出一条来。现在内阁文库所藏的明代万历三十六年(1608)所刊《新刻注释草堂诗余评林》明显是罗山经眼的,并有手泽存在。还不局限于这些,但为什么如此随意地写出那种畸形的填词来,实在难以理解。
>
> ……
>
> 那么了的所获得的《草堂诗余》,究竟是什么样的书呢?
>
> 前面说举的读耕斋的以《冬景》为题的《点绛唇》一阕,说是"次苏叔党韵",叔党是苏东坡之子苏过的字,其原作是:"新月娟娟,夜寒江静山衔斗。起来搔首,梅影横窗瘦。　好个霜天,闲却传杯手。君知否,乱鸦啼后,归兴浓如酒。"然而这首词,一说是南宋汪彦章,名汪藻所作,《全宋词》的编者等,也是如此考虑的。但明代杨慎在其《词品》卷三中,特别设有《苏叔党词》一项,认为此词正确的归属依然应是苏叔党作,而《草堂诗余》的编纂的时代,之所以将此阕归为汪彦章之作,是因为苏东坡的作品被禁读、方才故意隐名埋姓的原故。至于谁的说法正确,这里姑且不论,总之古来就有两说。多数《草堂诗余》刻本将此归为苏叔党。当时杨升庵批点的闵刻本,和那以后明代顾从敬的四集刻本,也有同样的归属分类。由此看来,了的所获得的版本,只能是这两种刻本中的一种。

然而神田喜一郎的推测并不准确,中尾健一郎在日本宫内厅书陵部查阅了的(辻端亭)《端亭先生遗稿》时,发现了辻端亭的唱和之作，其序言云：

> 余顷日，买得顾从敬《类选草堂诗余》一部。林函三君以为，余有意于唱小诗。枉寄赐三调珍词。诵数回寻绎目眩，叨奉和其韵。"夫诗余者，古乐府之流别，而后世歌曲之滥觞也。"谈何容易哉。亦是效颦之谓乎。频乞雌黄。①

因这段序言，可以知道，当时传入日本的是顾从敬《类选草堂诗余》，但是此书《点绛唇》归为汪彦章之作，并且据中尾健一郎调查，当时东传至日本的几种《草堂诗余》中《点绛唇》一阕都题汪彦章之作，而读耕斋之所以是"次苏叔党韵"，大概是读到了杨升庵《词品》的缘故：

> 按：汪藻的《点绛唇》为苏过之作的说法，并不是只见于《草堂诗余》之类的词总集。正如神田氏所指出的那样，杨慎《词品》卷三"苏叔党"条也有记载。内阁文库有明嘉靖三十三年（1554）刊行的《辞品（词品）》，这书是作为林大学头旧藏本而收藏的。博学的读耕斋博览林家架藏群书，他阅读到此书，因此将《类选笺释草堂诗余》或者《新刻注释草堂诗余评林》中归为汪藻所作的《点绛唇》，作为苏过的词，这是可以想象的。②

这里引录中尾氏的论述，除了指出当时传入日本的《草堂诗余》版本外，也是想指出杨慎的《词品》也已经东传至日本。《词品》

---

① ［日］辻端亭：《端亭先生遗稿》卷八，日本宫内厅书陵部藏本。此处转引自［日］中尾健一郎《近世前期の詞作をとりまく江戸文壇——林門と加藤勿斎を中心に》，《風絮》2015 年第 12 号，第 46 页。

② ［日］中尾健一郎：《近世前期の詞作をとりまく江戸文壇——林門と加藤勿斎を中心に》，《風絮》2015 年第 12 号，第 48 页。

一书内容广博，其中涉及六朝乐府与词之关系，认为词起源于六朝，这一观点已经影响到日本三浦晋等人的词学观，大正时期日本学者铃木虎雄还撰文指出这一说法的错误①。

至此对江户前期东传至日本的词学文献作一梳理的话，有《花间集》（汤评闵刻本）、《新刻注释草堂诗余评林》（李廷机批评、翁正春校正，分类编次本）、《类选笺释草堂诗余》（顾从敬编、陈仁锡笺释，分调编次本）、《词品》（杨慎撰）等。值得注意的是，《草堂诗余》的分类编次本和分调编次本都已经东传至日本，其意义是不容忽视的。赵山林通过对东传至日本的《魏氏乐谱》的选词分析，指出了其与《草堂诗余》的关联性，并指出《草堂诗余》兼顾文学性与音乐性。② 这些文献的东传无疑刺激了日本词坛的复兴，特别是《草堂诗余》的分类编次本、分调编次本都已经东传至日本，林家一门、加藤明友、辻端亭、人见竹洞等人都有填词唱和之作，而尤其难能可贵的是，年仅十余岁的林梅洞亦参与了这一场填词唱和的盛会，俞樾称其"耳濡目染，固已殊矣。性又早慧，十一岁能赋诗，一时名誉，远播高丽"③，也难怪神田喜一郎亦赞其填词之举云："在这里并不想以轻率的态度讥刺其失调。在斯学未开的当时，以一个弱冠之少年，能斗胆试作填词，我想与其挑其错，不如更应该看到他特有的才气，这才是正确的态度。"④ 神田氏指出的林梅洞以及博学如林罗山、读耕斋等人的失调问题，其实是与当时的词学观念相关，而非他们不懂平仄。

那么这一时期填词文人的词学观念又如何呢？

---

① [日] 铃木虎雄：《词源》，邵毅平译，收录于王水照、保苅佳昭编选《日本学者中国词学论文集》，上海古籍出版社2004年版，第24—36页。

② 参见赵山林《试论〈草堂诗余〉在明代的流传及词曲沟通的趋势》，《文艺理论研究》2010年第4期。

③ 俞樾：《东瀛诗记》，《春在堂全书》本，光绪二十五年（1899）刊本。

④ [日] 神田喜一郎：《日本填词史话》，程郁缀、高野雪译，北京大学出版社2000年版，第65页。

以上几位填词者所处时代，容易让人想到东渡日本的朱舜水①。《朱舜水集》中有"答林春信问七条"，林春信即梅洞，鹅峰之子，林罗山之孙。其中有一则问答云：

（林春信）问：《花间集》及《草堂诗余》，凡近世乐府，悉皆协于丝竹乎？

（朱舜水）答：乐府固协于丝竹，《草堂诗余》有阴阳平仄之谱，盖以比于丝竹而为之也。②

这一则问答之时，春信方 23 岁③，就已经知晓《花间集》及《草堂诗余》，确实让人惊叹。从问话的语气，也可推测他已经知道词为合乐之文学样式。但因为词之唱法当时已经失传，至少日本并不知道词如何配乐，故有此问。朱舜水的这一段回答并没有什么高妙之处，大概是因为他不擅长诗词，他自己曾说："不佞年六十二，一日不肯释手，故诗词绝不拈著，因质性愚下，无暇及此耳。"④但是也要注意朱氏对唐宋音乐与明乐之区分还是有一定了解的，他在《答野节问》中说"霓裳羽衣，绝非古乐"⑤之类，也说明了词至明末已经不能演唱，音乐也非唐宋古乐，填词唯剩平仄之谱而已。

朱舜水的平仄之论可以与当时已东传至日本的《文体明辨》结

---

① 《朱舜水集》中有与加藤勿斋、辻端亭、林梅洞等人的交往记录，另外德田武《近世日中文人交流史の研究》也载有朱舜水与诸人的交往情况。参见（明）朱舜水《朱舜水集》，朱谦之整理，中华书局 1981 年版；[日] 德田武《近世日中文人交流史の研究》，研文出版 2004 年版。

② （明）朱舜水：《朱舜水集》，朱谦之整理，中华书局 1981 年版，第 384 页。

③ [日] 德田武：《朱舜水の〈勉亭林春信碑铭〉一件——形式と情绪》，收录于德田武《近世日中文人交流史の研究》，研文出版 2004 年版，第 25 页。按：朱舜水东渡日本时梅洞年仅 23 岁，并寄诗二首，然而翌年梅洞即去世。

④ （明）朱舜水：《朱舜水集》，朱谦之整理，中华书局 1981 年版，第 400 页。

⑤ （明）朱舜水：《朱舜水集》，第 386 页。

合起来看，可以断定的是，林家一门已经读到过这部书。林读耕斋有《庚子游》一文：

> 三竹问曰："家藏有《文体明辨》乎？"余答曰："有《文章辨体》而无《明辨》也。先考库内之本，去春焚失矣。《明辨》之为书也，本于吴讷之《辨体》而博增之也。"①

读耕斋之先考即为林罗山。这段话不仅指出了林罗山确实能够读到《文体明辨》，而且依据语气判断，读耕斋也读到了《文体明辨》，才能准确说出此书是博增《文章辨体》而成。神田喜一郎批评的林家一门的填词，连基本的平仄都失调。这里略举一例，以《文体明辨》所载《更漏子》词牌的平仄为例，分析林罗山的《更漏子》：

更漏子 双调小令

仄可平平平可仄三字句，平可仄仄平平韵三字句，平可仄仄仄平平平仄叶六字句。平可仄仄三字句，仄平平更韵三字句，仄可平平可仄仄平叶五字句。○后段同，亦更仄平两韵，各叶。②

> 十月十五日，夜色快晴，闻二友从函三赴向阳轩，想有好议论耶？有好诗句耶？聊唱寒月小词，效《更漏子》，任笔以示之。
>
> 月到天心时，月照寒水时。婵娟任运，无心降垂。千江万水分身在兹，仰见飞鸿羽影参差。朔风兴，江波澄。　　天上猛烛，不用人间灯。萤枯雪未到，一轮辗冰。清宵永夜，志壮

---

① 《读耕斋先生文集》卷十六，日本宫内厅书陵部藏本。此处转引自［日］中尾健一郎《近世前期の詞作をとりまく江戸文壇——林門と加藤勿斎を中心に》（《風絮》第12号）。

② （明）徐师曾：《文体明辨》，万历吴江寿桧堂刻本，复旦大学图书馆古籍部藏本。

眼明。牙签满书棚，雉为淮唇，夜光美于璫。①

两相参照，可以看出，林罗山的所谓《更漏子》，不仅句式不对，平仄不对，押韵也不对，难怪神田氏批评说："也不知罗山是以什么体式为谁而作的，全然不入填词之格，简直是乱七八糟的东西。"②

《文体明辨》附录的"诗余"部分的平仄图谱虽然东传至日本，但是它的词调编排十分混乱，如诗余一为"歌行题"，诗余二、三、四、五、六、七、八分别为"令字题""慢字题""近字题""犯字题""遍字题""儿字题""子字题"，之后又按"天文题""地理题"等，分类十分混乱，用来参照填词颇为不便。林家一门要按《点绛唇》《更漏子》等词牌填词，在《文体明辨》中找平仄图谱，也是有一定困难的。

可以想象，朱氏所说"《草堂诗余》有阴阳平仄之谱"一定也让春信惊讶，因为林家次韵《草堂诗余》之作，也没有按照平仄严格要求。关于这一点，中尾健一郎认为是因为他们对词的认识还不够深刻所致：

> 首先他们认为词是为合乐而作的乐府之末流，认为词是"近世之乐府"（按："夫诗余者，古乐府之流别"之语见于《类选笺释草堂诗余》、《文体明辨》），因此要严格遵守平仄和韵字的意识并不强烈。另外，对其他的唱和者来说，唱和之意比守平仄更重要，不守平仄的情况也就变多了。③

---

① 转引自［日］神田喜一郎《日本填词史话》，程郁缀、高野雪译，北京大学出版社 2000 年版，第 59 页。
② 转引自［日］神田喜一郎《日本填词史话》，第 59—60 页。
③ ［日］中尾健一郎：《近世前期の詞作をとりまく江戸文壇——林門と加藤勿斎を中心に》，《風絮》2015 年第 12 号。

林家一门代表了日本江户时代早期最先进的填词认识，但是也不无遗憾，因为他们还没有彻底区分乐府诗与词，将词收录到别集中的"乐府"类也说明了这一点。但是在词与音乐关系、词的平仄认识上，相比于前一时期，不得不说有了巨大的进步。

　　日本文人词学观念的进步依赖于词学文献的东传，但这显然还不够。例如《花间集》一书，虽然已经东传至日本，加藤明友即藏有此书，"读耕斋借阅明友所藏《花间集》，曾羡慕不已；自己以前总想获得一本，曾四处搜索，然而终未得到手"[1]，林家作为幕府的御儒者，其藏书是十分丰富的，然而读耕斋也没能获得《花间集》，只能抄录，可以想见当时日本词集流传情况并没有得到很大的改善，普通读者对填词观念恐怕也没有太多的认识。促使日本人词学观念进一步发展的因素，必须提及的是心越禅师的东渡、《诗余图谱》的东传，以及和刻本《文体明辨》的刊行。

　　心越禅师，俗姓蒋，名兴俦，别号东皋。关于心越禅师的东渡，第二章已略及。这里着重探讨心越禅师以及他带到日本的《东皋琴谱》对日本词坛的影响。心越禅师的东渡比朱舜水晚约十余年[2]，由于两人的学识结构不同，两人在日本的影响方面也有很大的不同。

　　朱舜水在诗词方面并未着意，自称"诗词绝不拈著"，对于日本关于诗词的问答，也多不热情，试以朱氏与加藤明友之间的问答为例：

　　　　（加藤明友）问：词章之习，害于道义乎否？
　　　　（朱舜水）答：即无害于道义，亦无益于身心。今之诗词，

---

[1] ［日］神田喜一郎：《日本填词史话》，程郁缀、高野雪译，北京大学出版社2000年版，第55页。

[2] 朱舜水从长崎到达江户的时间为宽文五年（1665），而东皋禅师于延宝五年（1677）到达长崎，两人都与德川光国有密切之交往。参见［日］德田武《近世日中文人交流史の研究》，研文出版2004年版；［荷兰］高罗佩《东皋心越禅师传》，收录于《明末义僧东皋禅师集刊》，商务印书馆1934年版；［日］浅野斧山编《东皋全集》，禅书刊行会明治四十四年（1911）。

与古人之诗远矣，诚能如杜子美、元次山，固自佳耳。①

先有必要了解元好问（次山）在朱舜水心中的地位，这恰好能从朱氏与林春信之间的问答看出：

> （林春信）问：元次山一代之才子耳，公乃与诗圣之少陵并称，其说如何？
> （朱舜水）答：少陵圣于诗，但就诗言耳。元次山无限情事，尽见于诗。其治道州也，绝无牢骚佻达之态。台兄乃以才子少之耶？少陵保房琯，比严武，未必无可讥也。②

这一条问答可以看出，杜甫、元好问是朱舜水心目中位置最高的诗人，如果能达到这两人的高度，诗词之作也是可以的。但反过来想，也能看出朱氏对"今之诗词"的贬低与不屑，认为词章无益于身心。《朱舜水集》中，也没有什么诗词之作。可以说朱舜水对日本的词学观念之推进，并没有起到什么实际作用。

而东皋禅师则不同，从他东渡时随身携带的五张古琴和多部琴谱就能看出是一名风流的禅僧，他自己也与人诗词唱和，如《东皋全集》中有和诗如下：

次韵月坡诗二首并引

> 昨始踵宝刹，辱面谒。幸耳玄论，暂破俗情。于是承示诗章，若获金玉，感动镂铭，何以谢之。即欲赓和，惭碔砆混玉，冀昭亮。
>
> 竹里享茶迎客来，履痕只恐印苍苔。//禅林复古法灯耀，祖派回澜智海恢。//

---

① （明）朱舜水：《朱舜水集》，朱谦之整理，中华书局1981年版，第382页。
② （明）朱舜水：《朱舜水集》，第384页。

方外犹吟志南句，社中不许远公杯。//偷闲半日麈谈熟，共对白云青眼开。//

卓锡海东才两年，遁名未逸美名缠。//德风风度馨天德，禅味味来入坐禅。//

杉径扫尘闲下榻，竹阴忘暑共谈玄。//泗流交谈曹溪水，同志何妨胶漆坚。①

僧人作诗并不是稀奇的事，但从东皋禅师诗引中的"破俗情"可知，诗尚不能视为禅僧正业，更何况《东皋全集》中还有《鹧鸪天》等词作：

穆迓居士与家兄同舟抵崎，俄经半载有余。其叨庇之情，胜于至戚。而作《鹧鸪天》一阕（按：原文作闋）见赠，遇兄弟，因不辞鄙和，希笑粲耳。

远泛扶桑海几深。萍踪浪迹隔云林。埙箎迭奏欢同调，格外何期沐德音。　黄叶落，冷霜侵。丹枫紫艳正森森。须臾把袂还分手，难系珠怀两片心。②

僧侣填词是十分稀少的事，这一事例说明，东皋禅师是一位多才多艺的风流僧侣，他在诗词方面对日本的影响不小。据《心越禅师琴曲相传系谱》可知其有弟子人见鹤山（竹洞）、杉浦琴川等人，而杉浦琴川著有《东皋琴谱》五卷，大概是据心越禅师所讲而整理的。《东皋琴谱》收录有不少五代、宋人的词作。琴谱所载虽然不是唐宋词的合于丝竹，也可以给日本人以填词合乐的直观感受。

---

① ［日］浅野斧山编：《东皋全集》卷下，禅书刊行会1911年版，第22页。
② ［日］浅野斧山编：《东皋全集》卷上，禅书刊行会1911年版，第140页。

在东皋禅师直接影响下的填词作者有德川光国等人，光国对填词的认识已经有了很大的进步，已经注意到平仄与押韵的问题，神田喜一郎评论道："光国的填词同林家一门相比较，不管怎么说，在注意平仄和押韵这一点上，都有了一大进步，这是必须承认的。这可能与心越的指导分不开，当然同光国自身的努力也是有关的。"①

另外，日本词学观念的进一步发展，也得益于《文体明辨》的流播。宽文六年（1666）《文体明辨》和刻本刊行，至宽文十三年（1673）重刊。此外，元禄七年（1694）京都还有《文体明辨粹抄》的版行，足可见此书在日本大受欢迎，传播范围较广。《文体明辨》的附录中有"诗余"部分，载有详细的词牌平仄图谱。这里以《文体明辨》所载《菩萨蛮》的平仄图谱为例，试分析德川光国赠给心越禅师的《菩萨蛮》一首，此词作于1692年，是可以参照到《文体明辨》平仄图谱的。

菩萨蛮_{一名重叠金一名子夜歌又与醉公子相近并双调〇小令}

平_仄平仄_平可仄平平仄_{韵七字句}，平_仄可仄_平可仄平平仄_{叶七字句}。仄_平可仄平平_{更韵五字句}，仄_仄可平平平_仄可仄平_{叶五字句}。〇仄_平可平平仄仄_{更韵五字句}，仄_仄可平平仄_{叶五字句}。平_仄可仄仄平平_{更韵五字句}，平_仄可平平_仄可平_{叶五字句}。②

《菩萨蛮》双调一阕，贺明心越禅师住常陆岱宗山

当时久泣荆人璞，如今喜遇成王琢。拯溺百川东，靡然草上风。岱宗青未了，云颇朦而瞭。这个万年藤，永挑无尽灯。③

---

① ［日］神田喜一郎：《日本填词史话》，程郁缀、高野雪译，北京大学出版社2000年版，第77页。
② （明）徐师曾：《文体明辨》，万历吴江寿桧堂刻本，复旦大学图书馆古籍部藏本。
③ ［日］神田喜一郎：《日本填词史话》，第74页。

两相参照可以发现，德川光国的这一阕《菩萨蛮》在平仄和韵脚上都符合《文体明辨》的平仄图谱。这与前一时期林罗山的《更漏子》相比，竟有天壤之别，可以称作是按谱填词了。

还值得注意的是，《诗余图谱》的东传也促进了日本人词学观念的发展，第二章已经述及《诗余图谱》一书的东传，神田喜一郎见到伊藤东涯宝永五年（1708）手抄本，而萩原正树又发现了天和二年（1682）即川子抄本，因此可以推断《诗余图谱》在天和二年（1682）之前已经东传至日本，这与东皋禅师东渡时间在同一时期。

从《诗余图谱》即川子抄本中，可以得知这一时期，日本学人对诗余的认识已经达到了较为成熟的水平，可以说《诗余图谱》抄本的出现反映出日本文人意识到词作有严格的平仄韵律需要遵守。如果将《诗余图谱》与《文体明辨》中的词牌平仄图谱结合起来，想必能领悟到填词的"调有定格，字有定数，韵有定声"[①]之理了。

至此，可以说，在1700年前后，日本人对填词的认识已经达到了较为成熟的程度，这体现在两个方面，一是对词的词牌、平仄有了更深入的认识；二是随着中国词学文献（包括和刻本）的流播，日本一般读者心中也有了基本的"诗余"观念。或许出于难以逾越的文化、语言等障碍，填词还没有马上勃兴起来。但或许正因为有了更深刻的填词知识，下笔才更思量，而不再率意写一些稚拙的、丝毫不管平仄的作品吧。

日本文人填词及词学观念的最终成熟，还依赖于《词学全书》及《词律》的东传，这一点第五章会有所论述。到19世纪早期，日本第一部有关填词作法的专著田能村竹田《填词图谱》的诞生，标志着日本词学观念的成熟。

[①] 此语出自《文体明辨》"诗余"序说，这里引录自和刻本《文体明辨粹抄》[元禄七年甲戌（1694），京都丸屋市兵卫刊行]下册，以证此观点也能影响一般的日本读者，推动了日本词学观的发展和普及。

第二节　中国词学影响之个案：
　　　　神田喜一郎词学研究

在日本的国文学中，汉文学是一个冷门，而关注汉文学词学分支的更是寥寥无几。在日本出版的专著当中，仅有神田喜一郎《日本填词史话》一书而已。此书由二玄社分Ⅰ、Ⅱ两册分别出版于1965年、1967年。然而在日本汉学式微的时代，这本开山之作并未引起日本学界研究的热潮，反而激发了中国词学者对日本词的关注。

"樱边觱篥迸风雷，一脉嵯峨孕霸才。并世温韦应色喜，桃花泛鳜上蓬莱。"这是夏承焘写于1973年2月的《题域外词》七绝七首之一[1]，后收入《瞿髯论词绝句》之中。而之后吴无闻为这首绝句所作的题解"日本词学，开始于嵯峨天皇弘仁十四年（823）《和张志和渔歌子》五首，一时宫廷贵族和者甚多，是为日本词学开山。上距张志和原作，仅后四十九年"[2]，则可以说是转录自《日本填词史话》。夏承焘的域外词研究得益于神田喜一郎者甚多，关于神田喜一郎的词学研究话题，我们可以从这里开始。

神田喜一郎，一名神田信畅，字子充，号鬯盦，因仰慕汉文化，也常以"神田喜"三字自称。明治三十年（1897）出生于日本京都，被日本学界誉为"不世出的硕学"，主要研究东洋史学、敦煌学，同时在明治汉文诗、日本填词方面也取得了显著的研究成果。

关于研究词学的缘起，神田喜一郎在《日本填词史话》后记中写道："我开始注意到日本人的填词是在大正、昭和之际，因某一意

---

[1] 李剑亮：《夏承焘年谱》，光明日报出版社2012年版，第237页。
[2] 夏承焘著，吴无闻注：《瞿髯论词绝句》，中华书局1983年版，第80页。

外发现开始详细调查,并把其中的一部分以《本邦人的诗余》为题分两回发表在《艺文》杂志上。"①《本邦人的诗余》分两回发表于《艺文》杂志均在昭和三年(1928)②,且文章具有总括性质,故知神田的详细调查也有多年累积。而"意外发现"乃是自谦之语,神田的词学研究有多层次的原因。

出生于藏书世家,自幼秉承家学,有良好的汉学素养,并精通目录学:这是神田喜一郎能够从浩瀚的文献中搜集日本填词并进行研究的学识基础。长泽规矩也在给《日本填词史话》写书评时特将著者家学渊源和师承关系凸显出来:"(神田)出生于藏书世家,自幼秉承汉学素养,并师承精通中国学的内藤湖南博士,专攻东洋史学,并且精通文献学。"③ 家藏的词集是神田"昕夕所讽籀握玩"的,他也因此有了最初的读词经历,培养了灵敏的品词能力。在《鬯盦藏书绝句》中我们可以读到题《草堂诗余》《倚声初集》的两首绝句,其中题《草堂诗余》云"词山曲海试穷探,荛圃风流昔欲参。将此草堂残蠹册,才夸孤本自多惭"④,一方面表明他对藏书家黄丕烈的向往,也表达了对词曲探究孜孜以求的决心。

结识王国维对神田喜一郎的学术研究产生了重大影响,这不仅体现在两人学术兴趣的相似性上,也体现在对"遗民"身份的认同中。神田氏在《忆王静安师》中写道:"我跟先生初次见面是大正四年三月左右,……王静安先生是极其朴素的样子。那以后,我有时拜访先生,向他请教。大约一年之后先生回国,我与先生的联系

---

① [日]神田喜一郎:《日本における中国文学Ⅰ——日本填词史话上》,二玄社1965年版,第368页。此书《后记》中译本《日本填词史话》(北京大学出版社2000年版)未译出。

② 《本邦人の诗餘(一)》《本邦人の诗餘(二)》作者署名为"鬯盦",分别发表于《艺文》1928年第6、7期。

③ [日]长泽规矩也:《神田喜一郎著〈日本における中国文学〉》,《国语と国文学》1927年七月号。

④ [日]神田喜一郎:《鬯盦藏书绝句》,《神田喜一郎全集》第三卷,同朋舍1984年版。

也就此中断了。"① 十七八岁正是立志求学的年龄，王国维在避乱京都的情况下仍醉心于学术的形象无疑在年轻的神田心目中留下了深刻印象。两人在神田游历中国后一直保持密切的联系，相互之间的通信也一直持续到王国维去世前不久。② 神田曾在 1926 年发表《王静安先生》一文介绍王国维的学术研究，王国维去世以后，神田是日本王国维追悼会发起者之一，两人实则是亦师亦友的关系。两人的学术兴趣都非常广泛，又都精通目录学，对敦煌文献也深有研究，使得彼此交往十分愉悦。另外，两人都有过重大的学术转向，王国维从哲学转到词曲，再到史学、古文字学，神田从东洋史学到敦煌学再到诗词，都取得了重要的成就。关于王国维的死因，陈寅恪的"文化殉节"一说影响巨大，而神田在《日本填词史话》的绪言中即云："但是想起现在基本上已经灭亡了的日本汉文学，我与元遗山、钱牧斋不能说没有一脉相通之处。……我也只是在日本汉文学中不知不觉地充当了遗民的一个人。"③ 这样一种相似的文化身份认同的体会，加上对《宋元戏曲史》《人间词话》的熟知，极大地促进了神田对词曲研究的热情。

《本邦人的诗余》在 1928 年发表以后，神田中止了对诗余的研究，直到在《台大文学》发表《本邦填词史话》，这其中相隔十余年。重拾旧时的兴趣看似偶然，但如果关注这十余年神田的研究动向，也许可以察觉到其中的蛛丝马迹。20 世纪 30 年代末 40 年代初，敦煌文献中的词曲已受到学界的广泛关注，王重民辑录的《敦煌曲子词集》即是一证。而神田一直关注敦煌学，并曾在 1934—1936 年间留学英法，留学的主要目的就是抄阅敦煌文书，敦煌文献里的诗词自然引起了神田的注意，他发表了《关于〈敦煌二十咏〉》等相

---

① ［日］神田喜一郎：《忆王静安师》，收录于陈平原、王风编《追忆王国维》，生活·读书·新知三联书店 2009 年版，第 319 页。
② 参见马奔腾《神田喜一郎致王国维信》，《东方丛刊》2007 年第 2 期。
③ ［日］神田喜一郎：《日本填词史话》，程郁缀、高野雪译，北京大学出版社 2000 年版，第 4 页。

关研究论文①。从文献中辑录填词作品引发了神田极大的兴趣，不仅是对日本的填词，对中国的填词研究仍然注重从文献发掘的角度入手，如《五山文学与填词》一节，从《苕溪渔隐丛话》《冷斋夜话》《能改斋漫录》等书中辑录出僧侣的填词，同时考察日本五山时期僧侣的读词情况。也许是在这样的一种大的学术环境下，神田又开始研究日本的填词。太平洋战争爆发后，《台大文学》停刊，神田的日本填词研究又不得不中止，直到20世纪60年代对《本邦填词史话》进行彻底的增订。

青山宏在《日本填词史话》中译本序言中评论道："它是论述日本的词的独一无二的专著，具有极高的学术价值"，"要了解日本的词，本书以外别无它书，而且大概今后也很难出现能够超过本书的著作。"② 我想这里所指的学术价值主要指该书辑录了大量的日本填词作品、开拓了一个新的研究领域。长泽规矩也在书评中指出了这一点："仅仅从学术界从未开拓过的词研究来说，本书的价值都是极高的。"③ 关于该书的主要内容及价值研究者多有论述，但对神田在该书中所体现出来的词学思想尚未作系统的梳理，这里拟以词学的不同论题对神田的词学观作一概述。

张尔田在《彊村遗书序》中将守律、审音、尊体、校勘称为清代词学的四盛，晚清民国对词的音律要求更为严格。神田对这一词学风气是熟知的，他在书中多次引用万树、戈载、朱祖谋等人的论述来评介日本词。如在论述村濑栲亭词的时候，特别指出其词音律失调的地方："《一剪梅》一阕的前后两段，在第二句和第三句之间，均缺少了一个四字句，平仄也不对。《昭君怨》前段起句中的第

---

① ［日］神田喜一郎：《〈敦煌二十詠〉について》，《史林》1939年第24卷第4号。

② ［日］神田喜一郎：《日本填词史话》，程郁缀、高野雪译，北京大学出版社2000年版，第1—2页。

③ ［日］长泽规矩也：《神田喜一郎著〈日本における中国文学〉》，《国语と国文学》1972年七月号。

二个字，应该用仄声字，却用了平声字。这些似乎可以作为白璧微瑕来看，实际上是常识性的大错误。然而，这是当时填词家共通的现象，我想也不可能单单去责咎栲亭一人。"① 以平仄论词的用字是填词的基本要求，特别是仄声字非常重要。清代万树《词律·发凡》即云："为词尤以谐声为主，倘平仄失调，则不可入调"，"平仄固有定律矣，然平止一途，仄兼上去入三种，遇仄而以三声概填。"②日本古代虽然说是学习汉文，但实际上四声平仄对日本人来说颇为艰难。与神田喜一郎同时代的著名中国词翻译家花崎采琰就意识到这一问题："因为韵的关系，文字分平仄。加上词与音乐关系紧密，这就比定型的诗更为复杂，并且词与舞蹈、乐器相关，就更为艰难了。"③ 而神田以此为准绳评论日本词人填词，似乎是持律过严了。再如对森川竹磎次韵柳永《望海潮》之作，神田评道："如果大胆地指摘细小点的话，则后段的第四句'斜阳寒影'的'影'字是上声，很可惜；因为在这里是必须使用去声文字的。与此句相对应的前段的第四句'簷角晒蓑'中的'晒'字是去声，这一点是合乎正格，因此更令人可惜。详情请参照万树的《词律》。"④ 神田能够注意到万树《词律》，足见他对词的律韵之学是有钻研的。可以说，神田喜一郎是日本词学的"律学博士"。

前文已经论及王国维与神田的交流，神田的词学思想深受《人间词话》的影响，在《日本填词史话》一书中，直接援引《人间词话》即有数处。王国维推崇五代北宋词，有"北宋风流，过江遂绝"之论，而《日本填词史话》一书对北宋词、南宋词之评价虽然比王氏论述更为折中，但是对学南宋词特别是堕入恶趣的南宋词末

---

① ［日］神田喜一郎：《日本填词史话》，程郁缀、高野雪译，北京大学出版社2000年版，第100—101页。
② （清）万树：《词律·发凡》，《词律》，中华书局1957年版，第24、26页。
③ ［日］花崎采琰：《关于填词》，《爱情的宋词》，东方文艺会1981年版，第2页。
④ ［日］神田喜一郎：《日本填词史话》，第536—537页。

流则十分厌恶。南宋词多有咏物之作，其中不乏经典作品，如史达祖的《双双燕·咏燕》《绮罗香·咏春雨》，王沂孙的《齐天乐·蝉》等，清代浙西词派推重南宋词，赞赏《乐府补题》，咏物填词之作尤多。然而即使如浙派大家朱彝尊也不免有咏美人额、鼻、耳、齿的纤巧浮靡之作，遑论浙西末流。广濑淡窗针对咏物之弊，曾说："咏物易落纤巧，体格易下，不宜多作。梅樱雪月之物，易落熟套。应用珍奇之物，但需寓意，方为少陵家法。"① 另外，在评论深受南宋词影响的日下部梦香的词作《青玉案》时云："时不时也有落入南宋人窠臼的情况。"② 神田也注意到南宋咏物词易犯的弊病："咏物之作，在描写时很容易对'物'的形象、姿态等刻画过度，易陷入纤仄之弊中；即使是作为喜欢试作咏物之作的南宋词人，也难免陷入此弊。"③ 对于日本江户、明治以来的填词者，"虽以槐南、竹隐、竹磎三家为巨擘，然而三家止是规摹陈其年、朱竹垞、厉樊榭、下至吴谷人、郭频伽，除陈其年外，其他均是常州词派人们所极力排斥的词风。"其实这里除陈维崧之外的其他人都可视为浙派词人，因此对日本词坛规摹浙西词派，而对常州词派尚未注意的状况，神田是感到遗憾的。关于这一点，吉川幸次郎亦评论道："至于槐南竹隐，旗鼓相当，洵如尊说，而究非本色，盖茗柯之意内言外，非诸君所知，半塘彊村之锻炼出之，乃更河汉。"④ 虽然浙常二派之分并不等于南北宋词之分，然而两者之间的关联是显而易见的：神田对南宋词的不满与对日本填词家规摹浙派的不满是一脉相承的。

---

① [日] 广濑淡窗：《淡窗诗话》，蔡镇楚《域外诗话珍本丛书》第 7 册，北京图书馆出版社 2006 年版，第 561 页。

② [日] 神田喜一郎：《日本填词史话》，程郁缀、高野雪译，北京大学出版社 2000 年版，第 172 页。

③ [日] 神田喜一郎：《日本填词史话》，第 173 页。

④ [日] 吉川幸次郎：《神田鬯盦先輩に寄する書—「日本填詞史話上」の書評に代えて—》，《文学》1965 年第 10 期。

另外值得注意的是，在词的小令、中调、长调的区别上，从词的特质角度与词的创作角度上说，神田的观点是不一致的。在讲述河野铁兜的词论时，神田引王国维"近体诗体制，以五七言绝句为最尊，律诗次之，排律最下。盖此体于寄兴言情，两无所当，殆有均之骈体文耳。词中小令如绝句，长调似律诗，若长调之《百字令》《沁园春》等，则近于排律"① 之论并加以赞扬，可见他对小令的推崇。但实际上王国维尊小令与他尊五代北宋词相关，因五代北宋词多为短篇小制。但是日本词人所填多为小令，且艺术成就并不高，因此对日本词家长调慢词的创作，神田却是由衷地赞美。特别是对词中第一、二长调的《莺啼序》《戚氏》的创作，一定给予介绍，且不论词之水平如何，仅就这种试作勇气，神田都给予高度评价，"竹磎的《戚氏》"还被单独列为一节加以介绍。神田给马嶋春树编选的《中国名词选》所作的序言也表达了对其填《莺啼序》的尊崇："马嶋最初向我出示他的填词作品时我就感到惊奇，里面竟然有《莺啼序》。两百五十字的填词第一长调从来就少有人作，据我所知，我国也只有江户时代的野村篁园和明治时代的森川竹磎，这并不是谁都容易做的事。田能村竹田是填词名家，然而实际上也没有到如此程度，当然也没有创作《莺啼序》，可能也不具备这样的填词技巧。但是马嶋的《莺啼序》却十分讲究声律，一点都没有破格，实在是一件了不起的事。"② 填《莺啼序》的中国词人也不多，万树指出："词调最长者惟此序，而最难订者亦为此序，盖因作者甚少，惟梦窗数阕与《词林万选》所收黄在轩一首耳。"③ 而日本词人能够依照声律填出《莺啼序》，的确是值得推崇的。

最早翻译介绍神田喜一郎词学研究成果的当属李圭海，神田在

---

① ［日］神田喜一郎：《日本填词史话》，程郁缀、高野雪译，北京大学出版社2000年版，第161页。

② ［日］神田喜一郎：《馬嶋さんの「中国名詞選」に寄せて》，《新釈漢文大系季報》1975年第38期。

③ （清）万树：《词律·发凡》，《词律》，中华书局1957年版，第963页。

《日本填词史话》后记中写道："现在看来是极为粗糙的研究，却意外地得到国内外的注目。最让我吃惊的是，这其中的一部分由李圭海翻译，登载在杂志《同声月刊》上。这杂志是中国知名的词学专家龙榆生教授主宰刊行的，在他的眼光看来日本人的填词还算可以的话，多么地坚定我的信心，这比什么都值得高兴。"① 登载在《同声月刊》里的是《高野竹隐与森槐南之词学》及《槐南竹隐二家之角逐》，翻译的来源是由"台北帝大短歌会"办的《台大文学》，原题仍为《本邦人的诗余》。

在《日本填词史话》的"补正"第三节我们可以看到唐圭璋与神田喜一郎也有书信交往，谈的是《五山文学与填词》，我想唐圭璋是了解到神田的填词研究并寄书信提示净端相关信息的。唐圭璋在编纂《全宋词》时也曾请日本词学者中田勇次郎查找相关文献，亦可见在词学方面中日交流的频繁。但是此后神田喜一郎曾向夏承焘询问龙榆生、唐圭璋住处，可见因政治风云变幻，中日词学大师之间的交往也曾被迫中断。

对日本词有较深入研究的是夏承焘。他对日本词的研究接受情况，萩原正树作了详细的梳理。② 夏承焘《天风阁学词日记》多处提及神田喜一郎，其中 1965 年 7 月 29 日 "发龙榆生函，嘱致函神田喜一郎，索《日本填词史话》"。二玄社出版《日本における中国文学 I——日本填詞史話上》时间为 1965 年 1 月，夏氏能够如此敏锐地注意到此书，实际是与他长期关注日本学界动态分不开的。夏承焘也成为《日本填词史话》的第一批读者及推广者。同年 8 月 4 日"傍晚作神田鬯盦复，告学生欲译《日本填词史话》"③ 也值得注

---

① ［日］神田喜一郎：《后记》，《日本における中国文学 I——日本填詞史話上》，二玄社 1965 年版。
② 参见［日］萩原正树《论中国的"日本词"研究》，郭帅译，《徐州工程学院学报》（社会科学版）2010 年第 4 期。
③ 夏承焘：《天风阁学词日记》，浙江古籍出版社、浙江教育出版社 1997 年版，第 1062—1063 页。

意，我想这里的学生当指施议对，其所翻译的部分为《填词的滥觞》，附载在《域外词选》中。① 夏氏与日本、越南中国古典文学研究者均有交往，这大大地开拓了他的视野，为他编选域外词提供了极大的便利。随着中国的改革开放，学术研究也得到了极大的解放。20世纪70年代末80年代初是中国的日本词研究高峰，毫无疑问这是受到神田喜一郎《日本填词史话》的影响。

从总体上来说，日本词的艺术成就并不高，这是无须讳言的。虽然夏承焘、张珍怀等词学家曾给予高度评价，但这种评价中多少含有对异国人士从事填词的惊叹。日本词学界最杰出者当属森槐南、高野竹隐、森川竹磎。他们能够取得较高的词学成就，除了填词实践以外，也与从事词学批评有关。森槐南撰写有词话，高野竹隐著有论词绝句，而森川竹磎则借助近代期刊《鸥梦新志》来提倡诗余。这种积极的学词态度，也足以让人尊敬了。

在神田喜一郎的影响下，日本词学界也逐步关注日本词，如萩原正树对森川竹磎以及《日本填词史话》并未详论的芜城秋雪、户田静学等人的词作进行整理研究。日本学人对日本词基本文献的整理及笺释对中国的域外词学研究来说也是十分必要的，正如萩原正树所言："通过创造可以很快获得值得信赖的第一手资料的这样的环境，那么由日本和中国两国的学者的更深入的有效的研究就指日可待了。而这个文献整理的工作，笔者认为这首先应该是在日学者的重大的责任和义务。"②

在《域外词选》的前言中夏承焘写道："忆得往年编选域外词过程中，曾写有论词绝句数首。"文章开头盛赞嵯峨天皇的即为其中之一，以"风雷""霸才"赞誉嵯峨天皇在日本填词史上的开山之功。有研究者将村上哲见的《宋词研究》作为日本学者研究中

---

① 参见夏承焘选校，张珍怀、胡树森注释《域外词选》，书目文献出版社1981年版。

② ［日］萩原正树：《论中国的"日本词"研究》，郭帅译，《徐州工程学院学报》（社会科学版）2010年第4期。

国词学的开山之作,① 而神田喜一郎的《日本填词史话》不愧是日本填词研究的开山巨著,两书可说是日本学者中日词学研究的双璧。

① 倪春军:《樱边觱篥迸风雷——评村上哲见〈宋词研究〉》,《中华文史论丛》2013年第2期。

下编

第 五 章

万树《词律》的东传与影响

《词律》对清代词坛的影响无疑是巨大的，张尔田《彊村遗书序》将万树守律之学称为清代词学之一盛：

> 万红友氏起，审于五要，精于四上。取宋贤乐句，节度而刊比之，标《尊前》之逸唱，正《啸余》之妄作，而后倚声者，人知守律，是为词学之一盛。①

村上哲见在他的集大成著作《宋词研究》的"附论"中称万树为"文人之最"，他评论道：

> 万树对堪称沙数的宋词一首一首地进行了绵密的分析，将其中隐含的一千多种韵文样式的结构作了归纳整理，完成了《词律》二十卷（康熙二十六年序刊，1687）。此书虽是乘着清朝初期宋词复兴的势头产生的，但它的问世也大大推动了这一势头的发展。可以说，由于此书的出现，清朝词学迎来了崭新的局面。此书仍留有不少缺陷，这原是草创期成果的常态，然而后来词谱的完备，却是在其建立的基础上逐步实

---

① 张尔田：《彊村遗书序》，《彊村丛书》第九册，上海古籍出版社1989年版，第7120页。

现的。①

万树《词律》在词体认识、守律之严以及选词之广上都是词学史上的一大进步，此书东传至日本之后，给日本词坛带来的影响也是巨大的，本章探讨《词律》东传时代日本词坛状况以及《词律》在日本的流播与影响。

第一节 《词律》东传时代的日本词坛

《词律》在18世纪中期数次通过船运载至日本，前文第三章已略论及。18世纪前期，日本词坛沉寂约半个世纪，填词者寥寥，神田喜一郎指出：

> 光国去世以后，我国的填词可以说中断了五十多年。……
> 在我国的江户中期，逐渐传进了中国明清时期文人们所兴起的风雅兴趣，这给当时的文化人带来了一种新鲜的艺术趣味；同时使我国的文人画及填词俄然勃兴起来。但在那以后原已兴起的填词，却没有像文人画那样发达起来，其原因无非是在我国人中存有难以逾越的传统障碍。②

17世纪末叶，随着《诗余图谱》的东传以及和刻本《文体明辨》的流播，日本人对填词的认识已经有了很大的提升，然而这种长短不齐的句式，既要讲究字词的平仄，又要注意韵律，这对日本人来说仍然有不小的难度。热心于填词的德川光国让儒臣编写《洪

---

① ［日］村上哲见：《宋词研究》，杨铁婴、金育理、邵毅平译，上海古籍出版社2012年版，第524页。

② ［日］神田喜一郎：《日本填词史话》，程郁缀、高野雪译，北京大学出版社2000年版，第78—79页。

武聚分韵》,大概也是为了填词的方便,因为很长一段时期,日本人作汉诗还主要是利用广为流传的虎关师炼《聚分韵略》以及据此改编的《三重韵》。①

在《词律》东传以前,另一部重要的词学著作查继超的《词学全书》已经东传至日本。关于此书,神田喜一郎先生论道:

> 宽延四年(1751)、也就是宝历元年,平安的书林白(按:当为"向")荣堂主人所编纂的《唐本类书考》也著录了《词学全书》,这也是十分值得注意的事实。这部书是清康熙年间、查培继编纂的词学著作的丛书,书中收有毛先舒的《填词名解》四卷、王又华的《古今词论》一卷、赖以邠的《填词谱》六卷、又《续集》一卷、仲恒的《词韵》二卷。最初出版刊行是在乾隆十一年(1746),我国当时是延享四年(当为三年——译者注)。刊行后五年,便很快通过海上船舶传入我国,这自然是当时我国一部分读书人,对此书热心追求的结果。②

编纂于宽延四年(1751)的《唐本类书考》著录此书,说明此书已经东传至日本,但神田喜一郎一时疏忽称这部书最早刊行在乾隆十一年(1746),实际上此书在康熙十八年(1679)就已刊行,并且在元禄七年(1694)东传至日本,享保二十年(1735)又有传入。③ 但是要提及的是,虽然宝历四年(1754)《舶来书籍大意书戌

---

① 虎关师炼《聚分韵略》在日本多次刊行;《三重韵》也多次修订重刊,有《新增三重韵》《订正三重韵》等名目的书刊行;两种书籍日本各主要图书馆都存有不同时期的刊本,如早稻田大学图书馆、内阁文库均有数种刊本。

② [日]神田喜一郎:《日本填词史话》,程郁缀、高野雪译,北京大学出版社2000年版,第82页。

③ 此书的传入情况可以参见前文第二章,另外,张伯伟亦考证云:"据《商舶载来书目》,元禄七年(1694)输入此书。又据《赍来书目》,享保二十年(1735)又有传入。"参见张伯伟《清代诗话东传略论稿》,中华书局2007年版,第204页。

番外船》著录此书为康熙十八年（1679）刊本，但实际上极可能是乾隆十一年（1746）世德堂的重刻本。

《词学全书》在日本的影响非常大，文人的诗话、书简等书物中常有提及。如三浦晋《诗辙》载：

> 词之用所：按，《填词名解》有载云："填词虽属小道，然宋世明堂封禅、虞主祔庙之文皆用之，比于周，汉雅颂乐府，亦各一代之制也。关系非小。同书又云：王阮亭曰：'唐无词，所歌皆诗也。宋无曲，所歌皆词也。'应辨知诗词。"①

这里只摘录其中的一小段，其余引录自《词学全书》的观点还有很多。这段话值得注意的地方是，前段引语出自毛先舒《填词名解》，后一段"同书"所言却是引自《古今词论》，可以看出三浦晋视丛书中的各书为一体。

又如《日本艺林丛书》第四卷收有《猪饲敬所先生书简集》收录有敬所给中村元恒答疑的复信，信中有云：

> 《啸余谱》，余未读；但是有关词曲的作法，在《词学全书》里叙述颇详，其谱即就之平仄清浊来考虑填字，故又称填词。②

不仅如此，此书的影响一直持续到江户时代末期，天保年间（1830—1843）还将其列为汉诗文学习者的必读之书。

可以说，《词律》东传之时代，日本文人的词学观念已经有了极大的提高，已经能够从词牌、平仄、韵律、评论、音乐、图谱等诸

---

① [日]三浦晋：《诗辙》，蔡镇楚编《域外诗话珍本丛刊》第7册，北京图书馆出版社2006年版，第172页。

② [日]神田喜一郎：《日本填词史话》，程郁缀、高野雪译，北京大学出版社2000年版，第82—83页。

方面认识词。如前引三浦晋的《诗辙》一书的"诗余"中，先有作者对词的一段认识：

> 词，称词，也称曲。唐以前已有，也有宋之词、元之曲的说法。词曲在宋元时非常盛行，这是唐以前没有的事。词，又称诗余，也称小词、长短句、填词等。字数、句数不像五七言律绝诗一样有定，其调的字数、句数、平仄、急度有定格，因此也称可歌之诗。文士吟咏之所或无乐章，而词作为专门乐章、有其调，则可知其字句声调。因此，每调不同，其法也不同。因此，儿辈若见诗集中载有词，应想到它为歌曲。①

这一则论述有些观点还存有争议，比如唐以前是否有词，在词的起源上有词起源于六朝的说法②，其中杨慎《词品序》观点较知名：

> 诗词同工而异曲，共源而分派。在六朝若陶弘景之《寒夜怨》、梁武帝之《江南弄》、陆琼之《饮酒乐》、隋炀帝之《望江南》，填辞之体具矣。③

杨慎《词品》在江户初期就已经传至日本（详见第四章），三浦晋很可能是参照了这一说法，故认为唐以前有词。从《诗辙》这一段论述，可以想见当时日本文人对词的认识已经达到了极高的程度，已经不仅仅是停留在效仿填词阶段，可以说已经有了自己独立的词学观，这可以视为日本较早的词话了。

在这样的一种词坛背景之下，万树的《词律》东传到了日本，这既是日本词坛的需要，反过来又推动了日本词学的进步。

---

① ［日］三浦晋：《诗辙》，蔡镇楚编《域外诗话珍本丛刊》第7册，北京图书馆出版社2006年版，第163页。
② 王伟勇、薛乃文：《词学面面观》（上），里仁书局2012年版，第34—41页。
③ （明）杨慎：《词品》，《丛书集成初编》本，商务印书馆1935年版，第7页。

第二节 《词律》与田能村竹田《填词图谱》

万树《词律》在康熙年间即有多种刻本问世①，足见此书受欢迎程度。第三章已述及《词律》曾于宝历四年（1754）、天明二年（1782）东传至日本，这还仅仅是《商舶载来书目》有记载之数，此书后续当还有输入，书肆即能购得，如田能村竹田《填词图谱·发凡》即云："壬戌春，过赌春书堂，得《词律》廿册，红友万氏所著也。"②

《词律》刚传入日本时，似未引起广泛关注，当时的诗话等作品中鲜有提及。直到享和二年（1802），田能村竹田以《词律》为蓝本，创作出日本第一部有关填词作法的专著，《词律》才渐渐扩大其影响。

田能村竹田（1777—1835），名孝宪，字君彝，填词多署红荳词人，此外还有花竹幽窗主人、随缘居士等别号。竹田在绘画、填词等方面取得了巨大成就，编著有《丰后国志》《山中人饶舌》《师友画录》《填词图谱》等。

《填词图谱》一书受到《词律》的影响是多方面的，具体而言，

---

① 参见［日］萩原正树《〈词律〉康熙刊本考辨》，收录于《2016词学国际学术研讨会论文集》。

② 田能村竹田《填词图谱》，文化三年（1806）刊本，立命馆大学词学文库藏本。按，笔者所见与江合友在《田能村孝宪〈填词图谱〉探析——兼及明清词谱对日本填词之影响》一文中所描述多有不同，如"扉页加框竖三行，中'花月闲情笔'，右为'填词图谱初集小令'，左为'竹田主人编，宛委堂开雕'"，笔者所见则为：扉页加框竖三列，中为"填词图谱"，右题"田能邨竹田先生戏纂"，左为"一名花月关情笔"；正文版心也无"宛委堂"字样。或因《填词图谱》一书有多种刻本，本节所引此书，俱依笔者所见之本。参见江合友《田能村孝宪〈填词图谱〉探析——兼及明清词谱对日本填词之影响》，《西南交通大学学报》（社会科学版）2014年第6期。

第五章　万树《词律》的东传与影响　　135

可以从以下三个方面分析。

　　1. 编撰缘起。竹田开始编撰《填词图谱》是因为得见万树《词律》，并折服于万氏于填词一道的精研，竹田在《填词图谱·发凡》中云：

> 诗余废也久矣，尧章禹指之声，君特煞尾之字，明人既不能辨，而况挨喉扭嗓、东西异音耶。比来清舶所赍，虽有《草堂》诸集、图谱数种，多置不顾，加之挂漏讹谬相袭，笥中徒逞蠹鱼之欲耳。余有恨焉。壬戌春，过赌春书堂，得《词律》廿册，红友万氏所著也。字法句格，精严详悉，瞭如见日。按之填，则禹指煞尾，不唯不费我之齿颊，妙自彼而合。余得之拱璧不啻也。遂编斯书。①

这段话可以看出在万树《词律》之前，竹田曾得到过《草堂》以及填词的图谱数种，其中很可能包括张綖《诗余图谱》、赖以邠《填词图谱》等。但是万树《词律》在字法、句格方面更胜一等，因此激起了竹田参照改编的想法。神田喜一郎指出："享和元年（1801）五月，当时二十五岁的竹田，带着《丰后国志》编纂的要务去江户，并在那里停留了一年左右。在这期间竹田曾获得清人万树的《词律》一书"②，这段话也可以从竹田假托龟阴老父之名为《填词图谱》所作序言中得到印证："偶赴清都献寿之筵，而驱瑶圃驾龙之驭。"可以说，购得《词律》是竹田编撰《填词图谱》的直接动因。

　　2. 编撰体例。竹田编写此书，参考了多种填词著作，而以万氏《词律》为最。《填词图谱·发凡》亦有说明：

---

　　① ［日］田能村竹田：《填词图谱》，文化三年（1806）刊本，立命馆大学词学文库藏本。下文引自此书，不另注。

　　② ［日］神田喜一郎：《日本填词史话》，程郁缀、高野雪译，北京大学出版社2000年版，第136页。

斯书参考诸家所著图谱及词撰，而专从万氏之格。盖万氏以为图谱有害而无益，其说确当，似不可易。然图之为物，一黑一白，照之往哲所制，目下晰晰，故姑充筌蹄，俟彼忘者。

斯书每调先列图，次列谱，毛氏曰：按图谐音，按谱命意，以是填词，思过半矣。

此段文字说明了编撰此书以《词律》为基准，其中的图示，也是为了填词参考的直观，对字词的平仄之律、谐音之处仍是参考万氏之论。试以《十六字令》为例，比照二书之承递：

十六字令 十六字　又名苍梧谣
天韵，休使圆蟾照客眠叶。人何在句，桂影自婵娟叶。①

十六字令
○首句平韵起 ●●○●○●●○ 二句○○●○ 三句○●●○○ 四句平叶

从上图可以看出，竹田把《词律》所录词中字的平仄落到实处，并以图例出之，以便于参考。对于这一体例，竹田颇为自信，在《填词总论》说："本书图注，极为完美，自押韵以至更韵，起句以至结句，无不详细备载，询可为完美详备之书。爱玩词章者得之，谓为良璧，亦无不可也。"②

---

① （清）万树：《词律》，康熙保滋堂刻本，日本小樽商科大学藏本。《词律》目前较为通行的版本为光绪二年（1876）吴下开雕本，上海古籍出版社曾据以影印，考虑竹田所处时代及词学文献东传日本之关系，本文引录《词律》据康熙丁卯（1687）保滋堂刻本。

② 此段话在文化三年刻本中为日语，为《填词国字总论》结尾一段；这里引录自扫叶山房1934年刊本《填词图谱》，则题为《填词总论》。参见日本竹田主人原编，吴县孙佩兰参订《填词图谱》，扫叶山房民国廿三年（1934）石印本，复旦大学图书馆古籍部藏本。

3. 内容因袭。《填词图谱》中的许多论断乃径直从《词律》移录，纵览此书，因袭自《词律》者比比皆是，特别是《发凡》部分，几乎是万树《词律·发凡》之节略本。这里试举《填词图谱·发凡》之若干论断：

> 词有一名而数调者，原谱分为排次，曰第一体、第二体。万氏驳之曰：最无义理。其说甚详。
>
> 词中七言句，有上三下四者，若《唐多令》……故皆注豆字。
>
> 韵脚初入韵者谓之平韵起、仄韵起，承上韵者谓之平叶、仄叶，有更韵者谓之平韵换、仄韵换；第三更，则谓平韵三换或仄韵三换，四、五皆然。若有通篇平仄两韵交错者，则注叶首平或叶首仄、叶二平或叶二仄，三、四、五亦然。若平韵起，而更韵亦平者，下注叶首平、二平。正韵与更韵皆仄者，下注叶首仄、二仄；其平仄通用，若《西江月》等，则注换仄叶；《哨遍》等则注换平叶。庶一览可悉，无模糊之病矣。

以上例子乃万氏《词律》所论，直接被竹田袭用过来。但是也要注意，竹田的《填词图谱》并非只参考万氏之论，如他依旧将词分为小令、中调、长调，而刊出的两册为小令，神田喜一郎云：

> 《填词图谱》自序中，曾说原来预定要出六卷，大概是现行所见的上下卷之外，再加上中调、长调各二卷，因此可以推测当时原稿是全部完成的。①

神田论断所依据的是竹田《填词图谱自序》：

---

① ［日］神田喜一郎：《日本填词史话》，程郁缀、高野雪译，北京大学出版社2000年版，第142页。

往日养病竹田书屋，汤药余暇，辑诸图谱，参订斟酌，综为六卷。摘句撰声，娱乐遗日。人或嘲之，目自解曰：宪也禀性碌碌，为斯戈戈者，原是本分内之事。复奚疑焉。若夫窃其志，则嗣龟山之音，以代华封之颂。

"辑诸图谱，参订斟酌，综为六卷"，说明《填词图谱》也参照了各类图谱之书，六卷则小令二卷，中调、长调四卷。万树《词律·发凡》对小令、中调、长调以字数区分之论颇有辩驳，但从整体而言，这种分类编排之法不失为便利之举，尤其是对日本文人而言。

除了内容上多有雷同外，在词学观方面，竹田也多有因袭万氏之处，如对于以往词谱类书籍的批判，对于平仄四声的论断等。这里亦举竹田《填词国字总论》中一例，并与万氏所论作一对比：

图谱之中，虽有《啸余图谱》、《留青全书》等书籍，然其谬误之处甚多，若校之《词学全书》，似又略备，即如其首卷《十六字令》中之"眠"字，一字一句押韵，第二句之"钱"字韵，《全书》则已漏去乌有矣。且古人作词用韵，必有一定例，如去声下必用上声或平声承之，是则系声响所关，词之最要，不可忽略视之也。[1]

万氏在《词律·发凡》中，将以往之图谱之类，如《诗余图谱》《啸余谱》等，统称为旧谱，并指出其中的疏误、加以批判，竹田所成"谬误之处甚多"，受万氏影响；至于用韵及去声的重要性，则可以说是万树得意之发现："盖上声舒徐和软，其腔低，去声激厉劲远，其腔高。相配用之，方能抑扬有致。"[2] 竹田的去声与上

---

[1] ［日］田能村竹田：《填词总论》，日本竹田主人原编，吴县孙佩兰参订《填词图谱》，扫叶山房民国廿三年（1934）石印本，复旦大学图书馆古籍部藏本。

[2] （清）万树：《词律·发凡》，《词律》康熙保滋堂刊本，日本小樽商科大学藏本。

声、平声配合之论，十分明显地受到万氏启发。

在填词方面，田能村竹田可以称为日本最早的正宗的作家，加上他在绘画方面的成就，以及众多师友的推重，包括旅日文人朱柳桥、江芸阁等都对竹田之填词赞许有加，在他及他的《填词图谱》影响下，日本渐渐进入一个填词的高峰时期。也可以说，竹田进一步扩大了万树《词律》在日本的影响。到了明治时期，森川竹磎对万树《词律》作进一步地继承、修订、补遗，终成日本词律的集大成之作。

第三节　森川竹磎的《词律大成》[①]

万树《词律》成书以后，陆续有学人对其进行校补，如厉鹗曾校订《词律》[②]。嘉庆以后，越来越多的词学家校补《词律》，如戈载[③]、杜文澜、潘锺瑞、徐本立等人。而在日本，词学家森川竹磎也有校补《词律》之举，在明治年间纂集成《词律大成》。此书曾引起神田喜一郎、夏承焘等词学大师的关注。

虽然中国的词早在唐代就已经传至日本，但相比于汉诗文，日本的填词仍然是一个冷门。花崎采琰曾在《关于填词》中指出日本填词不兴盛的三个原因："一是句有长短，二是韵分平仄，三是喜好风流之士太少。"[④] 其中第一、二个原因乃就词的形

[①] 参见刘宏辉《日本词谱研究的新进展——评萩原正树教授编〈森川竹磎词律大成原文与解题〉》，《中国韵文学刊》2016年第4期。

[②] 瞿禅（夏承焘）云："往年榆生兄于湘潭袁氏遇得厉评《词律》一书，云出太鸿手。"参见沈茂彰《万氏〈词律〉订误例》，《词学季刊》1936年第3卷第4号。

[③] 参见刘宏辉《戈载佚著〈词律订〉考论》，《南阳师范学院学报》2016年第10期。

[④] ［日］花崎采琰：《爱情的宋词序》，《爱情的宋词》，东方文艺会1981年版，第3页。

式而言，词的句式及韵律比定型诗更为复杂。为促进填词的发展，江户时代的田能村竹田曾依据万树《词律》编写《填词图谱》，为日本填词知识的普及作出了巨大贡献。然而正如神田喜一郎所评述的，"不难看出我国当时的词学仍处于蒙昧状态，这是不可否认的。"①

填词不兴盛，也必然导致词学研究的滞后。日本江户时代以前能够例举的词学著作仅有前节所述及的田能村竹田《填词图谱》。到了明治时代，森川竹磎在《诗苑》连载其《词律大成》，成了日本《词律》研究的集大成者。

2016 年，萩原正树将森川竹磎在杂志连载的《词律大成》集中影印，出版了《森川竹磎〈词律大成〉文本与解题》一书，该书的前半部分为森川竹磎《词律大成》的原文影印，共有九卷。

森川竹磎的《词律大成》最初并不是以书的形式出现的，而是以连载形式发表于鸥梦吟社主宰的《诗苑》杂志上。《诗苑》在当时文人雅士间流行，然而因年代久远，今天已不易得见，遑论研究。此次影印具有汇编性质，将当时因刊载而得以流传下来的残余九卷集中一处，颇有功于词林，正如萩原先生所言："它的价值今后应该从不同视角重新认识，以本书的刊行为契机，希望国内外研究者能够合理地评价作为词谱的《词律大成》。"②

森川竹磎在《词律大成·发凡》中云：

> 万氏词律所收者六百五十九调、一千一百七十三体。今所删者十二调、一百十二体，所补者一百九十六调、六百三十五体。凡所录者八百四十三调，一千六百九十六体。其注则全改之，间录旧注者，皆以"万氏曰"冠之，名曰《词律大成》，

---

① ［日］神田喜一郎：《日本填词史话》，程郁缀、高野雪译，北京大学出版社 2000 年版，第 142 页。

② ［日］萩原正树编：《森川竹磎〈词律大成〉文本与解题》，风间书房 2016 年版，第 509 页。

依旧分为二十卷,万氏未录大曲,今编为一卷,名曰《词律补遗》,附其后焉。几阅二十年而成,然独力所致,见闻不广,遗漏讹错,知亦居多。按万氏《词律》成于岭外,所见之书无几,而其高见卓说,超越千古。今余浅学菲才,而漫然补改,得罪于万氏者多矣。但所采列诸词,比万氏所录,稍近于备,亦未必无补于斯道也。①

这段序言可以看出竹磎自信的一面。神田喜一郎对《词律大成》的规模曾有论述:"原稿共有二十卷,另外录有大曲的《补遗》一卷,全部完成。但因《诗苑》中途停刊,可惜只刊出到第八卷为止,其余的原稿怎么样了,至今仍全无踪迹。"② 夏承焘选校《域外词选》在森川竹磎条下,也说道:"遗著有《词律大成》,删万树《词律》十二调……积二十年成书,不知今尚可踪迹否?"③ 可见中国学者的日本词研究受到日本词学研究进展的影响。萩原正树指出:"《词律大成》收录八四三调,超过了《钦定词谱》的八二六调,从词调数来说,是当时规模最大的词谱(当时尚未发现的《词系》除外)。卷九第十三页以下今不可见,很可惜现存《词律大成》只有三四二调,但从这也能略窥原书宏大的规模。"④ 这段评述纠正了神田"刊行到第八卷为止"说法的疏误。

收录词调词体数多并不意味着完备,可能掺入有诗体或曲调,如《钦定词谱》词调词体数多于《词律》,森川竹磎指出:"撰调之误者,《拜新月》、《柘枝引》、《清江曲》各一体,《秋风清》二

---

① [日] 萩原正树编:《森川竹磎〈词律大成〉文本与解题》,风间书房2016年版,第46页。

② [日] 神田喜一郎:《日本填词史话》,程郁缀、高野雪译,北京大学出版社2000年版,第731页。

③ [日] 夏承焘选校,张珍怀、胡树淼注释:《域外词选》,书目文献出版社1981年版,第79页。

④ [日] 萩原正树编:《森川竹磎〈词律大成〉文本与解题》,第504—505页。

体,《一七令》四体,皆诗也。又列元曲小令十七调三十九体,是皆不可入词谱者也。"① 晚清的词学者有时竟也忽略这一问题,或者明知为曲调还收录为词牌,如杜文澜《词律补遗》就收录有《一七令》诗体及《庆宣和》《寿阳曲》《天净沙》等曲调②。《词律大成》收调极广,是否也有类似的问题呢?从残存部分来看,尚未有滥入的情况。森川竹磎对词体的认识非常清晰,在现存的《词律大成》三四二调之中有七十二调属于补调,其中大部分被《钦定词谱》《词律拾遗》《词律补遗》等《词律》以后的词谱所补入,但其中《楼心月》《莺声绕红楼》《清平令》《杏花天影》《中腔令五调》是以往词谱所未收的。③ 其中《楼心月》《莺声绕红楼》二调比张德瀛《词征》卷一所载"然其中有应补而不补者,如韩淲《弄花雨》,姜夔《莺声绕红楼》、无名氏《楼心月》、张翥《丹凤吟》、张雨《茅山逢故人》,皆当列入补调"④ 更早,由此可见竹磎搜求发见之功。

在词体方面,竹磎功绩亦可圈可点,"竹磎载录七十七调的一五八体作为补体。这些补体被以前的'词谱'收录的也有不少,但以下五调六体,是《钦定词谱》、《词律拾遗》、《词律补遗》均未收录的,价值极高。"⑤ 这五调六体也是今天词谱研究者应当注意的,故以此转录:《醉太平》(《高丽史·乐志》无名氏词四十六字体),《雨中花令》(李之仪词四十八字体、五十字体),《雨中花慢》(赵长卿词九十七字体),《归田乐》(仇远词六十七字体),《望远行》(孙惟信词七十五字体)。

森川竹磎《词律大成》规模庞大,但也能做到细致入微。以

---

① [日]荻原正树编:《森川竹磎〈词律大成〉文本与解题》,风间书房2016年版,第49页。
② [日]荻原正树编:《森川竹磎〈词律大成〉文本与解题》,第204页。
③ [日]荻原正树编:《森川竹磎〈词律大成〉文本与解题》,第505页。
④ 唐圭璋编:《词话丛编》,中华书局1986年版,第4098页。
⑤ [日]荻原正树编:《森川竹磎〈词律大成〉文本与解题》,第506页。

《步蟾宫》词调为例，下片第二句，《词律》原文作"双桨浪平烟暖"，万树指出："双桨句六字，比前段少一字，按此调前后自应相对，此必系脱落，虽照旧刻列此，不可从也。"① 杜文澜《词律校勘记》拟补"试"字，即成"试双桨、浪平烟暖"②；丁绍仪《听秋声馆词话》则云："汪存步蟾宫云'荡双桨、浪平烟暖'，脱'荡'字。"③ 森川竹磎虽熟读杜氏、丁氏之著，却未从二者，注云："后第二句，棹双桨、浪平烟暖。落'棹'字，作五十五字误。"据祝穆《方舆胜览》卷四十四"扬州"条无名氏《步蟾宫》词句"棹双桨、浪平烟暖"，脱落"棹"字的可能性最大，竹磎的补字最为可能。唐圭璋先生编《全宋词》亦用"棹双桨、浪平烟暖"，可视为对竹磎补字的肯定。

森川竹磎历经20余年而成的《词律大成》并非一帆风顺，其间的曲折也略作说明。竹磎于明治二十二年（1889）前后开始《词律大成》的撰写，在这之前撰写的《词法小论》则是《词律大成》完成的基础。竹磎1898年所作《送落合东郭归熊本、次其留别韵》一诗，自注云"时余补订《词律》"以及1899年《新诗综》所载《戏集唐宋词句》诗四首的注记"近欲手编一书，以刊《钦定词谱》之误，补红友《词律》之遗。刻羽引商用功颇苦，实足使竹田辈避舍"表明其时他对自己的研究还颇有自信。但至1902年，他已怀疑编集"词谱"的意义，《满江红》词句"词谱刊来成底用，宫商悔我抛心力。费呕余。心血十三年，谁相惜"，流露出悲观情绪。并且在此后的刊载问题上，也有不少曲折，原本于《随鸥集》的连载被中断，只能在鸥梦吟社新创刊的《诗苑》上重新刊载。关于其原因，神田喜一郎推断："这是因为与以前援助的《随鸥集》，在编辑问题上与主将土居香国产生了分

---

① （清）万树：《词律》，上海古籍出版社1984年版，第626—627页。
② （清）杜文澜：《词律校勘记》卷上，咸丰十一年序刊本。
③ 唐圭璋编：《词话丛编》，中华书局1986年版，第2737页。

歧意见。"① 然而竹磎体弱多病、英年早逝，最终因他去世，《诗苑》至第四十八集停刊，《词律大成》也未刊载完。

从森川竹磎的填词以及《词律》研究可以看出，万树《词律》不仅对江户晚期、明治时期的填词有巨大影响，也促进了日本词学研究的进步。

---

① ［日］神田喜一郎：《日本填词史话》，程郁缀、高野雪译，北京大学出版社2000年版，第719页。

第 六 章

"大仓文库"《南词》详考

1993年，台湾"中央研究院"中国文哲研究所筹备处主办第一届词学国际研讨会，日本学者村上哲见以《日本收藏词籍善本解题丛编类》为题，介绍了收藏于日本的三种词籍丛编：《典雅词》《南词》《汲古阁未刻词》。① 《典雅词》收藏于静嘉堂文库，《南词》《汲古阁未刻词》收藏于"大仓文库"。但是中日之间的典籍交流一直在延续，2013年，"大仓文库"入藏北京大学图书馆，《南词》与《汲古阁未刻词》均回归中国。②

《南词》是一部收藏有两千四百余首词作的大型明代词籍丛编，因收藏于日本"私家藏书机构"而难得一见。如陶子珍《明代四种词集丛编研究》③ 一书，对毛晋《宋六十名家词》、朱之蕃《词坛合璧》、吴讷《唐宋名贤百家词》、毛晋《词苑英华》均有详细考订，

---

① 参见［日］村上哲见《日本收藏词籍善本解题丛编类》，《第一届词学国际研讨会论文集》，台湾"中研院"中国文哲研究所筹备处1994年版，第485—493页；又收录于［日］村上哲见《宋词研究》，杨铁婴、金育理、邵毅平译，上海古籍出版社2012年版，第555—563页。

② 参见朱强编《北京大学图书馆藏"大仓文库"书志》，中华书局2014年版，第1706—1711页。此文写作之时，北京大学图书馆"大仓文库"尚未开放。笔者于日本立命馆大学学习期间，得见村上哲见旧藏此两种词籍丛编之影照本，特此向村上先生致谢。

③ 参见陶子珍《明代四种词集丛编研究》，秀威资讯科技股份有限公司2005年版。

但在"其余未亲见之明代词集丛编"一章中即列有《南词》；王兆鹏也称此书"一般读者只能望洋兴叹"①。因此关于《南词》的考订还处于刚刚起步的阶段。《南词》中的《元草堂诗余》《乐府补题》两种词总集有重要的文献价值，其余词集的《南词》版本也值得关注。目前能见到的若干种词集校注本，如张雨《贞居词》、张孝祥《于湖词》，似乎都忽略了《南词》本。本章拟对《南词》情况作一考订，以引起更多研究者的关注。

第一节 《南词》的东传与基本情况

《南词》辑录者为明李东阳（1447—1516），字宾之，号西涯，茶陵人。天顺八年（1464）进士，选庶吉士，授编修，官至礼部尚书兼文渊阁大学士。

较早著录《南词》的是明李廷相（1485—1544）《濮阳蒲汀李先生家藏目录》，著录云："《南词》，二套，抄，八十五本。"② 记载十分简略。李廷相比李东阳时代稍晚，其家藏《南词》可能即得自李东阳家藏。其后的近二百年，未见有提及称引者。至清雍正年间，厉鹗以《南词》本对校《蜕岩词》《乐府补题》《贞居词》等，《南词》再次得到关注。《知不足斋丛书》本张翥《蜕岩词》有《水龙吟·西池败荷》一阕，词末校记云："此词前段妙绝，后段不全，令人恨恨不已。雍正甲辰，在赵谷林小山堂得李西涯《南词》本校添，为之大快。"③《蜕岩词》书后有厉鹗跋语云：

是本为予友金君绘卣钞于龚田居侍御家，予从绘卣令子以

---

① 王兆鹏：《词学史料学》，中华书局2004年版，第118页。
② 李廷相：《濮阳蒲汀李先生家藏目录》，《丛书集成续编》第4册，台湾新文丰公司2008年版，第78页。
③ （元）张翥：《蜕岩词》，《知不足斋丛书》本。

宁借钞，遂得充几席研玩之娱。侍御所藏异书甚多，生平清介自处，罢官后，绝不竿牍当事。贫至食粥，闻其身后书籍大半散佚矣。为之累叹。雍正改元十月二十三日樊榭生厉鹗书。

近得张外史《贞居词》一卷，又校定《蜕岩词》讹字，消遣余春，殊不冷落。鹗。①

这段跋语有两点值得注意，一是说明了《知不足斋丛书》本《蜕岩词》为厉鹗抄校本，因此从赵谷林处得见《南词》者为厉鹗。赵昱（1689—1747），字谷林，《樊榭山房集》中有多处提及与赵昱的交往。跋语中的金绘卣，即金志章，多藏书。金志章曾馆龚翔麟家，《蜕岩词》即抄自龚氏。二是厉鹗校订《贞居词》《蜕岩词》在同一时段。《知不足斋丛书》亦收有《贞居词》，为厉樊榭校本。此本有一首《金缕曲·四月四日为王国辅生日作》，按词调应与前一首《百字令》相同。翻检《贞居词》诸本，只有明红丝栏钞本《百家词》及《南词》本皆误作《金缕曲》。而红丝栏钞本《百家词》，"唯因传钞不易，未尝付梓，世间罕有见之者"②。以厉鹗与《南词》之密切关系，厉鹗校本《贞居词》之误，极可能是承《南词》本而来。

此后著录《南词》的是彭元瑞，其《知圣道斋书目》载："《南词》，六本。"③并且列有细目，共有47种。细目中最后一种《草堂诗余》尤其值得注意，此为元凤林书院所编《精选名儒草堂诗余》。但是"彭氏著录脱漏十七家，且不标明卷数，作者标注也不全"④，所幸另一种彭氏知圣道斋旧藏词集丛编《汲古阁未刻词》书后有彭氏手书目录三种，其中《南词》本目录较全，王鹏运《四印斋所刻

---

① （元）张翥：《蜕岩词》，《知不足斋丛书》本。
② 唐圭璋：《百家词序》，《百家词》，天津古籍出版社1989年版。
③ 彭元瑞：《知圣道斋书目》，《丛书集成续编》第4册，新文丰出版公司1989年版，第703—704页。
④ 邓子勉：《宋金元词籍文献研究》，上海古籍出版社2008年版，第223页。

词》中的《阳春集跋》曾转录。

"大仓文库"本《南词》中，有彭元瑞序文一则，全文如下：

> 原集六十四家，钞者不录文同一家。又以汲古阁已刻不录二十一家。然王安中见汲古阁本第四集，吕滨老、杜安世（按：原书"世"字已损）、韩玉、黄公度、陈与义、陈师道、卢祖皋、卢炳俱见第六集，则重录之。所当补录二十二家，以存西涯之旧。癸卯中元日雨窗　芸楣

芸楣为彭元瑞别号，癸卯为1783年。《南词》中还钤有彭元瑞"南昌彭氏""知圣道斋藏书""遇读者善"等藏书印，由此可知，《南词》曾为彭元瑞知圣道斋旧藏之物。

另外，《南词》中还钤有李之郇的"李之郇印""宣城李氏瞿铏室图书印记""宛陵李之郇藏书印""伯雨""江城如画楼"等藏书印。李之郇，字伯雨，安徽宣城人。张鸣珂（1829—1908）《寒松阁谈艺琐录》"吕庭芷"条载李之郇与吕氏为友，"附识"又称李之郇"藏书甚富，官江苏候补道，寓苏甚久。身后书悉归中江李使君梅生"[1]。李之郇既为道咸间人，其收藏《南词》应在彭元瑞之后。

李希圣《雁影斋题跋》亦著录有《南词》，据其序言可知题跋所记均为方柳桥旧藏之物。方功惠（1829—1897），字庆龄，号柳桥，藏书楼为"碧琳琅馆"。方功惠去世后，其孙方湘宾将其书运至北京出售。值义和团运动和八国联军攻破京师，方湘宾仓促南归。京师动乱，加上方湘宾再次回京不久即去世，藏书散佚。《南词》在此时为董康"诵芬室"所得。

董康（1867—1947），字授经，号诵芬室主人，江苏武进（今常

---

[1] 张鸣珂：《寒松阁谈艺琐录》，周骏富《清代传记丛刊》第74册，明文书局1986年版，第106页。

州）人。《南词》归董康以后，他将《南词》中版本价值较高的十三种词集抄录，并请吴昌绶校阅，此本今收藏于国家图书馆。① 同时又将《南词》借予吴昌绶校勘其他词集。董康、吴昌绶与《南词》关系极为密切，详见后文论述。

另一位抄阅过《南词》的词学大家是王国维。王国维《词录》中录有多种《南词》本词集，如"《竹友词》一卷，钱塘丁氏明钞本，武进董氏旧钞《南词》本"，"《松坡词》一卷，武进董氏《南词》本"等。② 考虑到王国维《词录》与吴昌绶《宋金元词集见存卷目》的密切关系③，仅据《词录》所著录还难判断王国维是否校阅《南词》，因为目录可以转抄汇录而成。日本东洋文库藏有王国维手抄手校词曲二十五种，其中有王国维手抄自《南词》本的词集。《东洋文库汉籍分类目录》载："《竹友词》一卷，宋谢邁撰。光绪三十四年王国维据《南词》本手钞。"④ 此本书后有王国维识语云："光绪戊申钞《南词》本。"光绪戊申（1908），也是王国维撰写《词录》之时。据此可知王国维曾从董康处借抄《南词》。⑤

朱祖谋《彊村丛书》也有《南词》本词集的收录。因《彊村丛书》称《南词》本为"知圣道斋藏明钞本"，因此朱祖谋与《南词》之关系易被忽略。朱氏《蒲江词稿校记》云："右《蒲江词稿》一卷，南昌彭氏知圣道斋藏明钞《南词》本。"⑥ 关于这一点，《历代

---

① 国图所藏《南词十三种》情况，可以参见王兆鹏《词学史料学》，中华书局2004年版，第117—118页；邓子勉《宋金元词籍文献研究》，上海古籍出版社2008年版，第221—224页。

② 参见王国维撰，徐德明整理《词录》，学苑出版社2003年版。

③ 彭玉平考订云："王国维的《词录》的来源主要有钱唐丁氏、归安陆氏和仁和吴氏。"并指出王国维《词录》与吴昌绶《宋金元词集见存卷目》关系密切。参照彭玉平《王国维〈词录〉考论》，《文学遗产》2010年第4期。

④ 《东洋文库汉籍分类目录（集部）》，昭和四十二年（1967）。

⑤ 王国维与董康、吴昌绶均有密切交往，王国维借抄《南词》，也可能是从吴昌绶处转借而来，但其源于董康当无疑问。

⑥ 朱祖谋：《彊村丛书》，广陵书社2005年版，第848页。

词人考略》也有说明：

> 《蒲江词》近有彊村朱氏刻本，比汲古本多七十一阕，乃据知圣道斋藏明抄《南词》本传刻，当即黄叔旸著录之本。汲古所刻诚如《提要》所云乃出于抄撮，非原本也。①

《彊村丛书》共收录有《竹友词》《虚靖真君词》《松坡词》《蒲江词稿》《蓬莱鼓吹》等 5 种《南词》本词集。

民国初年，董康避居京都，"董康的部分诵芬室旧藏就是他在第三次赴京都躲避辛亥革命期间售卖的"②，《南词》于此时入藏大仓文库。

大仓文库本《南词》共四帙，每帙三册，共十二册。首帙第一册有《南词总目》，每册又有该册词作目录。据总目，《南词》原书共收词集六十四种，八十七卷。西崖主人序前有芸楣朱笔识语一则，前文已录。芸楣为彭元瑞别号。彭氏所云"钞者不录文同一家"，是指总目中"《文湖州词》一卷"之下的注文"此系乔吉《梦符乐府》，章丘李中麓有刻本，不知何以嫁名湖州，今不录"③；"汲古已刻不录"则是依据总目之后的钞者手笔"凡汲古阁已刻者不录"。因以上两种原因，此钞本今存词集四十二种，具体的存词及附录情况如下表。

---

① （清）况周颐原著，刘承干抄录：《历代词人考略》，中国公共图书馆古籍文献珍本汇刊，全国图书馆文献缩微复制中心 2003 年版，第 1462 页。

② 李云：《北京大学图书馆藏"大仓文库"述略》，《大学图书馆学报》2014 年第 5 期。

③ 此段引文出自"大仓文库"本《南词》，后文引录部分不另注。

册次	词集名	卷数	作者	实存词数	备注
第一册	《南唐二主词》	一卷	李璟、李煜	35	
	《龟峰词》	一卷	陈人杰	31	
	《蓬莱鼓吹》	一卷	夏元鼎	30	附录夏元鼎生平资料
	《逍遥词》	一卷	潘阆	10	词后有黄静记、陆子通书
	《耐轩词》	一卷	王达	24	
	《半山词》	一卷	王安石	21	《虞美人》一首为诗题，非词牌
第二册	《虚靖真君词》	一卷		55	原书缺作者名，当为张继先
	《后山词》	一卷	陈师道	51	
	《寿域词》	一卷	杜安世	85	
	《竹友词》	一卷	谢薖	16	
第三册	《信斋词》	一卷	葛郯	30	
	《省斋词》	一卷	廖行之	41	
	《圣求词》	一卷	吕滨老	132	
	《初寮词》	一卷	王安中	55	
第四册	《乐斋词》	一卷	向镐	43	
	《简斋词》	一卷	陈与义	18	
	《樵歌》	三卷	朱敦儒	244	
第五册	《竹斋词》	一卷	沈瀛	88	
	《知稼翁词》	一卷	黄公度	15	
	《于湖词》	二卷	张孝祥	154	
第六册	《松坡词》	一卷	京镗	42	
	《竹洲词》	一卷	吴儆	30	
	《晦庵词》	一卷	李处全	47	
	《养拙堂词》	一卷	管鉴	68	
第七册	《履斋先生词》	一卷	吴潜	113	
	《烘堂词》	一卷	卢炳	63	
第八册	《蒲江词》	一卷	卢祖皋	95	
	《克斋词》	一卷	沈端节	44	
	《周士词》	一卷	王以宁	32	
	《白雪词》	一卷	陈德武	65	

续表

册次	词集名	卷数	作者	实存词数	备注
第九册	《绮语词》	一卷	张东泽	21	
	《侨庵词》	一卷	李祺	28	附录"北乐府"13 首
	《乐府补题》	一卷		37	
	《东浦词》	一卷	韩玉	28	
	《松雪词》	一卷	赵孟頫	21	
	《鸣鹤余音》	一卷	虞集	12	附录冯尊师《苏武慢》19 首
第十册	《蜕岩词》	二卷	张翥	133	
	《竹窗词》	一卷	沈禧	55	附录《北乐府八套》
第十一册	《古山乐府》	二卷	张埜	64	
	《云林乐府》	一卷	倪瓒	26	
	《贞居词》	一卷	张雨	52	
第十二册	《草堂诗余》	三卷		188	
合计	42 种	50 卷		2442	

据上表可知此抄本现存词选总集 2 种，词人别集 40 种。实际上《耐轩词》《侨庵词》为明人词集，今合计为：五代 2 家（南唐二主以两家计），宋代 30 家（抄本以韩玉为金人，今以宋人计），元代 7 家，明代 2 家。所抄词作数量达 2442 首，这还不包括诸人校记时所引录的词作。《南词》词作比较全，很少出现有题无词的情况，仅陈德武《白雪词》中一首《百字谣·咏弄花香满衣》有题无词。

书前有西崖主人的序云：

> 自有诗而长短句寓焉，《南风》之操、《五子之歌》是已。周之《颂》三十一篇，长短句居十八。汉《郊祀歌》十九篇，长短句居其五。至《短箫铙歌》十八篇，篇皆长短句，谓非词之源乎？迄于六代，《江南》、《采莲》诸曲，去倚声不远，其不即变为词者，四声犹未谐畅也。自古诗变为近体，而五七言绝句传于伶官乐部，长短句无所依，则不得不更为词。当开元

盛日，王之涣、高适、王昌龄诗句，流播旗亭，而李白《菩萨蛮》等词亦被之歌曲。古诗之于乐府，近体之于词，分镳并骋，非有先后。谓诗降为词，以词为诗之余，殆非通论矣。予从故藏书家得珍秘缮本，载宋元诸名家所作词本，凡六十四家，计八十七卷，目曰《南词》，藏于家塾，庶几可一洗《草堂》之陋，而倚声知所宗矣。时岁在天顺六年夏四月上浣西崖主人书于怀麓堂之西书院。

此序系伪作，吴昌绶指出："《南词》原题李西涯编，乃删窜汪晋贤《词综序》以弁卷端。雍正间，鲍渌饮已于赵氏见之，疑当时坊肆所为。"① 鲍渌饮即鲍廷博，吴昌绶所言"鲍渌饮已于赵氏见之"即是指鲍廷博所刻《蜕岩词》的校记，这则校记实际是来源于厉鹗。雍正年间（1723—1735），鲍廷博（1728—1814）刚出生，不可能得见《南词》。姚道生指出"吴昌绶谓鲍廷博于雍正年间已见李东阳序的《南词》，其实是一个误会"，"'雍正甲辰在赵谷林小山堂得李西涯《南词》本校添，为之大快'的应是厉鹗"②。另外，厉鹗于雍正间得见《南词》，还有更为直接的证据。《南词》第十二册《草堂诗余》末尾有厉鹗跋语一则，跋文如下：

  元凤林书院《草堂诗余》三卷，亡名氏选至元、大德间诸人所作，皆南宋遗民也。词多凄恻伤感，不忘故国，而于卷首冠以刘藏春、许鲁斋二家，厥有深意。至其采撷精妙，无一语凡近，弁阳老人《绝妙好词》而外，渺焉寡匹。余于此二种，心所爱玩，无时离手，每当会意，辄作碧落空歌、清湘瑶瑟之想。樊榭山民。

---

① 吴昌绶：《宋金元词集见存卷目》，沪上鸿文书局1907年版，第2页。
② 姚道生：《钞本〈南词〉考述》，《词学》第27辑，华东师范大学出版社2012年版，第101页。

跋语虽非厉鹗手迹，但确实是来源于厉鹗校记《元草堂诗余》的文字①，此跋语又见于《读画斋丛书》本《精选名儒草堂诗余》，时间为雍正甲辰四月十七日。那么厉鹗雍正甲辰在赵谷林小山堂所得《南词》或即为"大仓文库"本。根据厉鹗另一则写于雍正庚戌阳月七日的跋语"今年冬日，舟舣虎邱，从山塘书肆中借得朱竹垞先生家钞本，复补改数字。下卷题滕王阁《齐天乐》一首，添入龙紫蓬姓氏，殊快人意"②，再查验此钞本，下卷《齐天乐·题滕王阁》一阕旁也添写有"龙紫蓬"，推知雍正庚戌年（1730）厉鹗仍在校阅《南词》。

关于《南词》的传抄时间，严绍璗《日本藏宋人文集善本钩沉》云："清钞本，彭元瑞、吴昌绶等手识"，并加按语云："此本系据明天顺六年西崖主人序本钞出。原本八十七卷，辑《南词》六十四种。此本今存五十卷，四十二种（计宋人三十三种、金人一种、元人八种），多为汲古阁所未录。"③ 董康手跋《东浦词》云："余藏明钞本李西涯所辑《南词》，为南昌彭文勤公知圣道斋故物，是词亦在其中。"④ 朱祖谋《彊村丛书》也断为知圣道斋旧藏明钞本。据此，《南词》似定为明钞本为宜。

此外，《南词》中保留有不少校记，有董康的校勘、吴昌绶的题记，以及最后一册《元草堂诗余》有源于厉鹗的识语等。

---

① ［日］村上哲见《日本所藏词籍善本解题丛编类》认为跋语"非厉樊榭鹗手迹，按《词学丛书》本《元草堂诗余》，卷后附录此文，或乃从彼转录者耳"（《第一届词学国际研讨会论文集》，台湾"中研院"中国文哲研究所筹备处1994年版，第487页）。实际上《词学丛书》本《元草堂诗余》晚出，且是以读画斋刊本、冬读书斋严氏所钞厉樊榭本合校，其中共有五则厉鹗跋语，仅转录一则的可能性不大（刘宏辉《〈元草堂诗余〉版本源流考——以〈南词〉本为论述中心》，《学林》2016年第63号）。

② （清）厉鹗：《〈名儒草堂诗余〉跋语》，《读画斋丛书》本。

③ 严绍璗：《日本藏宋人文集善本钩沉》，杭州大学出版社1996年版，第292页。

④ （清）缪荃孙著，张廷银、朱玉麒主编：《缪荃孙全集》，凤凰出版社2013年版，第313页。

第二节　吴昌绶与《南词》的关系

吴昌绶（1868—1924），字伯宛，又字甘遁，书斋名双照楼，浙江仁和（今杭州）人。吴昌绶对《南词》的贡献极大，他承继厉鹗、彭元瑞等人以《南词》对校其他词集版本的做法，极大地发挥《南词》的校勘功能；同时还对《南词》多方考证，纠正不少疏误，在编写《宋金元词集见存卷目》时又将《南词》推到版本目录学的高度。吴昌绶与《南词》之密切关系，可细述如下。

吴昌绶将《南词》作为词集校勘的重要版本依据，他曾校阅《南词》及国家图书馆藏有的董氏诵芬室传抄本《南词十三种》。《南词十三种》上有三则吴昌绶朱笔题记：

> 此上皆汪晋贤《词综序》意，坊贾钞撮，嫁名西涯，不足据也。篇末之语，亦见汪序。
>
> 鲍刻《蜕岩词》案语，即已引西涯《南词》，可见由来已旧。所录除《文湖州》一家外，皆真宋元人词。西涯之名，虽出赝托，其书固足珍贵。乙巳正月昌绶记。
>
> 此本宋人词集，为毛、侯、王三家所未刻及，世无刊本者尚十三家，真非常之秘笈矣。书为阳湖董绶金比部所藏，余假观颇久，乃非钞本，字句与毛刻异同颇多，惜王给谏、朱古微侍郎均不在京师，未能一校耳。兹将西涯总目列后，其有刻本者附注目下，使览者了然焉。①

这三则题记中，第一、二则大意亦见于吴昌绶《宋金元词集见存卷目》，文字略有不同：

---

① 转引自王兆鹏《词学史料学》，中华书局2004年版，第125页。

《南词》原题李西涯编,乃删窜汪晋贤《词综》序,以弁卷端。雍正间,鲍渌饮已于赵氏见之。疑当时坊肆所为,其中颇有旧传善本。①

《南词十三种》题记作于乙巳年(1905),而《宋金元词集见存卷目》写定于1906年。《宋金元词集见存卷目》中《南词》成为其目录中重要组成部分,吴昌绶序言云:

吾友武进董比部得彭文勤知圣道斋旧藏《南词》六十四家、《汲古未刻词》二十二家,中多罕觏秘笈,昌绶尽获其副。②

可以说《南词》的考订、校勘对吴氏编写《宋金元词集见存卷目》具有重要的参照意义。

另外,钞本第九册《鸣鹤余音》及附录的冯尊师《苏武慢》二十首之后钤有"伯宛校勘"的印章,并有吴昌绶跋语二则:

丙午十月于海上辑《道园词》并及《鸣鹤余音》,惜传抄阁本《道园遗稿》附录冯尊师《苏武慢》第十七、十八中缺百数十字,今岁携来京师。授经先生出此,对校,所缺具在,而此本《道园词》第十二全佚,冯词第十二、十三误联为一,两本互补,各成完璧,诚快事也。此本误字固多,据正《遗稿》处亦不少,通校一过,谨志于后。光绪丁未十二月,仁和吴昌绶。

《鸣雀(鹤)余音》凡八卷,仙游山道士彭致中编,《四库提要》以朱存理《野航存稿》有跋,疑为明初人。以道园自记证之,则致中实元人也。至正间金元瑞以诸词附入《道

---

① 吴昌绶:《宋金元词集见存卷目》,沪上鸿文书局1907年版,第2页。
② 吴昌绶:《宋金元词集见存卷目》,第2页。

园遗稿》，袭用其名。此本亦同，殆即从《遗稿》出。惟所据比阁本为近古耳。丰顺丁氏有八卷全帙，竢叚获更校之。甘遯并记。

"授经先生"即董康，吴昌绶与他交谊深厚，故得便宜校阅诵芬室藏书。吴氏所言虞集的《苏武慢》"第十二全佚，冯词第十二、十三误联为一"为《南词》本《鸣鹤余音》的情况。光绪丁未为1907年，而在此之前，吴昌绶已经校阅过《南词》。《南词十三种》有"乙巳正月昌绶记"的眉批，即1905年吴昌绶已校阅《南词十三种》。在光绪丙午（1906）七月编订的《宋金元词集见存卷目》又将钞本《南词》子目列入，且所列书目有超出《南词十三种》者，据此可以说吴氏不仅校阅了董康所抄的《南词十三种》，且已见过《南词》全帙。但以上第一则跋语却云光绪丁未（1907）"授经先生出此对校"，则可知吴昌绶1906年在《宋金元词集见存卷目》小序中所言"尽获其副"略有矜夸，否则没必要到1907年再从董康处借以对校。《南词》卷帙浩繁，吴昌绶在1906年写定《宋金元词集见存卷目》时尚未能细阅全书，所以在《道园乐府》一卷下仅注云"明刻《道园学古录》、旧钞《道园遗稿》汇辑。《鸣鹤余音》八卷，丰顺丁氏有旧钞本，未见。道园与冯尊师所作在此卷中，凌柘轩和词见本集"①，此注文与第二则跋语可互为印证。

董康所抄的《南词十三种》是否即为吴昌绶所言"此本宋人词集，为毛、侯、王三家所未刻及，世无刊本者尚十三家，真非常之秘笈"②呢？吴氏所谓"十三家"云云，实际是转引自李希圣的

---

① 吴昌绶：《宋金元词集见存卷目》，沪上鸿文书局1907年版，第37页。
② 转引自王兆鹏《词学史料学》，中华书局2004年版，第124页。书中云国家图书馆藏《南词十三种》"书中天头等处有三则吴昌绶朱笔题记"，笔者疑第三则为李希圣题记，正文仍遵从王先生之说。

《〈南词〉跋语》①，并非指董康所钞十三种。今将《南词》所存词集与毛晋、侯文灿、王鹏运三家所刻词集作一比对，可见李氏所指毛、侯、王三家未刻及的宋人词集为：《半山词》《虚靖真君词》《竹友词》《王周士词》《乐斋词》《竹斋词》《省斋诗余》《松坡词》《东泽绮语》《蓬莱鼓吹》《履斋先生诗余》《白雪遗音》《耐轩词》，与董康所钞十三家②不同。吴昌绶既已读到李希圣《〈南词〉跋语》，又校阅过《南词》，因此知道李希圣跋语中《文湖州词》下附注的"此系乔吉《梦符乐府》，章丘李中麓有刻本，不知何以嫁名湖州"③乃抄录自《南词总目》。吴氏在《宋金元词集见存卷目》中《惺惺道人乐府》下注云："明隆庆丁卯李中麓刊本。《南词》中有《文湖州词》，即《梦符小令》，比此本少数十阕，传讹已久，厉樊榭尝辨之。"吴昌绶疑《南词总目》中《文湖州词》下的辨正之语出自厉鹗之手。

　　吴昌绶对《南词》的考证探究，已发诸多研究成果之先端。如韩玉《东浦词》，《南词》列入"金"，吴昌绶未将《东浦词》列入金词之目，云："东浦一家，尚在疑似。"王兆鹏、陶子珍、邓子勉诸学者统计均作宋人。其实韩玉本为金人，既于绍兴初南渡，则应视为宋人。又如《虚靖真君词》，《南词》总目及册前目录均未提及作者姓名，吴昌绶注为"三十代天师张继先嘉闻"，"旧佚名，今考补"。再如《南词》中李祺《侨庵词》一卷，吴昌绶已在第九册"广陵李祺昌祺"上校记"此明初人，李祺，字祺昌"，此后学者进

---

① 李希圣《南词跋》云："此本宋人词集为毛、侯、王三家所未刻及，世无刊本者尚十三家，真非常之秘笈矣。"（《雁影斋题跋》，乙亥仲秋下浣刻本。）

② 国家图书馆所藏董康诵芬室所钞《南词》存十三种，为《南唐二主词》《耐轩词》《信斋词》《省斋诗余》《乐斋词》《竹斋词》《松坡词》《竹洲词》《白雪词》《侨庵诗余》《竹窗词》《古山乐府》《云林乐府》。

③ 姚道生《钞本〈南词〉考述》指出"学者大多以为这则识语出自李希圣之手，其实不然"（《词学》第二十七辑，华东师范大学出版社2012年版，第96—97页），但吴昌绶认为《南词总目》中的辨证之语出自厉鹗，因此认为识语出自李希圣之手的学者似乎未注意到吴昌绶的考辨。

一步探究当为"李祯"①，至于误入的另一明人作品王达的《耐轩词》，吴也没有列入书目中，故云："《南词》有误入明人者，并已芟除。"② 此二人作品已被《全明词》收录，唯《全明词》王达小序"惜阴堂裁为《耐轩词》"③ 不够准确，今《全明词》所收《耐轩词》数量、编排顺序及字词均与《南词》本同，可知惜阴堂前已有《耐轩词》传世。

吴昌绶于《南词》上书写的校记，保留了许多其辑补词集的心得之语，对考察词集版本来源颇有助益。以《东泽绮语》为例，页眉有批语："《东泽绮语债》二卷，已佚，此从花庵选本录出。《江湖后集》据《永乐大典》别辑《清江渔谱》一卷，皆在。此本外惟复见《沁园春·东仙》一阕。昌绶记。"这一则批语，不仅指出了张辑两种词集的源流、辑录情况，同时也补遗了一首词作。况周颐《历代词人考略》对张辑词所作说明也可以与吴昌绶的批语相互印证：

> 张宗瑞《东泽绮语债》一卷，彊村朱氏依善本书室藏明钞本刻行。其《清江渔谱》一卷，则近人吴某辑本，仅据《阳春白雪》及《江湖后集》得词十二阕，寿词居其太半，宗瑞生平杰作，大约具载《绮语》中矣。④

其后朱祖谋刊刻张辑《清江渔谱》时，于《沁园春》后题"右词已见《东泽绮语》"，于词集后题"右词十二首，见《永乐

---

① 如《全明词》词人小传："李祯，字昌祺，庐陵人。……有《侨庵诗余》二卷。《明史》卷二百二十一有传。"参见饶宗颐、张璋纂《全明词》第一册，中华书局 2004 年版，第 224 页。
② 以上引语参见吴昌绶《宋金元词集见存卷目》，沪上鸿文书局 1907 年版，第 37、39、35、28、3 页。
③ 饶宗颐、张璋编纂：《全明词》，中华书局 2004 年版，第 224 页。
④ （清）况周颐原著，刘承干抄录：《历代词人考略》，中国公共图书馆古籍文献珍本汇刊，全国图书馆文献缩微复制中心 2003 年版，第 974—975 页。

大典》本《江湖后集》"①，可以说是吴昌绶校记的移录。大概是吴氏将"零星小种逯诸古微"，诚如彭玉平所说："吴昌绶与朱祖谋虽然都致力于刊刻词籍，但吴昌绶对刻词悬格甚高，版本择取特别讲究。"②

《宋金元词集见存卷目》在词学目录学上具有开创之功，吴昌绶本人对此也颇有自觉意识，他将编订此书目归因于"目录家于词集不甚措意。宋时惟《直斋书录解题》最详，至皕宋楼、善本书室两藏书志，始备举钞刻源流。毛钞宋词百家……惜无总目可考。宋牧仲得李长文钞本数十家……亦皆未见著录"③。作为较早的专收词集的目录，其词目编排比较简单，在第四部分《双照楼续辑宋金元百家词目》中，《南词》成为重要来源。笔者统计，直接以"《南词》本"为来源的有宋词十三家：《半山老人词》《竹友词》《蒲江词稿》《信斋词》《省斋诗余》《乐斋词》《竹斋词》《竹洲词》《松坡词》《王周士词》《白雪遗音》《虚靖真君词》《蓬莱鼓吹》（此十三家非上文吴氏、李氏所言毛、侯、王未刻及的"十三家"，也非董康抄录的《南词十三种》），元词一家：《竹窗词》；以《南词》为校本的有《于湖词》一家。在部分词集已有刻本的情况下，吴昌绶仍以《南词》为善本，足见其对《南词》价值的推重。稍晚的王国维《词录》，也有不少"《南词》本"的著录，因《词录》与《宋金元词集见存卷目》的特殊关系④，王氏编纂目录时是否得见《南词》全帙尚难断言。通过吴昌绶、王国维等人的推崇，《南词》版本目录学上的意义得到彰显。

---

① 朱祖谋：《彊村丛书》，广陵书社 2005 年版，第 904 页。
② 彭玉平：《王国维与吴昌绶之词学关系》，《社会科学战线》2014 年第 1 期。
③ 吴昌绶：《宋金元词集见存卷目》，沪上鸿文书局 1907 年版，第 2 页。
④ 彭玉平：《王国维〈词录〉考论》，《文学遗产》2010 年第 4 期。

第三节　董康与《南词》的校勘

董康（1867—1947），字授经，号诵芬室主人，江苏武进（今常州）人。钞本《南词》既是诵芬室旧藏，董康与《南词》的密切关系自不待言。他先是将《南词》中版本价值较高的十三种词集抄录，并请李希圣、吴昌绶等人校阅，又将《南词》借予吴昌绶校勘其他词集，他自己也以其他版本词集校勘《南词》，留下不少校记。

细检全书，发现董康校勘《南词》的时间集中在光绪戊申（1908）正月，校勘的词集有六部：《杜寿域词》《竹友词》《吕圣求词》《简斋词》《樵歌》《知稼翁词》。因六部词集位于前五册，且未有与董氏所钞《南词十三种》重复者，笔者怀疑董康曾有顺次校勘全部《南词》的打算，只是后来没有完成。校记的署名不尽相同，或径书"康""董康"，或称"课花词隐"；用于校勘的版本有五种已经明言：《杜寿域词》"以汲古阁刊本互勘一过"、《吕圣求词》"与汲古阁本对校"、《简斋词》"以汲古刻本及鲍钞《简斋集笺》互校"、《樵歌》"半唐给谏刻《樵歌》从吴枚庵钞本出，对校一过"，《知稼翁词》"以本集及汲古本校"等，另一种《竹友词》未云校勘版本，仅言"戊申正月校"，实际此种属"非常之秘笈"，未有刊本，董氏亦仅改正抄写笔误之处。

在校勘的原则上，董氏注重"多闻阙疑"，非常重视保留《南词》原文，即使是明显错误的地方，也仅在字旁写上正确的文字，对原文未做任何处理。另一方面，董氏在引用他人的校勘成果时，也无掠美之心，他在校勘《樵歌》后附注云："半唐给谏刻《樵歌》从吴枚庵钞本出，对校一过，原注'一作'云云亦录存之。"王鹏运所刻《樵歌拾遗》来源于《汲古阁未刻词》，而所刻《樵歌》三卷未及收录到《四印斋所刻词》中，王氏所刻《樵歌》三卷来源于吴翌凤钞本，王鹏运《樵歌跋》云：

> 朱希真《樵歌》三卷，长洲吴小匏钞校本。初余校刻《樵歌拾遗》，即欲求其全帙刻之，而不可得。甲乙之际，小山太史归田，属访之南中。逾五年而后如约，亟校付手民，以酬夙愿。……光绪庚子春日临桂王鹏运识。①

光绪庚子为1900年，上距《樵歌拾遗》的刊刻经过七年，亦可见王鹏运于朱敦儒词的关切，董康校勘《南词》本《樵歌》引录王氏成果，多有敬重之意。

董康的《南词》校记主要集中在校异、补阙、补词、考证几个方面，以下具体论之。

校异。《南词》为手抄本，在字词上不可避免地会出现鱼鲁之误，如吕圣求《水调歌头·与小饮》一首，《南词》作"与小饭"，应是抄者笔误，词作内容明言"一樽相对，不觉已更残"；又如杜安世《玉楼春》"晴景融融春色浅，落尽梅花千万片"，《南词》作"晴景融融春色残，落尽梅花千万片"，按照词的音律，此处应以仄声韵"浅"为是，因此在"残"字旁标示"浅"字。此外如"左"误作"在"、"要"误作"安"、"榆"误作"偷"、"销"误作"锁"等等，此例甚多，不一一枚举。有时文本差异较大，故于文后抄录异文，如黄公度《青玉案》一首小序，董康于序后校云："'召赴行在'至'故寓意此词'，集作'除秘书省正字，雅知非当路意，故自初赴调，踌躇不进，寓意此词'。"

补阙。多为脱字，依调不合，故需添补。如杜安世《惜春令》"空对日迟迟"脱一"对"字、《菩萨蛮》"青梅细雨枝"脱一"梅"字。有时候脱落字词甚多，如杜安世《二郎神》，下半阕"漂泊"之后全部脱落，董氏补入"江湖载酒，十年行乐。甚近

---

① （清）王鹏运：《樵歌跋》，《樵歌》，长洲吴枚庵钞校，四印斋刻本。

日、伤高念远，不觉风前泪落。橘熟橙黄堪一醉，断未负、晚凉池阁。只愁被、撩拨春心，烦恼怎生安著"。《南词》脱落题序的情况比较多，或者是因为钞者嫌题序烦琐，如吕圣求的《夜游宫》，补入"生日代人献江宰"的题序；《思佳客》补入"全美久不通，偶伯禧去，间录前所赋，复作一首"，若联系前一首《思佳客》小序"竹西从人去数年矣，今得归，偶以此烦全美达之"，则意思连贯了。

补词。《南词》的存词情况与他本有出入，详细可参考前文所列存词数目。《南词》钞本词作排列紧密，能够书写整首长调慢词的空间不足，因此《南词》书中夹有纸片，里面有不少校记，主要是补录的一些词作，董康在杜安世《二郎神》词后即云："汲古本此下有《百宜娇》《醉思仙》二阕，别笺钞补。"

考证。校勘之外，董氏还发挥博见优势，于对校之本皆误处加以指正。如杜安世词中混入李煜《菩萨蛮》"花明月暗"一首，汲古阁刊本、《南词》本均相同，董氏以词后注"此首李后主词"。

董康已经注意到《南词》的校勘价值，直言"足以订正毛误不少"[1]，这与吴昌绶在《南词十三种》上的题记"字句与毛刻异同颇多"异曲同工。在校订毛刻《宋六十名家词》疏误方面，朱居易的《毛刻宋六十家词勘误》[2] 可谓集大成者。然而其时钞本《南词》已归日本，故朱氏未能引及董康利用《南词》校勘毛刻的成果。今将董康以汲古阁本对校的《南词》四种与《毛刻宋六十家词勘误》作一简单比对，亦略可窥见《南词》之价值。

---

[1] （清）缪荃孙、吴昌绶、董康著，吴格整理：《嘉业堂藏书志》，复旦大学出版社1997年版，第1184页。

[2] 朱居易：《毛刻宋六十家词勘误》，中华书局聚珍仿宋版1936年版。

		《宋六十名家词》	《毛刻宋六十家词勘误》	《南词》
杜安世《寿域词》	《菩萨蛮》一	刚取梦见伊	"取"应作"眠"	刚□梦见伊
	《何满子》二	镇长吟落银屏	"吟"应作"冷"	镇长冷落银屏
	《虞美人》一	莫话呈离别	"呈"应作"生"	莫将情话别
	《贺圣朝》二	牡丹盛折春将暮	"折"应作"拆"	牡丹盛拆春将暮
吕圣求《吕圣求词》	《满江红》一	蜂重叠	"蜂"应作"峰"	峰重叠
	《醉蓬莱》一	处处伤□	□内应补"心"字	处处伤心
	《齐天乐》一	重来刘郎老	"郎"下夺"又"字	重到刘郎又老
	《倾杯令》一	枝生啼鸦催晓	"生"应作"上"	枝上啼鸦催晓
	《倾杯令》二	楼外月上春浦	"上"应作"生"	楼外月生春圃
	《蓦山溪》二	情不似	"情"应作"悄"	悄不似
	《醉落魄》一	何将置酒图书室	"将"应作"时"	何将置酒图书室
	《谒金门》一	蚕又把	"把"应作"饱"	蚕又抱
	《南歌子》二	两恨忙忙	"忙忙"应作"茫茫"	两恨茫茫
陈与义《简斋词》	《法驾道引》一	得其三而忘其二	题"其二"应作"其六"	得其三而忘其六
黄公度《知稼翁词》	《卜算子》一	道遇延平郡	题"遇"应作"过"	道过延平郡
	《眼儿媚》一	梅调二首和傅参议韵	题"梅调"应作"梅词"	梅词二首和傅参议韵
	《菩萨蛮》一	公有二侍儿，曰倩倩，曰眄眄	题"眄眄"应作"盼盼"	公有二侍儿，曰倩倩、盼盼
	《满庭芳》一	章元振重九日为生朝，公以此词和之	题"和之"应作"贺之"	章元振重九日为生朝，公以此词贺之

据上表可知，朱居易勘误之处，《南词》绝大多数都不误：杜安世《寿域词》的全部四则勘误，《南词》两则不误，一则误处脱落，董康画一缺字符号，但未补入字，可见他已发现汲古阁本此处的明显错误；另一则《虞美人》"莫话呈离别"，《南词》作"莫将情话别"，不可云疏误，可以两存；陈与义、黄公度词的全部勘误，《南词》均正确。

当然，《毛刻宋六十家词勘误》不可能指出全部疏误，《南词》的校勘价值还有待进一步发掘。由于《全宋词》编纂改订之时，《南词》已藏日本，故只能借朱祖谋《彊村丛书》中的"知圣道斋藏明钞本"间接利用，未能充分发掘《南词》的校勘价值。如吕渭老《水调歌头》第七首上半阕结尾处，汲古阁本以及林大椿校订的《百家词》本均脱落数字，作"来访山中友，□□□竿"，《全宋词》亦脱落此数字①，《南词》作"来访山中侣，约与共垂竿"，则知脱落四字句应为"约与共垂竿"。又如杜安世《凤衔杯》"人生不似"一阕，上片结尾，诸本皆脱落数字，《全宋词》作"凄惨断云片雨，□□□。□□□、□□□"。②《南词》本此处不缺，为"凄惨断云片雨，旧姻缘。漫相携手、立花前"。下片起句，诸本又作"金钵小、玉槽坚"，于词意殊不可解，《南词》为"金钏小、玉槽坚"，可知"金钏""玉槽"为男女定情信物，意思则明确了。

朱居易校勘《宋六十名家词》多是以宋元旧本为参照，如陈与义《无住词》"据《四部丛刊》影宋本校"、黄公度《知稼翁词》"据闽刻翻宋本《知稼翁集》校"，而《南词》又多不误，因此可以说《南词》亦有不少抄录自宋元旧本，其校勘宋元词作的价值是不容忽视的。

第四节 《南词》的校勘价值

一 《全宋词》的编纂与《南词》的利用情况

唐圭璋编纂的《全宋词》是 20 世纪词学研究的重要成果，也是最基本的宋词研究书目之一。此书最早由商务印书馆于 1940 出版，共有线装本 20 册，惜印数无多，流传不广。其后唐氏"对旧版《全宋词》进行重编"③，并且由王仲闻"对全稿进行了订补覆霡，作了

---

① 唐圭璋编：《全宋词》，中华书局 1999 年版，第 1455 页。
② 唐圭璋编：《全宋词》，第 224 页。
③ 唐圭璋：《全宋词·编订说明》，唐圭璋编《全宋词》，中华书局 1965 年版，第 5 页。

必要的增修"①，于1965年由中华书局出版②。

唐圭璋于1931年着手编纂《全宋词》，至1937年完成初稿。"以一人之力完成如此浩瀚的总集编纂，无疑需要付出极大的辛劳，同时积极响应并提供资料的协助者也一定不少。唐圭璋氏在旧版《全宋词》的编纂过程中，国内自不必说，也常拜托国外的研究者查阅文献。"③唐氏曾请中田勇次郎先生查阅日本贞亨刻本《事林广记》、静嘉堂文库《梅苑》、陈经国《龟峰词》等，可见《全宋词》的编纂利用了日本所存词学文献。

然而民国初年入藏日本大仓文库的《南词》④，由于当时的条件限制，唐先生并没有充分地发掘利用。虽然《全宋词》引用书目中的"词丛编"类未列《南词》，但间接利用《南词》的情况并不少。

《南词》在流传过程中，诸多学者已利用其文献校勘价值，如厉鹗曾以《南词》校勘《元草堂诗余》《蜕岩词》等。到了晚清，词学更盛，缪荃孙、吴昌绶、朱祖谋、王国维等词学大家都曾借阅《南词》，董康曾对《南词》进行校勘，吴昌绶也利用《南词》校勘过《东浦词》《道园词》等。这些研究者的成果又被《全宋词》吸收，特别是吴昌绶《景刊宋元本词六十一卷》、朱祖谋《彊村丛书》，更是《全宋词》编纂中的重要参考。

今查验《南词》所存42种，《全宋词》所引版本实际为《南词》本的有谢薖《竹友词》、卢祖皋《蒲江词稿》。《全宋词》此二种为《彊村丛书》本，而《彊村丛书》又注为"彭氏知圣道斋藏明

---

① 徐调孚：《全宋词·前言》，唐圭璋编《全宋词》，中华书局1965年版，第1页。
② 唐圭璋编：《全宋词》，中华书局1965年版。后文所引《全宋词》文本即依此本，不另注。
③ ［日］芳村弘道、萩原正树：《唐圭璋氏『全宋詞』編纂の一過程—中田勇次郎先生宛二通の唐氏書函を通して—》，《学林》第35號，第98頁。
④ 《南词》的具体情况，可以参阅村上哲见《日本所藏词籍善本解题丛编类》、王兆鹏《词学史料学》、陶子珍《明代四种词集丛编研究》、邓子勉《宋金元词籍文献研究》、姚道生《钞本〈南词〉考述》等。

钞本"①，将《彊村丛书》本与《南词》本比对，二者在存词数量、编排次序上完全一致，并且几乎没有异文，甚至缺漏之处也一致，可以推断"知圣道斋藏明钞本"即为《南词》本。《全宋词》间接利用《南词》校勘价值的有京镗《松坡词》、陈德武《白雪遗音》。《全宋词》所录京镗词为"吴讷《唐宋名贤百家词》本《松坡居士词》，讹字据《彊村丛书》本《松坡词》改正"、陈德武词为"毛扆校紫芝漫抄本《白雪词》，讹字据《彊村丛书》本《白雪遗音》校改"，而《彊村丛书》本《松坡词》《白雪遗音》均为"知圣道斋藏明钞本"。此外，《全宋词》所引词总集《乐府补题》（《知不足斋丛书》本）、《元草堂诗余》（《读画斋丛书》本）也与《南词》密切相关："（《乐府补题》）《南词》本是《知不足斋丛书》本的祖本"②；读画斋本《元草堂诗余》参照了厉鹗钞校本，而厉鹗钞校本也与《南词》密切相关。③

二 《南词》的文献价值

明清七大词集丛编中属于明代的有吴讷《唐宋名贤百家词》、毛晋《宋名家词》两种。此外《南词》及紫芝漫抄本词集亦为明钞本。这四种词集丛编卷帙丰富，去古未远，对于宋金元词集文献的保存意义重大。邓子勉指出："明代词学虽无大的建树，然而宋金元人词集得以流存下来，明人的典藏功不可没。现今所见的宋金元人词集多源自明人藏本，或明人传抄本。"④《全宋词》选择底本的原则是"尊重旧本而不迷信旧本，择善而从"，许多未有宋元旧本的词集，往往选择明钞本，足见唐圭璋对旧本的尊重。

明李廷相《濮阳蒲汀李先生家藏目录》已有"《南词》两套，

---

① 朱祖谋：《彊村丛书》，广文书局印行1970年版，第3、9页。
② 姚道生：《钞本〈南词〉考述》，《词学》第二十七辑，第104页。
③ 可参见刘宏辉《〈元草堂诗余〉版本源流考——以〈南词〉本为论述中心》，《学林》2016年第63号。
④ 邓子勉：《宋金元词籍文献研究》，上海古籍出版社2008年版，第91页。

抄，八十五本"的记载，可见《南词》传抄时间颇早，惜原编本已佚，所幸大仓文库《南词》抄录有不少词集、词作。我们可以从《南词》与《百家词》《宋名家词》之关系以及《南词》与宋元旧本比对中探寻其文献价值。

为便于后文论述，先将《南词》所存42种在《百家词》《宋名家词》中的收录情况以及《全宋词》所据底本情况列表如下①，（●表示收录、卷数相同者，未收录者空缺）。

《南词》词集名	卷数	作者	唐宋名贤百家词	宋名家词	全宋词所据底本
《南唐二主词》	一卷	李璟、李煜	●		
《龟峰词》	一卷	陈人杰	●		紫芝漫抄本
《蓬莱鼓吹》	一卷	夏元鼎	●		吴讷《唐宋名贤百家词》
《逍遥词》	一卷	潘阆			南京图书馆藏明钞本
《耐轩词》	一卷	王达	●		
《半山词》	一卷	王安石			朱祖谋《彊村丛书》
《虚靖真君词》	一卷	张继先			八千卷楼旧藏明钞《九家词本》
《后山词》	一卷	陈师道	●	●	何义门校明弘治本《后山集》
《寿域词》	一卷	杜安世	●	●	陆贻典校《杜寿域词》
《竹友词》	一卷	谢薖			朱祖谋《彊村丛书》
《信斋词》	一卷	葛郯	●		吴讷《唐宋名贤百家词》
《省斋词》	一卷	廖行之	●		朱祖谋《彊村丛书》
《圣求词》	一卷	吕滨老	●	●	吴讷《唐宋名贤百家词》
《初寮词》	一卷	王安中	●	●	景汲古阁抄本
《乐斋词》	一卷	向镐	●		紫芝漫抄本
《简斋词》	一卷	陈与义	●	无住词一卷	宋本《无住词》
《樵歌》	三卷	朱敦儒	樵歌二卷		朱祖谋《彊村丛书》
《竹斋词》	一卷	沈瀛	●		紫芝漫抄本

① 《南词》为大仓文库本；吴讷《百家词》为天津古籍出版社据天津图书馆珍藏影印本，题为"明红丝栏钞本百家词"，后文简称津钞本《百家词》；毛晋《宋名家词》为汲古阁刻本。

续表

《南词》词集名	卷数	作者	唐宋名贤百家词	宋名家词	全宋词所据底本
《知稼翁词》	一卷	黄公度	●	●	汲古阁本
《于湖词》	二卷	张孝祥	●	●	景印宋刊本于《湖居士文集》
《松坡词》	一卷	京镗	●		吴讷《唐宋名贤百家词》
《竹洲词》	一卷	吴儆	●		明万历本《吴文肃公文集》
《晦庵词》	一卷	李处全	●		《四印斋所刻词》
《养拙堂词》	一卷	管鉴	●		《四印斋所刻词》
《履斋先生词》	一卷	吴潜			朱祖谋《彊村丛书》
《烘堂词》	一卷	卢炳	●	●	校汲古阁本
《蒲江词》	一卷	卢祖皋			朱祖谋《彊村丛书》
《克斋词》	一卷	沈端节	●	●	校汲古阁本
《周士词》	一卷	王以宁			朱祖谋《彊村丛书》
《白雪词》	一卷	陈德武	●		毛扆校紫芝漫抄本
《绮语词》	一卷	张东泽			朱祖谋《彊村丛书》《江湖后集》
《侨庵词》	一卷	李祺			
《乐府补题》	一卷		●		《知不足斋丛书》本
《东浦词》	一卷	韩玉	●	●	武进陶氏景汲古阁抄本
《松雪词》	一卷	赵孟頫	●		
《鸣鹤余音》	一卷	虞集	●		
《蜕岩词》	二卷	张翥	●		
《竹窗词》	二卷	沈禧			
《古山乐府》	二卷	张埜	●		
《云林乐府》	一卷	倪瓒	●		
《贞居词》	一卷	张雨	●		
《草堂诗余》	三卷				《读画斋丛书》本

《百家词》为吴讷致仕后所编，上表所据津钞本"已不是吴讷的原编本"[①]。《南词》抄写成书时间晚于《百家词》近二百年，也

---

① 参见秦惠民《〈唐宋名贤百家词集〉版本考辨》，《词学》第 3 辑，华东师范大学出版社 1985 年版，第 146—160 页。

非《南词》原编。上表可以看出，两者共收词集达 33 种。如果将浙江绍兴鲁迅图书馆藏吴讷《百家词》残存 16 种①统计进来，则《半山词》《逍遥词》《竹窗词》《蒲江词》《东泽绮语》《侨庵诗余》亦在共收之列，那么《南词》四十二种之中有三十九种亦收录于《百家词》。

《南词》与《百家词》共收词集极多，但二者之间关系却颇为复杂。以陈与义《简斋词》为例，《全宋词》所据为"宋本《无住词》"，实际上是将宋本《简斋诗集》附录的词作析出，共有 18 首。《百家词》《南词》收录数量亦为 18 首，且编排次序相同，但却与宋本不同。《虞美人·邢子友会上》"酒阑明月转城西"句，《百家词》《南词》作"酒阑踏_{一作明}月转城西"，可知二者所据与宋本《无住词》不同；《浣溪沙》"起舞一尊明月下"句，《百家词》《南词》皆误作"起写一尊明月下"。另一方面，也有《百家词》缺字，《南词》完整的情况，如《点绛唇·紫阳寒食》"不解□音只怕人"句，《南词》与宋本同，作"不解乡音只怕人"。至此可知《百家词》与《南词》有共源之关系。

《南词》于总目之后有抄录者识语云"凡汲古阁已刻者不录"，但从上表可以看出，汲古阁已刻、《南词》也抄录的有 11 种。11 种共收词集中，有些差异颇大，如《南词》本《烘堂词》按调编排，与《宋名家词》本次序不同。可以说《宋名家词》中的部分词集来源与《南词》不同，那么《南词》的文献校勘价值也就不言而喻了。

毛晋《宋名家词》在刊刻校雠方面常为人诟病，如陈匪石评《宋名家词》云"随得随刻，不依时代先后。不尽善本，校雠亦不精。"② 唐圭璋亦云："毛子晋所刻《六十名家词》，可谓词学开山之功臣。但割裂卷数，任意分合，使原书面目，尽行混淆。且未经校

---

① 参见邓子勉《宋金元词籍文献研究》，上海古籍出版社 2008 年版，第 220 页。
② 陈匪石：《声执》，唐圭璋编《词话丛编》，中华书局 1986 年版，第 4970 页。

雠，错误实多。"① 朱居易《毛刻宋六十家词勘误》② 在校订《宋名家词》上颇有功绩，其所依据校勘的多为宋元旧本或校订善本，这里选择三种依照宋本勘误的词集，并与《南词》作一简单比对，以窥《南词》之校勘价值。

词人词集	宋名家词		《毛刻宋六十家词勘误》	《南词》
	词牌及次序	勘误处		
陈与义《简斋词》	《法驾道引》	得其三而忘其二	题"其二"应作"其六"	得其三而忘其六
黄公度《知稼翁词》	《卜算子》	道遇延平郡	题"遇"应作"过"	道过延平郡
	《眼儿媚》	梅调二首和傅参议韵	题"梅调"应作"梅词"	梅词二首和傅参议韵
	《菩萨蛮》	公有二侍儿，曰倩，曰盼盼	题"盼盼"应作"盼盼"	公有二侍儿，曰倩、盼盼
	《满庭芳》	章元振重九日为生朝，公以此词和之	题"和之"应作"贺之"	章元振重九日为生朝，公以此词贺之
张孝祥《于湖词》卷二	《满江红》	细思量	"量"应作"重"，底下复夺一"忆"字	细思重忆
	《鹧鸪天五》		题夺"平国弟生日"五字	平国弟生生日
		间将何物为儿寿	"间"应作"问"	问将何物为儿寿
	《鹧鸪天六》	一气回春达绛坛	"达"应作"邀"	一气回春邀绛坛
	《鹧鸪天八》	香车油壁照雕轮	"璧"应作"壁"	柳眉桃脸不胜春
	《鹧鸪天十一》	几多遗恨在湘中	"恨"应作"爱"	几多遗爱在湘中
	《虞美人一》		题夺"赠卢坚叔"四字	赠卢坚叔
	《虞美人三》		题夺"无为作"三字	无为作
	《鹊桥仙五》	仙乡日月正镇常春	"正"字衍	仙家日月镇常春
	《踏莎行一》		题"长莎"应作"长沙"，"钦天"应作"钦夫"	长沙 钦夫
		油壁轻车	"璧"应作"壁"	油壁轻车
	《踏莎行二》	青年与客分携处	"青"应作"长"	长年与客分携处
	《浣溪沙九》	细撚丝稍龙尾北	"稍"应作"梢"	细撚丝梢龙尾北

① 唐圭璋：《读词札记》，《词学论丛》，上海古籍出版社1986年版，第654页。
② 朱居易：《毛刻宋六十家词勘误》，中华书局1936年版。

续表

词人词集	宋名家词		《毛刻宋六十家词勘误》	《南词》
	词牌及次序	勘误处		
张孝祥《于湖词》卷三	《浣溪沙五》	饯刘共交	"共交"应作"共父"	侑刘恭父别酒
		又教潘翰入陶甄	"潘"应作"藩"	又文藩翰入陶甄
	《西江月一》		题夺"张钦夫寿"四字	张钦夫寿
	《西江月三》	西波西畔晚波平	"波"应作"湖"	西湖西畔晚波平
	《减字木兰花》	慈闱生日	"闱"应作"闻"	慈帏生日
	《丑奴儿一》		题夺"张仲钦母夫寿"七字	张仲钦母夫人寿
	《丑奴儿三》	珠烟璧月年时节	"烟"应作"灯"	珠灯璧月年时节
	《望江南一》	万里举杯空	"里"应作"事"	万事举杯空
	《清平乐一》	向来省左	"左"应作"户"	向来省户
	《西江月一》	三杯村酒醉如沉	"沉"应作"泥"	三杯村酒醉如泥

由上表可以看出，《毛刻宋六十家词勘误》所校正之处，《南词》绝大多数不误；而陈与义词"据《四部丛刊》影宋本校"，黄公度词"据闽刻翻宋本《知稼翁集》校"，张孝祥词"据双照楼影宋本校"，由此看来，《南词》文字上多有与宋元旧本相近之处。另外，《南词》本词集多依照词调编排，亦是犹存宋元旧貌的一个有力证据。

三 《南词》与《全宋词》的校勘

《全宋词》在编纂过程中，实际上已经包含有校勘工作，其《凡例》云："词集底本有讹夺者，尽可能以他本校改校补，并一一注明自出。其臆改者，所改之字以〔〕号、原文以（）号识之。"[1]如此一部煌煌巨作，对每一部具体的词集、每一首词作而言，不能够比堪所有版本也是必然的。在底本的选择上，《全宋词》亦有未尽善者，如谷实《〈名儒草堂诗余〉之校勘》一文即认为"《全宋词》所据读画斋本鱼鲁颇多，应据秦恩复《词学丛书》本对校"[2]。由此

---

[1] 唐圭璋编：《全宋词》，《全宋词·凡例》，中华书局1965年版，第15页。
[2] 谷实：《〈名儒草堂诗余〉之校勘》，《词学》2001年第13辑，第135页。

看来，《全宋词》的校勘尚有较大的空间。这里以《南词》所收词作为依据，对《全宋词》作一校勘。

陈垣将校勘之法概括为四种："对校""本校""他校""理校"。① 以《南词》校勘《全宋词》，则以对校为基础，却非简单标注两者之不同，而是参以理校法，对《全宋词》阙文及讹误之处略加订正，亦"只敢用之于最显然易见之错误而已"。

《南词》抄录的两千四百余首词大体都比较完整，很少出现有题无词的情况，缺漏之处也不多，不少地方可补《全宋词》之阙。为便于阅览，亦以简表示之。

词人	词牌	首句	《全宋词》缺漏之处	《南词》
杜安世	《凤衔杯》	人生不似月初圆	凄惨断云片雨、□□□。□□□、□□□	凄惨断云片雨、旧姻缘。漫相携手、立花前
	《行香子》	黄金叶细	（阙题）	柳
	《渔家傲》	微雨初收月映云	蜡梅枝上樱□嫩	蜡梅枝上樱桃嫩
葛郯	《江神子》	亭亭鹤羽戏芝田	（阙题）	咏莲
	《洞仙歌》	风摇丹髻	看人□栏□	看人来□栏
廖行之	《水调歌头》	林梢挂弦月	滕□紫霞杯	滕晋紫霞杯
吕圣求	《满江红》	晚浴新凉	（阙题）	夏
	《水调歌头》	抚床多感慨	来访山中友，□□□□竿	来访山中侣，约与共垂竿
朱敦儒	《雨中花》	故国当年得意	岭南作	岭南旧作
	《念奴娇》	插天翠柳	（阙题）	月
	《醉春风》	夜饮西真洞	（阙题）	梦仙
	《洞仙歌》	何人不爱	（阙题）	红梅
	《沁园春》	七十衰翁	（阙题）	舜会
	《醉春风》	夜饮西真洞	（阙题）	梦仙
	《临江仙》	最好中秋秋夜月	（阙题）	中秋
	《感皇恩》	曾醉武陵溪	游□□园感旧（吴讷本空格作洒文，疑误）	游内支园感旧
	《沙塞子》	蛮径寻春春早	大悲，再作	前调太悲，再作

① 陈垣：《校勘学释例》，中华书局1959年版，第144—150页。

续表

词人	词牌	首句	《全宋词》缺漏之处	《南词》
	《柳梢青》	松江胜集	（阙题）案四印斋本樵歌此首题作丁丑松江赏月	丁丑松江赏月
吕圣求	《满江红》	晚浴新凉	风蒲乱	风满乱
陈与义	《虞美人》	超然堂上闲宾主	酒阑明月转城西	旧阑踏——作明月转城西
		扁舟三日秋塘路	卜居青墩	卜居青墩镇
李处全	《柳梢青》	余甘齿颊	酒□半酣	酒力半酣
沈端节	《行香子》	烟淡回塘	一枝□、压尽群芳	一枝低、压尽群芳
	《洞仙歌》	雪肌花貌	没□施程，〔□〕捺地	漫施程程，捺地
王以宁	《好事近》	白石读书房	（阙序）	此词与前词相犯，尾句小不同，今两存之
韩玉	《贺新郎》	睡起帘栊静	□金铺、春帏半捲	掩金铺、春帏半捲

  以上表格所列，仅为《南词》可以补正《全宋词》之缺者，此外二者之间的文字差异所在多有。有些《全宋词》所据版本错误较明显，如陈与义《临江仙》"天涯节序忽忽"句，《南词》作"天涯节序匆匆"，无论是从词意还是从词的韵脚判断，都以《南词》本为胜。朱居易《毛刻宋六十家词勘误》虽然纠正了不少《宋名家词》的疏误，但并非全部；《全宋词》不少词集依据为《宋名家词》，同时也吸收了朱氏的勘误成果。因此可以说，《全宋词》也未充分校正《宋名家词》的疏误，如吕圣求《满江红》"风蒲乱"句，《南词》本作"风满乱"，据词意，亦应以《南词》为是，这一类例子还有不少。但因为《全宋词》亦有其版本依据，有些还难以判断正误，如鞠华翁《绮寮怨·月下残棋》首句"又见花阴如水"，《南词》本作"又见光阴如水"，从词意来说两者均可，因此这里未将两者之文字差异一一列出。

  当然，《南词》为手抄本，其本身抄写错误之处也在所难免，因此董康、吴昌绥等人对其进行过校改。但是《南词》与《全宋词》的文字差异之处，亦可作为《全宋词》校注的一个重要依据，应当得到应有的重视。

第五节 《南词》与两种词集丛编之关系

《南词》与吴讷《唐宋名贤百家词》、毛晋《宋六十名家词》两种词集丛编之关系如何，对于了解《南词》的传抄时代及版本源流有重要意义，有必要进一步探索。

吴讷（1369—1455），字敏德，号思庵，海虞（今江苏常熟）人。他所编选的《唐宋名贤百家词》对保存词集文献意义重大，"其时去宋未远，易求得词集之善本、足本，不少孤本赖此以存"①。《南词》抄写晚于吴讷《百家词》近二百年。二者之间是否有承继关系？今比对两种丛编所收词集，共收者竟达31种，且大部分存词数量及编排次序完全一致，如《乐斋词》《信斋词》。甚至有些讹误之处二者也相同，如陈与义《浣溪沙》句"起舞一尊明月下"，两本均作"起写一尊明月下"；另一首《虞美人》题序，汲古阁本作"亭下桃花盛开作长短句咏之"，《百家词》与《南词》均无"作长短句咏之"。又如与汲古阁本源流不同的《于湖词》，两本也完全一致，此外如都误收明人《耐轩词》等等。由此可得知，《南词》中的部分词集抄自《百家词》。

当然，《南词》与《百家词》词集相一致，也可能是属于同源的不同抄本。以沈瀛的《竹斋词》为例，二本在词作数量、编排次序上完全一致，但仔细对勘，可发现有《百家词》脱落、《南词》完整的情况，如《满庭芳》第二首"芙蓉帔欲去"句、第三首"凤映红莲"句，《百家词》脱落"帔""凤"字②，《南词》本完整。因此推知此本应当是二者同源，而非《南词》抄自《百家词》。

---

① 唐圭璋：《百家词序》，《明红丝栏钞本百家词》，天津古籍出版社1989年版，第1页。

② （明）吴讷编：《百家词》，明红丝栏钞本，天津古籍出版社1989年版，第11册。

《南词》虽云"汲古已刻者不录"，然而汲古阁已刻、《南词》仍抄录者有 11 种：杜安世《寿域词》、陈师道《后山词》、王安中《初寮词》、陈与义《简斋词》、吕滨老《吕圣求词》、黄公度《知稼翁词》、沈端节《克斋词》、张孝祥《于湖词》、韩玉《东浦词》、卢炳《烘堂词》、卢祖皋《蒲江词》。这 11 种中，有 8 种属于《宋六十名家词》的第六集，《克斋词》属于第五集，《于湖词》《初寮词》属于第四集。汲古阁本《克斋词》与《南词》本在存词数量与编排次序上一致，应是出于同一版本源流；但《于湖词》与汲古阁本差异极大，董康即云："《张于湖词》且增至一倍以上。"①《初寮词》与汲古阁本差异也很大，存词数量、收录词作及编排次序均有出入，因此不排除抄者虽见汲古阁第四集已刻此二家，仍然抄录的可能。

　　毛晋《汲古阁刻词集》顺序是以得词先后付刻，并没有一个刊刻计划之总目，换言之，六集宋词刊刻非完成于一时。学者推断此书刊刻于明崇祯三年（1630）前后②，这是依据第一集最后一家《稼轩词》后附录的胡震亨《宋词二集叙》落款"庚午夏"所作的推断。毛晋刊刻宋词别集，每集十家，或许有刊刻十集一百家之计划，第六集第十一家极有可能属于第七集，但由于刻书之资告竭，故将刚起头的第七集第一种并入第六集。由此可以推测《南词》抄者所谓"汲古已刻者"或许并非指现在能见到的六集全帙，而仅仅指当时已刻成的前三集，或者稍晚至第四集，第五、六集应是尚未付刻。即《南词》的传抄时间应在汲古阁《宋名家词》第三集刻成至第五集未刻之间。

---

　　① （清）缪荃孙、吴昌绶、董康撰，吴格整理：《嘉业堂藏书志》，复旦大学出版社 1997 年版，第 1184 页。
　　② 聂安福：《明清汇刻宋人词集略述》，《古典文学知识》1998 年第 1 期。陶子珍：《明代四种词集丛编研究》，秀威资讯科技股份有限公司 2005 年版，第 37 页。

第六节 《南词》本《元草堂诗余》考述

一 《元草堂诗余》的先行研究情况

《元草堂诗余》是元代江西庐陵凤林书院刊行的一部词选，未著选辑者姓名。原书名为《精选名儒草堂诗余》，或称《名儒草堂诗余》，乃袭用当时盛行的宋人所编《草堂诗余》之名，冠以"名儒"二字以为区别。又因书坊名而称为《凤林书院草堂诗余》。

《元草堂诗余》文献价值极高，宋元之际的许多词人、词作赖是书得以保存，施蛰存指出："六十家中，姓名唯见于此书，而出处生平无可考见者甚多。若无此书，则元代词人有并姓名亦不可知者矣。"[1] 唐圭璋编选《全宋词》《全金元词》即从此书采录不少。由于选录了大量江西词人作品，厉鹗又有"不读凤林书院体，岂知词派有江西"[2]之句，"江西词派"也由此而得名。

然而此书在20世纪80年代以前鲜有论者，此后马群《〈名儒草堂诗余〉探索》发研究之先端[3]、施蛰存《历代词选集续录》加以研究介绍，才逐步得到学人的重视。20世纪90年代刘扬忠《唐宋词流派史》以专节论述"宋末元初的江西词派"[4]，颇值得参考。21

---

[1] 舍之：《历代词选集叙录（三）》，《词学》第3辑，华东师范大学出版社1985年版，第274页。

[2] （清）厉鹗：《论词绝句十二首》第九首，（清）厉鹗著，董兆熊注《樊榭山房集》，上海古籍出版社1992年版，第513页。

[3] 参见马群《〈名儒草堂诗余〉探索》，《文史》1981年第12辑，第235—243页。

[4] 参见刘扬忠《唐宋词流派史》，福建人民出版社1999年版，第544—562页。

世纪以来,《元草堂诗余》研究取得诸多成果①,校注本即有两种问世:程端麒校点《精选名儒草堂诗余》②及陈水根校注《精选名儒草堂诗余校注》③。

由于"大仓文库"《南词》本《元草堂诗余》藏于日本,一般读者只能望洋兴叹,研究者也鲜有论及。较早介绍《南词》本《元草堂诗余》的是村上哲见,他在第一届词学国际研讨会上以《日本所藏词籍善本解题丛编类》为题加以介绍,并明言"《元草堂诗余》三卷,凤林书院辑,存"。④ 21世纪以来,王兆鹏、陶子珍、邓子勉等学者对《南词》亦有探究,但均未详细论述其中《元草堂诗余》的情况。因此在《元草堂诗余》的版本问题上,还有进一步考究的必要。

二 《南词》本《元草堂诗余》基本情况

《南词》钞本的基本情况前文已述⑤。《元草堂诗余》为其最后一册,共收录61人(滕宾卷上、卷中重出,不重复计)的188首词。在录词数量及部分词作作者归属上与其他版本存在差异,兹将册前目录转引如下。

---

① 主要成果有许春燕《〈名儒草堂诗余〉版本与作者浅探》,《苏州教育学院学报》2002年第4期;刘荣平《〈名儒草堂诗余〉析论》,《集美大学学报》(哲学社会科学版)2003年第1期;许春燕《从〈名儒草堂诗余〉看江西词派》,《南昌大学学报》(人文社会科学版)2004年第4期;罗丽纯《〈元草堂诗余〉研究》,硕士学位论文,台湾成功大学,2005年;赵玉琦《精选名儒草堂诗余研究》,硕士学位论文,福建师范大学,2006年;牛海蓉:《〈元草堂诗余〉——宋金遗民词的结集》,《古籍整理研究学刊》2007年第2期。

② 程端麒校点:《精选名儒草堂诗余》,辽宁教育出版社2003年版。

③ 陈水根校注:《精选名儒草堂诗余校注》,中山大学出版社2011年版。

④ [日]村上哲见:《日本所藏词籍善本解题丛编类》,《第一届词学国际研讨会论文集》,台湾"中研院"中国文哲研究所筹备处1994年版,第490页。

⑤ 除本书前文所考订的《南词》情况,还可参考村上哲见《日本所藏词籍善本解题丛编类》、王兆鹏《词学史料学》、陶子珍《明代四种词集丛编研究》、邓子勉《宋金元词籍文献研究》、姚道生《钞本〈南词〉考述》等。

卷上			
刘秉忠二首	许衡三首	文天祥一首	邓剡三首
刘辰翁四首	杨果二首	杜善夫二首	詹玉九首
滕宾六首	司马昂父三首	彭元逊二十首	曹通甫一首
高信乡一首	谢醉庵四首		
卷中			
罗志仁七首	姚云文八首	赵仪可九首	杨樵云三首
李琳三首	宋远一首	滕宾一首	周景一首
刘将孙一首	萧冽一首	刘应雄一首	王学文五首
黄水村一首	危复之一首	姜个翁一首	舟曾隶一首
赵功可一首	鞠华翁一首	彭芳远一首	戴山隐一首
李裕翁一首	龙端是一首	萧东文一首	颜子俞二首
王从叔五首			
卷下			
王梦应二首	吴元可四首	刘铉五首	彭履道三首
黄子行六首（按：六涂抹改成七）		龙紫蓬一首（按：补入）	
萧允之六首	萧汉杰四首	段弘章一首	刘贵翁一首
黄霁宇一首	王鼎翁一首	刘天迪六首	张半湖二首
刘景翔四首	周伯阳二首	尹公远二首	李天冀一首
刘应几一首	周孚先三首	尹济翁五首	彭泰翁
曾允元四首			
共六十二人，词一百八十八首			

需要指出的是，册前目录偶有与正文不同者，如"萧冽"正文作"萧烈"，"萧东文"正文作"萧东父"等；也有脱落词作数量的，如"彭泰翁"，后应补入"三首"。

正文之后有藏书印章"江城如画楼"，乃《南词》递藏者李之郇之印。书后有厉鹗跋语一则：

> 元凤林书院《草堂诗余》三卷，亡名氏选至元、大德间诸人所作，皆南宋遗民也。词多凄恻伤感，不忘故国，而于卷首冠以刘藏春、许鲁斋二家，厥有深意。至其采撷精妙，无一语

凡近，弁阳老人《绝妙好词》而外，渺焉寡匹。余于此二种，心所爱玩，无时离手，每当会意，辄作碧落空歌、清湘瑶瑟之想。樊榭山民。①

村上哲见认为此则跋语"非厉樊榭鹗手迹，按《词学丛书》本《元草堂诗余》，卷后附录此文，或乃从彼转录者耳"②。此跋语确非厉鹗手迹，但是并非引录自秦恩复《词学丛书》本《元草堂诗余》。《词学丛书》本晚出，且是以读画斋刊本、冬读书斋严氏所抄厉樊榭本合校，③ 其后有五则厉鹗跋语，仅转录一则的可能性也不大。并且《南词》本在页眉、词后等处的校记与跋语笔迹一致，这些校记与《词学丛书》本所引厉鹗之语不尽相同，是知《南词》本校记、跋语当另有所据。

读画斋本《元草堂诗余》后有厉鹗跋语五则，此五则跋语《词学丛书》本及《粤雅堂丛书》本均已收录，但对读画斋本跋语有所更改。读画斋本跋语对考察《南词》本校记是否源于厉鹗意义重大，故以此转录：

> 按：第一则与上文所引相同，此处略，唯落款云"雍正甲辰四月十七日，樊榭山民鹗记"。
> 甲辰春晚读书于外家蒋氏之水轩凡十日，录成此本，为子（按：当为"予"）手装精好者，符子圣几也，鹗又记。
> 此本借钞于吴君□凫绣谷亭所藏，颇多颠倒残□，略为校定，而脱字则仍之。今年冬日，舟檥虎丘，从山塘书肆中借得朱竹垞先生家钞本，复补改数字，下卷题滕王阁《齐天乐》一

---

① （清）厉鹗：《〈元草堂诗余〉跋》，《元草堂诗余》，《南词》本。
② ［日］村上哲见：《日本所藏词籍善本解题丛编类》，《第一届词学国际研讨会论文集》，台湾"中研院"中国文哲研究所筹备处1994年版，第487页。
③ 此为参照严长明、秦恩复等人《〈元草堂诗余〉跋》（《词学丛书》本）所得之结论。

首，添入龙紫蓬姓氏，殊快人意。但朱本上卷姓氏多遗落，不可解也。雍正庚戌阳月七日樊榭山民再题于邗江小玲珑山馆。

　　雍正癸丑中冬廿二日，在广陵小玲珑山馆得新购元刻《草堂诗余》三册，增入赵功可三首、李太谷三首，复校定数十字，始称善本，为之快绝。樊榭又记。

　　诸公之作，散见于他书者绝少，偶见刘应李《翰墨大全》、刘将孙《天下同文集》内有数首，亟附录于卷中_{博案今附刊卷后}，零珠碎玉，亦自可宝，愿与知音者共之。庚戌大雪日鹗记。①

　　将此数则跋语与《词学丛书》本、《粤雅堂丛书》本比对，可发现两处最明显的差异，一为"博案今附刊卷后"，《词学丛书》本、《粤雅堂丛书》本俱无；二为第四、五则跋语顺序，读画斋本未按时间先后排列。

　　"博案今附刊卷后"其实暗藏重要信息。顾修与鲍廷博交往密切，且《读画斋丛书》有续《知不足斋丛书》之意，故这里的"博"应指鲍廷博，即读画斋本《元草堂诗余》从鲍廷博而来。鲍廷博《知不足斋丛书》收录有诸多厉鹗校本之书籍，元张翥《蜕岩词》即为"厉樊榭校本"，其中《水龙吟·西池败荷》一首之后有厉鹗识语"此词前段妙绝，后段不全，令人恨恨不已。雍正甲辰，在赵谷林小山堂得李西涯《南词》本校添，为之大快"②。厉鹗于雍正甲辰得见《南词》，而他又于此数年间关注《元草堂诗余》，并抄录、添补成善本，那么他将钞校本借于赵昱过录至《南词》本是完全可能的，笔者推测《南词》本《元草堂诗余》上的校记为赵昱手迹。

---

　　①《元草堂诗余》，《读画斋丛书》本，此据日本国立国会图书馆所藏《读画斋丛书》本，他馆所藏有缺最后一页、少两则跋语的情况。另方盛良《〈樊榭山房集〉集外词跋五则》一文从《粤雅堂丛书》辑录厉鹗五则跋语，考辨跋之真伪时似未注意《元草堂诗余》之版本源流，参见《文献》2007年第2期。

　　②《乐府补题》，《知不足斋丛书》本，前文也已引录。

以上五则跋语按时间划分，实际只有三个时段，即雍正甲辰（1724）（第一、二则）、庚戌（1730）（第三、五则）、癸丑（1733）（第四则）。五则跋语之中，甲辰、庚戌跋语之内容与《南词》本《元草堂诗余》校记可一一印证，如厉鹗据朱本补入"龙紫蓬""补改数字"，《南词》本亦补入"龙紫蓬"，罗志仁《扬州慢》"诉别惊心"句"别"字后补入"后"字、李太古《虞美人》末句"拾红来"改为"拾流红"等，又如从《翰墨大全》《天下同文集》补入数人作品。但是厉鹗雍正癸丑"增入赵功可三首、李太古三首"，《南词》本均未见补入；至此可以推测，《南词》本校记乃是雍正庚戌至癸丑间从厉鹗手抄本过录而来。

除了书后有厉鹗跋语一则外，书中页眉处还常有批语，主要是补录词人的作品，如在刘辰翁《宝鼎现·丁酉元夕》一词上的页眉写有："须溪《意难忘·元宵雨》：角动寒谯。看雨中灯市，雪意潇潇。星球明戏马，歌管杂鸣刁。泥没膝，舞停腰。馓蜡任风消。更可怜、红啼桃槛，绿黯杨桥。当年乐事朝朝。曾锦鞍呼妓，金屋藏娇。围香春命酒，坐月夜吹箫。今老矣，倦歌谣。嫌杀杜家乔。漫三杯、踞炉觅句，断送春宵。刘应李《翰墨全书》。"这些词作的补充，实际上也是源于厉鹗，因补录的词，全从刘应李《翰墨大全》、刘将孙《天下同文集》而来，这与厉鹗的跋语是互相印证的。

三 《元草堂诗余》的版本与《南词》本的价值

《增订四库简明目录标注》注明"《元草堂诗余》三卷"的版本有八种：元凤林书院辑刊本，明钞本，明崇祯乙卯过叶石君钞本，清嘉庆十六年江都秦氏《词学丛书》本，光绪重修本，《读画斋丛书》本，《粤雅堂丛书》本，双照楼影刊元本。八种之中，明钞本语焉不详，其余皆有传存。另据《中国丛书综录》可补入两种：《宛委别藏》本，丛书集成初编本。据《中国古籍总目》可补入：清书隐楼钞本，清钞本。此外还可一提的是《百部丛书集成》本，此乃据《粤雅堂丛书》本影印。程端麒校点的《精选名儒草堂诗余》① 及陈水根的《精选名儒草堂诗余校注》② 互为补充，将今所传诸刻本及《宛委别藏》钞本包罗，可谓读二本而如览诸本。然而晚明钞本《南词》中的《元草堂诗余》却尚未引起研究者的足够重视，此本是否即为《增订四库简明目录标注》所注"明钞本"也难断言。

《南词》钞本中有《元草堂诗余》一种，在清代即已为人所知。彭元瑞《知圣道斋书目》③ 在《南词》下写有细目，最后一种为"《草堂诗余》"，惜未标明卷数，且顶格书写，容易让读者误为传播极广的《草堂诗余》或其翻刻本；彭氏知圣道斋所藏《汲古阁未刻词》末页亦写有《南词》细目，仍仅著录为"《草堂诗余》"。但李希圣《雁影斋题跋》中的"《南词》八十七卷"后所附细目有"《草堂诗余》三卷"，且注有"读画斋刻本。《词学丛书》本"。④ 则其指《元草堂诗余》无疑。李希圣所读《南词》乃方柳桥旧藏之书⑤，他已意识到《南词》的文献价值，但是将重点放在了未有其他刻本的"非常之秘笈"上，对已有两种刻本的《元草堂诗余》也就不甚注目了。

《南词》钞本为董康诵芬室旧藏，董康、吴昌绶、朱祖谋等人都曾校阅。然而《元草堂诗余》也未得到对词集版本颇有研究的吴昌绶的重视，其原因一方面是已有善本刻本，吴昌绶《宋金元词集见存卷目》已录"秦恩复石研斋《词学丛书》"中的"《元草堂诗余》三卷"，又在"拟辑词学丛书续编目"中云："右所录宋以来总集略备，此外单行善本如……读画斋本凤林书院《元草堂诗余》……"⑥

---

① 程端麒校点：《精选名儒草堂诗余》，辽宁教育出版社2003年版。
② 陈水根校注：《精选名儒草堂诗余校注》，中山大学出版社2011年版。
③ 彭元瑞：《知圣道斋书目》，《丛书集成续编》第4册，台湾新文丰出版公司1988年版，第704页。
④ 李希圣：《雁影斋题跋》，上海古籍出版社2009年版，第387页。
⑤ 参见李希圣《雁影斋题跋序》，上海古籍出版社2009年版。
⑥ 吴昌绶：《宋金元词集见存卷目》，上海鸿文书局1907年版，第43、45页。

另一个更直接的原因则是元刻本的出现。陶湘在《景刊宋金元明本词叙录》中对吴昌绶刻《凤林书院草堂诗余》作了说明："缪艺风先生昔在京师得元刻上卷，纸墨粗率，江安傅沅叔有何梦华景钞本，行款正同，伯宛初据以上版，阅数年，沅叔复得元刻全本，重加改补。近代古籍日出益多，往往不经见之书，一时遂有数本，眼福足傲前贤矣。"① 吴昌绶双照楼所刻词集对版本要求颇高，既然先后得到傅增湘所藏景钞本、元刻全本，其忽略《南词》本也在情理之中。

实际上在梳理《元草堂诗余》的版本源流上，《南词》本是不容忽视的。元刻本自问世以后，流传不广，至明代还鲜为人知，直至崇祯年间才有叶氏钞本和《南词》钞本。到了清代，反而是钞本更为盛行，朱彝尊、吴焯、厉鹗、陈皋等均有钞本，厉鹗于雍正癸丑（1733）始得见元刻本。厉鹗曾抄录《元草堂诗余》，并有所校改、增补，是为厉鹗校本。此后的顾氏读画斋刻本、秦氏《词学丛书》本都与厉鹗校本密切相关。但是厉鹗校本今不传，所幸《南词》本保留有不少源于厉鹗的校记。《南词》本《元草堂诗余》在元刻本与清刻本之间占据枢纽地位，且与厉鹗关系密切，其价值也就不言而喻了。

四　《元草堂诗余》诸本之源流关系

《元草堂诗余》流传的重要版本主要有元刻本、读画斋本、《宛委别藏》本、《词学丛书》本、《粤雅堂丛书》本。厉鹗校本今不传，故以过录自厉鹗校本的《南词》本为中心，厘清诸本之源流关系。

《粤雅堂丛书》本书后有伍崇曜跋语云："是编经厉樊榭缕校，以授严道甫长明者，澹生太史重刻之，洵善本也。"② 澹生太史即指

---

① 陶湘：《景刊宋金元明本词叙录》，吴昌绶、陶湘辑《景刊宋金元明本词》，上海古籍出版社1989年版，《叙录》第8页。

② （清）伍崇曜：《〈元草堂诗余〉跋》，《元草堂诗余》，《粤雅堂丛书》本。

秦恩复。今比对《粤雅堂丛书》本与《词学丛书》本，二本所收词作以及编排次序完全相同，是知《粤雅堂丛书》本乃从《词学丛书》本而来。此后《丛书集成初编》本、《百部丛书集成》本据《粤雅堂丛书》本排印、影印，后文论略。

将各本所收词作数量与编排次序一一对比，可以发现元刻本、读画斋本、《宛委别藏》本存词及编排完全一致，共收录194首，目录所载词人数量则为58人（元刻本、读画斋本彭履道重复一次，《宛委别藏》本已删）。是知读画斋本主要参照了元刻本、《宛委别藏》本亦源于元刻本，当然也都参照了厉鹗校本，二本均收录有厉鹗跋语即为明证。《南词》本与此三种相比，有三处不同：一是少收录六首词作，分别为赵功可三首：《氐州第一》（杨柳楼深）、《曲游春》（千树玲珑罩）、《声声慢》（情痴倦极）；李太古三首：《永遇乐》（玉砌标鲜）、《恋绣衾》（橘花风信满院香）、《南歌子》（月下秦淮海）；二是王学文四首词：《桂枝香》（晓天凉露）、《绮寮怨》（忽忽东风又老）、《柳梢青》（一健如仙）、《柳梢青》（客里凄凉）三种归为赵功可词；三是在刘铉《乌夜啼》（垂杨影里残红）一首之后脱落词人姓氏，以下两首《虞美人》（西风海色秋无际）、《卜算子》（尽道是伤春）当为李太古词作。

《词学丛书》本《元草堂诗余》收录62人（滕宾卷上、卷中重出，不重复计）203首词作，关于此本之缘由，秦恩复在跋语中云："曩于《读画斋丛书》中见凤林书院《名儒草堂诗余》三卷，虽录于元代，犹是南宋遗民，寄托遥深而音节激楚……刻本鱼鲁颇多，暇日以樊榭手校本更加釐正，匪云纠缪，藉资讽咏焉尔。"[①]《词学丛书》本比读画斋本多出9首词作，其中8首为厉鹗所增，这8首悉数载于《南词》本页眉中，分别为：刘辰翁《意难忘》（角动寒谯）一首，来源于刘应李《翰墨全书》；姚云文（《南词》本校记作"姚云"）《八声甘州·竞渡》，来源于刘将孙《天下同文集》；颜奎

---

① 秦恩复：《〈元草堂诗余〉跋》，《元草堂诗余》，《词学丛书》本。

《归平遥》（春风拂拂）、《浣溪沙》（梦沮游丝昼影移）、《菩萨蛮》（燕姬越女初相见）、《大酺》（唱乍荼蘼）四首，来源于《天下同文集》；王梦应《疏影》（蕡腾晓被）、《醉太平》（寒窗月晴）二首，来源于《天下同文集》。剩余一首为秦氏所补，为颜奎《忆秦娥》（水云幽），词后秦恩复有识语云："此词亦颜奎作，见《天下同文集》，樊榭失载，附录于后。"

至此，我们可以将《元草堂诗余》的版本系统划分为三种：

1. 元刻本、读画斋本、《宛委别藏》本、双照楼景元刻本；
2. 《南词》本、朱彝尊钞本、厉鹗钞本；
3. 《词学丛书》本、《粤雅堂丛书》本、《丛书集成初编》本、《百部丛书集成》本。

当然三种版本系统之间是相互关联的，而处于枢纽地位的即是厉鹗之校记。读画斋本、《词学丛书》本已经引录了不少厉鹗校记，如罗志仁《木兰花慢·禁酿》一首，厉鹗对词作背景作了详细说明："至元十四年三月，以冬无雨雪、春泽未继，问便民之事于翰林国史院。耶律铸、姚枢、王磐、窦墨对曰：'足民之道，唯节浮费，靡谷之多，无如醪醴麴糵，宜一切禁止。'从之。五月申严大都，酒禁犯者，籍其家，赀散之贫民，诸人禁酿词盖此时也。"此则厉鹗识语读画斋本、《词学丛书》本均加入"厉鹗记"，故知出自厉鹗。但《词学丛书》本有些按语并未标明出处，且秦恩复也常添加识语，两人识语易混为一谈。若将《南词》本校记与《词学丛书》本识语比对，则识语归属自明。如罗志仁《菩萨蛮慢》之后有附录"罗志仁《题赵荣禄水邨图诗》'长爱秦郎绝妙词，荒寒暗合辋川诗。斜阳万点寒鸦处，流水孤村又一奇'。"《词学丛书》本无标识，实际此仍为厉鹗所引。此诗收录于明朱存理编《珊瑚木难》、明郁逢庆编《续书画题跋记》等书，今已收录《全宋诗订补》。再如王学文《摸鱼儿》一首，词后所附诗《月夜一绝》"明蟾破雨欲流冰，一碧涵空万籁沉。和梦起来犹是蝶，满襟花气露痕深"，《词学丛书》本已注明转引自厉鹗，但实际上作者下的注文"《天下同文集》作'竹涧杨学文，字必节'"同样出自厉鹗。此诗应补入《全宋诗》。

五 《元草堂诗余》之校勘

最早对《元草堂诗余》进行校勘的当是厉鹗，虽然今天不传"始称善本"的厉鹗钞校本，但仍可从《南词》本略窥厉鹗的校勘之功。先将《南词》本校改之处列表如下。

词人	词牌	校改之句	校改之后
许衡	《沁园春》	饱食安排 豪家娇蹇	饱后安排 豪家骄蹇
刘辰翁	《宝鼎现》	箫声	箫声断
詹玉	《霓裳中序第一》	幸相从苏门仙客	幸相从蓟门仙客
	《渡江云》	凡点儿泪痕跳响	几点儿泪痕跳响
	《三姝媚》	笑声里龙三鼓	笑声里龙楼三鼓
	《一萼红》	只有古今消磨 江湖尽	只有今古消磨 江湖尽宽
滕宾	《归朝欢》	人立渡	人立渡傍渡
	《点绛唇》	淡浅翠	淡黄浅翠
彭元逊	《菩萨蛮》	□□踯躅□□卷	玉蛇踯躅流光卷
	《谒金门》	梦断锦茵成□□	梦断锦茵成堕鹰
	《月下笛》	春风嫣鬟窥树小	春风嫣娆、翠鬟窥树小
	《忆旧游》	凡许怜才意	几许怜才意
罗志仁	《扬州慢》	诉别惊心	诉别后惊心
姚云文	《木兰花慢》	环翠遮住怕渠惊	环翠帷遮住怕渠惊
	《如梦令》	□□倩人温手	陪笑倩人温手
刘铉	《虞美人》	玉书分付莫频开	玉书分付莫开封
		明日人间临水拾红来	明日人间临水拾流红（依别本改）
	《齐天乐·题滕王阁》	补入作者"龙紫蓬"	
萧允之	《满江红》	但逸亭流水碧潺	但逸亭流水碧潺潺
		共谁商量	共谁商略
尹公远	《尉迟杯》	甚比似人间更苦愁	甚比似人间更愁苦

厉鹗用于对校之本为朱竹垞家钞本、吴尺凫钞本，但从上表看

来，所校之处并不多，由此可见《南词》钞本、朱竹垞钞本、吴尺凫钞本之间差异并不大。朱竹垞钞本今亦不传，但是朱彝尊编有《词综》，采有"凤林书院元词"。《词综》一书收录大量《元草堂诗余》中的词作，笔者统计，62 位词人之中，《词综》也收录的达到 49 人，两书共选的词作有 70 余首，其中不少是仅见于《元草堂诗余》的词作，其来源当为朱彝尊家钞本。将《词综》采录的《元草堂诗余》词作与诸本对比，可发现《词综》所录与《南词》本相近，而与元刻本差异较多。即以姚云文《摸鱼儿·艮岳》一词为例，《词综》所录"辋川梯洞层崖出""犹带鬼愁龙怨""怅莎沼萤粘""吟鞭拍断""填不尽遗憾"①五句，元刻本均有不同，分别为"辋川梯洞层瑰出""带取鬼愁龙怨""怅莎沼粘萤""吟鞘拍断""填不尽遗恨"，而《南词》本除"填不尽遗恨"外，其余与《词综》完全相同。

　　《南词》本中王学文五首词作中的后四首，其他版本依据元刻本认定为赵功可之作。《词综》入选《绮寮怨》（忽忽东风又老）、《柳梢青》（客里凄凉）于王学文之后，《全宋词》依据《历代诗余》将其中的《柳梢青》（客里凄凉）、《桂枝香》（晓天凉露）、《绮寮怨》（忽忽东风又老）三首列为王学文存目词②，康熙年间所编的《历代诗余》，其依据亦为《元草堂诗余》的抄本系统。可以说在《元草堂诗余》的传播史上，抄本系统在晚明、清代前中期占据着主导地位。

　　论者多谓读画斋本"鱼鲁颇多"，这一评价其实是源于秦恩复之跋语。读画斋本从元本而来，保存了元刻本旧貌，故唐圭璋先生编《全宋词》以读画斋本为底本。谷实指出："唐圭璋先生从《名儒草堂诗余》采五十人一百六十一首词入《全宋词》，采十一人二十二

---

① （清）朱彝尊、汪森辑：《词综》，中华书局 1975 年影印康熙裘杼楼刊本，第 252 页。

② 唐圭璋编：《全宋词》，中华书局 1965 年版，第 3344 页。

首词入《全金元词》，所依底本实际上是读画斋本，读本最古但鲁鱼颇多。清人秦恩复以厉鹗钞本校读，成《词学丛书》本，后出转精。两相对照，不同之处有一百四十余。"① 将《词学丛书》本与读画斋本对照，差异之处确实很多。仔细比对这些差异之处，可发现《词学丛书》本多与《南词》本同，换言之，厉鹗校本多存《南词》本之旧。如彭元逊《子夜歌》"梦里故人如雾"句，元刻本、读画斋本、《宛委别藏》本作"梦里故人成雾"，《南词》本、《词学丛书》本同；罗志仁《金人捧露盘》"昭阳殿"句，元刻本、读画斋本、《宛委别藏》本作"朝阳殿"，《南词》本、《词学丛书》本同。此类例子甚多，可参见后文附录校异表，这里不一一枚举。

值得注意的是，若《南词》本亦与元刻本相同、而与《词学丛书》本不同之处，则往往是《词学丛书》本的疏误，如谢醉庵《鹧鸪天》"信到吟诗解叹嗟"句，元刻本、《南词》本均为"信道吟诗解叹嗟"，依据全词意思，此处宜为"信道"。《南词》本也有与诸本均不同之情形，如鞠华翁《绮寮怨·月下残棋》首句，各本为"又见花阴如水"，唯《南词》本作"又见光阴如水"，此处似可两存。

《词学丛书》本的一个优点是能将各本间差异较大的句子以"一作……"的方式保留下来，这些差异多是从前两种版本系统而来。如黄子行《西湖月·探梅》"还嗟瘦损幽人一作'诗腰瘦损刘郎'"，《南词》本及《词综》即为"还嗟瘦损幽人"，元刻本、读画斋本、《宛委别藏》本即为"诗腰瘦损刘郎"。今天看来，元刻本、《南词》本可视为其他版本之源头，这是在校勘《元草堂诗余》时需要注意的。

六 小结

《元草堂诗余》元刻本书前的牌记云："唐宋名贤词行于世尚

---

① 谷实：《〈名儒草堂诗余〉之校勘》，《词学》第13辑，华东师范大学出版社2001年版，第135页。

矣，方今车书混一，名笔不少，而未见之刊本。是编辄欲求备不可，姑撷拾所得，方三百余首，不复次第，刊为前集。江湖天宽，后杰何限？倘有佳作，毋惜缄示，陆续梓行，将见愈出而愈奇也。"这兼具出版说明和广告宣传之作用。然而今天所见之元刻本尚不足二百首，大概三百余首并未全刻。至于后来是否"陆续梓行"，也无文献可证。在刊刻上，元刻本也有不少明显的疏误，但多半为形近而误，元刻本为最早版本，从文本校勘角度来说，具有重要价值。

《南词》本《元草堂诗余》抄自元刻本，除了抄写笔误之外，与元刻本差异之处很多。笔者推断这些差异之处大多数来自抄录者的臆改。明人刻书编校疏舛、臆改不少，而这一风气也影响到抄本。元大德、延祐间刊本《天下同文》亦收录诗词，吴昌绶曾将三卷词作析出，收录到《景刊宋金元明本词》中。《天下同文》与元刻本《元草堂诗余》所共收的词作有10首，这对于探索《南词》本与元刻本差异之由来颇有助益。两种元刻本收录的这10首词差异极少，比对下来仅有两处：颜奎《清平乐》首句，元刻本作"留君且住"，《天下同文》作"欲留君住"；罗志仁《霓裳中序第一》过片起句，元刻本作"谁恨五云深处宫殿"，《天下同文》脱落"深处"二字，作"谁恨五云宫殿"。但是到了《南词》本、《词综》，差异就变多、变大了。为便于阅览，亦以简表示之。

词人	词调	元刻本、《天下同文》	《南词》本、《词综》
颜奎	《清平乐》	水鹤云间语明日	水鹤夜深云外语
	《醉太平》	报梅花小春	报梅花早春
罗志仁	《金人捧露盘》	辋川梯洞层瑰出	辋川梯洞层崖出
		带取鬼愁龙怨	犹带鬼愁龙怨
		吟鞘拍断	吟鞭拍断
		昭阳殿	朝阳殿
	《霓裳中序第一》	谁恨	离恨
詹玉	《齐天乐》	当时何限怪侣	当时何限俊侣

续表

词人	词调	元刻本、《天下同文》	《南词》本、《词综》
李琳	《木兰花》	懒向沙鸥说得	未向沙鸥说得
	《六幺令》	新晴昼帘闲卷	新晴画帘闲卷
		柳向尊前起舞	谁向尊前起舞

由于抄本的流行，更改之后的文本影响更为广泛，以致《词学丛书》本、《粤雅堂丛书》本都沿袭这些更改。如上表"新晴昼帘闲卷"句，除了从元刻本而来的宛委抄本以及双照楼影元本作"昼帘"之外，其余诸本均为"画帘"。

原本只有一个源头的《元草堂诗余》，却因为抄者的递相更改以及厉鹗的校改、增补而形成了三个系统。暂且不去评论这些更改之处的优劣，但这些更改蕴含着抄录者的审美倾向。如前文提及的姚云文《摸鱼儿·艮岳》最尾句"填不尽遗恨"，"恨"字并未押韵，《词综》改为"填不尽遗憾"，以求合韵；上表"谁恨"二字句，按清人韵律论来说，也当押韵，故《词学丛书》本云："据谱换头二字当押短韵，此作六字一句，恐误。或是'憾'字之讹。"实际上宋元人用韵较为宽泛，而清代自万树《词律》后有韵律趋严之倾向，依律改词现象并不罕见。从这个角度来说，清人看似有理有据的更改并未比明人的臆改高明多少。

附 《元草堂诗余》的元刻本、《南词》本、《词学丛书》本校异表
（序号为元刻本顺序）

		元刻本		《南词》本	《词学丛书》本
序号	作者	词牌	题序/词句		
1	刘秉忠	《木兰花慢》	东风遍吹原野	东风吹遍原野	东风吹遍原野
2		《朝中措》	大家润济焦枯	大家济润焦枯	大家济润焦枯
4	许衡	《满江红》	诗书准备传家计	诗书准备传家策	诗书准备传家集
			使苏张重起	便苏张重起	便苏张重起
5		《沁园春》	贵家骄蹇	豪家骄蹇	豪—作贵 家骄蹇
			有膝前儿女	膝前儿女	有膝前儿女

续表

			元刻本	《南词》本	《词学丛书》本
7	邓光荐	《满江红》	和王昭仪题驿	和王昭仪题壁	和王昭仪题壁
			亲曾醉	曾亲醉	曾亲醉
			鹿御花去	鹿啣花去	鹿衔花去
10		《兰陵王》	想玉树凋土	想玉树凋土	想玉树凋土 一作霜
11		《大酺》	千重似雾	千里似雾	千重似雾
12	刘辰翁	《宝鼎现》	丁酉正月	丁酉元夕	丁酉元夕
			习习香尘运步底	习习香尘莲步底	习习香尘莲步底
			父老犹记宣和	父老犹记宣和事	父老犹记宣和事
			帘影冻	簾影冻	帘影动
			看来往神仙才子	看往来神仙才子	看往来神仙才子
13		《谒金门》	一晴春又暮	一时春又暮	一晴春又暮
14	杨西庵	《太常引》	西风旌旆	西风旌旆	西风旌旆
16	杜善夫	《太常引》	碧榈冰簟午风凉	碧榈冰簟午风凉	碧榈冰簟午风凉
			去时言约	去时肠	去时言约
18		《霓裳中序第一》	有金刻"宣和御宝"四字	有金刻"宣和御宝"四字	有金刻"宣和玉宝"四字
19		《汉宫春》	红云甚家院落	红云甚家院落	红叶甚家院落
			问谁人	问何人	问何人
20	詹玉	《多丽》	小楼又做阴凉	小楼又做阴凉	小楼又作阴凉
			霎儿间	霎儿间	霎时间
			隔墙又唱秋娘	隔墙又唱谢秋娘	隔墙又唱谢秋娘
21		《桂枝香》	恁天孙标致	凭天孙标致	恁天孙标致
22		《渡江云》	相见也	相见好	相见好
23		《三姝媚曲》	被西风将换	被西风吹换	被西风吹换
			应却悔	应悔却	应悔却
24		《一萼红》	谁肯渔蓑	难觅渔蓑	难觅渔蓑
25		《齐天乐》	倚檐评花	倚檐评花	倚担评花
			当时何限怪侣	当时何限俊侣	当时何限俊侣

续表

			元刻本	《南词》本	《词学丛书》本
27	滕宾	《洞仙歌》	飞<u>下</u>红云岛	飞<u>上</u>红云岛	飞<u>下</u>红云岛
			便吹<u>入</u>苍寒	便吹<u>落</u>苍寒	便吹<u>落</u>苍寒
28		《最高楼》	将星<u>旋</u>出破烟蛮	将星<u>才</u>出破烟蛮	将星<u>旋</u>出破烟蛮
29		《归朝欢》	人立<u>湾</u>傍渡	人立<u>渡</u>傍渡	人立<u>渡</u>傍渡
			雁声<u>叫</u>彻楚天低	雁声<u>呼</u>彻楚天低	雁声<u>呼</u>彻楚天低
30		《玉漏迟》	我笑<u>嫦</u>娥解事	我笑<u>姮</u>娥解事	我笑<u>姮</u>娥解事
32		《点绛唇》	淡黄<u>深</u>翠	淡黄<u>浅</u>翠	淡黄<u>浅</u>翠
34	司马昂父	《最高楼》	按<u>篆</u>筝	按<u>银</u>筝	按<u>银</u>筝
35		《太常引》	休<u>放</u>六花飞	休<u>教</u>六花飞	休<u>教</u>六花飞
			特地<u>为</u>君期	特地<u>与</u>君期	特地<u>与</u>君期
36		《汉宫春》	<u>梦旧</u>寒、<u>浅醉</u>同衾	<u>旧梦</u>寒、<u>残醉</u>同衾	<u>梦旧</u>寒、<u>残醉</u>同衾
			笙歌<u>行</u>人归去	笙歌<u>行</u>人归去	笙歌<u>孅</u>人归去
37		《平韵满江红》	衔尽<u>吴</u>花成鹿苑	衔尽<u>枯</u>花成鹿苑	衔尽<u>枯</u>花成鹿苑
			<u>便</u>一枝	<u>剩</u>一枝	<u>剩</u>一枝
			飞过<u>空同</u>	飞过<u>崆峒</u>	飞过<u>崆峒</u>
38		《解珮环》	汀州窈窕余醒寐	汀州窈窕余醒寐	汀州窈窕余醒寐
			遗<u>珮</u>	遗<u>珮</u>	遗<u>珮环</u>
			有白<u>沤</u>淡月	有白<u>鸥</u>淡月	有白<u>鸥</u>淡月
39	彭元逊	《徵招》	<u>风</u>雨船篷	<u>风</u>雨船篷	<u>细</u>雨船篷
			寒到君边书到	寒到君边书到<u>否</u>	寒到君边书到<u>料</u>
			儿女灯前娱笑	儿女灯前娱笑	<u>更</u>儿女灯前娱笑
			镜迟霜照	□镜迟霜照	<u>怕</u>镜霜催照
40		《子夜歌》	梦里故人<u>成</u>雾	梦里故人<u>如</u>雾	梦里故人<u>如</u>雾
			对<u>人</u>家	对<u>谁</u>家	对<u>谁</u>家
			昨<u>宵</u>听	昨<u>夜</u>听	昨<u>夜</u>听
			待<u>它</u>年	待<u>他</u>年	待<u>他</u>年
42		《临江仙》	行受<u>芷</u>花风	行受<u>豆</u>花风	行受<u>豆</u>花风
43		《瑞鹧鸪》	<u>凭</u>肩小语只心知	<u>凭</u>肩小语只心知	<u>恁</u>肩小语只心知
45		《蝶恋花》	微雨烧<u>香</u>余润气	微雨烧<u>香</u>余润气	微雨烧<u>春</u>余润气
46		《蝶恋花》	四<u>雨</u>亭前	四<u>面</u>亭前	四<u>面</u>亭前

续表

		元刻本	《南词》本	《词学丛书》本
48	《菩萨蛮》	连<u>环</u>合沓簾波远	连<u>珠</u>合沓簾波远	连<u>珠</u>合沓簾波远
50	《月下笛》	隔江相<u>半</u>歌笑	隔江相<u>半</u>歌笑	隔江相<u>伴</u>歌笑
51	《六丑》	有<u>情</u>不收	有<u>恨</u>难收	有<u>恨</u>难收
		帐庐好<u>在</u>春睡	帐庐好<u>粘</u>春睡	帐庐好<u>黏</u>春睡
		青门都废	青门都废	<u>帐饮</u>青门都废
53	《忆旧游》	还<u>自</u>有人猜	还<u>怕</u>有人猜	还<u>怕</u>有人猜
		谁为语伶<u>玄</u>	谁为语伶<u>玄</u>	谁为语伶<u>元</u>
55	《玉女迎春慢》		<u>柳</u>	<u>柳</u>
		叶底<u>妖</u>禽自语	叶底<u>娇</u>禽自语	叶底<u>娇</u>禽自语
56	曹通甫 《木兰花慢》	羡<u>煞</u>风标公子	羡<u>杀</u>风标公子	羡<u>杀</u>风标公子
59	谢醉庵 《临江仙》	春风梦绕<u>杨</u>州	春风梦绕<u>杨</u>州	春风梦绕<u>扬</u>州
60	《鹧鸪天》	怯<u>寒</u>多	怯<u>春</u>多	怯<u>春</u>多
		<u>暮雲</u>庭院噪归鸦	<u>莫雲</u>庭院噪归鸦	<u>莫雲</u>庭院噪归鸦
		信<u>道</u>吟诗解叹嗟	信<u>道</u>吟诗解叹嗟	信<u>到</u>吟诗解叹嗟
62	《金人捧露盘》	<u>丙午钱塘</u>	钱塘<u>怀古</u>	钱唐怀古_{一作丙午钱塘}
		<u>苦</u>为谁容	<u>若</u>为谁容	<u>若</u>为谁容
		<u>朝</u>阳殿	<u>昭</u>阳殿	<u>昭</u>阳殿
		更无宫女说<u>玄</u>宗	更无宫女说<u>元</u>宗	更无宫女说<u>元</u>宗
		<u>角声起，海涛落</u>	<u>海涛落月，角声起</u>	<u>海涛落月，角声起</u>
63	罗志仁 《霓裳中序第一》	谁恨五云深处	离恨五云宫殿	离_{一作谁}恨_{据谱换头二字当押短韵，此误作六字句，恐误。或是憾字之讹。}五云宫殿
65	《扬州慢》	听檐<u>干</u>燕子	听檐<u>竿</u>燕子	听檐<u>竿</u>燕子
		楚户停<u>砧</u>	楚户停<u>针</u>	楚户停<u>砧</u>
67	《木兰花慢》	但结秋风<u>鱼</u>梦	但结秋风<u>渔</u>梦	但结秋风<u>渔</u>梦
68	《菩萨蛮》		菩萨蛮<u>慢</u>	菩萨蛮<u>慢</u>

第六章 "大仓文库"《南词》详考 195

续表

		元刻本	《南词》本	《词学丛书》本
69	《摸鱼儿》	辋川梯洞层<u>瑰</u>出 <u>带取</u>鬼愁龙怨 怅<u>莎</u>沼<u>粘萤</u> 吟<u>鞘</u>拍断 填不尽遗<u>恨</u>	辋川梯洞层<u>崖</u>出 <u>犹带</u>鬼愁龙怨 怅<u>沙</u>沼<u>萤粘</u> 吟<u>鞭</u>拍断 填不尽遗<u>恨</u>	辋川梯洞层<u>崖</u>出 <u>犹带</u>鬼愁龙怨 怅<u>莎</u>沼<u>萤黏</u> 吟<u>鞭</u>拍断 填不尽遗<u>憾</u>
70	《玲珑玉》	梦惊<u>金</u>帐春娇 <u>零</u>片未消	梦惊<u>锦</u>帐春娇 <u>零</u>片未消	梦惊<u>鸳</u>一作锦帐春娇 <u>云</u>片未消
71	《木兰花慢》	环<u>翠</u>幪 惆怅犊车<u>人</u>远 曾注谱、<u>上</u>金屏	环<u>翠</u>帷 惆怅犊车<u>天</u>远 曾注谱金屏	环<u>碧</u>帷一作翠幪 惆怅犊车<u>天</u>远 曾注谱、<u>上</u>金屏
72	《紫萸香慢》	<u>政</u>自羁怀多感 凄<u>情</u>	<u>政</u>自羁怀多感 凄<u>清</u>	<u>正</u>自羁怀多感 凄<u>清</u>
73	《洞仙歌》	<u>社</u>近阴晴未前定 问杨柳梢头几分<u>青</u>	<u>社</u>近阴晴未前定 问杨柳梢头几分<u>春</u>	<u>近社</u>阴晴未前定 问杨柳梢头几分<u>春</u>
74	《齐天乐》	萦回曲<u>蹊</u>通<u>圃</u> 待寻访 问旧日平原 啼鸟<u>人</u>幽	萦回曲<u>溪</u>通<u>圃</u> 待寻访<u>斜桥</u> 问旧日平原_{疑作泉} 啼鸟<u>窗</u>幽	萦回曲<u>溪</u>通<u>浦</u> 待寻访<u>斜桥</u> 问旧日平原_{疑作泉} 啼鸟<u>窗</u>幽
76	《如梦令》	昨夜<u>家</u>人凭酒	昨夜佳人凭酒	昨夜佳人凭酒
77	《绮寮怨》	霜<u>空</u>月明，天风响、环珮飞翠禽	霜<u>空</u>月明天气，响珮环、飞翠禽	霜<u>空</u>月明，天风响、环珮飞翠禽
78	《疏影》	飞度<u>霜</u>月	飞度<u>明</u>月	飞度<u>明</u>月
79	《瑞鹤仙》	刘氏园<u>西湖</u>柳 旧日<u>晴</u>丝恨缕 痛绝长秋<u>去</u>后 凄凉事、<u>不堪</u>诉	刘氏园柳 旧日<u>愁</u>丝恨缕 痛绝长秋<u>别</u>后 凄凉事<u>孰</u>诉	刘氏园<u>西湖</u>柳 旧日<u>愁</u>丝恨缕 痛绝长秋_{一作陨}<u>别</u>后 凄凉事、<u>不堪</u>诉
80	《法驾道引》	<u>云</u>拥紫皇家	<u>深</u>拥紫皇家	<u>深</u>拥紫皇家
83	《八声甘州》	春草又<u>凄凄</u> 向风雷<u>半夜</u>	春草又<u>萋萋</u> 向风雷<u>夜半</u>	春草又<u>萋萋</u> 向风雷<u>夜半</u>
84	《塞翁吟》	<u>直</u>是晴难	<u>真</u>是晴难	<u>直</u>是晴难

姚云文（71-76）、赵仪可（79-）

续表

			元刻本	《南词》本	《词学丛书》本
85		《凤凰台上忆吹箫》	疑是<u>弓</u>靴蹴鞠	疑是<u>弓</u>靴蹴鞠	疑是<u>宫</u>靴蹴鞠
			<u>刚</u>一踢	<u>刚刚</u>踢	<u>刚刚</u>踢
86	杨樵云	《满庭芳》	强半<u>带</u>春醺	强半<u>泄</u>春醺	强半<u>泄</u>春醺
89		《平韵满江红》		满江红	满江红
			霞珮并云<u>骈</u>	霞珮并云<u>軿</u>	霞珮并云<u>軿</u>
90	李琳	《木兰花慢》	<u>懒</u>向沙鸥说得	<u>未</u>向沙鸥说得	<u>未</u>向沙鸥说得
91		《六幺令》	新晴<u>昼</u>帘闲卷	新晴<u>昼</u>帘闲卷	新晴<u>画</u>帘闲卷
			<u>柳</u>向<u>尊</u>前起舞	<u>谁</u>向<u>尊</u>前起舞	<u>谁</u>向<u>樽</u>前起舞
92	宋远	《意难忘》	萧<u>高风邂逅</u>古洪	萧<u>高峰邂逅</u>古洪	萧<u>高峰邂逅</u>古洪
			北鸿南<u>燕</u>	北鸿南<u>雁</u>	北鸿南<u>雁</u>
			旧游新<u>闷</u>重重	旧游新<u>恨</u>重重	旧游新<u>恨</u>重重
			<u>诗书</u>摧意气	<u>玄经</u>摧意气	<u>元经</u>摧意气
			更与题诗药市	更与<u>谁、</u>题诗药市	更与<u>谁、</u>题诗药市
93	滕宾	《齐天乐》	片帆呼<u>度</u>西山曲	片帆呼<u>渡</u>西山曲	片帆呼<u>渡</u>西山曲
94	周景	《水龙吟》	年华<u>危</u>涕	年华<u>陨</u>涕	年华<u>陨</u>涕
			幸自清江如<u>画</u>	幸自清江如<u>带</u>	幸自清江如<u>带</u>
			且相期看	且相期<u>共</u>看	且相期<u>共</u>看
95	刘将孙	《忆旧游》	<u>政</u>落花时节	<u>正</u>落花时节	<u>正</u>落花时节
96	高<u>凤</u>萧烈			高<u>峰</u>萧烈	高<u>峰</u>萧烈
98	王学文	《摸鱼儿》	<u>怨</u>弦易绝	<u>悲</u>弦易绝	<u>悲</u>弦易绝
			黄花送<u>客</u>	黄花送<u>别</u>	黄花送<u>别</u>
100	赵功可	《八声甘州》	耿<u>塞</u>天欲压	耿<u>长</u>天欲压	耿<u>长</u>天欲压
			溟<u>荡</u>天街晴昼	溟<u>漾</u>天街晴昼	溟<u>漾</u>天街晴昼
108	黄水村	《解连环》	拥绝妙灵君	拥绝妙灵君_{一作轻盈}	拥绝妙灵君_{一作轻盈}
			<u>韭</u>假<u>韭</u>真	<u>疑</u>假<u>疑</u>真	<u>疑</u>假<u>疑</u>真
			记得	<u>谩</u>记得	<u>谩</u>记得
			但凝	但凝<u>思</u>	但凝<u>思</u>
109	危复之	《永遇乐》	分得眠沙半	分得眠沙半_{一作畔}	分得眠沙半_{一作畔}

续表

			元刻本	《南词》本	《词学丛书》本
111	鞠华翁	《绮寮怨》	又见**花**阴如水	又见**光**阴如水	又见**花**阴如水
			客主成三	**客主**成三	**主客**成三
			纷纷**未**了	纷纷**不**了	纷纷**不**了
			嫦娥笑人迟暮	**姮**娥笑人迟暮	**姮**娥笑人迟暮
			念**未**力	念**才**力	念**才**力
			何人**正隔屋睡**声	何人**正听隔壁**声	何人**正听隔壁**声——作正隔屋睡声
114	李裕翁	《摸鱼儿》	**计**江南	**讶**江南	**讶**江南
			些儿淡**掩冲融**意	些儿淡**泡冲融**意	些儿淡**泡冲融**意
115	龙端是	《忆旧游》	几**狂朋**来往	几**疏狂**来往	几**疏狂**来往
116	萧东父	《齐天乐》	犹忆**喷**兰低语	犹忆**吹**兰低语	犹忆**吹**兰低语
117	颜奎	《醉太平》	报梅花**小**春	报梅花**早**春	报梅花**早**春
		《清平乐》	留君**且**住	留君**少**住	留君**少**住
			夜深水鹤云间语	**水鹤夜深云外**语	**水鹤夜深云外**语
119	王从叔	《昭君怨》	莫**恨**梦难成	莫**恨**梦难成	莫**怪**梦难成
122		《浣溪沙》	昨梦醉眠苔**石上**	昨梦醉眠苔**石上**	昨梦醉眠苔**上石**
124		《锦堂春》	西风**未雁犹蝉**	西风**落雁犹蝉**	西风**未雁犹蝉**
125		《念奴娇》	帘外**客秋**人共老	帘外**秋容**人共老	帘外**秋容**人共老
			谁解**意**消风日晚	谁解**魂**消风日晚	谁解**魂**消风日晚
127	王梦应	《扬州慢》		扬州慢	扬州慢
128		《采桑子》	燕子来**时**	燕子来**迟**	燕子来**迟**
			清宵欲寐	清宵欲寐**还无寐**	清宵欲寐**还无寐**
129		《浪淘沙》	幽绪一**晴**无处著	幽绪一**时**无处著	幽绪一**时**无处著
132		《乌夜啼》	比似茜裙初染一**同**同	比似茜裙初染一**般**同	比似茜裙初染一**般**同
136	李太古	《虞美人》	**挂**杖敲云	**挂**杖敲云	**挂**杖敲云
138	彭履道	《凤凰台上忆吹箫》	**清**到如今	**青**到如今	**青**到如今
			自**环珮**飞去	自**佩环**飞去	自**珮环**飞去
139		《兰陵王》	掩面鸣筝	**唤**掩面鸣筝	**唤**掩面鸣筝
140		《疏影》	早**挽**悬河	早**晚**悬河	早**挽**悬河

续表

			元刻本	《南词》本	《词学丛书》本
142	黄子行	《西湖月》	诗腰瘦损刘郎	还嗟瘦损幽人	还嗟瘦损幽人
143		《贺新郎》	唤刘父	唤刘乂	唤刘乂
145		《花心动》	满庭春雪	满庭香雪	满庭香雪
149	萧允之	《满江红》	芳草易添闲客恨	青草易添闲客恨	青草易添闲客恨
150		《琐窗寒》	轻阴弄日	轻阴弄日	轻寒弄日
151		《蝶恋花》	多少伤春怨	多少伤心怨	多少伤春怨
155		《菩萨蛮》	杏花惊蛰寒	杏花惊晓寒	杏花惊晓寒
156		《蝶恋花》	怜伊只合和伊去	怜伊只合和伊住	怜伊只合和伊住
157		《浪淘沙》	贫得今年无月看	贫到今年无月看	贫到今年无月看
158	段弘章	《洞仙歌》	又自共梨花	又自趁梨花	又自趁梨花
159	刘贵翁	《满庭芳》	宫鸟西飞	燕子西飞	燕子西飞
			流落青池	流落清池	流落清池
			同是东风种得	同是春风种得	同是春风种得
160	黄霁宇	《水龙吟》	犹疑满身珠翠	犹凝满身珠翠	犹凝满身珠翠
161	王鼎翁	《沁园春》	寻春步远	奈寻春步远	奈寻春步远
163	刘天迪	《一萼红》	蔡琰悲笳、昭君怨曲	蔡琰悲笳、昭君远曲	蔡女悲笳、昭君怨曲
166		《凤栖梧》	羞郎还又垂红袖	羞郎却又垂红袖	羞郎却又垂红袖
169	张半湖	《扫花游》	宝鸭烟销	宝鸭香消	宝鸭香消
170		《念奴娇》	房列还同蒂	房别还同蒂	房别还同蒂
171	刘景翔	《小重山》	春倦怕频推	春倦怕频催	春倦怕频催
173		《如梦令》	独立荷汀烟暮	独立荷汀烟莫	独立荷汀烟渚
176	尹公远	《尉迟杯》	三十年余台池泪	三十年余池台泪	三十年余池台泪
			花奴羯鼓	花奴羯鼓	花妖羯鼓
			莫教愁入云去	莫教吹入云去	莫教吹入云去
177		《齐天乐》	水村云屋	水榭云屋	水榭云屋
			剪尽雨窗残烛	剪尽西窗残烛	剪尽西窗残烛
178	李天骥	《摸鱼儿》	向明还灭	向明还灭	向明后灭

续表

		元刻本	《南词》本	《词学丛书》本
180	周孚先 《木兰花慢》	龙光摇动晴漪	龙光摇动涟漪	龙光摇动涟漪
181	《鹧鸪天》	如今酒被多情苦	如何酒后被多情苦	如何酒被多情苦
182	《蝶恋花》	回首迷烟树	回首迷烟雾	回首迷烟雾
		一一伤离绪	一一伤情绪	一一伤情绪
183	尹济翁 《木兰花慢》	乐事怎堪重省	乐事怎堪重省	乐事怎堪重记
184	《玉蝴蝶》	树花露泣	树花露湿	树花露湿
		叶竹烟啼	叶桁烟啼	叶桁烟啼
185	《声声慢》	雕鞍芳径	雕鞍芳草	雕鞍芳草
		春醒不负妍华	春醒不负年华	春醒不负年华
186	《风入松》	河倾南纪明奎璧	河倾南纪明奎璧	河倾南纪明奎璧
188	彭泰翁 《念奴娇》	又偷承恩露	又偷承雨露	又偷承雨露
189	《忆旧游》	风日人间远	风入人间远	风入人间远
190	《拜星月》		拜星月慢	拜星月慢
		怕似流莺历历	怕似流莺历历	怕似流莺呖呖
191	曾允元 《水龙吟》	伤春成倦	伤春成怨	伤春成怨
192	《月下笛》	文老杨花	吹老杨花	吹老杨花
		联镳西陌	联镳南陌	联镳南陌
		东风吹得愁似海	东风吹得愁似海	东风吹得愁如海
194	《点绛唇》	来时春初	来是春初	来是春初

第七节 《南词》本《乐府补题》考论

《乐府补题》是南宋遗民词人咏物唱和之作的结集。此书明代已有抄本,惜流传未广;清康熙年间,在朱彝尊、蒋景祁等人的努力下,此书得以复出刊行,始盛行于世。《乐府补题》的再度问世引起强烈反响,清初词风为之一变。如此重要的一部词集历来得到研究者重视,相关研究成果已众。但这些成果大多围绕《乐府补题》的内容寄托或时地考证展开,对其流传中的版本源流、文本差异尚缺系统的考量。《南词》本《乐府补题》的考订，有助于解决《乐府补题》流传中的若干问题。

一 《乐府补题》的版本与复刊时间

《乐府补题》最主要的版本有六种：吴讷《百家词》本，《南词》本，《知不足斋丛书》本，《四库全书》本，《彊村丛书》本，《丛书集成初编》本。《彊村丛书》本及《丛书集成初编》本均从《知不足斋丛书》本而来，故只需厘清前四种版本之间的关系，即可大致梳理《乐府补题》传播接受情况。

《乐府补题》今存最早之本为明吴讷《唐宋名贤百家词》本（以下称"吴本"），此本在明代流传不广。清初朱彝尊曾向汪森借阅此本，并过录一本，后携至京师，蒋景祁读之激赏不已，遂付梓刊行（以下称"蒋刻本"）。朱彝尊对此书的刊行经过有详细叙述，其《乐府补题序》云：

> 《乐府补题》一卷，常熟吴氏抄白本，休宁汪氏购之长兴藏书家，予爱而亟录之。携至京师。宜兴蒋京少好倚声为长短句，读之赏击不已，遂镂板以传。……度诸君子在当日唱和之篇必不止此，亦必有序以志岁月，惜今皆逸矣。幸而是编仅存，不为蟫蚀鼠啮，经四百年，藉二子之功，复流播于世。词章之传，盖亦有数焉。①

朱彝尊因汪森而得以过录《乐府补题》。汪森，字晋贤，他曾辅助朱彝尊增订《词综》。这则序言还说明蒋刻本的来源是朱彝尊抄录的吴本，常熟吴氏即指吴讷。

蒋刻本今未见流传，但《四库全书》本实际是以蒋刻本为底本

---

① （清）朱彝尊：《乐府补题序》，收录于朱彝尊《曝书亭集》卷三十六，世界书局1937年版，第445—446页。

的。蒋刻本与吴本相较,最大不同是刊落了书前的目次,其原因极可能是朱彝尊抄录时略去的。《乐府补题四库提要》云:"彝尊序又称'当日倡和之篇必不止此,亦必有序以志岁月,惜今皆逸'。"四库馆臣以为朱氏所见吴本原书已无序目,所以认为"疑或墨迹流传、后人录之成帙、未必当时即编次为集。故无序目"。① 这显然是误将朱氏所云"以志岁月"之"序"与"序目"混为一谈。实际上朱彝尊所见吴本书前当有序目,② 朱氏所谓"无序以志岁月",是指《乐府补题》并无序言或词作题序,而非没有词作目录。

严迪昌通过考订,断定蒋刻本之复出刊行在康熙十八年至康熙二十年间。③ 不过对这一结论,学界存有异议,鲁竹指出"检视朱彝尊与汪森合编的《词综》,我们发现,有一些仅见于《乐府补题》的词作已经收录在册""要么《乐府补题》曾在浙西词人之间私下流传;要么《乐府补题》的刊刻还要早于《浙西六家词》,很可能在康熙十七年秋冬至十八年上半年这段短短的时间内"。④ 于翠玲则另据陈维崧于康熙十七年写给吴兆骞的信提及"原词奉览"推断"《乐府补题》的单独刊行以及朱彝尊等人的追和活动,约在康熙十七年冬天至康熙十八年'博学鸿词科'开考前"⑤。出现争议的原因在于朱彝尊序言的标点及理解的分歧上,笔者以为,朱氏所谓"余爱而亟录之"与"携至京师"之间应当点断,即抄录和携至京师之间相距略有一段时间,而这段时间

---

① 《乐府补题提要》,《文渊阁四库全书》,台湾商务印书馆1986年版,第1490—103页。
② (明)吴讷:《唐宋名贤百家词》本《乐府补题》书前有词作目录,参见明红丝栏钞本《百家词》、林坚之校本《百家词》等。
③ 严迪昌:《〈乐府补题〉与清初词风》,《词学》第8辑,华东师范大学出版社1990年版,第45页。
④ 鲁竹:《〈乐府补题〉与浙西六家的咏物词——兼论浙西词派的形成》,《南阳师范学院学报》(社会科学版)2002年第5期。
⑤ 于翠玲:《〈词综〉与〈乐府补题〉的关系——兼论浙西词派咏物词的演变》,《西北大学学报》(哲学社会科学版)2005年第2期。

内恰好有《词综》初稿编纂完成及浙西六家追和《乐府补题》之举。

实际上，鲁、于所论证据并不充分。初刊于康熙十七年的《词综》收录来源于《乐府补题》的词作集中在卷二十三、卷二十四（仅无名氏1首），而收录于二十卷、二十一卷的王沂孙、周密、张炎词作来源并非《乐府补题》，《词综发凡》所引词集有"周密《草窗词》二卷、王沂孙《碧山乐府》二卷、张炎《玉田词》二卷"①，可知《乐府补题》是《词综》编纂快完成时发现的。《词综》一书的成书过程在中华书局影印本"出版说明"中作了简单介绍："（朱彝尊）经八年的努力，收集了二十六卷；他的同乡和好友汪森又增补了四卷，并写了序言，于康熙十七年（公元一六七八年）成书三十卷……后来汪森等又增补了六卷……原书卷二十二、卷二十三未定稿部分补入了几家作品……我们将经过汪森等增补修订的最早的本子——康熙三十年（公元一六九一）裘杼楼刊本加以断句，影印出版。"② 既然康熙十七年《词综》卷二十三属于未定稿，并且汪森也参与了《词综》的增订，那么《词综》编定过程中所依据的《乐府补题》极可能不是蒋刻本，而是朱彝尊过录的钞本，或者就是汪森购买到的吴本。陈维崧亦是《词综》编纂的重要参与者，因此他给吴兆骞的信所云"原词奉览"仍可能是指陈维崧抄录的《乐府补题》。

从《乐府补题》的文本差异角度来说，可以推测《词综》所录词作并非源于蒋刻本。若《词综》所录是据蒋刻本的话，那么文本上呈现的情况应该是《词综》与蒋刻本文本相近，而通过吴本、《词综》与蒋刻本三者之间的文本比对，可以发现差异之处绝大多数都是《词综》与吴本相同且与蒋刻本不同或蒋刻本与吴本相同且与《词综》不同这两种情况，很少有《词综》与蒋刻本相同且与吴本

---

① （清）朱彝尊：《词综发凡》，《词综》，中华书局1975年版。
② （清）朱彝尊、汪森编：《词综》，《〈词综〉出版说明》，中华书局1975年版。

不同的情况。换言之，《词综》、蒋刻本有共源之关系，却无承继之关系，三者之间的关系应当是朱钞本（汪森购得的吴本）→《词综》、吴本→朱钞本→蒋刻本。这里仅举一例，李彭老《摸鱼儿》一阕，蒋刻本与《词综》有五处不同，分别为"连复断"（连复碎）、"爱滑卷青绡"（爱滑卷青箫）、"空只贱芹美"（空只赋芹美）、"随渔市"（随鱼市）、"望里江南"（望极江南）。与吴本相较，除了"望□江南"缺字外①，其余《词综》文字都与吴本相同。撇开手抄本形近字易致讹误外，其余不同应来自蒋刻本的校改。这一类例证尚多，可参见后文校注表。

另外，鲁、于二人均提及刊行于康熙十八年的《浙西六家词》收录有朱彝尊等人的"拟补题"之作，这也并非是蒋刻本已经出现之证据。《浙西六家词》的结集刊刻时《词综》已经编纂完成，朱彝尊其时在金陵入浙西六家之一龚翔麟之父龚佳育之幕②，与李符、李良年、龚翔麟等人在金陵相互唱和，即朱彝尊在进京前，浙西六家已遍和《乐府补题》五调，他们唱和依据的显然不是蒋刻本。因此《乐府补题》复出刊行时间应当在朱彝尊进京的康熙十八年（1679）至陈维崧去世的康熙二十年（1681）之间。

二 《南词》本《乐府补题》为《知不足斋丛书》本的重要来源

《乐府补题》的另一明钞本为《南词》本。《南词》本的"再发现"，对探寻《知不足斋丛书》本（以下称"鲍本"）的来源意义重大。《四库全书》本《乐府补题》是蒋景祁刻本，此本来源是朱彝尊抄录的吴讷《百家词》本。

那么朱彝尊是否见过《南词》本《乐府补题》呢？据前文所述

---

① 吴本依红丝栏钞本《百家词》，天津古籍出版社 1989 年影印本；不依林坚之校本《百家词》，林氏校本文字与原钞本不尽相同，且未标明校注依据。

② 朱彝尊曾在 1677—1678 年入龚佳育江宁布政使幕，与龚氏父子多有交往。参见尚小明编《清代士人游幕表》，中华书局 2005 年版，第 50—51 页。

可知，厉鹗校订本《蜕岩词》乃是其友金志章抄录自龚翔麟的，而朱彝尊曾两次入龚翔麟之父龚佳育之幕①，与龚翔麟也保持着密切的关系，两人同为《浙西六家词》之词人，并且龚翔麟也参与编纂《词综》。但《词综》所引录的张翥词并未见《南词》的对校痕迹。因此朱氏、龚氏应该未见《南词》。

姚道生《钞本〈南词〉考述》一文认为："（《乐府补题》）《四库全书》本源自吴讷《百家词》，至于《知不足斋丛书》本则莫知其渊源。原来，《南词》本是《知不足斋丛书》本的祖本。"② 鲍本的确是受到《南词》本的影响，但所据底本并非《南词》本。这里略举两例：王易简《水龙吟》词句，《南词》本作"当应被、熏风误"，鲍本则为"当应被、西一作风误"；周密《齐天乐》词句，《南词》本作"故苑愁深"，鲍本作"故苑愁长一作"，此类例子尚有不少，可见《南词》本仅为鲍本参校本之一。

鲍氏知不足斋所刻词集可谓精善，《乐府补题》即为其中之一。顾千里云："鄙人向辱歆鲍丈渌饮下交，见其亦喜传刻词林罕见秘册，如《乐府补题》、《碧鸡漫志》、《苹洲渔笛谱》之属，表章词学，于太史所好最为近之。"③ 鲍本的刊刻至少参考了《南词》本与蒋刻本，并且能将二者的文字差异以"一作～"的方式保留下来。通过对校可以发现，鲍本底本参照的主要版本是《南词》本，而"一作～"则主要依据蒋刻本。以张炎《水龙吟》下半阕为例，鲍本作"应是浣纱人妒。褪红衣、被谁轻误。闲情淡雅，冶容清润，凭娇待语。隔浦相逢，偶然倾盖，似传心素。怕湘皋、珮解绿云十里，捲西风去。别本后阕云：'应是浣纱人妒。褪红衣、被谁轻误。六郎意态，何郎标格，泠然意趣。待折琼芳，楚江难涉，谩摇心素。怕湘娥、佩解绿云十里，捲西风去。'" 这里的

---

① 朱彝尊曾在1668—1670年间客潞河金事龚佳育幕、1677—1678年入龚佳育江宁布政使幕，与龚氏父子多有交往。参见尚小明编《清代士人游幕表》，中华书局2005年版，第50—51页。

② 姚道生：《钞本〈南词〉考述》，《词学》第27辑，华东师范大学出版社2012年版，第104页。

③ （清）顾广圻：《词学丛书序》，秦恩复《词学丛书》，嘉庆刻本。

"别本"即是从《百家词》而来，与蒋刻本一致。

除了《南词》本与蒋刻本外，鲍本还参校了词人别集，可以列举的有王沂孙《花外集》、张炎《山中白云词》、周密《苹洲渔笛谱》等。如张炎《水龙吟》词句，鲍本作"娟娟犹湿$^{一作裛}_{一作滴}$金盘露"，今查验诸本，《南词》作"娟娟犹湿金盘露"，《词综》及《四库全书》本作"娟娟犹滴金盘露"，"一作裛"则参校了其他版本的张炎词集。

鲍本《乐府补题》除了在文字上的差异之外，尚有两处与吴本、《四库全书》本、《南词》本不同：一是题无名氏所作《天香》（瀛峤浮烟）一首，鲍本作者题为"五松李居仁师吕"，如此一来，《乐府补题》的作者从"十三人，又无名氏二人"变成"十四人，一佚其名"[①]；鲍本将此首词定为李居仁所作，不知所据何本。《南词》本所载作者为"无名氏"，《四库全书》本则题"失名氏"，而吴本仅存"王"字。根据《乐府补题》作者名号的书写习惯，先题号，后接姓名及字，如"天柱王易简理得""菊山唐珏玉潜"等。笔者以为，鲍本或以吴本之"王"字为"五"字之误，从而断为"五松李居仁师吕"之作。另一处是诸本及选录各书均作"宛委练恕可行之"，唯鲍本订正讹误，作"陈恕可"。

至此我们知道《乐府补题》文本差异的来源有两个原因，一是出自吴讷《百家词》本与《南词》本原有的不同，二是来源于后人的校订。

三　厉鹗对校蒋景祁刻本与《南词》本《乐府补题》

厉鹗（1692—1752），字太鸿，号樊榭，浙江钱塘（今杭州市）人。厉鹗是雍乾诗坛的一大家，同时他在填词方面的造诣也极深，被视为朱彝尊之后浙西词派的又一代表人物，吴锡麒就曾说："吾杭

[①]　王树荣：《乐府补题跋》，《乐府补题》，朱祖谋编《彊村丛书》本，广陵书社 2005 年版。

言词者，莫不以樊榭为大宗。"①

厉鹗在词学方面的贡献也值得称道，其成就集中在两个方面：一是评订万树《词律》。沈茂彰云："往年榆生兄于湘潭袁氏，遇得《厉评词律》一书，云出太鸿手。"② 二是校订词集。经厉鹗校订过而成善本的词集颇多，《知不足斋丛书》里收录的厉樊榭校本词集就有《蜕岩词》《贞居词》等，此外如秦恩复《词学丛书》中的《精选名儒草堂诗余》亦据樊榭手校本。厉鹗亦曾校读《乐府补题》，笔者推测《知不足斋丛书》第六集所收未注明版本依据的《乐府补题》，与同册收录的《蜕岩词》一样，均出自厉樊榭校本。我们可以从以下几个方面考量厉鹗与《乐府补题》之亲密关系。

厉鹗最早考订《乐府补题》中"练恕可"乃"陈恕可"之误，其《书〈乐府补题〉练恕可名下》云：

> 按陈众仲《安雅堂集》有《陈如心墓志铭》称："公讳恕可，字行之，一字如心，与古灵先生襄同出五代闽太尉橄之后，后迁会稽，自号宛委居士。至元二十七年，起公为西湖书院山长，仕至吴兴尹。遗文有《宛委永言》《复古篆韵》《词谱简编》《乐府补题》，藏于家。"观此，则"练"为"陈"氏之误，了然矣。竹垞先生刻《词综》，及蒋京少刻此册，皆作"练"，偶未之考，或原本模糊缺断，以致亥豕尔。雍正丁未六月二十四日，钱塘厉鹗书。③

"蒋京少刻此册"，说明厉鹗校读的《乐府补题》为蒋刻本，这则按语是书于"练恕可"名下的，厉鹗也将这则考订附录于《绝妙好词

---

① （清）吴锡麒：《有正味斋骈体文》，《清代诗文集汇编》第 415 册，上海古籍出版社 2010 年版，第 415—281 页。
② 沈茂彰：《万氏词律订误例》，《词学季刊》1935 年第 3 卷第 4 号。
③ （清）厉鹗：《书〈乐府补题〉练恕可名下》，董兆熊注，陈九思标校《樊榭山房集》，上海古籍出版社 1992 年版，第 1718 页。

笺》周密词作之后，并云"其为姓陈无疑"①。

雍正丁未年（1727），容易让人想到厉鹗曾于此数年间校阅《南词》。前文已经详细考订厉鹗曾于雍正年间校阅《南词》本的《蜕岩词》《贞居词》《元草堂诗余》等，那么雍正丁未年，厉鹗借阅到《南词》本《乐府补题》，并与蒋刻本对校是极为可能的。

厉鹗《论词绝句十二首》其六云："头白遗民涕不禁，补题风物在山阴。残蝉身世香莼兴，一片冬青冢畔心。（《乐府补题》一卷，唐义士玉潜与焉。）"②《樊榭山房集》编年著录诗作，这首论词绝句作于雍正壬子（1732）。从雍正甲辰（1724）得阅《南词》本《贞居词》《蜕岩词》，到雍正庚戌（1730）借钞《南词》本《元草堂诗余》，到雍正壬子（1732）作《论词绝句》，厉鹗与《南词》本词集始终有密切的联系。

乾隆戊辰（1748），厉鹗抵津门，客查莲坡之水西庄。这段时间，厉鹗与查为仁、张云锦、张奕枢等词人有《拟乐府补题》之作，同时他与查为仁同撰《绝妙好词笺》七卷，在卷六李彭老、王易简，卷七王沂孙、仇远条下，共引录有八首《乐府补题》词作，同时在卷七周密条下，对《乐府补题》作了介绍。将这八首词作与《四库全书》本比对，可以发现有不少文字差异，而差异之处又与《南词》本相同，如王易简《齐天乐》首句，《绝妙好词笺》所引为"翠云深锁齐姬恨"，与《南词》本相同，而《四库全书》本为"碧云深锁齐姬恨"。这八首词作都有此类例证，这充分说明，乾隆年间厉鹗同撰《绝妙好词笺》之时，除了蒋刻本之外，已经参校了《南词》本《乐府补题》。厉鹗的校订成果，借《知不足斋丛书》的刊刻而保留下来。

---

① （宋）周密编，（清）查为仁、厉鹗笺：《绝妙好词笺》，世界书局1935年版，第107页。

② （清）厉鹗：《论词绝句十二首》，董兆熊注，陈九思标校《樊榭山房集》，上海古籍出版社1992年版，第512页。

四 从《乐府补题》的文本差异看《南词》本的价值

《乐府补题》共录有37首词作，各版本及诸书所引文字差异整体来说相差不大，但是这些细微的差异却有助于我们厘清各版本之间的源流关系。较早对《乐府补题》词作进行校订的是冒广生，题为《〈乐府补题〉校记》，刊载于《同声月刊》第2卷第9号，文后有云："此卷王仁山同年跋。考订甚精密。苦无佳本可校。姑付写官。殊愧草草。疚斋记。"[1] 王仁山即王树荣，其跋文附载于《彊村丛书》本《乐府补题》之后，可知冒氏校订底本亦为《彊村丛书》本。那个时候，《南词》已经东传至日本，因此《彊村丛书》本《乐府补题》诸多"一作～"的文本差异无从知其由来，确实可说是"无佳本可校"。今将《乐府补题》文本差异之处择要列表如下，以资参考。

以下表格所列，仅为较明显之差异，其他因手抄笔误或形近致讹而产生的文本差异所在多有。从下表可以看出，《乐府补题》文本在流传过程中，有几次较大的更改：《词综》与《百家词》的不同，或源于朱彝尊抄录时的更改。朱氏在编纂《词综》时，常注意词调及韵律，如有不合韵律，则给以注明或偶加更改，如赵汝钠《水龙吟》一首结尾加按语云："结句与调稍异。"[2]《文渊阁四库全书》本《乐府补题》的抄录者也夹杂有自己的校订，最明显的例证就是更正了"练恕可"之误，改为"陈恕可"，而武英殿版《总目提要》及文津阁、文溯阁书前提要仍作"练恕可"，可知《四库全书》本应当源于蒋刻本而非《知不足斋丛书》本。《知不足斋丛书》本《乐府补题》来源主要是《南词》本与蒋刻本，它与丛书中的《蜕岩词》《贞居词》，以及有续《知不足斋丛书》之意的《读画斋丛书》中的《元草堂诗余》均出自厉鹗钞校本。

---

[1] 参看冒广生《〈乐府补题〉校记》，《同声月刊》1942年第2卷第9号。
[2]（清）朱彝尊：《词综》，中华书局1975年版，第219页。

第六章 "大仓文库"《南词》详考　209

词序	《乐府补题》词调及作者	《百家词》本[①]	《词综》	《四库全书》本	《南词》本	《知不足斋丛书》本
1	王沂孙	泯远	迅远	迅远	迅迩	迅远作
2	周密	翠屏深窈	翠屏深窨	翠屏深纷	翠屏深香	翠屏深香第
4	冯应瑞	聊伴樵梓	聊将伴樵梓□□□□□□	聊将伴樵梓续风流柔情续缕	聊将伴樵梓阙八字	聊将伴樵梓□□□□□□
6 《天香》	吕同老	梦断瑶岛	梦断瀛岛	梦断瀛岛	梦断瑶岛	梦断瑶一作岛
7	李彭老	品重云头	品重云头	品重云头	品重云形	品重云形头
7		芬韡	芬韡	芬韡	芬馥	芬馥作
8		王	无名氏	失名氏	无名氏	五松李居仁师吕
8 《水龙吟》	周密	仙洲路香	仙洲路香	仙洲路香	仙舟路香	仙舟一作路香
9		轻妆同白	轻妆斗白	轻妆斗目	轻妆斗目	轻妆斗目台
10	王易简	薰风误	薰风误	薰风误	薰风误	西薰一作风误
11		练怨可	练怨可	陈怨可	练怨可	陈怨可
11		江明夜净	江明夜净	江明夜净	江明月静	江明夜静作净
11		试采中流	试采中流	试采中流	试采中流	试探作中流
13	吕同老	冰奁半掩	冰奁半掩	冰奁半掩	冰奁半捲	冰奁作半掩

① 1940年出版的林坚之校订的《百家词》因本着"志在流布原书"的原则，对此书多有参订校改，惜未标明校改依据，此处《百家词》本《乐府补题》以明红丝栏钞本对校。《百家词》，明红丝栏钞本，天津古籍出版社1989年影印本。

续表

词序	《乐府补题》词调及作者		《百家词》本	《词综》	《四库全书》本	《南词》本	《知不足斋丛书》本
14		赵汝钠	酒容消散	酒容消散	酒容消散	酒容易散	酒容易散一作消
14			暗忆	暗想	暗忆	暗想	暗想一作忆
14			净凉亭院	清凉亭院	清凉亭院	清凉庭院	清凉庭院
15		王沂孙	月中难认	（未收）	月中难认	月中难认	月中难一作谁认
16		李居仁	药仙	蘂仙	蕊仙	蘂仙	蕊仙
16			碧云不卷	碧云不卷	碧云不卷	碧云不卷	碧云不掩
17	《水龙吟》		娟娟扰口金盘露	消涓扰滴金盘露	娟娟扰滴金盘露	娟娟扰湿金盘露	娟娟扰湿一作滴金盘露
17			小舟清夜	小舟夜悄	小舟清夜	小舟清夜	小舟清夜一作夜悄
17		张炎	六郎意态，□□□□，折琼芳，楚江难涉，漫摇心素	闲情雅澹，冶姿清润，浦相逢，凭娇待语，偶然倾盖，似传心素	六郎意态，何郎标格，冷然意趣，折琼芳，楚江难涉，漫摇心素	闲情雅澹，冶姿清润，浦相逢，凭娇待语，偶然倾盖，似传心素	闲情雅澹，冶姿清润。隔浦相逢，凭娇待语。别本后阙云六郎意态，冷然意趣。待折琼芳，楚江难涉，漫摇心素
18		王沂孙	有谁堪诉	（未收）	向谁堪诉	向谁堪诉	向谁堪诉一作揭诉
20				王易简	失名氏	无名氏	佚名
20	《摸鱼儿》	唐珏	勤渠口兴	勤渠归兴	勤渠归兴	动渠归兴	动渠一作渠归兴
21			苹花与老	苹花与老	苹花共老	苹花共老	苹花共老
23		李彭老	莲口碎	连复碎	连复断	连复碎	连复碎
23			青萧	青萧	青绡	青绡	青绡

第六章 "大仓文库"《南词》详考

续表

词序	《乐府补题》词调及作者	《百家词》本	《词综》	《四库全书》本	《南词》本	《知不足斋丛书》本
23	《摸鱼儿》李彭老	口晓随鱼市	际晓随鱼市	际晓随渔市	际晓随渔市	际晓随鱼市
23		但望口江南	但望极江南	但望里江南	但望里江南	但望里江南
24	吕同老	枯翼	枯翼	枯叶	枯叶	枯翼
25	王易简	碧云	碧云	碧云	翠云	翠云一作
25		都是凄楚	都是凄楚	都是凄楚	都是凄楚	却是凄楚
26	王沂孙	西窗悄	西窗悄	西窗悄	西窗晓	西窗晓
26		尚遗枯蜕	尚遗枯蜕	尚遗枯蜕	尚余枯蜕	尚余遗一作枯蜕
27	《齐天乐》周密	清口怨	清商怨	清商怨	清泠怨	清泠商一作怨
27		故苑愁深	写怨声长	故苑愁深	故苑愁深	故苑愁长一作深
27		危口调苦	危弦调苦	危枝调枯	危枝调薄	危枝一作绘调苦
28	唐珏	练恕可	练恕可	陈恕可	练恕可	陈恕可
28		顿惊	顿惊	顿觉	顿惊	顿觉一作惊
29		蜕痕	蜕痕	蜕痕	蜡痕	蜡蜕一作痕
30	唐艺孙	翼翻纸薄	翼翻纸薄	翼翻纸薄	羽翻纸薄	羽翼翻纸薄一作
31		练恕可	练恕可	陈恕可	练恕可	陈恕可
31		事任魂销	事任魂销	事任魂消	任事魂销	任事魂销

续表

词序	《乐府补题》词调及作者	《百家词》本	《词综》	《四库全书》本	《南词》本	《知不足斋丛书》本
32	《齐天乐》仇远	月笼古柳	月笼古柳	月笼古柳	月笼古树	月笼古树柳作
32		满地霜红	满地霜红	满地霜红	满地红霜	满地红霜红作
33	王沂孙	翠阴庭树	翠阴庭树	翠阴庭树	翠阴庭羽	翠阴庭宇树作
34		练恕可	练恕可	陈恕可	练恕可	陈恕可
34		对口灯	对孤灯	对寒灯	对寒灯	对寒灯青作
35	《桂枝香》唐艺孙	沙痕雪口	沙痕雪外	沙痕雪涨	沙痕雪涨	沙痕雪涨际作
35		口残疏柳	月残疏柳	月残疏柳	月斜疏柳	月斜疏柳残作
37			李彭老			
37	吕同老	乱叶	乱叶	乱叶	残叶	乱叶
37		匀那日	匀那日	匀那日	自那日	自匀作那日

第七章

"大仓文库"《汲古阁未刻词》考论

村上哲见曾在台湾"中研院"中国文哲研究所筹备处主办的第一届词学国际研讨会上介绍"大仓文库"所藏《汲古阁未刻词》；而在此之前，他在介绍日本传存两种《漱玉词》时也曾提及《汲古阁未刻词》本。① 此后王水照与村上哲见通信，发表了《关于〈汲古阁未刻词〉知圣道斋本的讨论》②，引起了学界的关注。此后邓子勉、王昊等学者也曾加以考述。③ 笔者受前辈学者启发甚多，又有幸得见"大仓文库"《汲古阁未刻词》全帙，发现仍有一二问题有进一步探讨的必要。

第一节 《汲古阁未刻词》东传日本前的传抄情况

明人所编撰的词集丛编中，流播最广、影响最大的是毛晋（1599—

---

① 参见［日］村上哲见《关于日本传存两种〈漱玉词〉》（《河北大学学报》1990年第1期）；此文又发表于《词学》第9辑（华东师范大学出版社1992年版），题为《日本传存〈漱玉词〉二种》。

② 参见王水照、［日］村上哲见《关于〈汲古阁未刻词〉知圣道斋本的讨论》，《词学》第12辑，华东师范大学出版社2000年版。

③ 参见邓子勉《宋金元词籍文献研究》（上海古籍出版社2008年版）第三章第二节"汲古阁未刻词考述"、王昊《〈汲古阁未刻词〉传抄源流及传钞〈汲古阁未刻词〉本〈漱玉词〉文献价值衡估》，收录于《2008年词学国际学术研讨会论文集》。

1659）汲古阁《宋名家词》。《四库全书总目提要》称此书云：

> 其次序先后，以得词付雕为准，未尝差以时代，且随得随刻，亦未尝有所去取。故此外如王安石《半山老人词》、张先《子野词》、贺铸《东山寓声》，以暨范成大《石湖词》、杨万里《诚斋乐府》、王沂孙《碧山乐府》、张炎《玉田词》之类，虽尚有传本，而均未载入。盖以次开雕，适先成此六集，遂以六十家词传，非谓宋词止于此也。①

《宋名家词》只刻六集，实际收录有 61 种词集。"毛晋当时拟刻百家，后四十家未刻。今六十家数，可谓偶得而已。"② 毛晋晚年家道中落，刻书难续，许多词集也未付刻。其中已刻的第 61 家，极可能是第七集的第一种，因资金困难，难以为继，只能将其并入第六集。毛晋去世前，将汲古阁藏书分授其子，其中毛扆（1640—1713）所得词集最多。毛扆编有《汲古阁珍藏秘本书目》，著录有："宋词一百家"未曾装钉，已刻者六十家，未刻者四十家，俱系秘本。细目未及写出，容俟续寄。精钞。一百两。元词二十家精钞。尚未装钉。十两。"③ 这里所谓"未刻者四十家""元词二十家"，即为原抄《汲古阁未刻词》。此书目为鬻书目录，且言"容俟续寄"，可能是毛扆晚年贫病交加，不得不出售藏书，"迄毛扆晚年，家道中落，生病无钱买药，只好将家藏《铁网珊瑚稿》一书，典二十四两金，才得愈病。当日窘状，可想而知。最后陆续把旧时藏书出售度日。"④ 在这种藏书流散状况下，部分《汲古阁未刻词》为纳兰揆叙"谦牧堂"所得。

然而需要指出的是，毛扆所言"未刻者四十家、元词二十家"

---

① 《文渊阁四库全书总目提要》第 5 册，台湾商务印书馆 1983 年版，第 339 页。
② 陶子珍：《明代四种词集丛编研究》，秀威资讯科技股份有限公司 2005 年版，第 51 页。
③ （清）毛扆：《汲古阁珍藏秘本书目》，嘉庆庚申十月，吴门黄氏士礼居刊本。
④ 陈建：《毛晋与汲古阁》，《社会科学》1984 年第 3 期。

中部分词集尚有其他的传抄本。侯文灿《名家词集序》云：

> 古词专集，自汲古阁六十家宋词外，见者绝少，然私心未慊也。近顾梁汾先生从京师归，知余有词癖，出《阳春》《东山》诸稿见饷。既闻孙星远先生有唐宋以来百家词钞本，访之，仅存数种，合之笥衍中所藏，共得四十余家，拟公当世。兹先集十家，正其字句之讹，姓名之混，将以付之梓人。嗟乎！自古才士撚须搦管，沉思吐词，其得传于世者甯矣。岂无有隐沦佳制湮沉于海棠冈下，若灭若没于寒烟蔓草之墟，并姓氏不落人间者，吾不知其凡几，安得博搜而广布之，使千载上人引余辈为异代知己，而快然于残编断简中，是不能无望于后来矣。时康熙己巳嘉平亦园侯文灿序。①

顾梁汾，即顾贞观（1637—1714），字华峰，又字远平，号梁汾。既为清初大词人，也是藏书家，"晚岁移疾归，构积书岩，坐拥万卷"②。这段序言有三点值得注意：一是顾贞观藏有冯延巳《阳春集》、贺铸《东山词》，并被侯文灿刻入《名家词集》；二是孙星远曾有百家词抄本；三是《名家词集》序刻于康熙己巳（1689）。

"大仓文库"《汲古阁未刻词》亦收录《阳春集》《东山词》二种。今将侯氏所刻与"大仓文库"本比对，可以发现两者不仅收录词作数一样，而且在编排次序，甚至词作缺字上也一致，特别是两者在误收词作甚至误题词调上竟也一致。试以《东山词》为例，其中一首"双凤箫声隔彩霞。朱门深闭七香车。何处探春寻旧约，谢娘家。旖旎细风飘水麝，玲珑残雪浸山茶。饮罢西厢帘影外，玉蟾斜。"两本均题词调为《浣溪沙》，而"大仓文库"本添加有"摊破"二字，校订为《摊破浣溪沙》；另外，两本最后均误收秦观

---

① （清）侯文灿：《名家词集序》，《名家词集》，宛委别藏本。
② 王钟翰点校：《清史列传》，中华书局1987年版，第5738页。

《八六子》（倚危亭）一首。两本所录目录虽偶有缺漏、误题首数的情况，但是在词集内容上是完全一致的，目录之差别，源于目录与内容的不一致。

若毛扆撰写《汲古阁珍藏秘本书目》是在康熙三十八年（1699）九月至康熙四十七年（1708）之间①，那么可以推测顾贞观抄本《阳春集》《东山词》与汲古阁所藏未刻词有同源之关系。若毛扆所藏四十家未刻词集流散时间更早，部分被谦牧堂所得的话，那么顾贞观可能在未刻词入藏"谦牧堂"之前就已得阅并抄录。以顾贞观与纳兰家的亲密关系②，纳兰揆叙"谦牧堂"得藏《汲古阁未刻词》抑或与顾贞观有关。

侯文灿《名家词集》十家中，《汲古阁未刻词》未收的只有《南唐二主词》《子野词》二种，其余八种相比对，可以发现《信斋词》《竹洲词》《虚斋乐府》《古山乐府》等四种也为同一版本。《名家词》中的萨都剌《天锡词》与《汲古阁未刻词》中的《雁门集》收录词作也完全一致，仅名称不同，也当为同一版本。在共收词集中，唯一版本不同的是赵孟頫《松雪斋词》，其原因应当是侯氏《名家词集》来源多样，如其序言所说有"获赠""所访"及"所藏"等。

其后《汲古阁未刻词》入藏纳兰揆叙（1674—1717）谦牧堂。纳兰揆叙卒后，其藏书"皆归天府，故《天禄琳琅书目》多其书"③。彭元瑞（1731—1803）《知圣道斋读书跋》"宋未刻词"条云："于谦牧堂藏书中得宋元人词二十二帙，题曰《汲古阁未刻词》，行款字数与已刻六十家词同。每帙钤毛子晋诸印。皆精好。余藏李西涯辑

---

① 参见丁延峰《〈汲古阁珍藏秘本书目〉的著作体例及其价值述论》，《图书馆理论与实践》2009年第6期。
② 顾贞观以词代书寄吴汉槎《金缕曲》二首［作于康熙丙辰（1676）冬］及藉纳兰家营救吴汉槎之故事，可作为顾氏与纳兰家交往的证据。纳兰揆叙集中亦见与顾贞观交游之作。
③ 郑伟章：《文献家通考》，中华书局1999年版，第134页。

《南词》一部，又《宋元人小词》一部，合此三书，余六十家外，又可得六十二种。安得好事者续镌为后集。"① 彭元瑞，字掌仍，号芸楣，江西南昌人。彭氏之所以能抄录宫廷收藏的纳兰揆叙旧藏书，与他为宫廷编纂《天禄琳琅书目续编》的经历相关。

彭元瑞抄录《汲古阁未刻词》之后，其书或为郭諴所得。"大仓文库"《汲古阁未刻词》之林正大《风雅遗音》篇目之后的正文处钤有"郭諴私印"的朱印。郭諴生平事迹尚俟博雅指教。唯见拍卖品中有钤"郭諴"印的清抄本，上有"嘉庆十有九年岁次甲戌季秋十二日用和识于津邸之退思轩"，则郭諴或为嘉庆时人。

此后彭氏所钞归况周颐所有，王鹏运曾借以参校《四印斋所刻词》、江标则从况氏处抄录副本。王鹏运（1849—1904），字幼霞，号半塘老人，广西临桂人。其《四印斋所刻词》中《漱玉词·补遗》云：

易安词刻辑于辛巳之春，所据之书无多，疏漏久知不免。己丑夏，目况夔笙舍人校刻《断肠词》，因以此集属为校补。计得词七首，间有互见它人之作，悉行祔入。吉光片羽，虽界在疑似，亦足珍也。半塘老人记。②

今查况周颐补遗之词，有《减字木兰花》《摊破浣溪沙》《品令》三首注云："见汲古阁未刻本。"通过这段说明，还得知己丑（1889）夏，况周颐在校刻《断肠词》，而《汲古阁未刻词》中亦有《断肠词》一种，也必为况氏参校之本。又王鹏运《樵歌拾遗跋》云：

希真词情隽谐婉，犹是北宋风度。《樵歌》三卷，求之屡

---

① （清）彭元瑞：《知圣道斋读书跋》，《丛书集成初编》本，商务印书馆1936年版，第35页。

② （清）王鹏运：《四印斋所刻词》，上海古籍出版社1989年版，第258页。

年，苦不可得。此卷钞自知圣道斋所藏《汲古阁未刻词》本，先付梓人，它日当获全帙，以慰饥渴。珠光剑气，必不终湮。书此以为左券。癸巳初冬三日晨起炳烛记，吟湘病叟。①

这段话指出了《四印斋所刻词》中的《樵歌拾遗》来自于《汲古阁未刻词》。癸巳为1893年，此年《汲古阁未刻词》仍在况周颐处。

江标（1860—1899），字建霞，号师鄎，江苏元和人。江标所抄录的《汲古阁未刻词》今存上海图书馆，题为《汲古阁未刻词》二十六种，实际上即为况周颐所藏《汲古阁未刻词》二十二种，再合以黄裳《演山先生词》、李纲《梁溪词》、姚勉《雪坡词》、胡铨《澹庵长短句》四种而成。书前有江标识语云：

此彭文勤知圣道斋钞宋元人词，皆出自汲古阁未刊本，余在京师从况夔生中书钞得之，共二十二家，后附四家则从况钞别本得之，不知何所出也。彭钞旧附一目，尚有三十七家，同有写本，而夔生迟不与借，余亦匆匆出京矣。到湘后，闻思贤书局有各家词之刻，遂出此帙，张雨珊先生见而喜之。去临桂王氏四印斋已刻者不重出，共得十五家，名之曰《宋元名家词》，意在搜集诸本，欲为毛氏之续，不必专守彭氏一钞也。窃尝思之，此本自子晋搜葺、文勤补录，一线相续，几三百年。近日好事者互相写刻，欲副文勤续镌之愿。然诸家中或存或逸，若有数存乎其间，是亦重可感已。安得罗集百家精刻而重校之，则不仅读文勤之跋以自画也。光绪乙未九秋元和江标记。②

此段识语与湖南思贤书局所刻《宋元名家词》几乎一致，唯有两处

---

① （清）王鹏运：《四印斋所刻词》，上海古籍出版社1989年版，第729页。
② （清）江标抄录：《汲古阁未刻词》二十六种，上海图书馆藏本。

微异，刻本云："到湘后，闻思贤书局刻书甚精，乃出此帙，以示张雨珊先生"，大概是书局有自矜之意，故云"刻书甚精"；另一处是结尾"是亦重可感已"之后，刻本云："湘中他日若能罗集群贤，刊为小集，上追复雅，下继虞山，岂仅酬文勤之愿哉。光绪二十一年乙未九月元和江标记于湘南使院之得树轩。"① 这一段话指出了江标乃从况周颐处抄得《汲古阁未刻词》，并将其中的十五种付刻，而其源则为彭元瑞所抄。刻本《宋元名家词》在江标序言之后，亦刻有彭元瑞识语及刊刻目录，今一并转录如下：

> 于谦牧堂藏书中得宋元人词二十二帙，题曰《汲古阁未刻词》，行款字数与已刻六十家词同。每帙钤毛子晋诸印。皆精好。特钞存之。予旧藏李西涯辑《南词》一部，又《宋元人小词》一部，合此三书，于六十家外，又可得六十二种。安得好事者续镌为后集。辛亥秋七月廿七日芸楣记。
>
> 冯延巳《阳春集》_{临桂王氏四印斋已刊}
> 贺铸《东山词》_{临桂王氏四印斋已刊}
> 葛郯《信斋词》
> 向滈《乐斋词》
> 朱希真《樵歌词拾遗》_{临桂王氏四印斋已刊}
> 朱雍《梅词》_{临桂王氏四印斋已刊}
> 朱子《晦庵词》
> 吴儆《竹洲词》
> 许棐《梅屋诗余》_{临桂王氏四印斋已刊}
> 赵以夫《虚斋乐府》
> 杨泽民《和清真词》
> 林正大《风雅遗音》

---

① （清）江标：《宋元名家词序》，光绪乙未（1895）湖南思贤书局刊本，复旦大学图书馆藏本。

文天祥《文山乐府》
葛长庚《白玉蟾词》_{临桂王氏四印斋已刊}
李清照《漱玉词》_{临桂王氏四印斋已刊}
朱淑真《断肠词》_{临桂王氏四印斋已刊}
赵孟頫《松雪斋词》
程文海《雪楼乐府》
刘因《樵庵词》_{临桂王氏四印斋已刊}
萨都剌《雁门集》
张埜《古山乐府》
倪瓒《云林词》

以上唯葛长庚《白玉蟾词》一种，四印斋并没有刊行，称已刊或因一时疏忽所致。其余王鹏运四印斋刊刻词集，都参校了《汲古阁未刻词》本。另外，以上江标《宋元名家词》中十三种源于《汲古阁未刻词》，《历代词人考略》里时有提及，如"葛郯"条下云：

> 葛谦问《信斋词》一卷，有亦园侯氏所刻《十名家词》本，光绪乙未元和江建霞标又依临桂况氏所藏知圣道斋钞本锲行于湘中。①

"吴儆"条云：

> 《竹洲词》，无锡侯氏曾刻入宋元《十名家词》，光绪乙未元和江建霞氏又依知圣道斋藏书钞本锲行于湘中。②

---

① （清）况周颐著，刘承干辑：《历代词人考略》，中国公共图书馆古籍文献珍本汇刊，全国图书馆文献缩微复制中心2003年版，第1080页。
② （清）况周颐著，刘承干辑：《历代词人考略》，第1088—1089页。

《历代词人考略》虽署名为刘承干撰,实际是由况周颐代撰的,并经过罗庄、罗振常等人的校改,① 所记内容亦可证实《宋元名家词》来源确为江标抄录之况氏藏本《汲古阁未刻词》。另外,《历代词人考略》屡屡提及侯氏所刻,即前文所提及的侯文灿《名家词》,亦称《十名家词》。

关于《汲古阁未刻词》与侯文灿《名家词集》、江标《宋元名家词》的关系,吴昌绶亦曾注目,吴氏云:

> 《汲古未刻词》,无锡侯氏、长沙张氏刊本皆由之出,转写多讹,不如原帙足据。②

无锡侯氏,即指侯文灿;长沙张氏,即指江标《宋元名家词》序言中提及的张雨珊。吴氏所言大体不误,只是如前文所述,侯文灿《名家词集》并非全部出自《汲古阁未刻词》。

况周颐之后,《汲古阁未刻词》为董康所得,吴昌绶曾抄录副本。吴昌绶在编纂词集目录《宋金元词集见存卷目》时,参考了董康所藏《南词》《汲古阁未刻词》,其自序云:

> 吾友武进董比部得彭文勤知圣道斋旧藏《南词》六十四家、《汲古未刻词》二十二家,中多罕觏秘笈,昌绶尽获其副。复就丁氏假录,益以向所斠辑众宋元诸集裁篇别出者。海丰吴抚部、归安朱侍郎、北海郑中书矜其孤陋,咸相裨助,搜香三载,凡为百种,合之《汲古》《四印》所刊,除去重复,尚不满二百家。远者将九百年,近亦五百数十年。天壤所贻,略止此数。卢、钱《补志》之所录,朱、陶《词综》之所采,存

---

① 关于《历代词人考略》一书的具体情况,可以参见彭玉平《〈历代词人考略〉及相关问题考论》,《文学遗产》2016 年第 4 期。
② 吴昌绶:《宋金元词集见存卷目》,沪上鸿文书局 1907 年版。

佚未见，颇有异同，网罗放失，窃余奢望。因亟写定此目，以质同志。①

今查验吴氏《宋金元词集见存卷目》，其中《双照楼续辑宋金元百家词目》中，有《虚斋乐府》一卷、《晦庵词》一卷、《风雅遗音》二卷、《文山乐府》一卷，所著录为武进董氏藏《汲古未刻词》本②。

此后董康诵芬室所藏《南词》《汲古阁未刻词》入藏大仓文库。

至此，我们可以将"大仓文库"《汲古阁未刻词》之传抄源流概括为：

汲古阁原钞未刻本（顾贞观、侯文灿或抄录自汲古阁原钞未刻本）——纳兰揆叙谦牧堂——彭元瑞转抄——郭誠递藏——况周颐递藏（况周颐校勘、王鹏运以部分或刻入或校补《四印斋所刻词》、江标抄录副本）——董康递藏（吴昌绶抄录副本）——东传日本大仓文化财团——回归北京大学图书馆。

第二节 "大仓文库"《汲古阁未刻词》的基本情况

《汲古阁未刻词》入藏"大仓文库"以后，关注者较少，国内学者也不易得见。20世纪90年代，村上哲见以《日本所藏词籍善本解题丛编类》为题介绍云：

汲古阁未刻词（存二十二种，清彭氏知圣道斋转钞本，六册，东京大仓文化财团藏）

---

① 吴昌绶：《宋金元词集见存卷目》，沪上鸿文书局1907年版，第2页。
② 吴昌绶：《宋金元词集见存卷目》，第28页。

此本半叶十行，行二十四字，四周双边，版心下边象鼻有"知圣道斋/抄校书籍"双行八字。①

现将此本收录词集及分册情况介绍如下。

册次	词集名	卷数	原署作者
第一册	《阳春集》	一卷	南唐冯延巳著
	《东山词》	一卷	宋贺铸方回著
第二册	《信斋词》	一卷	宋葛郯谦问著
	《乐斋词》	一卷	宋向滈丰之著
	《樵歌词拾遗》	一卷	宋朱希真著
	《梅词》	一卷	宋朱雍著
	《晦庵词》	一卷	宋朱熹元晦著
	《竹洲词》	一卷	宋吴儆益恭著
	《梅屋诗余》	一卷	宋许棐忱父著
第三册	《虚斋乐府》	一卷	宋赵以夫用甫著
	《和清真词》	一卷	宋杨泽民著
第四册	《风雅遗音》	一卷	林正大敬之序
	《文山乐府》	一卷	宋文天祥著
第五册	《白玉蟾词》	一卷	宋葛长庚白叟著
	《漱玉词》	一卷	宋易安居士李氏清照著
	《断肠词》	一卷	宋朱氏淑真著
第六册	《松雪斋词》	一卷	元赵孟頫子昂著
	《雪楼先生乐府》	一卷	元程文海著
	《樵庵词》	一卷	元刘因静修著
	《雁门集》	一卷	元萨都剌天锡著
	《古山乐府》	一卷	元张埜埜夫著
	《云林词》	一卷	元倪瓒著

值得注意的地方是，第四册《风雅遗音》篇目前尚有林正大《风

---

① ［日］村上哲见：《日本所藏词籍善本解题丛编类》，《第一届词学国际研讨会论文集》，台湾"中研院"中国文哲研究所筹备处1994年版，第490—491页。

雅遗音序》一篇，但此序言却被放置在第三册末尾，紧接着《和清真词》末页，或是在装订时未曾注意。

第六册末尾有彭元瑞手书知圣道斋所藏三种词籍丛编之细目，即彭氏所谓"余藏李西涯辑《南词》一部，又《宋元人小词》一部，合此三书，余六十家外，又可得六十二种"者。王鹏运《阳春词跋》已引录，今依"大仓文库"本录于此：

此本内五代一家、宋十五家、元六家，见前。
《南词》本内五代一家、宋十八家、元四家、总集二家：
《南唐二主词》
陈人杰《龟峰词》　　夏元鼎《蓬莱鼓吹词》　　潘阆《逍遥词》
王达《耐轩词》　　　王安石《半山词》　　　　《虚靖真君词》
谢薖《竹友词》　　　廖行之《省斋词》　　　　陈与义《简斋词》
朱敦儒《樵歌词》　　沈瀛《竹斋词》　　　　　京镗《松坡词》
李处全《晦庵词》　　管鉴《养拙堂词》　　　　吴潜《履斋先生词》
陈德武《白雪词》　　张东泽《绮语词》　　　　李祁《侨庵词》
虞集《鸣鹤遗音》　　张翥《蜕岩词》　　　　　沈禧《竹窗词》
张雨《贞居词》　　　《乐府补题》　　　　　　《草堂诗余》
《宋元人小词》本内宋九家、元三家：
刘弇《龙云先生乐府》　晁端礼《闲斋琴趣外篇》　姚述尧《箫斋公余词》
陈亮《龙川词补》　　　陈允平《日湖渔唱》《西麓继周集》　周密《草窗词》
倪称《绮川词》　　　　邱崈《文定公词》　　　　黄裳《演山先生词》
陈深《宁极斋乐府》　　吴澄《文正公词》　　　　许有壬《圭塘长短句》

这份词集目录的价值，一方面为考证词集的版本源流提供了参考，另一方面在词学目录学的发展中占有一定地位。

清朱彝尊指出："藏书家编目录，词集多不见收。"[①] 自宋以来，

[①] （清）朱彝尊：《词综发凡》，《词综》，上海古籍出版社1978年版，第10页。

公私目录中著录词集的虽也不少，如宋陈振孙《直斋书录解题》有"百家词"之目，"明代书目著录有宋金元人词集的有二十余种"①，但是这类书目包罗万象，并不措意于词集，著录词集也时不规范。彭元瑞手录此三种词籍丛编目录为见存目录，且彭氏有明确的词学目录学意识，录此目录是为了补毛晋《宋名家词》之外的词集。王鹏运较早发现此目录的价值，称其为"好古者搜罗之一助"②。《汲古阁未刻词》《南词》今俱存北京大学图书馆"大仓文库"，《宋元人小词》则不知所终，也罕有论者，有此细目，则可略知其大概。

第三节 "大仓文库"《汲古阁未刻词》的校勘及其价值

"大仓文库"《汲古阁未刻词》（以下称大仓本）上有不少朱笔校记，似未引起学者足够的关注。今将侯文灿《十名家词》、上图所藏江标抄录《汲古阁未刻词》（以下称江抄本）与大仓本比对，可以发现大仓本校改之处与两者相同。笔者推测这些校改来源于况周颐。况周颐（1859—1926），原名周仪，字夔生，号蕙风，广西临桂人，晚清著名词学家。

大仓本经多人递藏，笔者断定上面的校勘文字来源于况周颐，其理由有三。

一是大仓本《漱玉词》两首词作的辨正与《四印斋所刻词》本中的况周颐《补遗》部分可相互印证。大仓本《鹧鸪天》（枝上流莺和泪闻）一首批校之语云"《草堂》作秦少游而秦集无"，《青玉案》（一年春事都来几）一首批校之语云"《草堂》又作欧阳永叔而

---

① 邓子勉：《宋金元词籍文献研究》，上海古籍出版社2008年版，第110页。
② （清）王鹏运：《四印斋所刻词》，上海古籍出版社1989年版，第346页。

欧集不载"。① 此两首《四印斋所刻词》的况氏《补遗》均未补录。另外,《浪淘沙》（帘外五更风）一首有批校之语云"《能改斋漫录》作幼卿，此从《词林》"，可见批校者认为应据《词林》而认定为李清照作品，《四印斋所刻词》收录有这一首。

二是大仓本贺铸《东山词》最后误收秦观《八六子》（倚危亭）一首，其辨正之语亦载于《四印斋所刻词》中况氏校订之《东山词》。《八六子》（倚危亭）之后批校云"此阕系秦淮海词"。实际上侯文灿《十名家词》本《东山词》中亦收录这一首，末尾云"见《词话源流》后帙"②。王鹏运《东山词跋》云："末坿补遗，为况夔笙舍人编辑，斠雠掇拾，颇资其力。"③而况周颐在《新念别》一首后注云："此阕下元有《八六子》（倚危亭）一阕，系少游作。胡仔《渔隐丛话》尝辨之，今不录。"④

三是大仓本《断肠词》之中的校勘之语，与况周颐校补刊行的《断肠词》可一一印证。况周颐《断肠词跋》云：

> 右校补《汲古阁未刻》本宋朱淑真《断肠词》一卷。词学莫盛于宋，易安、淑真尤为闺阁隽才，而皆受奇谤。……淑真《生查子》词，《钦定四库全书提要》辨之綦详，宋曾慥《乐府雅词》、明陈耀文《花草萃编》并作永叔。慥录欧词特慎，《雅词序》云："当时或作艳曲，谬为公词，今悉删除。"此阕适在选中，其为欧词明甚。毛刻《断肠词》校雠不精，跋尾又袭升庵臆说，青蝇玷璧，不足以传贤媛。此本得自吴县许鹤巢前辈玉瑑，与《杂俎》本互有异同，订误补遗，得词三十一阕，钞付手民，书成与四印斋《漱玉词》合为一

---

① （宋）李清照：《漱玉词》，"大仓文库"本，今藏北京大学图书馆。后文引自此本，不再注明。
② （宋）贺铸：《东山词》，侯文灿《十名家词》本，宛委别藏本。
③ （清）王鹏运：《四印斋所刻词》，上海古籍出版社1989年版，第372页。
④ （清）王鹏运：《四印斋所刻词》，第371页。

集，亦词林快事云。光绪己丑端阳临桂况周仪夔笙识于都门寓斋。①

《断肠词》既明为况周颐校刻，而大仓本校改之字词又与之相同，如《柳梢青·梅》一首，最后一字"诗"校改为"时"，与况氏刻本正同。据此推测大仓本校改之处出自况周颐之手。

校勘的方法，陈垣曾在《校勘学释例》中概括为"对校法""本校法""他校法""理校法"②四种。而关于校勘工作，胡适云：

> 校勘之学起于文件传写的不易避免错误。文件越古，传写的次数越多，错误的机会也越多。校勘学的任务是要改正这些传写的错误，恢复一个文件的本来面目，或使他和原本相差最微。校勘学的工作有三个主要的成分：一是发现错误，二是改正，三是证明所改不误。③

毛扆所言"汲古阁未刻本"已经是毛氏父子的抄校本，大仓本更是源于彭元瑞的转抄，因此出现错误也在所难免。况周颐与王鹏运为同乡，常一起校勘词集，许玉瑑《校补断肠词序》即说明了况、王二氏校刻词集之情形：

> 己丑四月，春闱被放，十上既穷，益无聊赖。适夔笙舍人以校补汲古阁未刊本宋朱淑真《断肠词》一卷，刊成，属为之序，并旁搜他书所见淑真轶事，以证升庵《词品》所论之诬。……片玉易碎，单行良难。夔笙与幼霞居同里闬，近复合并，诚与《漱

---

① （清）王鹏运：《四印斋所刻词》，上海古籍出版社1989年版，第401页。
② 参见陈垣《校勘学释例》，中华书局1959年版。
③ 胡适：《校勘学方法论——序陈垣先生的〈元典章校补释例〉》，《胡适全集》第4卷，安徽教育出版社2003年版，第148页。

玉词》都为一编，流传艺苑……①

况氏校勘大仓本的方法可略述如下。

词调校改。有同调异名的引录，如《阳春集》中《鹊踏枝》，朱笔注云"即蝶恋花"。有些是以理校词派，如前文所引《东山词》中《浣溪沙》校正为《摊破浣溪沙》。

字词对勘。这是大仓本使用最多的校勘方法，具体而言，有以下数种。

添字。如赵以夫《虚斋乐府》中《沁园春·自鄞归郑》一阕，"善财童子，参官路太行"中添加三字，改为"善财童子，参到无参。官路太行"等。

删字。如《信斋词》中《江城子》（亭亭鹤羽戏芝田）一阕，"千乘去幢朝天"中删一"幢"字等。

倒乙。同如《信斋词》中《江城子》（亭亭鹤羽戏芝田）一阕，"不羡山头窥井玉"，改为"不羡山头窥玉井"。

更改。因为大仓本为抄录本，笔误之处所在多有，因此这种校勘之法所用最多，几乎每种词集都有字词的更改。如《和清真词》中《琐窗寒》（倦拂鸳衾）一阕，改"语"为"欲"、改"嬾"为"即"等。

总体而言，况氏校改之处虽有不少，但大多是手抄之误。要之，大仓本不失为词籍善本丛编。

需要指出的是，江标手抄《汲古阁未刻词》以及湖南思贤书局所刻《宋元名家词》的词作，都采用了况氏校改后的文本。可见江标向况氏借抄之时，况氏已经完成了《汲古阁未刻词》的校勘。

由于前有侯文灿《十名家词》的刊刻，之后又有王鹏运《四印斋所刻词》、江标《宋元名家词》的刊刻，大仓本《汲古阁未刻

---

① （清）许玉瑑：《校补断肠词序》，（清）王鹏运：《四印斋所刻词》，上海古籍出版社1989年版，第396页。

词》已经被诸多词学大家校勘、利用，今天看来，其用以补辑、校勘的价值十分有限。但是，从词学校勘史、词集版本源流的考察方面来说，大仓本《汲古阁未刻词》仍然有其不可忽视的文献价值。

第 八 章

日本所藏王国维旧藏词学文献考论

王国维（1877—1927）是一位享有国际声誉的著名学者，在西方哲学、词学、戏曲学、古文字学、史学、考古学等方面均取得卓越成果。在词学成就方面，施议对将王国维视为20世纪词学传人中第二代的代表，"王国维倡导境界说，标志着中国新词学的开始"[①]。关于王国维词学的研究成果已众，本章在参照前贤研究成果基础上，就东传至日本的王国维旧藏词学文献作一考述。

第一节　王国维旧藏词学文献东传日本始末

王国维在研究词学之前，曾研究过中国古代哲学美学以及西方哲学，"王国维1903年才开始接触康德哲学，而此前两年都沉潜在中国古代哲学美学之中"[②]。自1905年开始，王国维以填词自遣。这里先据赵万里《王静安先生年谱》，将王国维辛亥革命避居京都前后的词学活动略作辑录如下：

---

① 施议对：《20世纪词学传人漫谈》，《第三届宋代文学国际研讨会论文集》，第485页。
② 彭玉平：《书卷多情似故人——我的王国维研究十年回顾与反思》，《古典文学知识》2014年第2期。

（1905）三十一年乙巳

是岁，先生于治哲学之暇，兼以填词自遣。

（1906）三十二年丙午

三月，集此二年间所填词刊之，署曰《人间词甲稿》。盖先生词中人间二字数见，遂以名之。

（1907）三十三年丁未

十月中，又汇集此一年间所填词为《人间词乙稿》。

案：先生时新丧偶，故其词益苍凉激越，过此以往，又转治宋元明通俗文学，其致力于词者，亦仅此数载耳。

（1908）三十四年戊申

六月，据《花间》《尊前》诸集及《历代诗余》《全唐诗》等书，辑《唐五代二十家词》成。

跋《词林万选》，跋《王周士词》。

（1909）宣统元年乙酉

闰二月，以鲍刻《蜕岩词》校所藏旧钞本，并为之跋。

三月，过录樊榭老人手抄宋、元四家词，陈克《赤城词》即其一也。是月，又校《南唐二主词》，为校记，并补遗。

五月，见闽县叶申芗《闽词钞》中所载刘后邨词三十首，为汲古阁本《后邨别调》所未载，乃自闽县陈氏（寿祺）所录天一阁本《后邨大全集》中钞出，因重录一本。时罗先生为番禺沈太傅（宗畸）校刻《晨风阁丛书》，因以先生所辑之《后邨词》及所校《南唐二主词》次第刊之。

跋《蜕岩词》（闰二月），跋《赤城词》（三月），跋《鸥梦词》（四月）。

（1910）（1911）二年庚戌、三年辛亥

二年九月，撰《人间词话》成。

《片玉词》跋，《桂翁词》跋，《花间集》跋，《尊前集》跋，《草堂诗余》跋，《宋旧宫人诗词》跋。

(1916）丙辰

案：故临行时，于东海书肆购得《太平御览》《戴氏遗书》等书，罗先生又贻以复本书若干种。先生亦以所藏词曲诸善本书报之，盖兼以答此数年之厚惠也。①

可以看出，王国维在东渡日本之前的几年，正研究词曲，故其词学书搜罗特富。而王氏东渡日本之时，将其大部分所存书籍都携之东渡，"当年作诗就有'苦思十年窥三馆，且喜扁舟尚五车'（《定居京都答铃木豹轩枉赠之作并柬君山湖南撝诸君子》）之句，则其随携书籍之多自可想见"。② 如果王国维将《静庵藏书目》中所列书籍均随身带至日本，则其中的词学书已相当丰富，今转录于此：

《花间集续花间集》，一本；《花间集》，邵武徐氏刻宋绍兴本，一本；《类编草堂诗余》，明刻，二本；《绝妙好词笺》，四本；毛刻《宋名家词》，第一集至第五集，五十本；《宋六十一家词》，汪刻，廿六本；《山中白云词》，四本；《草窗词》，一本；《词学丛书》，十册；《白仁甫词及蚁术词选》，一册；王阮亭选《倚声初集》，六册；《御选历代诗余》，三十二本；《四印斋所刻词》，三套；《草堂诗余》，《词苑英华》本，五册；《花庵词选》，同上，五册；《词林万选》，同焦里堂藏书，二册；《尊前集》，钞本，影钞万历顾梧芳刻本，二册；《天籁轩词谱词选》，三套；《张子野词》，抄本，一册；《梅苑》，《栋亭十二种》本，二册，又宣氏本，二册；《姜白石诗词》，淮南宣氏刻，二册；《宋元十五名家词》，四册；《纳兰词》，二本；张董

---

① 参见赵万里《王静安先生年谱》，冀淑英、张志清、刘波主编《赵万里文集》第一卷，上海科学技术文献出版社、国家图书馆出版社 2011 年版，第 23—61 页。仅摘录与词学相关的纪事。

② 彭玉平：《〈静庵藏书目〉与王国维早期学术》，《复旦学报》（社会科学版）2010 年第 4 期。

第八章　日本所藏王国维旧藏词学文献考论　233

《词选》，二本；周氏《词辨》，一册；陈检讨《词选》，二册；《常州词录》，十二册；《箧中词》，二册；《半塘丙丁戊稿》，二册；《清梦庵二白词》，一本；《庚子秋词春蛰吟》，二本；《半塘词定稿》，一本；《紫鸾笙谱》，二本；《彊村词》，一本；《冰蚕词》，一本；《词律》，十本；《词律拾遗》，六本；《宋元词综》，八本；《宋六十一家词钞》，四本；《沤梦词》，刘彦翁手抄本，一册；《国朝词雅》，八册。①

当然，正如周一平所言："以上诸种，《静庵藏书目》中独辟一类，故照原样依次抄录。另有《山谷全集》、《李义山集》、《水云集》、《湖山类稿》、《白石道人诗词集》等多种，系于文集、诗集中，故从略。"② 以上所列词学书，并未包括系于其他文集、诗集中者。

赵万里所言王国维在离开京都回国时赠送罗振玉，"先生亦以所藏词曲诸善本书报之"，这所赠的详细书目已难确考，但王国维去世以后，赵万里与王国维儿子等人整理遗书，共得王国维手校手批书目 192 种。赵万里云：

> 静安先生逝世后，里与其公子等整理遗书，共检得先生手校手批书一百九十余种，录目如右，实皆先生毕生精力之所在也。……先生逝世前夕，尝语人曰："余毕生惟与书册为伴，故最爱而最难舍去者，亦惟此耳。"呜呼！此可以见先生之微意矣。
>
> 又先生于词曲各书，亦多有校勘。如《元曲选》则校以《雍熙乐府》，《乐章集》则校以宋椠。因原书早归上虞罗氏，今多不

---

① 王国维《静庵藏书目》附载于彭玉平《〈静庵藏书目〉与王国维早期学术》一文之后，另外周一平《〈王国维手钞手校词曲书二十五种〉读后》亦罗列有王国维《静庵藏书目》中的词曲书。

② 周一平：《〈王国维手钞手校词曲书二十五种〉读后》，收录于《王国维学术研究论集》第二辑，华东师范大学出版社 1987 年版，第 363 页。

知流归何氏，未见原书，故未收入，至为憾也。万里又识。①

因为王国维之后的学术转向，在日本完成学术转向以后，对词曲书不再特别着意，以《静庵藏书目》中的词曲书与王国维去世时遗留之书目相较，可以发现王国维词曲书大部分已经散去。另外，与王国维、罗振玉共同避居京都的还有罗振玉之弟罗振常，王国维与罗振常交往亦颇密切，也赠送不少词曲书给罗振常。彭玉平述及王国维与罗振常关系时有云：

> 罗振常与王国维乃东文学社同学，辛亥之后，又同寓居日本京都。1916 年，王国维从东瀛回国定居上海期间，罗振常开设的蝉隐庐书店，是王国维踏访最多的地方。王国维编纂的《词录》一书即持赠罗振常，罗振常并为其补充不少版本资料。王国维曾将自己亲题书名并附有圈记、批校的《草堂诗余》以及手批《箧中词》等也一并赠与罗振常，两人词学交往之密切于此可见。②

《草堂诗余》与《箧中词》都是《静庵藏书目》中所著录的词学书，因此也可见王国维带至京都的部分词曲书也流散于他处，罗振玉所获赠的仅为其中的一部分。

日本东洋文库藏有王国维手钞手校词曲书二十五种③，部分书籍

---

① 参见赵万里《王静安先生手校手批书目》，冀淑英、张志清、刘波主编《赵万里文集》第一卷，上海科学技术文献出版社、国家图书馆出版社 2011 年版，第 71—96 页。

② 彭玉平：《王国维词学与罗振常、樊炳清之关系》，《四川大学学报》（哲学社会科学版）2013 年第 3 期。

③ [日]榎一雄曾以《王國維手鈔手校詞曲書二十五種——東洋文庫所藏の特殊本（その三）》（《東洋文庫書報》1976 年第 8 号）为题加以介绍，盛邦和译文《王国维手钞手校词曲书二十五种——东洋文库所藏特殊本》（《王国维学术研究论集》第三辑，华东师范大学出版社 1990 年版，第 313—338 页），可资参考。

中钤有"罗振常读书记"印章，或有署名罗振常的校记或跋文，榎一雄据文求堂买卖书籍的一页题为《海宁王静庵[国维]手钞手校词曲书目》的目录表推断：东洋文库所藏是1928年7月经文求堂从罗振常的蟫隐庐书店买来的，价格为3532日元。

关于这批书籍的来历，榎一雄认为是由罗振玉转赠给罗振常的，周一平则持更为谨慎的态度，认为罗振常可能得自罗振玉，也可能直接得自王国维[1]。而之后李庆《在日本新发现的王国维词曲研究资料》一文则赞同榎一雄的观点。

东洋文库所藏王国维手钞手校词曲书的跋文，经榎一雄、周一平、李庆等人移录[2]，且现在已收录进《王国维全集》[3]中，参考颇为便利。唯《蜕岩词》一种，可稍作补充说明如下。

此本乃钞本，其跋语云：

> 《蜕岩词》二卷，厉樊榭先生校本，长塘鲍氏刻入《知不足斋丛书》。此乾隆间旧钞，亦从鲍出，所缺字略同。唯上卷《南浦》词自注"舣舟南浦因赋题"。鲍氏刻漏"赋题"二字，知从钞本出，不从刻本出矣。宣统改元闰二月，取鲍刻本校勘一过，并录厉跋，因记于后。海宁王国维。

《蜕岩词》外封面题"张仲举词"，钤有"陈文翙印"，陈文翙，字彦士，同治乙丑（1865）岁贡。说明此书或经陈文翙递藏。封面有手写"秋丞手抄"四字，因此王国维称为"乾隆间旧钞"。正文处

---

[1] 参见周一平《〈王国维手钞手校词曲书二十五种〉读后》，《王国维学术研究论集》第二辑，华东师范大学出版社1987年版，第353—373页。

[2] ［日］榎一雄、周一平两文章，参见前注，李庆文章《在日本新发现的王国维词曲研究资料》《王国维手抄手校词曲题跋校语》，收录于王元化编《学术集林》第十六卷，上海远东出版社1999年版，第16—43页。

[3] 参见谢维扬、房鑫亮主编《王国维全集》，浙江教育出版社、广东教育出版社2010年版。

钤有四方印章，分别为"敬臣""三咸（缄）其口""书友""东洋文库"。

此外，《蜕岩词》属于王国维手校之本，在《多丽》"□一片、水天无际，渔火两三星"之上，有校注云："《历代诗余》、周济《词辨》均作'见'。"据此可知，王氏校注之时，曾参阅《历代诗余》《词辨》等书目。

第二节　东洋文库本刘履芬《鸥梦词》考论

一　刘履芬词集与东洋文库本《鸥梦词》

刘履芬（1827—1879），字彦清，号泖生，浙江江山人。刘履芬词集存世传本众多，吴熊和、严迪昌、林玫仪合编《清词别集知见目录汇编》著录有九种：稿本《古红楳阁未定稿》（存三卷）；《古红楳阁词》一卷，光绪六年刻本；稿本《鸥梦词》一卷，分别有东洋文库本、同治六年高望曾辑茶梦盦词掫本；《鸥梦词》一卷，光绪间刊《古红楳阁遗诗》本；《鸥梦词》一卷，《晨风阁丛书》甲集本，1985年中国书店收集到的铅印本即为此本；[①]《鸥梦词》一卷，民国十五年铅印《古红楳阁集》本；《鸥梦词》等二种，同治八年刊本；《鸥梦词》，《清名家词》本。《古红楳阁词》得名于刘履芬寓处临近古红梅阁，《鸥梦词》名称来源或与其《摸鱼子》一词小序有关："'雁声天外远，鸥语梦中寻'，此叶香士题余秋心图句也。丙辰五月，自冀州归吴，复将有都门之行，乞顾子长作鸥梦图，以寄水乡秋思，并寄香士天津。"

各版本中，《清名家词》本《鸥梦词》与其他各本文本差异最大。吴世昌对此曾给予关注，他在《清人词目录》"《鸥梦词》一卷，在古红梅阁集中卷第八"条中说：

[①] 萧新祺：《晚清词集简目四十四种》，《文献》1989年第2期。

此集与《清名家词》所收《鸥梦词》六十八首不独编列次序不同,且词调亦异名,如此集寄高茶庵杭州之《迈陂塘》,《名家词》作《摸鱼子》,小题为寄高茶庵司马。二本内容几于每首文字不同,如《菩萨蛮》四首,其五言联与别首互易。其他如《蝶恋花》四首、《临江仙》四首,二本之次序、字句均有不同。《临江仙》(绣户闲肩金屈戌)一首,甚至韵亦不同。不知《名家词》所据何刻本。①

吴氏所言除《清名家词》所收《鸥梦词》六十八首当为六十九首之外,确实指出了《清名家词》本与其他诸本的极大差异。而古红梅阁集中卷八的《鸥梦词》与《晨风阁丛书》本几近相同,当为同一版本系统。

日本东洋文库所藏王国维旧藏刘履芬《鸥梦词》手稿一卷,很早就已经为日本学者所关注,周一平、李庆等也都注意到②,彭玉平《〈静安藏书目〉与王国维早期学术》一文亦曾提及。③ 然而二者都是从《鸥梦词》与王国维关系的角度出发,未深入探讨《鸥梦词》手稿本身的文学文献价值。

此手稿首页自下而上钤有"刘履芬印""东洋文库"二印,书后有王国维跋语一则,跋文如下:

　　江山刘彦清先生履芬《沤梦词》手稿一卷,光绪乙巳得于吴中,上有彦翁手录同时词人评骘商榷之语,小者杜小舫文澜,少者勒少仲方锜,瘦者潘瘦羊锺瑞也。宣统改元夏四月,海宁王国维记。

---

① 吴世昌:《清人词目录》,《罗音室学术论著》第二卷《词学论丛》,中国文联出版公司1991年版,第163页。
② 周一平、李庆文章已见上一节所注。
③ 彭玉平:《〈静安藏书目〉与王国维早期学术》,《复旦学报》(社会科学版)2010年第4期。

跋文后钤有印章"王国维"。刘履芬于光绪五年（1879）去世后，藏书流散，王国维1905年在苏州购得此手稿本，并著录于《静庵藏书目》中，后携带东渡，此后几经辗转，最后入藏东洋文库。跋语所言杜文澜、勒方锜、潘锺瑞的评骘商榷之语，与江苏凤凰出版集团所得《鸥梦词》手稿可互为印证，凤凰出版集团所得本"尾有潘锺瑞手校题记。钤有：刘彦清父、锺瑞读过、瘦羊等藏书印"。[1]

王国维旧藏《鸥梦词》系刘履芬自抄本，字迹端正，书法精良，位于页眉、页脚或词尾的小字评语亦十分工整。此本抄录词作73首，数量及编排次序与《古红梅阁集》本、《晨风阁丛书》甲集本相同，文字差异也极少。

此外，手稿还保留有刘履芬誊录的杜文澜（小）、勒方锜（少）、潘锺瑞（瘦）的评校之语55条，其中杜文澜21条，勒方锜17条，潘锺瑞14条，未注明者3条。杜文澜（1815—1881），字小舫，浙江秀水（今属嘉兴）人，晚清著名词学家，著有《采香词》《词律校勘记》《憩园词话》等。勒方锜（1816—1880），字悟九，号少仲，江西新建（今属南昌）人，精于词律，著有《太素斋词》。潘锺瑞（1823—1890），字麐生，号瘦羊，别称香禅居士，江苏吴县（今属苏州）人，工词章，有《香禅词》；又精于词律，曾协助杜文澜校刻《词律》。

据刘履芬与杜、勒、潘三家的交游情况，可以推知三家评校《鸥梦词》当在同治戊辰（1868）、己巳（1869）间。杜文澜、勒方锜与刘履芬的交往是在同治年间的苏州，《憩园词话》卷二"勒少仲中丞词"条载："同治戊辰，余权苏藩司，中丞正绾臬篆，偶与谈词，至相得。"卷五"刘泖生太守词"条载："戊辰春，余权藩篆时……因是与泖生太守时谈文艺……曾读其《鸥梦词》。"[2] 可见同治戊辰，勒方锜、杜文澜、刘履芬同在苏州，共谈词艺。又据俞樾

---

[1] 汤伟拉：《过云楼藏刘履芬抄本考述》，《东方收藏》2015年第2期。
[2] 唐圭璋编：《词话丛编》，中华书局1986年版，第2900、2964页。

所言"当同治庚午、辛未间，竹垞方伯恩锡方开词坛于吴下，杜筱舫观察文澜从而和之，爰有重刻《词律》之举，并取吾邑徐诚庵大令本立所辑《拾遗》附益之。……而少仲以斲轮老手，密尔自娱，不出一字，殆有少年绮语之悔乎"①，勒方锜于同治庚午（1870）、辛未（1871）即已不再热心作词，其与杜文澜等人谈词渐少也是可以推想的。由此可知勒、杜二家评校《鸥梦词》当在同治戊辰、己巳间。另一方面，刘履芬与潘锺瑞交往颇早，刘氏写有《摸鱼子·潘麐生西湖饯秋图辛酉冬补题》，可知辛酉（1861）时两人早已有交往，至丁卯（1867）刘履芬为潘氏《香禅精舍集词》作序，两人交情一直十分密切。潘锺瑞参与重建吴中词社，与杜文澜交游甚密，参与评校，也当在同一时期。过云楼藏书中，有《鸥梦词》手稿一种，"尾有潘锺瑞手校题记。钤有：刘彦清父、锺瑞读过、瘦羊等藏书印"②，这也是潘氏评校《鸥梦词》的力证。

二 杜文澜、勒方锜、潘锺瑞三家评语

诚如林玫仪所言："清代词籍中有评点者不少，或书于稿本之上，或据于刻入书中，有见于书眉、行间或词作之后者，亦有题于书册前后者。"③东洋文库本《鸥梦词》的评骘商榷之语书于页眉、页脚或词作之后，以书于页眉者居多。此本的独特之处在于这些评语并非出自评者笔墨，而是由作者本人从他本誊录。三家评语的先后次序为杜文澜、勒方锜、潘锺瑞。从《惜秋华·秋夜病中不寐》一阕少仲评语"舫老谓'否'字当叶韵"④以及其他多处反驳杜评可以看出勒评后于杜评；又从《辘轳金井·夜半玩月凄清可念》一阕瘦羊评语"杜校必从，勒校不必拘"、《青玉案》（孤灯一点）一阕瘦羊对杜、勒两家争论所下断语"勒校为是"等可以看出潘评最

---

① 冯乾编校：《清词序跋汇编》，凤凰出版社2013年版，第1449页。
② 汤伟拉：《过云楼藏刘履芬抄本考述》，《东方收藏》2015年第2期。
③ 林玫仪：《张鸣珂词集版本源流考》，《中国文哲研究通讯》2011年第3期。
④ 本文引录东洋文库本《鸥梦词》中的评语较多，此后文中引用处不再标注。

后。由此又可推知当时定有三人评校稿本存在。三家评语的主要内容，主要围绕词作的韵律展开，体现出吴中词派的声律观。具体而言，有以下几个方面。

一是关于词调、词体的用韵问题。如《疏影》（西风起矣）一阕，杜评"《暗香》《疏影》二阕似用入声韵为妙"，勒评"此调南宋诸人皆用入声韵，用上、去韵者不过一二，当从其多者。宋人论词，以《满江红》《水龙吟》皆宜入声韵，然人不能遵者多矣"，这是对词调用韵的校订；《青玉案》（孤灯一点）一阕，杜评"此似用贺方回体，惟前后结上一句'悄'字、'补'字，均应叶韵，希考定"，勒评"《青玉案》，'悄'字、'补'字不必定叶韵，此体亦通用，非专属贺"，这是对同一词调不同体之间的讨论。值得注意的是，在词调用韵标准上均以宋词为依托，但若宋词亦有多种用韵之例，则多以美成、白石为范式。如勒评《琐窗寒·旅寄沪城雨窗遣闷》云："《琐窗寒》，此调宋词颇多，但句调参差，未敢依倚，合以美成词为式。"又如杜评《凄凉犯·代徐芍阑悼亡兼题五月落梅图》云："此为白石自度腔，梦窗亦有此解。今'怕纷纷'句作七字，则宗白石也。既用白石体，则'侧'字、'笛'字皆不必叶韵。"此外，针对方言押韵现象，评者持否定态度，勒评《水龙吟·自题秋心图》"'别'字韵究是方音，似当商改"说明了这一点。

二是关于字词平仄的斟酌问题，如勒评《辘轳金井·夜半玩月凄清可念》"只暗忆、髻垂低语"句"'暗'字易平声为宜"，潘评《玲珑四犯·都门十刹海观荷》"衹乱鸦如阵"句"'衹'字平声，此处宜仄"。由于三人对词的律韵都极为精通，评者之间时有相得之处，转而出现后评者非评词而是赞赏先评者识见的情况。如《水龙吟·自题秋心图》一阕，勒评云："《水龙吟》第二句'浑'字宜用去声，'池'字并宜去声，若当用平，宋诸名家必不肯率用去声也。更请详校。"潘对此极为赞同，评道："仆尝持论谓《水龙吟》首六、七体而言，第二句第一、第三字皆宜用仄声，人或以古名家未必尽然，不我信也，今获印心，曷胜欣跃。"三家所评多为不合韵律之处，但若词人依律准确，亦能得到评者赞扬。如杜评《忆旧游·寄答陈曼寿》"凭他梦识宵恨留"句"'识'字用入声，究律极细"。仄声之中，又以去声尤为三家关注。如潘评《琐窗寒·秋海棠》"听雨掩篷"句"'掩'字上声，此字宜去"，杜评《十二郎》"东风游冶"句"'游'字似宜去声"。特别是仄声连用的情况，评者更是十分谨慎。两仄声连用者，如《买陂塘·寄高茶庵杭州》"闲愁漫诉"句，杜评"'诉'字宜上声"，潘评"此处固宜去上，古人用去去亦间有之，用上上则绝无"；一句仄声连用者，如《凄凉犯·代徐芍阑悼亡兼题五月落梅图》后半阕的结句"月上夜浅髻影隔"，勒评"后七字姜白石词无一平声"，潘评则更为细致，指出"后结七字遵姜应作'入上去上去上入'，此词极是。他家中间平声字者是另一体"。刘履芬对三家评语十分用心，特别是三家意见一致、指出应该改正的地方。如《摸鱼子》上半阕的"前游偻指"和下半阕的"新愁满纸"句，杜评"'偻指'及后之'满纸'，皆应作去上"，勒评"'偻'字亦有去声，但不作屈字解，改之良是"，潘评"'偻指'、'满纸'皆作上上，必应改"。三人俱指出"偻指""满纸"两仄声连用时应作去上，故词人对"偻""满"两字特以"△"标注，并于旁边标示"应去声"。

　　三是韵律之外，品评词调与文情的关系，如杜评《徵招》（芒鞋竹杖）一阕云："句韵全谐，而细寻气息，似与本调欠神理。此惟大作家意会耳。"这里的"欠神理"为何意，有必要进一步探讨。夏承焘指出："词调与文情有密切的关系。因为词是合乐文学，所以词的文情必须与调的声情相一致。"① 然而由于唐宋词的歌法久已失传，词调的声情对于后世词家来说已难把握，往往出现调与情不协的情况。即以"徵招"为例，村越贵代美指出："作为曲调歌唱的'徵招''角招'在政和年间有晁端礼的《黄河清》等词，内容主要是赞扬君主的贤政和歌颂太平盛世。与此相对，姜夔的'徵招'

---

① 夏承焘、吴熊和：《读词常识》，中华书局 2000 年版，第 25 页。

'角招'是作为词牌使用，内容则变为悲歌个人的感伤。"[1] 刘履芬所作《徵招》是以姜词为依托的，全词如下：

> 芒鞋竹杖苍然去，偏侬与花无分。妒尔放扁舟，占一枝春信。水边凭指引。怕春到、日斜风尽。梦里相思，虎山桥畔，那时芳讯。　慵问。薄游归，苔墙月、愁埋半林金粉。枉说抱琴来，剔无多灯晕。画图侬好认。肯忘却、月明人近。待倾耳，翠羽啾嘈，怨雪窗眠稳。

此词的叶韵与平仄符合姜词准则，但表达之情却与个人伤感相去甚远，"芒鞋竹杖"已显洒脱之气，至"偏""妒""怕"句，强烈的遗憾之情流露出来，下半阕则殷勤期待游归之人分享梅花盛事。此词的文情在词人小序中亦可概见："邓尉西碛，吴中梅花最盛处也。新正初遇孤尊，方新缠绵。病榻不能往游，拥衾枯坐，辄写慢声以寄迟感。"从姜夔、周密、张炎等大家所作《徵招》来看，此调确实是声情悲凉的曲调，杜所评"细寻气息，似与本调欠神理"即指此词的文情与词调的声情不合。

此外，偶尔点评遣词用字的风格，如杜评《浣溪沙》"宵寒愁听一楼钟"句"'楼'字嫌肥"，词人后将此句改为"宵寒愁听一窗钟"。杜文澜在词作风格上推重雅词，其《词律·续说》云："万氏是书重于备律，不重选词，故俳体之粗鄙者亦收之……此数词明有阙讹，既不足以备格律，复有伤大雅，因一并删除。"[2] 因此杜氏评校《鸥梦词》时，对一些粗率之语往往直言不讳，如评《金缕曲》"家中身体"句"嫌率"，词人即于字旁拟改"愁中慵体"，亦可见对宛雅风格的推重。

---

[1] ［日］村越贵代美：《北宋末の詞と雅楽》，庆应义塾大学出版会 2004 年版，第 123 页。

[2] （清）万树辑：《词律》，中华书局 1957 年版，第 38 页。

三　三家评语与《词律》《宋七家词选》之关系

杜文澜、勒方锜、潘锺瑞三人均精于词律，又博闻强识，因此在评校《鸥梦词》时能有真知灼见。俞樾在《太素斋词序》中称赞勒方锜"强于记识，宋元名家之词，背讽如流者，不下千余首。而于万氏红友《词律》一书，致力尤深"①。正因为有此功力，勒氏在评校《鸥梦词》时才游刃有余。杜文澜、潘锺瑞乃是吴中声律词派的重要成员，对韵律颇为精通，杜文澜参照戈载、王宽甫等人成果，撰有《词律校勘记》，潘氏也曾参照戈载评注本《词律》、杜文澜《词律校勘记》校订《词律》。②

戈载的《宋七家词选》与万树的《词律》关系十分密切。俞樾《词律序》云："道光中，吴县戈君顺卿、高邮王君宽甫均议增订之而卒未果。"③金吴澜《杜小舫方伯校注戈选〈宋七家词〉序》也指出"方伯曾言戈顺卿《七家词选》亦有校正《词律》之意"④。三家评语中所引周邦彦、姜夔、周密、吴文英、张炎诸家词又悉数在七家之列。可以说三家评语与《词律》《宋七家词选》有着不可分割的关系。

三家评语中直接援引《词律》《宋七家词选》者即有多处。如潘评《玉京秋》"三生忆"句"'三生''三'字应仄，草窗作'叹'，《词律》误刻作'难'"；又如杜评《月下笛·庚申中秋》"空阶外"句"第四句应用四字，以去上叶韵，惟玉田'万里孤云'一阕作'寒窗里'三字句，亦不叶韵。然按《七家词选》此句作'寒窗梦里'，本亦四字句，盖《词律》脱'梦'字耳"。杜氏承继戈载之

---

① （清）俞樾：《太素斋词序》，冯乾编校《清词序跋汇编》，凤凰出版社2013年版，第1449页。
② 上海图书馆藏有潘锺瑞评校本《词律》（线善859638-59），页眉等处有潘氏评语及引录词作，多有评证戈载之语。
③ （清）俞樾：《词律序》，（清）万树：《词律》，中华书局1957年版，第1页。
④ 曼陀罗华阁重刊：《宋七家词选》，文昌书局印行。

意，以《宋七家词选》校订《词律》。

杜文澜《词律校勘记》于咸丰辛酉年（1861）刊行，至恩锡、杜文澜校刻《校刊词律》之时，杜又对其《词律校勘记》作了补正。这期间有三家同评《鸥梦词》之经历，《鸥梦词》保留的这些商讨韵律之评语有助于了解杜文澜补正《词律校勘记》过程中勒、潘二家所作之贡献。

以勒、潘二家评语与杜文澜《词律校勘记》《校刊词律》《憩园词话》作一比对，即可见杜氏对两家意见的吸收。如《凄凉犯》词调《词律》收录二体，辛酉所刊杜文澜《词律校勘记》仅云："吴文英词后段结句'十二金钱晕半'，'半'字下空一字，拟补'灭'字。"[①] 光绪二年《校刊词律》则另补入按语："《白石道人歌曲旁谱》'绿杨巷陌'句'陌'字及'将军部曲'句'曲'字均非叶韵。此调后结七仄声，以照此用三声为合格，然张玉田一首此句云'平沙万里尽是月'，首二字用平，则上入二声可通平耳。"[②] 杜文澜评刘履芬《凄凉犯》（桐欹柳侧）云："既用白石体则'侧'字、'笛'字皆不必叶韵。"这即是《校刊词律》的第一层意思。勒方锜评云："后七字姜白石词无一平声，吴梦窗词不同，记张玉田集中亦有二阕，末句却亦与白石小异，张集今失去，请再证之。"杜氏吸收了勒评的意见，将张玉田词作引出，加以说明，构成了《校刊词律》补入按语的第二层意思。

围绕同一首词的三人商榷之语尤其值得注意，以《惜秋华·秋夜病中不寐》一阕为例，为叙述方便，先将全词引录如下：

病榻孤衾，咽潺潺夜漏，天涯秋远。铜槛弄风，风醒梦魂吹懒。琼怀冷澹吟秋，剩篱角、湘痕埋怨。明河际微云，暝绿征鸿声换。　　还念那人否。已金猊慵炷，冰蜍慵伴。藓雨瘦

---

① （清）杜文澜：《词律校勘记》卷十三，咸丰十一年序刊本。
② （清）恩锡、杜文澜校刊：《校刊词律》卷十三，光绪二年吴下开雕本。

阶，飘落翠钿零乱。疏帘误放残萤，怕数到、红阑将半。肠断。
茜窗阴、横波俊眼。

杜评有三处，一为"'醒'字本平音，第'风醒'连读，似不谐"；
二为"'否'字应叶韵"；三为"'已'字应去声"。勒氏针对杜的
评语，论道："此调传词甚少，梦窗数首换头第二字亦似有叶韵者，
自可不拘。舫老谓'否'字应叶韵，然梦窗词多不叶，红友选入
《词律》一首，用'外'字乃偶然可叶纸寘韵耳。红友殆未通校也。
舫云'已'字宜去声，去声领句固自然之理。但宋人以上声融借作
去声者甚多，如'是''似''待''但'等字，今皆唤作去音，实
上声也，其非虚字不能领句者尤多。只是'已'字，字面大、甚松
脆，此意则甚微矣。煞尾多用去上，唯此调梦窗无用去上者，'俊'
字似当用平，梦窗一首用'十'字，或作平音也。"勒氏纠正杜氏
之论有独到见解，也有失察之处，故潘又评道："'俊'字宜平，极
是。较'已'字为尤要改也。梦窗'路绕仙城'一首纸寘韵，换头
第五字用'外'字，'思渺西风'一首阮愿韵，换头第五字用'苑'
字，皆叶。别作或不叶，固可不拘，如以'外'字谓偶然，红友不
应注'叶'，则转拘矣。"《宋七家词选》选录吴文英《惜秋华》词
共四阕，以此来衡量三家评语，可知：杜氏所言"'否'字应叶韵"
是正确的，《词律》无误，潘氏驳正勒氏所举例甚是，且吴文英另两
首"细响残蛩""数日西风"换头第五字均押韵，潘所言"别作或
不叶，固可不拘"乃是温厚谨慎之语；勒氏所评"'俊'字似当用
平"是正确的，吴文英四首均以平仄煞尾。

　　三家评语于平仄之外尤重去声，可以说是继承了沈义父《乐府
指迷》、万树《词律》之说。《乐府指迷》已专门论述"去声字"的
紧要[1]，至万树《词律·发凡》则云："名词转折跌宕处多用去声，

---

[1] （宋）沈义父：《乐府指迷笺释》，蔡嵩云笺释，人民文学出版社1981年版，
第67页。

何也？三声之中，上入二者可以作平，去则独异。故余尝窃谓论声虽以一平对三仄，论歌则当以去对平上入也。当用去者，非去则激不起，用入且不可，断断勿用平上也。"① 杜文澜对去声的关注更为细致，除了领字之外，凡用去声者都特别注意，如评《洞仙歌·答月坡赠别》起句"今宵风雨"及结尾句"说声迢递"云："此仿东坡'冰肌玉骨'一阕，按：起句第三字，《词律》注'可平'，然考别家，此字作去声者多矣，疑东坡亦作去声也。又末句'说'字似用去为谐。"上文已经指出，杜文澜关于转折跌宕处领字必用去声的论断得到勒方锜的认同，而勒方锜"宋人以上声融借作去声者甚多，如是、似、待、但等字，今皆唤作去音，实上声也，其非虚字不能领句者尤多"的论断，杜文澜也服膺，因此在具有总结意味的《憩园词话》中写道："又宋人所用去上声，与现代官韵颇有异同。如酒、静、水、杜、似等是上声字，宋人可作去声用，易致误认。"②

四 《鸥梦词》的东洋文库本与《清名家词》本

林玫仪在《清代词籍评点叙例》中指出，"稿本或钞本上之评语，往往亦为研究该书成书过程之重要资料"，"若能详加比对稿本与刻本之异，则可进一步还原其书之过程，可谓弥足珍贵"③。刘履芬颇为重视三家评校之语，故从原稿本誊录至东洋文库本，今将东洋文库本与《清名家词》本作一比对，发现《清名家词》本《鸥梦词》乃是刘履芬参酌三家评语删改写定之本。兹将二本差异之处择要列表，以清眉目（序号为东洋文库本顺序）。

---

① （清）万树：《词律·发凡》，《词律》，中华书局1957年版，第27页。
② （清）杜文澜：《憩园词话》卷一，唐圭璋编《词话丛编》，中华书局1986年版，第2855页。
③ 林玫仪：《清代词籍评点叙例》，章培恒、王靖宇主编《中国文学评点研究论集》，上海古籍出版社2002年版，第143、144页。

第八章　日本所藏王国维旧藏词学文献考论　247

	东洋文库本词调	东洋文库本评校之处	评校之语	《清名家词》本
3	《琐窗寒》	听雨掩篷	掩字上声，此字宜去（瘦）	梅聘未来
4	《水龙吟》	浑忘池馆宜秋蜂 可怜轻别	浑字宜用去声（少） 别字韵究是方音，似当商改（少）	薜萝随处宜秋色（词韵改成通叶第十七、十八部韵）
5	《买陂塘》	闲愁漫诉	诉字宜上声（小）	西窗夜雨
7	《惜秋华》	还念那人否 横波俊眼	否字应叶韵（小） "俊"字宜平极是（瘦）	重把寄书看（改成叶第七部韵） 天涯路远
10	《浣溪沙》	宵寒愁听一楼钟	楼字嫌肥（小）	宵寒愁听一窗钟
12	《玉京秋》	玉釭餤炧 三生忆	此从周草窗"烟水阔"之调，按：《词纬》第四句"碧砧度"韵句之上尚有"画角吹寒"四字，宜照补。（小） 三字应仄（瘦）	补入"玳押波平" 两情切
19	《金缕曲》	家中身体	嫌率（小）	千金身体
22	《摸鱼子》	前游偻指 新愁满纸	偻指及后满纸皆应作去上（小） 偻指、满纸皆作上上，必应改（瘦）	新愁两地 欢场有几
29	《十二郎》	东风游冶	"游"字似宜去声（小）	蔷薇半架
30	《凄凉犯》	相思凭他凄寂 分鸾人远 朱楼静悄	他字、人字两作皆仄声（小） 朱字亦宜仄声（瘦）	孤吟不耐凄寂 分鸾梦远 画楼纸帐
32	《洞仙歌》	今宵风雨	起句第三字《词律》注可平，然考别家，此字作去（小）	停舟问雨
34	《辘轳金井》	杳想午夜情绪 歌成白苎 只暗忆	"夜"字宜平（小） "白"字应去声（小） "暗"字宜平为宜（少）	悄听夜街更鼓 秋声万户 又添得
38	《玲珑四犯》	祗乱鸦如阵	祗字平声，此处宜仄声（瘦）	又暮鸦飞去
39	《疏影》	首句"西风起矣"	此调南宋诸人皆用入声韵（少）	改入声韵
43	《摸鱼子》	笼灯题扇	"笼"字宜去声（少）	觅歌赊醉
46	《疏影》	画阑愁绝	画阑之画字，唯玉田有一首亦用醉字，去声，此外皆不用去声，希再核之（少）	荣萸愁绝
61	《月下笛》	空阶外	第四句应用四字，以去上叶韵，惟玉田"万里孤云"一阕作"寒窗里"三字句，亦不叶韵。然按《七家词选》此句作"寒窗梦里"，本亦四字句，盖《词律》脱"梦"字耳	笙歌纵好

续表

	东洋文库本词调	东洋文库本评校之处	评校之语	《清名家词》本
64	《琐窗寒》	□深□□（原字被涂抹） 又日斜风紧	此如易为"夜深惯听"似较妥协（少） "听惯"应作去平 结句周作"待客携尊俎"，似五字诗语，此以一字领句，似亦宜改（少）	夜分惯听 不独江南恨
69	《摸鱼子》	不是前番鸿爪 情欢意悼	"前番"二字宜易，"前"字当用仄声，"番"字重。（少） "悼"字去声，宜易上声为佳（少）	极目马塍荒草 寒蛩自吊
70	《金缕曲》	别有伤心无数 尚堪千古	"无"字商校（少） "尚"字应易平声（少）	供养香花领取 僧庐听雨
71	《点绛唇》	闲来只共冰蟾伴 无人庭院	"闲"字"无"字平声，当易。（少） 无字尤以用平去为妙（瘦）	素娥长作劳人伴 玉关春远
72	《金缕曲》	烧痕难定 但见狂烽星迸	"烧"字当平。次首"烟"字与前首"星"字记出。又翁字（少）	无家蓬梗 匝地狂烽四迸
73	《金缕曲》	只见漫山烟草 几个新成翁媪		万里槐枪净扫 秀色餐人欲饱

据上表可知，东洋文库本评语认为不合韵律的地方，《清名家词》本极大部分都依照评校要求作了改定。除以上所列韵律之外，其他删改之处甚多，可推知刘履芬曾大规模地修订自己的词作。其改定词作之方法，可简括为以下数端。

一是更改词调。这又可分为两类，其一是同调异名之间的更换，如上文所引吴世昌所言"《迈陂塘》，《名家词》作《摸鱼子》"，《十二郎》改名《二郎神》，实际是同调别名之间的易换。其二是词调、词作全改，只保留个别佳句，如《满庭芳》"影写桐心"一首，改成《高阳台》"影写桐心"，除了《满庭芳》首句"影写桐心，英餐菊尾，枕边无奈秋声"与《高阳台》首句"影写桐心，英餐菊尾，惊人老圃秋容"相似外，余词皆不同。

二是修订题序。这种修订大部分使信息更明确细致，如《摸鱼子·寄谭仲修》改为《摸鱼子·寄谭仲修孝廉献》，补充了官名和人名；《洞仙歌·答月坡赠别》改为《洞仙歌·乙卯北行答宋浣花茂才赠别》，点出了赠别的时间，且可知孙月坡、宋浣花两人曾赠别；《玲珑四犯·都门十刹海观荷花》改为《玲珑四犯·十刹海观荷和张松坪词部德容韵》，补明了写作的背景。有的修订使得词序更为合情合理，如《玉京秋·陆蕢香有骑省之戚贻书索词》改为《玉京秋·陆蕢香广文镛有骑省之戚词以唁之》，"骑省之戚"指丧妻之哀，"贻书索词"似与悲戚之情不合，改成主动吊唁更为恰当。

三是调整韵律。这是最为常用的修改方式，上表所列也多为韵律调整之例。一般情况下评者只是指出不合韵律之处，有时也提供修改意见，如《琐窗寒·旅寄沪城雨窗遣闷》一阕，勒方锜直言"此如易为'夜深惯听'似较妥协"，东洋文库本原词虽遭涂抹，但仔细辨认，正是"夜深惯听"四字，后于《清名家词》本中改为"夜分惯听"。这里需要指出的是，评校之语亦有轻重之别，从轻到重有"似不谐""为佳""宜易""嫌""应改"等，词人对这些意见的遵从程度也相应变化，如《惜秋华·秋夜病中不寐》"风醒梦魂吹懒"句，杜评"风醒"二字"似不谐"，在改本中词人一仍其旧；而有明显失察之处，词人在誊录时即于旁边加以修改，如上表所列《玉京秋》一阕，东洋文库本即已在"玉釭燄炧"句上以添加符插入"玳押波平"四字，与《清名家词》本相同。

四是词句的斟酌润色、词作风格的调整。整体上来说，是将率直变成婉约，将通俗转成优雅。如上文论及的"家中身体"改成"千金身体"，《菩萨蛮》"藕孔剖丝开，赚他蝴蝶来"变为"叶底听流莺，一声低一声"。再以《玉京秋》为例比对二词：

梧雨急。秋魂雁惊醒，梦霜刀尺。玳押波平，玉釭燄炧。冰纮寒涩，休说黄金铸泪。怪今番、双鬓先白。三生忆、乍怜姑妇，夜台凄寂。　　已被芦帘遥隔。痛西风、阑干遍拍。竹碎窗金，芸销奁粉，香抛瑶册。越水吴山，更何处、重把乘鸾人觅。恼眠食。生怕儿曹意识。（东洋文库本）

归桨急。秋魂雁惊醒，梦酸刀尺。玳押波平，玉釭燄炧。

冰弦幺涩，天上人间恨起。总难忘、三五时节。两情切、旧巢双燕，似曾知得。　　铸泪黄金休说，痛仓皇、扁舟泛宅。竹碎窗纱，芸销盝粉，香抛瑶册。越水吴山，有几处、安稳相依鹣鲽。暗追忆。缘会他生未必。（《清名家词》本）

词为吊唁陆鏒丧妻而作，感情沉痛。细读二词，可发现两词情感表达略有不同，前一首感情直泻而出，"三生忆"句从对方写起，实寓生者之孤寂，"更何处"句直抒情意，但煞尾却落凡俗；后一首感情含蓄，"总难忘"句以追忆写情深，"有几处"句以鹣鲽相依反衬人之孤单，至结句直写缘尽，沉痛更甚矣。两词艺术手法互有轩轾，但若从三家评者之词学观念出发，必以婉约含蓄为宗。

五　东洋文库本《鸥梦词》之价值

刘履芬是后期吴中词派的重要作家，《鸥梦词》凝结了其毕生的词学创作心血。刘氏对其词集十分重视，曾多次抄写副本，供人评校。同时又将评校意见誊录，形成了东洋文库手抄本。此手稿本对于考察刘履芬词集的版本源流以及晚清吴中词坛生态意义重大。

首先，东洋文库本《鸥梦词》在刘履芬词集版本系统中处于枢纽地位，对考察刘氏词集版本源流具有重要意义。林玫仪在《清代词籍评点叙例》中指出："稿本或钞本上之评语，往往亦为研究该书成书过程之重要资料"，"若能详加比对稿本与刻本之异，则可进一步还原其书之过程，可谓弥足珍贵"[1]。刘履芬词集传本众多，但只有《清名家词》本与其他版本差异最大。结合东洋文库本，比对诸本，可以发现《清名家词》本乃是刘履芬参酌三家评语之后删改写定之本。如《琐窗寒·旅寄沪城雨窗遣闷》一阕，刘履芬原词为"宵深"，勒方锜评曰："'宵深'句，周作'夜阑未休'，此如易为'夜

---

[1] 林玫仪：《清代词籍评点叙例》，章培恒、王靖宇主编《中国文学评点研究论集》，上海古籍出版社2002年版，第143、144页。

深惯听'似较妥协;别本亦有刻作'更阑未休'者,然观方千里和词用'困人正浓'四字,可知'夜'字非'更'字,方千里和周美成诸词,无一字不谨严也。"勒方锜依据周邦彦以及方千里和词,指出此四字应作"仄平仄平",因此首字"宵"字宜改。东洋文库本虽有涂抹,但仔细辨认,正是勒氏建议的"夜深惯听"四字,后于《清名家词》本中改为"夜分惯听",可以说是听从了勒方锜首字改为仄声的建议。其他依据评语改定的例子还有很多,不一一枚举。可见,东洋文库本《鸥梦词》是刘履芬改定词集的重要依据。

其次,东洋文库本《鸥梦词》保留的评语,对考察吴中词坛生态具有重要价值。晚清吴中是词学活跃之地,刘履芬曾参与吴中词坛,与诸多词人相唱和。同时,他的游宦经历让他有机会与众多词坛大家交游,《鸥梦词》中所赠予、唱和的著名词人有孙麟趾、蒋敦复、谭献等人。孙麟趾(1790—1860),字清瑞,号月坡,江苏长洲(今苏州)人,有《零珠词》《碎玉词》《词迳》等。蒋敦复(1808—1867),字剑人,江苏宝山人,有《芬陀利室词》《芬陀利室词话》等。谭献(1832—1901),字仲修,号复堂,浙江仁和(今杭州)人,有《复堂词》《复堂词话》,编有《箧中词》。刘履芬与这几位词学大家都有很深的交往,如与孙麟趾就有赠别、唱和、寄送等词作。另一方面,杜文澜、勒方锜、潘锺瑞等词学家又参与评校《鸥梦词》,互相切磋词艺,其实是同时代词人的词学批评交流。由此我们可以看出晚清吴中词学兴盛,既有词人之间的唱和酬答,又有评阅者的评点修改,同时又有传播接受,构成了一幅创作、批评、传播接受的完美图画。

再次,东洋文库本《鸥梦词》是刘履芬自抄本,由此可以看出刘履芬对填词的重视,对词学的尊重,这是清代词学尊体的一种具体体现。刘履芬因知民冤而无以救,于光绪五年(1879)自戕,这反映出他生性耿介的一面。而以此秉性从事词创作,亦可谓一丝不苟。刘履芬于词学一道着力甚勤,他还曾请蒋敦复评阅词集①,并曾协助刊

---

① 可参考刘履芬撰,蒋敦复、潘锺瑞评《古红梅阁未定稿》,南京图书馆藏。

刻不少友人词籍。同治七年（1868）苏州设立江苏书局，聘请刘履芬担任校雠。这一时期正是他与杜文澜、勒方锜、潘锺瑞等人在苏州共谈文艺的时候，他将《鸥梦词》呈请三人评阅也是可以想见的。

六　余论

除了《鸥梦词》中所赠予、唱和的词人如蒋敦复、孙麟趾、谭献等人外，杜文澜、勒方锜、潘锺瑞是刘履芬词较早的一批读者。杜文澜在《憩园词话》中选录刘履芬词七首，其中六首三家俱无评语，剩余一首《摸鱼子·潘麐生西湖饯秋图辛酉冬补题》也只有勒方锜程度较轻的平仄评校之语，这反映出杜氏"专以协律为主。稍一背驰，虽有佳词，亦从割爱"① 的选词标准。

刘履芬去世以后，谭献最早对其填词成就给予高度评价，《谭献日记》庚辰（1880）年称其"填词名隽，不肯为姜、张所囿，足与骈俪文并传"②，在稍后刊行的《箧中词》中又选录五首，并在《疏影》"西风起矣"一阕后评曰"方回逝矣，百身何赎"③，赞许之情，足可概见。

20世纪以来，关于刘履芬词的评论并不多见。严迪昌曾对其词给予中肯的评价："因其流徙江南北时，目击军情劳弊，家室复被毁，故其词情凄恻为多。……刘氏词由'浙派'入而能不堕空枵之弊端。"④ 此后沙先一对刘履芬《金缕曲》（一幅伤心景）、《长亭怨慢》（一弹指）、《长亭怨慢》（漫回首）、《金缕曲》（湖海萍踪倦）诸阕作了具体的评析。⑤

---

① （清）杜文澜：《憩园词话》卷一，唐圭璋编《词话丛编》，中华书局1986年版，第2852页。
② （清）谭献著，范旭仑、牟晓朋整理：《谭献日记》，中华书局2013年版，第101页。
③ 罗仲鼎等点校：《清词一千首》，西泠印社出版社2007年版，第193页。
④ 严迪昌：《近代词钞》，江苏古籍出版社1996年版，第121页。
⑤ 沙先一：《清代吴中词派研究》，人民文学出版社2004年版，第130、131页。

三家评语围绕韵律展开，实际上是以宋名家之词为准绳验证时人之作，以纠"词为小道""伸纸染翰，率尔而作"之弊。重视词的韵律本来是浙派、吴中词派强调的词学观点，一旦标举，则"律严而词之道尊"，而这又与常州词派推重词体观念相合，这也是学者所言浙常有融合之倾向。刘履芬依据三家评语对词作进行删改，改动程度之大，在清代词集中也是十分罕见的。严迪昌云刘履芬词"由浙派入"，其改订则更凸显吴中声律派之影响。推重词体是清词兴盛的重要原因，刘履芬与蒋敦复、孙麟趾、杜文澜、勒方锜、潘钟瑞等人填词、和词、品词、论词，可以说是清代词学之盛的一个缩影。

附　东洋文库本刘履芬《鸥梦词》三家评语全辑录

	词调	首句	评校之语
3	《琐窗寒》	败柳欺人	掩字上声，此字宜去（瘦）
4	《水龙吟》	夕云凉掩珧窗	《水龙吟》，第二句"浑"字宜用去声，"池"字并宜去声，若当用平，宋诸名家必不肯率用去声也。更请详校。别字韵究是方音，似当商改（少） 仆尝持论谓《水龙吟》首一六一七而言，第二句第一、第三字皆宜用仄声，人或以古名家未必尽然，不我信也。今获印心，曷胜欣跃（瘦）
5	《买陂塘》	绕柴门	诉字宜上声（小） 此处固宜去上，古人用去去亦间有之，用上上则绝无（瘦）
7	《惜秋华》	病榻孤衾	《惜秋华》，此调传词甚少，梦窗数首，换头第二字亦似有叶韵者，自可不拘（舫） "醒"字本平音，第"风醒"连读，似不谐（小） 老谓"否"字应叶韵，然梦窗词多不叶，红友选入《词律》一首，用"外"字乃偶然可叶纸实韵耳，红友殆未通校也。 舫云"已"字宜去声，去声领句固自然之理，但宋人以上声融借作去声者甚多，如"是"、"似"、"待"、"但"等字，今皆唤作去者，实上声也，其非虚字，不能领句者尤多。只是"已"字，面大甚松脆，此意则甚微矣。煞尾多用去上，唯此调梦窗无用去上者，"俊"字似当用平，梦窗一首用"十"字，或作平音也（少） "俊"字宜平，极是。较"已"字为尤要改也。梦窗"路迓仙城"一首，纸实韵，换头第五字用"外"字；"思渺西风"一首，阮愿韵，换头第五字用"苑"字，皆叶，别作或不叶，固可不拘，如以"外"字谓偶然，红友不应注叶，则转拘矣（瘦） "否"字应叶韵，"已"字应去声（小）

续表

	词调	首句	评校之语
10	《浣溪沙》	泪滴铅华脸断红	楼字嫌肥（小）
11	《忆旧游》	记扶菱雨碧	"识"字用入声，究律细极（小）
12	《玉京秋》	梧雨急	此从周草窗"烟水阔"之调，按：《词纬》第四句"碧砧度"韵句之上尚有"画角吹寒"四字，宜照补（小） "三生""三"字应仄，草窗作叹，《词律》误刻作难（瘦）
17	《虞美人》	弯娥不似从前蹙	《虞美人》前用"杨柳"、后用"柳梢"，恐有寓意处，然前后非相承照，而字面重出，遂觉破格（少） 此前后两"柳"字明是隐寓"玩梦魂"句，恰承照无礙
18	《徵招》	芒鞋竹杖苍然去	句韵全谐，而细寻气息，似与本调欠神理。此惟大作家意会耳（小）
19	《金缕曲》	灯火元宵矣	"家中身体"句嫌率（小）
22	《摸鱼子》	偃西风	《摸鱼儿》"偻"字亦有云去声，但不作"屈"字解，改之良是（少） "偻指"及后之"满纸"皆应作去上（小） "偻指""满纸"皆作上上，必应改（瘦）
28	《高阳台》	抱柳鸦枯	一作葉字句（小）
29	《十二郎》	阿谁唤起	"游"字似宜去声（小）
30	《凄凉犯》	桐歌柳侧孤吟起	此为白石自度腔，梦窗亦有解。今"怕纷纷"句作七字，则宗白石也，既用白石体，则"侧"字、"笛"字皆不必叶韵，又"他"字、"人"字，两作皆仄声（小） 《凄凉犯》后七字姜白石词无一平声，吴梦窗词不同，记张玉田集中亦有二阕末句却亦与白石小异，张集今失去，请再证之（少） 后结七字，遵姜应作"入上去上去上入"，此词极是，他家中闻平声字者是另一体。至于细究之，"他"字、"人"字外，"朱"字亦宜仄，此四字应作"去平去上"，"可"字亦宜去，愿质之（瘦）
32	《洞仙歌》	今宵风雨	此仿东坡"冰肌玉骨"一阕，按起句第三字《词律》注可平，然考别家，此字作去声者多，疑东坡亦作去声也。又末句"说"字似以用去为谐（小）
34	《辘轳金井》	锦衾空展	《辘轳金井》"只暗想"暗字易平声为宜（少） "夜"字宜平（小） "白"字应去声（小） 杜校必从，勒校不必拘（瘦）

第八章　日本所藏王国维旧藏词学文献考论　255

续表

	词调	首句	评校之语
35	《青玉案》	孤灯一点银缸底	此似用贺方回体，惟前后结上一句，"悄"字、"补"字均应叶韵，希考定（小） 《青玉案》"悄"字、"补"字不必定叶韵，此体亦通用，非专属贺（少） 勒校为是（瘦）
38	《玲珑四犯》	乔木参天	"衹"字平声，此处宜仄（瘦）
39	《疏影》	西风起矣	补：《暗想》《疏影》二阕，似以用入声韵为妙（小） 《疏影》上"阑干"下"曲阑"觉拼，"倦妆"句能将"无"字改作去声最好。此调南宋诸人皆用入声韵，用上去韵者不过一二，自当从其多者。宋人论词，以《满江红》《水龙吟》皆宜入声韵，然人不能遵者多矣（少）
42	《霜叶飞》	一鞭吟悄	此仿玉田体，惟前结句法不同，宜酌（小） "折赠"四字，遵张应作仄平平仄（瘦）
43	《摸鱼子》	最沉吟	《摸鱼儿》"笼"字宜去声，次亦须上声，入声可作去声用者，"笼"字虽有上声，似是实器，不能虚用（少）
44	《眉妩》	问春时红豆	"牛女"女字应去声，名家无不用去也。"儿女"女字、"与谁写"写字亦似去声为妙（瘦）
46	《疏影》	凄霜碎月	《疏影》"画阑"之"画"字，唯玉田有一首亦用醉字，去声，此外皆不用去声，希再核之（少）
59	《疏影》	莺花满眼	"寻"字应去、"庚"字用平为长，俱见前勒校（瘦）
61	《月下笛》	小雨无尘	第四句应用四字，以去上叶韵，惟玉田"万里孤云"一阕作"寒窗里"三字句，亦不叶韵。然按《七家词选》此句作"寒窗梦里"，本亦四字句，盖《词律》脱"梦"字耳（小）
64	《琐窗寒》	厌说鸦啼	《琐窗寒》词调宋词颇多，但句调参差，未敢依倚，合以美成词为式。"宵深"句，周作"夜阑未休"，此如易为"夜深惯听"，似较妥协，别本亦有刻作"更阑未休"者，然观方千里和词，用"困人正浓"四字，可知"夜"字非"更"字。方千里和周美成诸词，无一字不谨严也。下半阕"墙蚿"句，周作"桃李自春"，此如易作"墙蟀砌蛩"，当合拍。结句周作"待客携尊俎"，似五字诗语，此以一字领句，似亦宜改。张玉田有二首，皆用去上煞，恐未可从。大作前有一首"珠匀"二字亦酌易之为佳。并记之（少）
66	《长亭怨慢》	一弹指	四字当用平平平仄，则此句宜稍不同，希酌核之。大作前一首用"凝"字，此字自有去声（少）

续表

	词调	首句	评校之语
67	《高阳台》	灯烛兰红	《高阳台》"因甚"之"甚"字，诸家皆用平声，唯李彭老一首用"念"字，但李词于"天涯"之"涯"字，用"凤"字，"可怜"之"怜"字，用"暗"字，"崔徽"之"徽"字，用"倩"字，如从其体，似宜前后一律。前半阕"迢"字当逗句，"书"字一句，"红"字重，此吃紧字，宜将起句改易（少）
69	《摸鱼子》	好湖山	《摸鱼子》"前番"二字宜易，"前"字当用仄声，"番"字重。"悼"字去声，宜易上声为佳（少）
70	《金缕曲》	画个闲庭宇	《金缕曲》"无数"无字商校，"尚堪"尚字应易平声（少）
71	《点绛唇》	影事休提	《点绛唇》"闲"字、"无"字平声，当易（少） "无"字尤以用平去为妙（瘦）
72	《金缕曲》	一幅伤心景	《金缕曲》"烧"字当平，次首"烟"字与前首"星"字记出，又"翁"字（少）

第 九 章

胡适《词选》的日译与回响

晚清民国以来，中国词学大盛，到了20世纪二三十年代迎来了一个高潮。词学专业期刊《词学季刊》诞生，各种词学书也层出不穷，以词选为例，仅据曹辛华《民国时期的宋词选本考论》① 统计，民国时期的宋词选本就达160种。另一方面，民国时期词学文献东传已经十分便利，如前文已提及唐圭璋《全宋词草目》的东传。这一节选取胡适《词选》为例，一是考虑此书标榜"白话词"，颇具特色，影响力也非常大；二是抗战时期，胡适曾任美国大使，宣传抗战，日本当局对胡适颇有敌意；三是此书的东传途径与第一章所举大有不同，此书主要是通过从英语转译而传至日本的。

神田喜一郎在《日本填词史话》一书的结尾处写道："竹磎于大正六年（1917）九月七日突然去世，享年仅四十九岁。此时，恰是我国大正民主主义浪潮趋向澎湃之际，而在中国也处在文学革命燃起燎原之火的前夜。"② 这里的文学革命指新文化运动，神田氏以此作为《日本填词史话》的终结，说明日本词学界亦受新文化运动的影响。

作为新文化运动主将之一的胡适在提倡白话诗运动以前就已读

---

① 曹辛华：《民国时期的宋词选本考论》，《宋代文学研究丛刊》第十五期，丽文文化事业公司2008年版，第287—332页。

② ［日］神田喜一郎：《日本填词史话》，程郁缀、高野雪译，北京大学出版社2000年版，第732页。

词、研词,"在白话诗创作和理论都有了一定成就之后,胡适于1923 年开始编撰《词选》"①。胡适倡导的白话词运动在日本引起了怎样的反响、又在多大程度上被接受,以及他标举的白话词在日译过程中展现了怎样的特质,值得作一考察。

第一节　白话词运动的提出

以"白话"品评词曲在明代即已出现,如明蔡叔文评施绍莘《寄人槜李》云:"平言淡语,只如白话,此词家最上,白描手所贵乎本色者此也。"② 卓人月《古今词统》卷八评辛弃疾《玉楼春》(三三两两谁家妇)一首云:"竟是白话。"③ 这里的"白话",是强调语言的口语化与通俗化,这与 20 世纪的白话词已有不少共通之处。

但是真正让白话词产生广泛影响的还是 20 世纪初的白话文运动。胡适将词曲与诗并举,较早提出白话词的概念。1916 年,胡适与梅光迪、任鸿隽等人讨论白话诗时,胡适以长书答复任鸿隽,指出"白话入诗,古人用之者多矣","至于词曲,则尤举不胜举","老梅函云:'文章体裁不同,小说词曲固可用白话,诗文则不可。'请问'词曲'与'诗'有何分别?此其'逻辑'更不如足下之并不认白话词曲者矣。"④ 这也可以看出胡适并未将白话词置于特殊地位:"胡适的词学研究,同他的诗学研究、小说研究、戏曲研究一样,都是为了适应当时'文学革命'之需要,都是中国新文化建设

---

① 聂安福:《胡适的词学研究与新诗运动》,《长江学术》2007 年第 2 期。
② 许啸天编:《情词》,新华书局 1929 年版,第 60 页。
③ (明)卓人月汇选,(明)徐士俊参评:《古今词统》,谷辉之校点,辽宁教育出版社 2000 年版,第 281 页。
④ 胡适著,曹伯言整理:《胡适日记全集》,联经出版事业公司 2004 年版,第 387—389 页。

的一个重要组成部分。"①

为了达到文学革命的目的，胡适在词学方面采用了两种策略。一是以白话填词，"盖白话之可为小说之利器，已经施耐庵、曹雪芹诸人实地证明，不容更辩；今惟有韵文一类，尚待吾人之实地实验"②已明言其意图。在填词之前，胡适曾尝试写新诗，若以梁启超提出的"诗界革命"三要素"新意境""新语句"和"古人之风格"③来衡量，胡适的白话词亦可视为新词。新文化运动之前，胡适也偶有词作，如 1912 年的《水龙吟·送秋》，但仍然沿用旧体，文言气息较浓。至 1915 年的《沁园春·别杨杏佛》已以白话入词。当然胡适白话词"作品并不多，创作时间亦不长"，"文学成就并不高"④。胡适之所以放弃白话填词，或许受王国维"诗有题而诗亡，词有题而词亡"的影响，且词与新诗形式相差无几，故后期独创"以词调作架子"的"胡适之体"小诗，如《瓶花》可看作是"以《西江月》格式所填制之词"⑤。

二是编选词选。龙榆生指出："词选之目的有四：一曰便歌，二曰传人，三曰开宗，四曰尊体。前二者依他，后二者为我。操选政者，於斯四事，必有所据。"⑥胡适编选词选是"为我"的，他在《词选序》中说："凡是文学的选本都应该表现选家个人的见解"，"我这三百多首的五代宋词，就代表我个人的见解。我是一个有历史癖的人，所以我的《词选》就代表我对于词的历

---

① 曾大兴：《胡适治词的目的、方法与贡献》，《广州大学学报》（社会科学版）2009 年第 11 期。

② 胡适：《寄陈独秀》，《胡适古典文学研究论集》，上海古籍出版社 1988 年版，第 44 页。

③ 梁启超：《夏威夷游记》，《饮冰室合集》第 7 册，中华书局 1989 年版，第 189 页。

④ 刘兴晖：《短暂的"词界革命"——论胡适〈词选〉及其白话词之得失》，《商丘师范学院学报》2012 年第 7 期。

⑤ 施议对：《胡适词点评》，中华书局 2006 年版，第 42—43 页。

⑥ 龙榆生：《选词标准论》，《词学季刊》1933 年第 1 卷第 2 号。

史的见解。"① 可以说，胡适《词选》具有开白话词选之宗的意义②。胡适编选《词选》的目的，除了表达他的词史观外，建设新文化、提倡白话文亦是应有之义。众所周知，白话文运动最初的阻力并不小，在诗词领域更是如此。胡适通过对唐宋白话词的追认，通过"历史材料的证明"来提倡活文学不失为减轻阻力的明智之举。这一点从他与友人关于白话的论辩时的引用以及关注词的自由体式即可看出。

胡适编选的《词选》影响非常广泛，龙榆生即指出："自胡适之先生《词选》出，而中等学校学生，始稍稍注意于词，学校中之教授词学者，亦几全奉此书为圭臬，其权威之大，殆驾任何词选而上之。"③《词选》可视为众多"白话"型词选的代表④，同时也影响到"文言"型词选的注解，如胡云翼、张友鹤等人的词选注释，都是以"准白话"出之。又由于胡适的学术地位和社会声望极高，《词选》的国际影响力也是任何其他词选都无法比拟的。

第二节　从日译看白话词的特质

中国词早在唐代就已经传至日本。很长的时间里，日本人是通

---

① 胡适:《词选序》，胡适选注《词选》，商务印书馆1927年版，第2页。
② 曹辛华《民国时期的宋词选本考论》指出"最早编选、出版的'白话'型宋词选并不是胡适之作，而是1923年凌善清之选"（《宋代文学研究丛刊》第15期，高雄丽文文化事业2008年版）。胡适在编选《词选》前即已关注白话词，《留学日记》欣赏"语言上的白话及体式上的自由变化"及"富于试验的精神"的词作（参见前揭聂安福文），并且于1923年开始编撰，时间上与凌选相差不远。胡适《词选》被指定为"新学制高级中学国语科用"教材，1927年初版后，1928年、1931年又再版，其影响力已远超凌善清《白话词选》，因此，说胡适《词选》有开宗之功并不为过。
③ 龙榆生:《论贺方回词质胡适之先生》，《词学季刊》1936年第3卷第3号。
④ "白话"型词选使用了曹辛华《民国时期的宋词选本考论》中的选型归类称呼。这类词选还可列举的有凌善清《历代白话词选》、张友鹤《白话词选》《历代白话女子词选》《注释白话词选》等，台湾广文书局曾印行佚名编《历代白话词选》（1980）、佚名编《注释白话词选》（1980）两种，实际分别为凌氏、张氏之作，不知何故刊落编者姓名。本文所引白话词，均出自以上白话词选。

过添加助词、助动词等使汉语变成日文古语而进行阅读的，此即所谓训读，或称为"国译"①。国译能够最大限度地保留汉文，但对读者的要求较高，"所使用的汉语词汇均不翻译，因此语意、用字的解释全都交给读者"②，从这个层面来说，国译限制了汉文作品的普及，而作为汉文学中冷门的词，其传阅人数也就更少了。中国古典诗词的现代日本语译历史并不长，是明治以后才逐步产生并发展起来的。这里的白话词的日译，指的不是国译，而是指现代语译。虽然国译中添加的助词有助于了解日本人对词的理解方式，但现代语译形式较自由，对词作的内容、情感及技巧都有展现，反过来对我们重新检视词的特质更有帮助。这里选择几首典型的白话词，分析在其译介过程中哪方面的特质被凸显出来。一旦识得这种特质，再与胡适等人白话词理论参互印证，以期加深对白话词的认识。

胡适对辛弃疾词十分偏爱，称其为"词中第一大家"③，故先选取辛弃疾的一首典型的白话词为例：

《丑奴儿》
　　少年不识愁滋味，
　　爱上层楼。
　　爱上层楼，
　　为赋新词强说愁。

　　而今识尽愁滋味，

---

① 关于"国译"，可以参见古田岛洋介《何为国译——翻译文体史的一侧面》（古田島洋介『国訳とは何ぞや——翻訳文体史の一齣』），《比较文学研究》2002年第80期。

② [日]嘉濑达男：《关于近现代的汉诗和译》（嘉瀬達男『近現代における漢詩和訳について』），《小樽商科大学人文研究》2015年第130辑。

③ 胡适：《词选》，商务印书馆1927年版，第216页。

欲说还休。

欲说还休,
却道"天凉,好个秋"。①

醜奴兒
しゅうどじ

わかいとき　哀愁の味など知らなかった。
あいしゅう　あじ

たかどのに上るのがすきだった。
のぼ

たかどのに上るのがすきで
のぼ

新しい詞をつくってはむりに哀愁を説いたの
あたら　し　　　　　　　あいしゅう　と

いまは　哀愁の味を知りつくしている
あいしゅう　あじ　し

説こうとしてはまた休めるのだ
と　　　　　　や

説こうとしてはまた休めて
と　　　　　　や

かえて「さわやかないい秋だな」というのだ②
あき

　　胡适在《词选》中的词作编排方式具有革新意义,"胡适《词选》改从新诗分行排列,片(叠)与片(叠)之间空一行,并且将新诗借用西方诗歌以起头高低一格区别不同韵脚的方法引入《词选》"③。值得指出的是,在胡适《词选》之前,日语已经使用竖排每句分列、片与片之间空一列的方式,如1922年京都文学会主编的《艺文》上刊载的铃木虎雄《女词人李易安》选录的五首李清照词即采用这种编排方式。由此可以看出,分行、分片尚不能标举为白话词的特色,但是这首词使用的标点,胡适却是"要负完全责任

---

① 此处编排及标点一如胡适《词选》(商务印书馆1927年版,第227页)所载。
② [日]中田勇次郎:《历代名词选》,集英社1997年版,第307—308页。
③ 聂安福:《胡适的词学思想与新诗运动》,《长江学术》2007年第2期。

的",是有开创意义的。

这首词最值得注意的是尾句引号的使用。胡适曾说:"《词律》等书,我常用作参考,但我往往不依他们的句读。"① 因此胡适依照文法断为"却道'天凉,好个秋'。"我们来看日语,发现引号里并未按照这种断句直译,若将日语再译为汉语,更近似于"好个凉爽的秋呀!"用一个と提示引号里乃是寒暄之语。译文最后的のだ也值得玩味,因按行文,到いう意思已经完成,用のだ,实际是将今昔对比陈述出来,正如俞平伯所云:"及真知愁味,反而不说了。如晚岁逢秋,本极凄凉,却说秋天真是凉快呵。今昔对比,含蓄而又分明。中间用叠句转折,末句似近滑,于极流利中仍见此老倔强的意态。"②

具有这种浅近对白的词作,一般都属于白话词。又如周邦彦《少年游》的下片,胡适将"低声问"以后的文字都以引号标示,"马滑""霜浓"亦以文法断句,中田勇次郎的翻译"霜がこくおいて、馬もすべってすすみません"也是用浅白口语表达,将"霜浓""马滑"并列。因此可以说浅近通俗是白话词的特质之一。需要指出的是,浅近通俗是针对当时的接受者而言。语言是变化的,当时的通俗口语对今天的读者来说未必简单,因此白话词的注释也就成为必要。《注释白话词选》序言指出:"词在当时是白话的,通俗的,所以柳耆卿的词,凡吃井水处的妇人孺子,都解吟唱;教坊乐工每得新腔,亦必求柳耆卿之词始行于世;如果柳耆卿的词不能通俗,何以能够如此?现在我们以柳耆卿之词比较他家,也未见得便更容易懂些,可知他家之词,在当时读之,亦复易于了解。故词实可以代表一时代国语文学的精神。"③ 这不仅指出通俗的时代性,也印证了白话词与国语运动密切相关。

---

① 胡适:《词选》,商务印书馆1927年版,第12页。
② 俞平伯:《唐宋词选释》,人民文学出版社1979年版,第196页。
③ 《注释白话词选·序》,《注释白话词选》,广文书局1980年版,第1页。

陆游词在胡适《词选》中得到足够重视，第二个例证即选取陆游的一首《好事近》：

《好事近》
岁晚喜东归，
扫尽市朝陈迹。
拣得乱山环处，
钓一潭澄碧。

卖鱼沽酒醉还醒，
心事付横笛。
家在万重云外，
有沙鸥相识。

『好事近』
沙上のかもめがわが友
歳晚に東へ帰る喜び
市のちりはらいつくし
山又山めぐる地えらび
碧の潭に釣糸たれる
魚をあきない　酒を沽い　酔っては醒める
心は横笛の音にあこがれるが
ふる里は幾重の雲おかなた
沙上の鸥だけが友だちよ①

---

① ［日］花崎采琰：《爱情的宋词》（花崎采琰『愛情の宋詞』），东方文艺会1981年版，第117—118页。

这里选取花崎采琰的翻译，因为她身为词人①，同时也是家庭主妇，她的翻译对中国词在日本的普及意义重大。花崎在这首词的翻译中，加入了词题"沙鸥为我友"，对词作主题及意境有着深刻把握。这首词的日译中顿并未按词作断句，而是将诸事诸景并陈，以白描手法展现一个游子眼中的景与情，尾句的よ也有强烈的口语意味：日译词完全是一幅由口语描述的图画。

可以说通俗口语与白描手法是白话词的重要特色。胡适曾说白话之义有三端："白话的'白'，是戏台上'说白'的白，是俗语'土白'的白，故白话即是俗话"，"白话的'白'，是'清白'的白，是'明白'的白。白话但须要'明白如话'，不妨夹几个文言的字眼"，"白话的'白'，是'黑白'的白。白话便是干干净净没有堆砌涂饰的话，也不妨夹入几个明白易晓的文言字眼"②。前两个义项是从语言角度来说，第三个则主要是艺术上的要求。概括来说，与以上两首词的日译中体现的特色是一致的。

第三节 对《词选》英语选译本《风信：宋代的诗词歌谣选译》的日语转译：小林健志的《宋代的抒情诗词》

1933年，伦敦出版了克拉拉·凯德琳（Clara M. Candlin）的译著《风信：宋代的诗词歌谣选译》《*The Herald Wind*: *Translation of Sung Dynasty Poems*, *Lyrics*, *and Songs*》（后文简称《风信》），作为"东方智慧丛书"（The Wisdom of the East Series）的一种。该书主要是宋代

---

① 参见［日］嘉濑达男《关于近现代的汉诗和译》（嘉瀬達男『近現代における漢詩和訳について』），《小樽商科大学人文研究》2015年第130辑。文中将花崎采琰归入"词人的和译"一类，文中"词人"意味与填词创作的"词人"略有不同。

② 胡适：《答钱玄同书》，姜义华主编《胡适学术文集·新文学运动》，中华书局1993年版，第353—354页。

诗词的翻译，并无汉语原文。日本小林健志①依据英译，将原汉语诗词找出，并翻译成日语，取书名为《宋代的抒情诗词》②，作为志延舍文库③的第六种出版。这或许是第一部英、汉和三语的宋代诗词选。

《宋代的抒情诗词》虽说是宋代，实际上却选录有温庭筠、韦庄、李煜等唐五代词人作品，另一方面选入诗作数量仅有数首，均为七言绝句④，其余绝大部分为宋代词作。这一点小林健志在后记中作了说明："在搜集中国及日本诗歌的英译本、中国诗的日译本过程中，我感觉我国关于宋词的著作极少，因此有了编写此书的计划。"⑤ 对于一个战时在企业上班的理工科职员而言，阅读中国古典诗词为其忙碌枯燥的生活提供了一丝安慰。小林氏谦称自己毫无文学诗词素养，此书可能见笑于专业人士，实际上此书得到日本词学大家中田勇次郎的重视，同时也影响到日夏耿之介等人的诗词翻译，为日本的中国词译介作出了贡献。以下对英译本胡适序言略作介绍，并从成书过程及日语翻译两个方面对《宋代的抒情诗词》略作考述。

《风信》书前有 L. Cranmer-Byng 的介绍以及胡适的序文。胡适的英语序文与其 1925 年写的《词的起原》及 1926 年写于伦敦的《〈词选〉序》观点基本一致，是了解胡适词学思想的重要篇章。序文未见载于《胡适全集》，此处略加节录、分析，以助了解胡适词学

---

① 小林健志，1915 年出生于埼玉县，1939 年东京大学机械科毕业后，就职于国产精机·日立精机。之后曾为芝浦工业大学教授、宫野铁工所董事等，1997 年去世。
② ［日］小林健志：《宋代的抒情诗词》（『宋代の抒情詩詞』），《志延舍文库》第六种，1952 年。
③ 立命馆大学有中田勇次郎旧藏小林健志《志延舍文库》十六种，其中与词的日译相关的有《十六字令》《续十六字令》《单调的词》《二十四女品花》等。
④ 英译刘克庄《莺梭》一首为七言绝句，小林健志未找到汉语原诗，代之以谢宗可七律《莺梭》。小林氏后记中云两首英译诗未能找到原诗，今天看来，这两首还是较为简单的。LEI CHÊN〈VILLAGE EVENINGS〉即为雷震《村晚》，LIU KÊ-CHUANG〈THE ORIOLE SHUTTLE〉即为刘克庄《莺梭》。
⑤ ［日］小林健志：《宋代的抒情诗词》，《志延舍文库》第六种，1952 年，第 230 页。后文引用此书之处，仅于引文后注明页码。原文为日语，笔者译为汉语，不当之处，请方家指正。

思想的国际影响。

序

  这本集子收录的约六十首诗都是词的典范。词是依音乐旋律而作的歌曲，它起源于无名氏为公众艺人和舞者所作的流行歌曲。偶然地，一些诗人被这些流行乐曲的旋律所吸引，配合心爱的歌伎演唱的乐曲，创作了新的歌词。从公元 800 年起，这种流行又自由的新歌曲创作方式开始吸引更多诗人的注意，词很快成为文学世界的新潮流。

  词与旧体诗在多个方面不同。首先，与旧体诗常常是五言或七言的规则诗行相比，词句的长短是不规则的，在一字到十一字之间变化。这种变化让词句更好地适应了语言的自然停顿。

  其次，尽管词句不规则，但每首词都是依特定的词调而作，因此必须受到音乐旋律的限制。词调有几千种，但是所有为特定词调所作的歌曲都必须符合这特定的词调。

  再次，词本质上是抒情诗，在形式上非常简短，因此不能表达史实叙述或教诲沉思的宏大主题。一般来说，一首词不会超过两片，很少有词调会超过一百个字或音节。宋代的一些诗人尝试用这种新的诗体形式表达抒情以外的用途，他们中的少部分实际上成功地按照词的严格形式创作了一些知名的教诲作品。但是一般来说，词只适合表现爱情和简短的生活感想。那个时代伟大的诗人，如苏轼和陆游，虽然都是词作者，却仍然用旧体诗创作宏大的诗篇。因为旧体诗尽管在诗句字数上是规则的，但在诗行和诗节数量上却是无限制的。

  12 世纪以后，词发展成为曲，曲也是为流行乐曲创作的词。曲在句子长短上更为不规则、韵律上更为自由。对词或者更自由的曲而言，在讲史及戏剧表演时仍有形式上的局限，那些巧妙的歌唱者又将若干流行曲调组合成套数，用以歌唱史事。当故事以第三人称讲述，就有了讲史；当叙述采用两个角色直接对话的方式呈现，它就可能在舞台上表演出来，因此就有了戏剧。元代和明代戏剧中所有演唱的部分，都是依已经存在的流行曲调而创作的，因此，戏剧是从词演变而来的。

《风信》中并没有载明序文写作的时间，但此书初版于1933年10月，因此胡适的序文写在此之前。结合胡适此前的词学研究可以知道，这篇序文正是胡适词学活动在海外的延伸。1923年，胡适开始编选《词选》；1926年，他在伦敦给即将在商务印书馆出版的《词选》作序。《词选》出版以后，大受欢迎，影响深远。以胡适在国际上的声望，此书很快也得到海外的关注，《风信》一书就是胡适《词选》影响下的产物。胡适给《风信》作序，也是对《词选》在海外传播的肯定。

《风信》共选录有82首诗词歌谣作品，词作数量64首。胡适序文称"六十余首诗都是词的典范"，可见作序之时所见或为《风信》一书的稿本。此书的副标题是"宋代的诗词歌谣选译"，实际上全书是以词为主的。很可能是克拉拉从胡适《词选》中选译60余首词之后，请胡适作序，而后又添入13首宋代绝句和8首歌谣。

序文的主要内容是对词进行解说，观点与胡适的词学主张是一脉相承的。结合胡适的填词创作实践及其相关论述，可以从以下三方面对序文内容进行释读。

第一，序文探讨了词的起源问题。胡适认为词起源于民间，在公元800年以后逐步在文人中流行起来。胡适在《词的起原》中认为："依曲拍作长短句的歌词，这个风气是起于民间，起于乐工歌妓。文人是守旧的，他们仍旧作五七言诗。而乐工歌妓只要乐歌好唱好听，遂有长短句之作。刘禹锡、白居易、温庭筠一班人都是和倡妓往来的；他们嫌倡家的歌词不雅……于是也依样改作长短句的新词。"[①] 序文中的"一些诗人"其实就是指刘禹锡、白居易、温庭

---

① 姜义华编：《胡适学术文集·中国文学史》，中华书局1998年版，第463页。

筠诸人，因考虑到海外读者的接受水平，故将具体的诗人名字略去。《〈词选〉序》中胡适再次确认了这一观点："词起于民间，流传于娼女歌伶之口，后来才渐渐被文人学士采用。"① 文人填词是胡适判断词的起源的重要依据，因此刘禹锡、白居易等诗人依曲填词的中唐公元800年被认为是一个分水岭。

第二，胡适比较了词与旧体诗在三个方面的不同。一是句子字数有规则与不规则的差别。旧体诗常为五言诗、七言诗，而词的字数不定，可以从一字句到十一字句，因此更适合语言的自然停顿。在胡适看来，整齐的诗句不利于自由表达，他指出："诗句之长短韵之变化不出数途。又每句必顿住，故甚不能达曲折之意，传宛转顿挫之理。至词则不然。"② 而词的字数变化，是适应白话发展的需要，"白话是极不宜于那极不自然的律诗的；绝句比较的适宜多了，但说话不是一定成七个字一句或五个字一句的，故绝句究竟不是白话的最适宜的体裁。白话韵文的自然趋势应该是朝着长短句的方向走的。这个趋势在中晚唐已渐渐地有了一个起点，这个起点就是词体的产出。"③ 胡适对词体的白话体认，是基于白话文学革命立场的，"语言的自然停顿"与胡适在新诗革命中提倡的"自然的音节"若合符节。"若用白话写诗，则必须采用长短不齐的自然节奏，不能再用过去那种旧诗的固定、整齐的体式"，④ 这一观点与词体的长短句式相一致，也就不难理解胡适为何对词情有独钟了。二是词依调而作，每首词都要符合词牌的乐调。这一点，胡适并未多作解释。对于外国读者来说，由于词乐消失，要理解每一词调代表不同乐调是非常困难的。《风信》一书干脆将词牌删掉，而以词的内容为题，

---

① 胡适：《〈词选〉序》，载姜义华编《胡适学术文集·中国文学史》，中华书局1998年版，第468页。
② 姜义华编：《胡适学术文集·新文学运动》，中华书局1993年版，第328页。
③ 姜义华编：《胡适学术文集·中国文学史》，中华书局1998年版，第61页。
④ 李章斌：《胡适与新诗节奏问题的再思考》，《中国现代文学研究丛刊》2017年第3期。

如李清照的《声声慢》《武陵春》，都译题目为"孀妇"，这正说明译者并未意识到词牌的功用。三是词的缺陷在于不能表达宏大的叙事主题，而旧体诗虽然有每句的字数限定，却无行数的规定，因此可以用来长篇叙事。"诗之变为词""词之变为曲"，① 这是胡适文学革命观的重要内容之一。然而与诗、曲相比，词在长篇叙事方面的不足却凸显出来。胡适认为，诗可以不受篇幅的限制，像《孔雀东南飞》这样的故事诗就是白话文学史中的杰作；曲虽然短小，却可以连成套数，用于长篇纪事；而篇幅短小的词只适合用于抒写爱情、表达简短的生活感想。

第三，胡适论述了从词到曲的演变，认为12世纪以后是词发展成曲的关键时期，此后曲又发展成套数，衍生出讲史、戏剧。在论述南宋到金元时代词在文学史上的重要地位时，胡适曾指出："此时代还有一个缺点，如词是有一定的格式和平仄声，不能改变，所以到元朝时便渐渐变成曲、小令了。……由小令变为套数，格式更比较的放宽了。但是还觉得不满意，因为仍要守着韵文的格式，所以后来又加上了说白。宋朝的词和元朝的曲，都是先有调子谱上去的。"② 可以看出，韵文朝着格式更为自由的方向发展是胡适词曲演变观的核心。

胡适序言中的观点与他以往的论述多有相似之处，从这个角度来说，这篇佚文并无多少创见。但从胡适的填词创作与词学历程角度来说，序言是胡适对其词学观的一次集中概括。众所周知，"词起于民间说"与"词史三期说"是胡适词学观的两个重点，序言以简短的文字融合了二者：第一部分论述词起于无名氏即是"词起于民间"的表述；第二部分论述从词到曲的演变，这是"词史三期说"中的"词的'替身'的历史"。③

---

① 姜义华编：《胡适学术文集·新文学运动》，中华书局1993年版，第2页。
② 姜义华编：《胡适学术文集·中国文学史》，中华书局1998年版，第440页。
③ 姜义华编：《胡适学术文集·中国文学史》，第468页。

早在留学期间，胡适已从事填词创作，之后倡导文学革命，尝试"以依声填词的方法写作新体诗"①，词成为诗体革命的重要武器。在白话诗创作和理论都有了一定成就之后，胡适又转到词学研究上，20世纪20年代是其词学活动最为活跃的时期。《词选》出版以后，胡适的词学研究告一段落，而《风信》一书是《词选》在海外流播的产物。胡适给《风信》作序，也是他有意给自己的词学研究作一个总结。

非常可惜，《宋代的抒情诗词》未将胡适的序文刊出，并且删除了英译本书后所附的8首民谣和杂诗。此书共选录唐宋作者26人的77首诗词，其中诗13首，词64首。具体的选目如下表（偶有误字，不作改动）。

作者	诗题词牌	首句	作者	诗题词牌	首句
温庭筠	《南歌子》	倭堕低梳髻	晏殊	《诉衷情》	芙蓉金菊斗馨香
韦庄	《女冠子》	昨夜夜半		《㻮人娇》	二月春风
	《菩萨蛮》	人人尽说江南好	欧阳修	《生查子》	去年元夜时
李煜	《相见欢》	无言独上西楼		《木兰花》	别后不知君远近
	《相见欢》	林花谢了春红		《浪淘沙》	今日北池游
	《虞美人》	春花秋月何时了	张先	《更漏子》	锦筵红
	《浪淘沙》	帘外雨潺潺		《一斛珠》	云轻柳弱
晏几道	《生查子》	坠雨已辞云	朱熹	《七言绝句》	昨日江边春水生
柳永	《蝶恋花》	独倚奇楼风细细		又	五月榴花照眼明
	《诉衷情近》	雨晴气爽	辛弃疾	《西江月》	明月别枝惊鹊
司马光	《七言绝句》	黄梅时节家家雨		又	万事云烟忽过
王安石	《七言绝句》	金炉香尽漏声残		《丑奴儿》	少年不识愁滋味
	又	茅檐长扫静无苔		《清平乐》	茅檐低小
	又	四顾山光接水光		《沁园春》	三径初成
雷震	《村晚》	草满池塘水满陂		《双调南歌子》	世事从头减
苏轼	《七言绝句》	澹月疏星绕建章		《浪淘沙》	身世酒杯中

---

① 施议对：《胡适词点评前言》，《胡适词点评》，中华书局2006年版，第3页。

续表

作者	诗题词牌	首句	作者	诗题词牌	首句
	又	东风袅袅泛崇光		《生查子》	去年燕子来
	《水调歌头》	明月几时有		又	溪边照影行
程颢	《七言绝句》	清溪流过碧山头	叶适	《七言绝句》	应怜屐齿印苍苔
	又	云淡风轻近午天	陆游	《渔家傲》	塞下秋来风景异
秦观	《如梦令》	门外鸦啼杨柳		《诉衷情》	当年万里觅封侯
	又	遥夜月明如水		《柳梢青》	十载江湖
	《满庭芳》	山抹微云		《好事近》	客路苦思归
黄庭坚	《清平乐》	春归何处		又	岁晚喜东归
	《好女儿》	春去几时还		《鹊桥仙》	茅檐人静
	《卜算子》	要见不得见	姜夔	《玉梅令》	疏疏雪片
	《望江东》	江水西头隔烟树		《鹧鸪天》	巷陌风光纵赏时
周邦彦	《关河令》	秋阴时晴渐向暝			忆昨天街预赏时
	《木兰花》	桃溪不作从容住		又	肥水东流无尽期
	《夜游宫》	叶下斜阳照水		又	辇路珠帘两行垂
	《蓦山溪》	楼前疏柳	刘克庄	《清平乐》	宫腰束素
李清照	《声声慢》	寻寻觅觅		《沁园春》	何处相逢
	《武陵春》	风住沉香花已尽		《卜算子》	片片蝶衣轻
向滈	《好事近》	清晓渡横江		《七言绝句》	掷柳迁乔太有情
朱敦儒	《好事近》	春雨细如尘	蒋捷	《一剪梅》	一片春愁待酒浇
	又	摇首出红尘		《声声慢》	黄花深巷
	又	渔父长身来		《霜天晓角》	人影窗纱
	又	短棹钓船轻			
	又	猛向这边来			
	《卜算子》	古涧一枝梅			

　　上表可以大致推断出此书所选诗作的来源主要是《千家诗》，而词作的来源则是胡适的《词选》。胡适《词选》特色鲜明，从以下两个方面可以看出此书受胡适《词选》影响。

　　一是所选词人无一出《词选》之外者。胡适《词选》的一个特点是突出白话词人，因此向滈、朱敦儒等以往较少得到词学家关注的词人亦被入选。胡适在编选词选之前就已经注意到朱敦儒的白话词，他在 1922 年 5 月 4 日日记云："读完朱敦儒（希真）的《樵歌》三卷。他有许多好白话词。"① 其后日记中所举三首之一《好事近》（渔父长身来）即被英译本选录。而向滈更可以说是胡适的"发现"。向滈《乐斋词》流传不广，明清七大词集丛刊只有江标《宋元名家词》收录，共有 43 首，胡适从中选录 7 首，入选比例非常高。黄庭坚的词在宋代曾获得过较高评价，陈师道《后山诗话》即云："今代词手，唯秦七、黄九耳。"② 然而黄庭坚词常夹杂俗语，后世常有以粗鄙贬之者，如万树《词律》评黄庭坚《望远行》云："后山谓今词家惟黄九、秦七，此语大不可解，乐府或用谚语，诗余亦多俳体，然未有如此可笑者。即云是当时坊曲，优伶之言。而至此俗亵，如何可入风雅乎？"③ 然而胡适却推崇黄庭坚词，评为"流利明显"，留学日记所举白话词曲一例即是黄庭坚《望江东》（江水西头隔烟树）④，此词也被选录于《宋代的抒情诗词》。

二是英译本作者前的小传，几乎是从胡适《词选》词人小传中节录而来。小林健志认为英译本的词人小传太过简单，故又在作者小传中重新添加了纪事、评论以及著者喜爱的诗词。因此这既是一个译本，也含有编者的再创作。我们以陆游小传为例，英译本云："The greatest poet of the Southern Sungs. Wrote poetry at the age of 12. In youth a valorous warrior, in old age he lost all worldly ambition and only interested himself in nature."（南宋最伟大的诗人。12 岁即能作诗。年轻时为勇猛的主战派，晚岁归为平淡，与自然相伴。）这几层意思均出自《词选》陆游小传。日译本则增添了陆游字号、诗风以及代

---

① 胡适著，曹伯言整理：《胡适日记全集》第 3 册，联经出版事业 2004 年版，第 557 页。
② （宋）陈师道：《后山诗话》，何文焕辑《历代诗话》，中华书局 1981 年版，第 309 页。
③ （清）万树：《词律》卷七，保滋堂本。
④ 胡适著，曹伯言整理：《胡适日记全集》第 2 册，联经出版事业 2004 年版，第 388 页。

表作①。

《宋代的抒情诗词》的日译部分更让人惊喜，小林氏并未接受过专业的中国古典诗词训点、翻译训练，但却能够贴近白话词的核心——以自然之语出之。这里略举一例：李清照"这次第、怎一个愁字了得？"唐圭璋注解"者次第"为"这许多情况"②，这可视为胡适所言白话词"不妨夹入几个明白易晓的文言字眼"。中田勇次郎译为"このうつりゆきは、いかで愁の一字もてときつくすべき"，小林健志译为："此の気持ち、いかで愁の一字もて解き得べき。"两相比对，可以看出小林氏的翻译更通俗，"気持ち"一词是一个极为常用的口语词，以此译"次第"，只能说是一种意译了。

第四节　白话词运动在日本的回响

白话文学运动在 20 世纪初的中国产生了重大影响。胡适提倡并主导的新诗运动及相关词学活动也得到了广泛关注，但遭受到的质疑和阻力也非常大。王国维提出的"一代有一代之文学"得到日本学人的认可，"但在王国维看来，这种'一代有一代之文学'的规律，只是中国'古代'文学的发展规律而已，并非是一个永恒发展的规律。'后世莫能继焉者也'这句话，才是'一代有一代之文学'的点睛之笔和收束之句"③。

较早对胡适新诗及词学活动进行评论的日本学者是今关天彭，

---

①　可参阅小林健志《宋代的抒情诗词》，《志延舍文库》第六种，1952 年，第 128 页。

②　上彊村民重编，唐圭璋笺注：《宋词三百首笺注》，上海古籍出版社 1979 年版，第 256 页。

③　彭玉平：《王国维与胡适：回归古典与文学革命》，《复旦学报》（社会科学版）2013 年第 5 期。

他在《清代及现代的词界大势》① 中指出："词到南北宋已发展至极致，后世只能模拟，此外的变化难再继。（文体）发展到极致，如果不能开拓新的境地，就只能走下坡路，词界也是如此。……一转而变的是现在如火如荼的白话诗，但白话诗尚不成熟。从词及曲变化而来……与白话相近的各文体大量出现，就像过去大量出现的自度腔，渐渐变成白话诗。……诗原是以音律为中心的，完全仅以白话作诗也是不可能的。既然称为白话诗，也必须要有诗的形式及音律。如果具备这些，才能称为这个时代的诗、词。也不能一概加以排斥。"可以看出今关天彭对白话诗运动的评论是较为客观的，没有一概排斥这种新的诗体。然而他将文学发展的动力归结为人才的作用，并不看好胡适主导的新诗运动，他指出："诗变为词，词变为曲，这是过去的事实。如果认定这一规律的话，诗—词—曲逐步变化，一定程度上说，也将有一种新的诗体出现，但是这需要能充当时代先驱的人才。胡适虽然是白话诗的主导者，却不能称为诗人。我认为他创作的白话诗终究不能成为时代的先驱。"② 将白话诗放在文体升降之角度去考量，否认白话诗成为新诗体的可能，那么看衰白话词也是必然的，因为胡适的词学活动与新诗运动紧密相关。

　　直接详细介绍胡适词论思想的日本学者要数大塚繁树，他的《胡适词论中的问题点》③ 一文从多个方面介绍了胡适的词学思想，与白话词直接相关的是"胡适重视词中的平民性因素"及"胡适关于词'第三时期'的见解"两个部分。关于"平民性因素"，《〈词选〉序》已有明确说明，胡适将词的起源及发展与民间紧密联系起

---

　　① ［日］今关天彭：《清代及现代に於ける詞界の大勢》一文为《清代及现代の詩餘駢文界》一书的附录，此书出版于1926年，但是写于同年四月小序云此书"久置筐底"，则此文完成时间可能更早一些。
　　② ［日］今关天彭：《清代及现代的诗余骈文界》，今关研究室1926年版，第185—186页。
　　③ ［日］大塚繁树：《胡适词论中的问题点》，《爱媛大学纪要》（人文科学）1955年第2卷第2号。

来，这自然应有的义项即是口语的使用，此亦白话词能成为国语文学、平民文学的一个因素。胡适关于新诗经历阶段的一段说明值得注意："故这个时期——六年秋天到七年年底——还只是一个自由变化的词调时期。"① 由此我们可以看出，胡适的词学活动实际是他推动新体诗发展的一种手段，其对白话词的提倡，也当放到新诗运动中的背景下考察。大塚繁树指出："胡适在新诗运动中，对词调既有肯定也有否定的，而否定的倾向更明显。这也体现出他妥协的、改良的革命态度。"②

---

① 胡适：《尝试集》，人民文学出版社 2000 年版，第 181 页。
② ［日］大塚繁树：《胡适词论中的问题点》，《爱媛大学纪要》（人文科学）1955 年第 2 卷第 2 号。

参考文献

一 古籍类

《汲古阁未刻词》，北京大学"大仓文库"本。
《精选名儒草堂诗余》，程端麒校点，辽宁教育出版社2003年版。
《精选名儒草堂诗余校注》，陈水根校注，中山大学出版社2011年版。
《乐府补题》，《知不足斋丛书》本。
《南词》，"大仓文库"本。
《清词一千首》，罗仲鼎等点校，西泠印社出版社2007年版。
《文渊阁四库全书总目提要》，台湾商务印书馆1983年影印本。
《元草堂诗余》，《宛委别藏》本。
《元草堂诗余》，《粤雅堂丛书》本。
（宋）陈景沂编，程杰、王三毛点校：《全芳备祖》，浙江古籍出版社2018年版。
（宋）陈亮：《龙川词》，蟫隐庐刊本。
（宋）陈振孙撰，徐小蛮、顾美华点校：《直斋书录解题》，上海古籍出版社1987年版。
（宋）邓牧：《洞霄图志》，《知不足斋丛书》本。
（清）杜文澜：《词律校勘记》，咸丰十一年序刊本。
（清）恩锡、杜文澜校刊：《校刊词律》，光绪二年吴下开雕本。
（清）戈载编选：《宋七家词选》，文昌书局影印曼陀罗华阁重刊本。

（清）龚翔麟编：《浙西六家词》，清宝书堂刊本。

（宋）惠洪：《冷斋夜话》，陈新点校，中华书局 1988 年版。

（宋）洪迈撰，孔凡礼点校：《容斋随笔》，中华书局 2005 年版。

（清）侯文灿编：《十名家词》，《宛委别藏》本。

（宋）胡仔纂集，廖德明校点：《苕溪渔隐丛话前集》，人民文学出版社 1962 年版。

（清）江标编：《宋元名家词》，湖南思贤书局刊行。

（清）江标抄录：《汲古阁未刻词》，上海图书馆藏抄本。

（清）况周颐原著，刘承干抄录：《历代词人考略》，中国公共图书馆古籍文献珍本汇刊，全国图书馆文献缩微复制中心 2003 年版。

（清）厉鹗著，董兆熊注：《樊榭山房集》，上海古籍出版社 1992 年版。

（明）李廷相：《濮阳蒲汀李先生家藏目录》，《丛书集成续编》本，台湾新文丰公司 2008 年版。

（清）缪荃孙、吴昌绶、董康著，吴格整理：《嘉业堂藏书志》，复旦大学出版社 1997 年版。

（清）刘履芬：《鸥梦词》，东洋文库本。

（清）李希圣：《雁影斋题跋》，上海古籍出版社 2009 年版。

罗振常：《徵声集》，蟫隐庐刊本。

（明）毛晋编：《词苑英华》，乾隆十七年因树楼序修本。

（明）毛晋编：《诗词杂俎》，民国上海医学书局影印汲古阁刻本。

（清）毛扆：《汲古阁珍藏秘本书目》，嘉庆庚申十月，吴门黄氏士礼居藏版。

（清）彭元瑞：《知圣道斋书目》，《丛书集成续编》，台湾新文丰出版公司 1989 年版。

（宋）潜说友：《咸淳临安志》，《文渊阁四库全书》本，台湾商务印书馆 1986 年版。

（清）秦恩复编：《词学丛书》，嘉庆刻本。

（宋）沈义父：《乐府指迷笺释》，蔡嵩云笺释，人民文学出版社 1981 年版。

（清）谭献著，范旭仑、牟晓朋整理：《谭献日记》，中华书局 2013 年版。

（清）陶樑：《词综补遗》，道光刻本。

（清）王国维撰，徐德明整理：《词录》，学苑出版社 2003 年版。

（清）万树：《词律》，中华书局 1957 年版。

王水照编：《宋刊孤本三苏温公山谷集六种》，国家图书馆出版社 2012 年版。

（清）王鹏运编：《四印斋所刻词》，上海古籍出版社 1989 年版。

（宋）王沂孙：《花外集》，孙人和校本，民国二十二年（1933）刊本。

（宋）魏庆之著，王仲闻点校：《诗人玉屑》，中华书局 2007 年版。

王钟翰点校：《清史列传》，中华书局 1987 年版。

吴昌绶、陶湘：《景刊宋金元明本词》，上海古籍出版社影印本 1989 年版。

吴昌绶：《宋金元词集见存卷目》，沪上鸿文书局 1907 年版。

（明）吴讷编：《百家词》，天津古籍出版社影印本 1989 年版。

（清）吴锡麒：《詹石琴词》，《清代诗文集汇编》，上海古籍出版社 2019 年版。

（清）俞樾：《东瀛诗记》，《春在堂全书》本，光绪二十五年（1899）刊本。

（清）袁枚：《随园诗话》，顾学颉校点，人民文学出版社 1982 年版。

（清）徐珂：《清代词学概论》，大东书局 1926 年版。

（元）张雨：《贞居词》，《知不足斋丛书》本。

（元）张翥：《蜕岩词》，《知不足斋丛书》本。

（元）张翥：《蜕岩词》，东洋文库本。

赵万里：《校辑宋金元人词》，民国二〇年刊本。

（清）赵之谦等撰，刘坤一等修：《江西通志》，光绪七年（1881）重修本。

（明）朱舜水：《朱舜水集》，朱谦之整理，中华书局 1981 年版。

（清）朱彝尊、汪森辑：《词综》，中华书局 1975 年影印康熙裘抒楼刊本。

（清）朱彝尊：《词综》，中华书局1975年版。

朱祖谋编：《彊村丛书》，广陵书社2005年版。

（宋）祝穆编：《新编四六必用方舆胜览》，《日本宫内厅书陵部藏宋元版汉籍选刊》，上海古籍出版社2013年版。

二　著作类

《注释白话词选》，广文书局1980年版。

《宋史》，中华书局1977年版。

蔡毅：《日本汉诗论稿》，中华书局2007年版。

蔡镇楚编：《域外诗话珍本丛刊》，北京图书馆出版社2006年版。

陈垣：《校勘学释例》，中华书局1959年版。

程千帆、孙望选评：《日本汉诗选评》，江苏古籍出版社1988年版。

邓子勉：《两宋词集的传播与接受史研究》，华东师范大学出版社2015年版。

邓子勉：《宋金元词籍文献研究》，上海古籍出版社2008年版。

方诗铭：《中国历史纪年表》，上海人民出版社2007年版。

［日］芳村弘道、萩原正树、嘉濑达男编：《词学文库分类目录》，编者刊印本1996年版。

冯乾编校：《清词序跋汇编》，凤凰出版社2013年版。

河田羆编：《静嘉堂秘籍志》，《日本藏汉籍善本书志书目集成》，北京图书馆2003年版。

胡适：《尝试集》，人民文学出版社2000年版。

胡适：《词选》，商务印书馆1927年版。

胡适：《胡适古典文学研究论集》，上海古籍出版社1988年版。

胡适著，曹伯言整理：《胡适日记全集》，联经出版事业公司2004年版。

黄华珍：《日藏汉籍研究——以宋元版为中心》，中华书局2013年版。

黄仁生：《日本现藏稀见元明文集考证与提要》，岳麓书社2004年版。

黄仁生：《中国文学古今演变刍议》，东方出版中心 2014 年版。

冀淑英、张志清、刘波主编：《赵万里文集》，上海科学技术文献出版社、国家图书馆出版社 2011 年版。

贾贵荣辑：《日本藏汉籍善本书志书目集成》，北京图书馆出版社 2003 年版。

姜义华主编：《胡适学术文集·新文学运动》，中华书局 1993 年版。

金开诚、葛兆光：《古诗文要籍叙录》，中华书局 2012 年版。

李剑亮：《夏承焘年谱》，光明日报出版社 2012 年版。

李庆：《海外典籍与日本汉学论丛》，中华书局 2011 年版。

梁启超：《饮冰室合集》，中华书局 1989 年版。

林玫仪编：《第一届词学国际研讨会论文集》，台湾"中研院"中国文哲研究所筹备处 1994 年版。

刘扬忠：《唐宋词流派史》，福建人民出版社 1999 年版。

刘玉才、潘建国主编：《日本古钞本与五山版汉籍研究论丛》，北京大学出版社 2015 年版。

陆坚、王勇主编：《中国典籍在日本的流播与影响》，杭州大学出版社 1990 年版。

彭国忠：《唐宋词与域外文化关系研究》，安徽大学出版社 2017 年版。

彭黎明、罗姗选注：《日本词选》，岳麓书社 1985 年版。

彭玉平：《王国维词学与学缘研究》，中华书局 2015 年版。

钱婉约、宋炎辑译：《日本学人中国访书记》，中华书局 2006 年版。

钱锡生：《不器斋词学论稿》，苏州大学出版社 2015 年版。

钱锡生：《唐宋词传播方式研究》，复旦大学出版社 2009 年版。

饶宗颐、张璋编纂：《全明词》，中华书局 2004 年版。

沙先一：《清代吴中词派研究》，人民文学出版社 2004 年版。

尚小明编：《清代士人游幕表》，中华书局 2005 年版。

沈津、卞东波编著：《日本汉籍图录》，广西师范大学出版社 2014 年版。

施议对：《词与音乐关系研究》，中国社会科学出版社 1985 年版。

施议对:《胡适词点评》,中华书局 2006 年版。

孙立:《日本诗话中的中国古代诗学研究》,北京大学出版社 2012 年版。

孙猛:《日本国见在书目录详考》,上海古籍出版社 2015 年版。

唐圭璋:《词学论丛》,上海古籍出版社 1986 年版。

唐圭璋编:《词话丛编》,中华书局 1986 年版。

唐圭璋编:《全宋词》,中华书局 1965 年版。

陶子珍:《明代四种词集丛编研究》,秀威资讯科技股份有限公司 2005 年版。

王宝平主编:《中国馆藏和刻本汉籍书目》,杭州大学出版社 1995 年版。

王宝平主编:《中国馆藏日人汉文书目》,杭州大学出版社 1997 年版。

王岚:《宋人文集编刻流传丛考》,江苏古籍出版社 2003 年版。

王伟勇:《词学面面观》,里仁书局 2012 年版。

王向远:《日本对中国的文化侵略——学者、文化人的侵华战争》,昆仑出版社 2005 年版。

王勇、[日]大庭修主编:《中日文化交流史大系·典籍卷》,浙江人民出版社 1996 年版。

王勇主编:《中国江南:寻绎日本文化的源流》,当代中国出版社 1996 年版。

王兆鹏:《词学史料学》,中华书局 2004 年版。

王兆鹏:《宋代文学传播探原》,武汉大学出版社 2013 年版。

吴世昌:《罗音室学术论著》,中国文联出版公司 1991 年版。

吴熊和、严迪昌、林玫仪等编:《清词别集知见目录汇编》,中央研究院中国文哲研究所筹备处 1997 年版。

夏承焘、吴熊和:《读词常识》,中华书局 2000 年版。

夏承焘著,吴无闻注:《瞿髯论词绝句》,中华书局 1983 年版。

谢维扬、房鑫亮主编:《王国维全集》,浙江教育出版社、广东教育出版社 2010 年版。

严迪昌：《近代词钞》，江苏古籍出版社 1996 年版。
严绍璗：《汉籍在日本的流布研究》，江苏古籍出版社 1992 年版。
严绍璗：《日本藏汉籍珍本追踪纪实——严绍璗海外访书志》，上海古籍出版社 2005 年版。
严绍璗：《日本藏宋人文集善本钩沉》，杭州大学出版社 1996 年版。
严绍璗：《日本中国学史稿》，学苑出版社 2009 年版。
严绍璗：《日藏汉籍善本书录》，中华书局 2007 年版。
俞平伯：《唐宋词选释》，人民文学出版社 1979 年版。
杨焄：《域外汉籍传播与中韩词学交流》，上海古籍出版社 2017 年版。
袁英光、刘寅生：《王国维年谱长编》，天津人民出版社 1996 年版。
张伯伟：《清代诗话东传略论稿》，中华书局 2007 年版。
张伯伟：《稀见本宋人诗话四种》，江苏古籍出版社 2002 年版。
张伯伟：《作为方法的汉文化圈》，中华书局 2011 年版。
张廷银、朱玉麒主编：《缪荃孙全集》，凤凰出版社 2013 年版。
张哲俊：《东亚比较文学导论》，北京大学出版社 2004 年版。
张珍怀笺注：《日本三家词笺注》，黄山书社 2009 年版。
张仲谋：《明代词学通论》，中华书局 2013 年版。
章培恒、王靖宇主编：《中国文学评点研究论集》，上海古籍出版社 2002 年版。
郑伟章：《文献家通考》，中华书局 1999 年版。
周骏富编：《清代传记丛刊》，明文书局 1986 年版。
朱居易：《毛刻宋六十家词勘误》，中华书局聚珍仿宋版 1936 年版。
朱强编：《北京大学图书馆藏"大仓文库"书志》，中华书局 2014 年版。
朱祖谋重编，唐圭璋笺注：《宋词三百首笺注》，上海古籍出版社 1979 年版。

三　主要参考论文

黄文吉：《日本研究词学的社团——宋词研究会》，《中国文哲研究通讯》2014 年第二十四卷第二期。

林玫仪：《张鸣珂词集版本源流考》，《中国文哲研究通讯》2011 年第二十一卷第三期。

聂安福：《明清汇刻宋人词集略述》，《古典文学知识》1998 年第 1 期。

彭玉平：《〈静庵藏书目〉与王国维早期学术》，《复旦学报》（社会科学版）2010 年第 4 期。

彭玉平：《王国维与胡适：回归古典与文学革命》，《复旦学报》（社会科学版）2013 年第 5 期。

彭玉平：《王国维与吴昌绶之词学关系》，《社会科学战线》2014 年第 1 期。

萩原正树：《国内所藏稀见〈诗余图谱〉三种考》，《风絮》第 9 号，日本宋词研究会 2013 年版。

萩原正树：《森川竹磎的词论研究》，《南京师范大学文学院学报》2010 年第 3 期。

佘筠珺：《论久保天随与清末民初文人徐珂的诗词交流》，收录于《第一届明清歌谣与民国旧体文学会议论文集》，2016 年。

汪超：《立命馆大学两种词学专门文库之价值——兼说中田勇次郎、村上哲见教授治词的"京都学风"》，《词学》2018 年第 38 辑。

王水照、村上哲见：《关于〈汲古阁未刻词〉知圣道斋本的讨论》，《词学》第 12 辑，华东师范大学出版社 2000 年版。

姚道生：《钞本〈南词〉考述》，《词学》第 27 辑，华东师范大学出版社 2012 年版。

曾大兴：《胡适治词的目的、方法与贡献》，《广州大学学报》（社会科学版）2009 年第 11 期。

赵山林：《试论〈草堂诗余〉在明代的流传及词曲沟通的趋势》，《文艺理论研究》2010 年第 4 期。

四　日本文献

《东洋文库汉籍分类目录（集部）》，昭和四十二年（1967）。

《风絮》，日本宋词研究会、日本词曲协会。

《蓬左文库骏河御让本目录》，新兴印刷社 1962 年。

《群英诗余》，[日] 清水茂解说，京都大学汉籍善本丛书，同朋社 1980 年版。

《新诗综》第四集，明治三十二年（1899）。

《钦定词谱》，[日] 清水茂解说，京都大学汉籍善本丛书，同朋社 1983 年版。

[日] 波多野太郎：《宋词评释》，樱枫社 1975 年版。

[日] 仓石武四郎：《仓石武四郎中国留学记》，荣新江、朱玉麒辑注，中华书局 2002 年版。

[日] 仓石武四郎编：《宋代词集》，平凡社 1970 年版。

[日] 长泽规矩也、长泽孝三编：《和刻本汉籍分类目录》，汲古书院 2006 年版。

[日] 长泽规矩也：《和刻本汉籍分类目录》，汲古书院 1976 年版。

[日] 村上哲见：《李煜》，岩波书店 1959 年版。

[日] 村上哲见：《宋词研究》，杨铁婴、金育理、邵毅平译，上海古籍出版社 2012 年版。

[日] 村上哲见：《中国文人论》，汲古书院 1994 年版。

[日] 村越贵代美：《北宋末の詞と雅楽》，庆应义塾大学出版会 2004 年版。

[日] 村越贵代美：《上海図書館蔵〈詞律〉潘鍾瑞校本について》，《お茶の水女子大学中国文学会報》1991 年第十号。

[日] 大庭修：《江戸時代における唐船持渡書の研究》，关西大学东西学术研究所 1967 年版。

[日] 大庭修：《江戸時代における中国文化受容の研究》，同朋舍 1986 年版。

[日] 大庭修：《江户时代中国典籍流播日本之研究》，戚印平、王勇、王宝平译，杭州大学出版社 1998 年版。

[日] 大庭修：《江户时代日中秘话》，徐世虹译，中华书局 1997

年版。

［日］大塚繁树：《胡適の詞論に於ける問題点》，《爱媛大学纪要》（人文科学）1955 年第 2 卷第 2 号。

［日］德田武：《近世日中文人交流史の研究》，研文出版 2004 年版。

［日］芳村弘道、萩原正树、嘉濑达男编：《词学文库分类目录》，编者刊印本 1996 年版。

［日］冈村繁：《唐末における曲子詞文学の成立》，《文学研究（九州大学）》1968 年第 65 期。

［日］关周一：《前近代の日本と東アジア》，吉川弘文馆 1995 年版。

［日］河井谦：《詞の平仄と押韻》，松雪堂书店 1994 年版。

［日］横川景三编：《花上集》，京都大学附属图书馆藏本。

［日］花崎采琰：《愛情の宋詞》，东方文艺会 1981 年版。

［日］花崎采琰：《涙眼集》，四季社 1954 年版。

［日］花崎采琰：《全訳花間集》，樱枫社 1971 年版。

［日］花崎采琰：《填詞の研究》，《东方文艺》1954 年第 10、11 期。

［日］花崎采琰：《中国の抒情文学（詞）》，《东方文艺》1951 年第 1 期。

［日］花崎采琰：《中国诗词选》，东方文艺会 1987 年版。

［日］吉川幸次郎：《续人間詩話》，岩波书店 1961 年版。

［日］嘉瀬達男：《近现代における漢詩和訳について》，《小樽商科大学人文研究》2015 年第 130 辑。

［日］榎本涉：《東アジアの海域交流と日中交流》，吉川弘文馆 2007 年版。

［日］榎一雄：《王国维手钞手校词曲书二十五种》，《东洋文库书报》1976 年第 8 号。

［日］今关天彭：《清代及现代の詩餘駢文界》，今关研究室发行 1926 年版。

［日］久保天随：《詞の発展及び変遷》，《帝国文学》1904 年。

［日］久保天随：《虚白轩所藏书目》，早稻田大学藏本。

李均洋、［日］佐藤利行：《中日比较文学研究》，外语教学与研究出版社 2014 年版。

［日］林读耕斋：《读耕斋先生文集》，日本宫内厅书陵部藏本。

［日］林谦三：《東亜楽器考》，音乐出版社 1962 年版。

［日］马嶋春树：《漁歌子の形式—填詞作法覚書—》，《斯文》1971 年第 66 期。

［日］马嶋春树：《中国名詞選》，明治书院 1975 年版。

［日］明木茂夫：《詞学に於ける記譜法の構造》，《日本中国学会报》1991 年第 43 期。

［日］蒲池欢一：《诗余藏书目录》，《东方文艺》1955 年第 15 期。

［日］浅野斧山编：《东皋全集》，禅书刊行会 1911 年版。

［日］青木正儿：《青木正儿全集》，春秋社 1965 年版。

［日］青山宏：《唐宋詞研究》，汲古書院 1991 年版。

［日］萩原正树编：《森川竹磎〈词律大成〉文本与解题》，风间书房 2016 年版。

［日］森川竹磎、水原渭江编：《蘿余稿詞集》，国际艺术文化交流委员会 1989 年版。

［日］森槐南：《槐南集》，森川竹磎校，文会堂书店 1912 年版。

［日］上村观光：《禅林文艺史谭》，大镫阁公司大正八（1919）年版。

［日］神田喜一郎：《日本填词史话》，程郁缀、高野雪译，北京大学出版社 2000 年版。

［日］辻端亭：《端亭先生遗稿》，日本宫内厅书陵部藏本。

［日］松浦章：《清代海外贸易史の研究》，朋友书店 2002 年版。

［日］松尾雪梁：《诗余漫语》，《东方文艺》1955 年第 13 期。

［日］松尾肇子：《日本五山僧眼中的词》，收录于《2016 词学国际学术研讨会会议论文集》。

［日］田能村竹田：《填词图谱》，日本文化三年（1806）刊本。

［日］田能村竹田：《填词图谱》，孙佩兰参订，扫叶山房石印本 1934 年版。

〔日〕田中谦二、松浦章编著：《文政九年远州漂着得泰船资料：江户时代漂着唐船资料集二》，关西大学出版部 1986 年版。

〔日〕小林健志：《志延舍文库》十六种，立命馆大学词学文库藏本。

（明）徐师曾：《文体明辨粹抄》，元禄七年丸屋市兵卫刊行。

〔日〕泽田瑞穗：《中国诗词随笔》，研文出版 1986 年版。

（清）张惠言编：《詞選》，中田勇次郎译，弘文堂书房 1942 年版。

〔日〕中本大：《本邦禅林の〈韓王堂雪〉詩における李煜詞の受容をめぐって——〈五山文学と塡詞〉続貂》，《国语国文》1994 年第 63 卷第 10 期。

〔日〕中山荣造：《詩詞譜》，葛饰吟社 1992 年版。

〔日〕中田勇次郎：《草堂詩余の版本の研究》，《大谷大学研究年报》1951 年第 4 期。

〔日〕中田勇次郎：《歴代名詞選》，集英社 1997 年版。

〔日〕中田勇次郎：《宋代の詞》，弘文堂书房 1940 年版。

〔日〕中尾健一郎：《近世前期の詞作をとりまく江戸文壇——林門と加藤勿斎を中心に》，《風絮》2015 年第 12 号。

索 引

（按拼音排序）

白居易　11，32，62，63，72，268，269
白石道人诗词合刻　31
百末词　78
鲍廷博　16，82，153，181
仓石武四郎　40，41，48，95
藏叟摘稿　68，69
草堂诗余　23，36，41，58，74，75，83，91，94，95，105-109，111，118，177，231，232，234
曾慥　70，79，105，226
查继超（培继）　74，131
陈寅恪　2，119
陈垣　173，227
陈振孙　58，72，103，225
词洁　77
词录　149，160，233，234
词律　23，36，76，83，89，90，116，121，129-144，191，206，233，238，239，242-247，253-255，263，273

词律大成　22，24，36，89，139-144
词律校勘记　90，143，238，243，244
词律拾遗　41，90，142，233
词品　106-108，133，227
词曲史　31
词曲通义　31
词史　31
词选（张惠言）　7，53，233
词选（胡适）　257-260，262，264，265，266，268，269，271-273，275
词学　1-9，20-24，27-31，33-38，40-45，48，50-53，55-61，64，66，69，71-73，79-81，83，86-100，102，103，105，108，112，113，115-118，120，121，123-126，129-133，138-142，144，145，149，160，165-167，170，178，204，206，213，

224－226，229，230，232－234，238，250，251，253，257－260，266，268，270－272，274－276

词学丛书　78，79，87，94，172，180－186，189，191－199，206，232

词学全书　74，83，90，116，131，132，138

词学铨衡　31

词学文库　30，31，50，52，94

词苑丛谈　76，77，98

词苑英华　74，75，84，145，232

词综　77，153，155，156，188－191，200－206，208，221，233

词综补遗　52，55

词综偶评　87

词综续编　97

赐研堂丛书　82

村濑栲亭　120

嵯峨天皇　1，3，21，29，32，60－62，100－102，117，125

德川光国（光国）　115，116，130

典雅词　4，6，23，92，145

东白堂词选　78

东皋琴谱　44，112，114

东皋全集　113，114

东坡长短句　39，70

东山词　215，216，219，223，226，228

东洋文库　4，20，23，94，149，234－239，246－251，253

冬巢诗词　79

董康　16，66，92，148－150，154，157，158，160－164，166，174，176，183，221，222

读词偶得　31

读画斋　40，81，82，87，154，167，169，172，180－186，188，189，208

杜文澜　4，90，139，142，143，238，239，242－244，246，251－253

樊榭山房集　86，147，207

方功惠　16，148

方舆胜览　67，71，143

风信　265，266，268，269，271

斧山迂衲　43

高野竹隐　21，22，33，96－98，124，125

戈载　41，90，120，139，243

更漏子　32，34，46，110，111，116，271

古今词话　74，77，90

古今词选　77

古诗词选　80

古逸丛书　2，16，88

顾修　81，82，181

顾贞观　41，96，215，216，222

国朝词雅　42，78，94，95，233

函海　82

韩玉　148，152，158，169，174，176

翰墨全书　68，182，185

横川景三　70

侯文灿　158，215，216，221，222，225，226，228

胡适　227，257-266，268-276

胡云翼　31，260

虎关师炼　131

花庵词选　52，54，74，92，232

花间集　6，36，41，58，70，74，84，85，105，108，109，112，231，232

花崎采琰　7，30，59，121，139，265

花上集　70

吉川幸次郎　22，40，42，52，94，95，99，122

汲古阁未刻词　4-6，23，93，145，147，161，183，213-222，225，228，229

汲古阁珍藏秘本书目　85，214，216

即川子　23，86，116

加藤明友（加藤敬义斋）　32，33，84，85，105，108，112

兼明亲王　3，32，62，63

剪灯新话　65

简斋诗集　30，50，69，170

江标　92，217-222，225，228，273

姜白石集　31

彊村丛书　149，150，154，164，166-169，200，208

蒋敦复　41，91，251-253

教坊记　31

今关天彭　29，274，275

金井秋苹　29

经籍访古志　2，66

静嘉堂文库　4，23，56，57，92，145，166

久保天随　48-50，91

绝妙好词　40-42，77，87，92，95，153，180，206，207，232

克拉拉·凯德琳（Clara M. Candlin）　265

况周颐　55，57，159，217-219，221，222，225-227

灵芬馆词品　91

勒方锜　4，238，239，243，244，246，249-253

冷斋夜话　65，120

黎庶昌　2，16，88

李东阳（西涯）　146，148，153-156，181，216，219，224

李圭海　21，123，124

李廷相　146，167

李希圣　88，148，157，158，161，183

李之郇　148，179

历朝词选　95

历朝名媛诗词　31，79

历代名词选　53

厉鹗　40，68，86，92，97，98，139，146，147，153－155，158，166，167，177，179－182，184－187，189，191，204－208

梁启勋　31

林春信（梅洞）　32，108，109，113

林春斋　32

林读耕斋（读耕斋）　32，33，36，84，85，106－108，110，112

林罗山（罗山）　32，34，36，46，47，58，71，84，106，108－111，116

刘履芬　4，94，236－239，241，242，244，246，248，250－253

刘毓盘　31

龙榆生　5，21，124，259，260

陆昶　31，79

陆心源　68，92

陆游　2，3，86，264，267，272，273

罗振常　41，42，93，221，234，235

绿雪馆词集　79

毛晋　74，75，78，80，94，145，158，167，170，175，176，213，214，225

毛刻宋六十家词勘误　163，164，171，172，174

毛宸　23，24，85，167，169，214，216，227

梅苑　23，41，52－57，91，94，166，232

梦香词　29

闵映璧　85

名家词集（十名家词）　91，95，145，163－165，170，175，176，215，216，220，221，225，226，228

鸣鹤余音　152，156，157，169

南词　4－6，22，23，93，145－150，152－176，178－200，203－205，207－212，217，219，221，222，224，225

南词十三种　155－157，160，161，163

内藤湖南　40，118

能改斋漫录　120，226

鸥梦丛书　91

鸥梦吟社　90，140，143

潘锺瑞　4，139，238，239，243，251－253

彭元瑞　147，148，150，154，155，183，216，217，219，222，224，225，227

菩萨蛮　76，115，116，153，162－164，171，186，187，194，198，237，249，271

秦恩复　94，172，180，183，185，

186，188，189，206

琴谱　44，112－114

青木正儿　22，36，53

清朝词雅　78

清代及现代的诗余骈文界　29

清江渔谱　159

全芳备祖　99

人见鹤山（竹洞）　108，114

任中敏　31

日本词选　21

日本国见在书目录　2，63

日本国内词学文献目录　5，7，22，28

日本填词史话　7，20，21，22，32，36，84，85，95，100，117，118，119，120，121，124，125，126，257

日工集　47

日下部梦香　29，122

三浦晋　36，108，132，133

涩江全善　2

森川竹磎　22，24，33，36，89－91，96，121，123，125，139－144

森槐南　21，22，33，96，97，124，125

森立之　2

神田喜一郎（神田）　1，7，20，21，27，32－34，37，40，46，48，51，58，59，61－64，69，

71，83－86，89，95，96，98，100，102，105－108，110，111，115－126，130，131，135，137，139－141，143，257

沈时栋　77

沈雄　77，90

圣一国师　39，70

诗词杂俎　79，80

诗话总龟　65

诗人玉屑　45，64，65

诗学大成抄　35，64，65，67，71，103

诗余图谱　23，74，75，84－86，90，112，116，130，135，138

诗苑　140，141，143，144

诗辙　36，132，133

市河宽斋（市河世宁）　16，83

辻端亭（了的）　106，108

事林广记　45，52，55－57，166

事文类聚　68

述学斋日记　40

漱玉词　7，30，80，92，213，217，220，223，225，226

四印斋所刻词　56，92，95，161，169，217，218，222，225，226，228，232

松尾肇子　7，22，24，28，64，105

宋词研究（胡云翼）　31

宋词研究（村上哲见）　125，129

宋代的抒情诗词　266，271，273，

274

宋金元词集见存卷目　149，155－158，160，183，221，222

宋名家词　24，78，90，94，167，168－172，174，176，214，225，232

宋七家词选（七家词选）　41，243－245，247，255

宋元名家词　92，218－221，228，273

诵芬室　92，93，148，150，155，157，161，183，222

苏武慢　152，156，157

孙伯醇　30

孙麟趾　251，252，253

谭献　40，48，97，251，252

唐本类书考　2，83，84，131

唐圭璋　6，23，50－57，64，78，82，98，99，124，143，165－167，170，177，188，257，274

唐宋名贤百家词　145，167－169，175，200

藤原佐世　2，63

醍醐天皇　62，63

天苏阁诗稿　49

田能村竹田　24，29，34，35，62，63，83，102，116，123，134，139，140

田中庆太郎　40，95

填词图谱　24，29，33－36，62，74，83，90，102，116，134，135，137－140

苕溪渔隐丛话　64，104，120

佟世南　78

童斐　31

蜕岩词　80，94，146，147，152，153，155，166，169，181，204，206－208，224，231，235，236

万树　76，90，120，121，123，129，130，133－135，137－141，143，144，191，206，243，245，273

汪彦章　106，107

王国维　4，23，32，42，93，94，118，119，121，123，149，160，166，230，232－238，259，274

王敬之　41

王鹏运　41，92，147，158，161，162，217，220，222，224－228

王沂孙　41，81，90，122，202，205，207，214

王易　31

王易简　204，205，207

惟高妙安　35，64，67，71，103

魏双侯　43，44

文体明辨　46，47，58，59，91，105，109－112，115，116，130

文体明辨粹抄　47，115

文章辨体　46，50，58，59，71，110

芜城秋雪 22,33,125

吴昌绶 92,149,153-161,163,166,174,183,184,190,221,222

吴琯 31

吴讷 46,71,110,145,167-170,173,175,200,203-205

吴无闻 61,98,117

吴锡麒 86,205

吴翌凤 162

西清诗话 65

夏承焘 21,50,52,61,98,101,117,124,125,139,141,241

向荣堂主人 2,83

小林健志 266,273,274

心越禅师 43,112,114,115

辛弃疾 98,258,261,271

徐珂 5,48-50,97

徐釚 76,77,98

许增 31

阳春集 148,215,216,219,223,228

杨慎 86,94,106-108,133

杨守敬 2,4,16,66

伊藤东涯 23,86,116

忆龟山 32,62,63,102

忆江南 32,62,63,102

蟫隐庐 42,234,235

尤侗 78,86

有正味斋集 86

有智子公主 62,100

俞陛云 41

俞良甫 47

俞平伯 31,263

俞樾 108,238,243

渔歌子 1,29,32,38,61,62,87,100-102,117

喻世明言 53,55,57

御选历代诗余 78,232

域外词选 21,125,141

元草堂诗余(精选名儒草堂诗余) 68,79,81,146,147,152-154,166,167,169,172,177-191,206-208,224

元好问 68,113

乐府补题 80,122,146,152,167,169,199-208,224

乐府雅词 79,104,105,226

乐府指迷 245

韵府群玉 66,68

张尔田 120,129

张鸿卓 79

张惠言 7,53

张辑 159

张炎 24,79,90,92,98,202,204,205,214,242,243

张志和 1,32,38,61,87,100-102,117

张翥 94,142,146,152,169,181,204,224

长三洲　33

长泽规矩也　40，45，55，90，118，120

赵万里　23，56，57，93，230，233

赵昱　147，181

知不足斋丛书　16，40，80－82，87，146，147，167，169，181，200，203，204，206－208，235

知圣道斋书目　147，183

直斋书录解题　58，70，72，103，160，225

中国名词选　123

中乐寻源　31

中田勇次郎（中田）　7，8，30，36，50，52－56，59，94，98，99，124，166，263，266，274

中州集　68

周邦彦　40，243，251，263，272

周密　81，98，202，204，205，207，224，242，243

朱居易　163－165，171，174

朱舜水　10，14，109，112，113

注释白话词选　263

朱彝尊　77，86，98，122，184，186，188，199－206，208，224

朱祖谋　120，149，154，159，160，168，169，164，166，183

竹添井井　29，34

注坡词　39，69，70，72

滋野贞主　62，100，101

后　　记

　　这本书是在我的博士论文基础上修改而成的。由于统一出版时间紧迫，修改时只是重写了绪论，增加了概论一章，调整了章节结构。

　　我博士学位论文的写作过程十分曲折。博士刚入门，导师罗书华老师曾建议我从比较文体学的角度写博士学位论文，比较文体学是新设立的一个招生方向。罗老师在"中国诗学与叙事学比较研究"方面已经取得许多研究成果，希望我能在"中国诗词比较"方面深入探索。但我了解了基本材料之后，觉得自己既缺乏相关的学识基础，也不擅长理论性研究，于是只能放弃。次年我到神奈川大学交流一个学期，导师铃木阳一老师曾带我到东洋文库、内阁文库等藏书机构拜访，其中东京大学东洋文化研究所"仓石文库"让我向往。仓石先生是来华留学生，与孙人和等词学家有交游，在词学研究领域颇有建树，这让我萌生了借地利之便研究《作为词学家的仓石先生》的想法。当时罗老师的担忧是，仓石先生并不是专门致力于词学的专家，相关材料欠缺，作为个案研究难以支撑起博士学位论文。回国以后，我又申请到立命馆大学联合培养。立命馆大学是日本词学研究的中心，学校收藏有日本词学大师中田勇次郎、村上哲见两位先生的藏书，我有幸得以拜阅。但彼时我仍然缺乏一个贯通的角度，无从提出成体系的博士学位论文提纲。好在日本学者注重写专题论文，我的日方导师荻原正树老师建议我从单篇论文入手，遇到有价值的材料先尝试写出小论文。在荻原老师的指导下，我写了《〈元草堂诗余〉版本源流考——以〈南词〉本为论述中心》。老师审阅以后，将论文推荐至《学林》发表，这对于刚踏进研究门槛的我来说是一个莫大的鼓舞。此后我围绕《南词》《汲古阁未刻词》《鸥梦词》等展开专题研究，陆续完成了几篇考订论文。渐渐地我有了架构博士学位论文的设想，即以词学文献的产生—传播—接受这样的体系编排章节，上编考订词学文献的东传，中编为词籍考订，下编是词学在日本的接受。但论文写作中，词学在日本的接受部分没能深入，只有一章，且内容空疏。所以罗老师建议我不分编，直接以章排列，对论文的章节结构进行了大幅度调整。罗老师向来强调考据与理论的结合，提倡从材料中提炼出理论观点，认为这才是文学批评的治学方法。可惜我缺乏理论功底，只能期待以后的学习道路上能有改进。

论文写作过程中，得到邬国平老师、周兴陆老师的指导，在此特别致谢。论文完成以后，被送去给王兆鹏老师、诸葛忆兵老师、彭玉平老师评审，老师们多有奖掖，让我备受鼓舞。答辩时，还得到张寅彭老师、杨明老师、朱惠国老师、彭国忠老师的建议和帮助。此次评审，又得到三位匿名专家的指导意见。老师们的意见，我都注意吸收。可惜学识所限，这次修订稿还是让我感到不满。记得博士毕业时，我曾对好友说，博士学位论文写得匆忙，还有许多让我不满意的地方。此次得到专家们的鼓励与提携，我心存感激。我希望疫情早些过去，我真诚地祝愿国家越来越美好！

我曾是复旦大学中文系培养的学生，感谢给我学术启蒙的王水照老师、骆玉明老师、陈引驰老师。感谢我的硕士导师聂安福老师，是他带我走上词学研究之路。感谢陈尚君老师、朱刚老师，我一向无文献学基础，在两位老师指导下，我在版本目录之学上有了缓慢的进步，我的博士学位论文大部分篇幅都注重考据，这与我硕士阶段追补的文献学功课是分不开的。感谢黄霖老师、吴兆路老师、陈维昭老师、罗剑波老师给予的帮助。

博士毕业后，我到上海大学中国语言文学流动站做博士后。特别感谢导师曹辛华老师的悉心指导，感谢董乃斌老师、邵炳军老师、姚蓉老师、黄景春老师、饶龙隼老师、杨绪容老师、杨万里老师、尹楚兵老师、李翰老师、梁奇老师等诸位老师的关照。感谢赵莉莉、张金霞、冯春英、李德强、张宇超、窦瑞敏、石超等师友的帮助。

虽然博士后也称入职，但我始终觉得自己还是一名学生。现在面临博士后出站，工作未定，尚不知将向何方。既然前程不可预见，何妨逗留片刻，回顾往昔的岁月。求学路上师友很多，可惜不能一一谢过。感谢复旦大学日语系杨晓敏老师，每次阅读日语材料有不懂的地方，老师都为我答疑解惑。感谢室友安斌、任攀、傅修才，多年来我们和睦相处，在都延期的情况下互相鼓励。感谢留学期间给予我热忱帮助的王子成、靳春雨、富嘉吟、邓丽霞、佘筠珺和汪超老师。感谢资深媒体人彭晓玲，在我读书困惑时，她总是给我启发，不断地激励我前行。感谢挚友杨东、汪璇、王婷、胡继成和贾利涛。

若诚心向学、虚心求教，人生的学缘往往会很美好。我要特别感谢林玫仪老师，她得知我研究日本词学以后，将搜集到的日本词学相关论著论文悉数赠送给我，满满两大箱，从台湾寄至日本。我从未拜见过林老师，只期待以后能在此领域有些建树，以报答老师的厚爱。感谢立命馆大学芳村弘道老师的指导和帮助。芳村老师是文献学者，也是藏书家，他常带着我们逛旧书市。一次在旧书市场遇到某位先生旧藏书流出，很多是一版一印、品相极好的旧书，我向芳村老师借钱，把喜爱的书都买了回来，这是一次可遇不可求的缘分。感谢上海师范大学严明老师，他多次鼓励我在东亚词学领域积极进取。深深感谢王兆鹏老师的殷切鼓励和悉心教导。我将以此书作为一个新的开端，不断努力，去争取更大的进步！

感谢编辑杨康老师为本书付出的辛劳，感谢国家哲学社会科学工作办公室和中国社会科学出版社老师们给予的大力支持。

感谢我的家人。

刘宏辉
庚子春三月于桃浦河畔